加油站的故事

我想知道你背后的故事

我想走近你……

李迪／著

作家出版社

序:
走近你，认识你，赞美你

南至北。夏秋冬。昼夜行。雨雪风。

2018年，我的加油站年。

受中石油委托，为写加油站的故事，夏、秋、冬三季，我以七十高龄奔走边疆九省，包括年轻时都没去过的青海、西藏，来了一场说走就走的采访。走进数不清的加油站，倾听一百六十三位员工的讲述。他们的酸甜苦辣，他们的悲欢离合，他们的夫妻恩爱，他们的儿女情长，吸引我，感动我，震惊我。

我不能不敬佩他们！

我不能不书写他们！

四十篇故事四十个人。

纸短情长，意犹未尽。

他们是中石油两万两千座加油站十三万五千名员工的代表！

千军万马开采出的石油提炼出的汽油、柴油，要靠他们一枪一枪地售出！

因为图书出版篇幅有限，所采访的员工不能一一展现。

遗珠之憾，敬请原谅。

在"最美加油员"的微信公众号上，浙江永康四方站女员工黄金的散文说出我的心里话。

我摘抄如下，作为本书的序——

有人说，前世五百次擦肩才换来今生的一次回眸；也有人说，相逢即是缘。而与你相识，更是一种美妙的奇遇。

最初与你相识是由于中石油的标志——宝石花。

那是多么好看的花，一下吸引了我的眼球我的心。

红黄相间的宝石花，绽放出你锐意进取的风采。花瓣中，太阳初升，光芒四射，象征你朝气蓬勃、前程似锦。

我想知道你背后的故事。

我想走近你。

走近你之后，我才真正懂得你。

奔走在加油机之间是你的常态；"您好，欢迎光临！"是你每日不离的话语；轮换吃饭是你工间唯一的休息；打扫卫生是你收工的必修课。

你每天都要应对现场突发的状况，不厌其烦地回答各种问题——

"让你加三百块的，你怎么加满了？我只付三百，剩下的不管！"

"啊？加油机被锁住了？什么时候能使？这都十分钟了！"

"开个发票这么麻烦！没有纸质发票吗？我不管，我们财务只认纸质发票……"

"什么，我的电子券过期了？你怎么早不提醒我？"

心里有千万般的委屈，也只能化作脸上的一丝微笑："对不起，给您添麻烦了。这样行吗？"

到了夜间，更是不敢有丝毫的懈怠。即使再困，再疲倦，也要在心中默默叮咛自己：别加错油！别收假币！

每日清点营业款都是你最提心吊胆的时候：生怕收到假币，生怕对账不平……

逢年过节，家家喜庆团圆。唯独你，要坚守在岗位上。望着一辆辆载满了欢声笑语的车渐行渐远，对着家乡的方向黯然神伤。即使在凛冽的寒风里被冻得瑟瑟发抖，即使千般万般地思念家乡，你没有一丝一毫怨言，所有的思念都融在了深情的目光里，化作一句句："慢走，欢迎下次光临！"

世界上有教师节，有护士节，什么时候也能有属于你的节日呢？

你真的不需要什么，只希望每天不要收到假币，不要碰到跑单，不要遇到蛮不讲理的人，值夜班时能安心打个盹儿，不被加油司机的鸣笛吓醒就好。

如果说真的还有需要的话，大概就是顾客的一个简单微笑，一句谢谢，一份理解。

——走近你，认识你，才会由衷地赞美你。

愿世上能有更多的人，走近你，认识你，赞美你！

目录
contents

风雪日月山

　　李老师，我七年前从西北师大毕业，当时有好多地方能签约工作，云南、贵州、宁夏、青海……我挑了又挑，云南太远，机票太贵，看不了爸妈，不去；贵州天阴下雨没个晴，不去；宁夏的太阳能晒脱了皮，不去。哎呀喃，青海好啊，面朝大海，春暖花开。我就喜欢海！签！地理没学好，把青海当青岛了。结果，一下火车就蒙了，海在哪儿呢？连车站都是PVC板子搭的。

　　接受我采访的人，名字有点儿怪，叫赵程皇。一个胖胖的甘肃姑娘，老家在张掖。她不说自己喝凉水都长肉，说"胜天半子"拆开重组。我蒙圈儿了。她豪爽一笑，天生胖子啊！

　　后来我才知道，她爸姓赵，妈姓程，名字里各有爸妈一个姓。她有个姐姐比她大八岁。给她姐起名的时候，爸妈就铁了心还要生二胎。不管男女，一个叫辉，一个叫煌，合起来就是辉煌。看这心气儿！于是，她一生来就叫赵程煌。谁知隔壁王奶奶说她命中与火相克，得把火去了。得，一去了火，这胖姑娘就当上了皇！

　　我俩谈话的地方叫日月山。这里是青海通往西藏的门户。相传文成公主当年和亲路过此地，东望长安，心生悲戚，失手将皇后临行所赠的"日月宝镜"摔成了两半儿，落在左右两个山包上，日月山由此得名。山之青海这边，屹立着中石油的汇源加油站，懵懂而来的胖皇上就在这里当上了加油员。

李老师，您可不知道，刚进10月，这里就下雪了。冷得抽筋儿。我第一天晚上在站里值班，门外鬼哭狼嚎，嗷，嗷！我从没有听过这种声音，太恐怖了。老员工说，山口风大，吹到玻璃上就是这声。外面来车了，赶紧出去加油。一推门，风把人往倒里刮。眼看着离加油机就几步远，愣是过不去。噎一口，喘半天。我们这里是换界区，车进藏，油就贵了，司机们都铆足了劲儿在这儿把油加满。他们嫌车上的油箱太小，还带着自己焊的超级大铁桶，随便一加就是四五千块的。那时候都给现金，一给一大沓儿。天冷啊，我冻得搓不开钱，还没数完，手就没知觉了。司机不等，加完油就启动。我急忙追上去，边追边数。从第一个加油机追到第三个加油机，眼看要追出站了，这才把钱数完。少了自己得赔啊！工资才一千出头儿，还没发呢，拿啥赔？我就央求人家，师傅，您再等等我行吗？要是没少，我送您一瓶饮料！我这叫花三块买平安。有的司机就等，有的就吼，数了半天还没数完！一脚油门走了。我哭都来不及，后面还有车等着加油呢！戴手套数不了钱，不戴手套吧，一摸油枪，寒气直接钉进骨头，上牙打下牙，张开嘴都说不出话。好不容易车少点儿了，疯了一样跑进店里，烤烤小暖炉。一烤，感觉手已经冻干巴了，外面的皮都脆了。再烤，那层皮能揭下来了。宿舍里没火，冻得睡不着。站里的被子又小，盖得了脚，盖不住头；一盖头，脚又露出来。哪儿都冷，哪儿都不舒服。谁叫王奶奶把火给去了，这皇上我不想当！

这时候我特别想家，想妈，就给妈打电话，说冷，说被子小，说我干不了了。妈说，那么多人都在站上干着，你赵程皇也不是孬种！再难你也要顶住，你也要坚持！你要是打退堂鼓，你要是这样回来，你就别进这个家门！

妈说完就把电话挂了。

我的泪水浇湿了枕头。

妈不知道，坚持下来有多难！

又是一个风雪天，我身上包得跟粽子一样，哆嗦着两手加油。脸吹得不行，帽子一拉，口罩一戴，整个脸就没了。我在最外面的机子加油，油枪插进油箱里加着，两眼不由得看看远山，看看雪。老家离青海太远了，得翻过一座达坂山，海拔五千多米。山路崎岖，弯儿又急，开车要走八九个小时，路上能摸到云……

正想着，忽然感觉有人在看我。是的，我能感觉到这个人在看我。

我抬眼望去，不远处有一个身影。

啊，这身影好熟悉！

是谁，是谁？

是妈妈啊！

我顾不上跟司机打招呼就飞奔过去。

妈站在雪地里看着我，佝偻的背上，背着一个大号的被子！山风吹乱了她过早飘白的头发。

妈妈，妈！

我大声叫着。在奔过去的一瞬间，我发现妈已经把脸上的泪擦干了，只剩下红红的两眼。

妈，您怎么来了？

我想你了，丫头！

妈说完，一把把我抱过来，搂在怀里。我感觉妈的身子在往下沉，让被子压得往下沉。

我的眼泪一下子冲出来！

我放声大哭。忘记了这是在加油站，忘记了周围还有人。

妈啊，妈，您来了怎么不跟我说一声，就那么在雪地里站着……

妈说，丫头，别哭了，去好好加油，人家等着哪！

妈刚退休，可我觉得她已经老得不行了。我不知道她在风雪里站了多久，身上的衣服全湿了。她本来可以寄钱给我，让我在这儿买被子。可是，她没有寄，也没有打电话说要来送被子，就这样不声不响，在风雪中，翻过达坂山，把被子从张掖背了过来。

后来，我才知道，妈从没来过青海，也不知道日月山。从张掖来的客车，都是白天开，晚上到。她为了能在白天赶到加油站，就坐了一辆私家车，说好拉到日月山，结果走到半路一个叫俄博的地方，司机就说，我不去日月山了，你下车吧！俄博荒得连人家都没有。妈说，这是到哪儿了？求求你把我拉到日月山吧，一分钱也不会少！妈苦苦地哀求，就差跪下了。可那人还是把她扔下，一踩油门走了。可怜的老人孤零零地站在路边，央求过往的车把她拉上，说我丫头在加油站，是给你们加油的，我从张掖来，想去看看她，求求你们把我拉上吧！求求你们把我拉上吧！车，一辆又一辆过去了，没有人理她。在风雪中，妈坚持着。终于，有个好心人停下车说，我看你不像坏人，上来吧！就把她拉上了。本来八九个小时的路，因为风雪，整整走了二十多个小时！

妈跟我说，丫头，如果你把这份工作丢了，爸妈真的没有能力给你找第二份工作。我们已经陪伴你二十多年，你长大了，从不会走路到会跑，以后的路你要自己走了。有些苦，有些难，有些劫，是你这辈子必须要经历的。爸妈只能在旁边给你鼓鼓劲儿，就像这样给你送床被子，让你感受到我们永远在你身后。无论遇到什么，你都不能放弃。人生所有的事都是这样，只要放弃了就归零，就要重新开始！

妈在站里只待了一天就走了，说怕影响我工作。

跟她分手的时候，我不敢回头，怕回头发现她在看我，我受不了。

打那以后，我像换了个人似的，每天迎着开来的车，离老远就把手高高地举起——

您好，欢迎光临！93号油加满吗？97号油加满吗？

再苦，再累，我永远微笑着。

为了妈妈背来的被子，为了赶路的人能到达他们想去的地方！

说到这儿，程皇停了下来，眼里闪着泪，遥望日月山。

我知道，她又想起家，想起了妈妈。

我问，你妈妈退休前是干什么工作的？

想不到，她说，我妈是张掖公安局的刑警！大眼睛，双眼皮。再难的案子，她眼一瞪就办下来了！谁也想不到她是个苦命的早产儿，只七个月就降临了，所以叫程七临。她出生的时候，只有巴掌大，不哭不叫，医生以为是死胎，连救都没救，直接扔进了垃圾桶。我大姨觉得心疼，就捡起来，想不到，她又哭出了声……

赵程皇的故事到这儿就结束了。

我意犹未尽。

能听到她的故事对我来说非常意外。

为写加油站的故事，我从广西开始采访，连跑九省。青海是我行程的第三个省。

当天，从北京飞到西宁，正赶上吃晚饭。赵程皇作为青海销售公司宣传部门的接待人员，准备陪同我下去采访。同时要跟我一起下去的，还有工会主席刘建平。刘主席因临时有事分不开身，就让小赵先陪我一起吃晚饭。来到一家小饭店，等着上菜时，我就跟小赵瞎聊。相互不认识，说的也都是一些客气话，有一句没一句的。

聊着，聊着，她突然说，李老师，我过去也是加油员，从大学一毕业就来到加油站。想起那些日子真苦……说到这儿，她突然哭了。根本抑制不住自己的眼泪。

我的心一下子被扎！

被她的泪，被她说的过去也是加油员。

她是一个有故事的人。

事发突然，我没想到！

既没录音，也没记录。

但是，小赵的泪流进我心里了！

她是陪同人员，不在被采访之列，也就是说，原有的采访名单中没有她。但是，我心里说，我要写她，写她的故事。

我一定要找机会听她详细讲讲。

但是，一定要选好机会，自然而然的好机会。

因为，激情和眼泪不是随时能有的，甚至不可重复。

我安了这个心。在她陪同我走了好几个加油站的路途中，我总在寻找机会。

终于，在要结束青海采访的最后一天，中午，我们来到了位于日月山的汇源加油站。这里，有一个工作出色的站长在等待我。

一下车，小赵突然说，李老师，当年我就是在这个站当加油员的。

啊！是吗？

她说是。说完，眼圈儿就红了。

机会终于来了！

我说，我们先不进站了，找个背风的地方……

那天风真大！我们找了个墙角，站着，躲着风，远远看着她当年干活的加油站。她熟悉的这一切一切！

我说，妈妈当时背着被子是站在那儿吗？

她一下子放声大哭。

在哭声中，断断续续地讲述了这难忘的故事。

我的录音笔一直在为这一刻做准备。

风刮过来，我俩的泪被风吹到一起，纠缠起来，飞向日月山……

在日月山脚下，小赵不但给我讲了她妈妈给她送被子的故事，还讲了一件让我万分难过的事——

一个多月前，一天中午，我忙着打一份材料，肚子饿了，就跟外卖要了一屉小笼包。我一只手打稿子，一只手拿起小笼包塞进嘴里。顾不上嚼，就是咽。一咽，感觉包子里有不干净的东西，好像有个小棍棍儿，横着卡在我嗓子里。很疼。我把材料放下，土法上马：喝醋，喝酸奶，喝蜂蜜，嚼馍馍，全试了，感觉棍棍儿竖着了，但是还没有下去。因为材料比较重要，要得也急，我就先写材料，没管嗓子了。注意力一分散，没事了。一拖，拖了半个月。

半个月后，一天午觉起来，发现这个棍棍儿又出来了，又卡到嗓子里了。侧睡不行，正睡也不行。同事说，你去医院取了吧，别化脓了。我想也对。那会儿已经三点半了，我们五点下班。我跟领导说，我先走一会儿，去忙个自己的事。我都没敢说去医院，怕领导问我咋回事，为我担心。

来到医院，我很矫情地挂了副主任医师号。他说怎么了？我说嗓子里卡个辣子皮，还是棍棍儿。行，给你开个喉镜我看一下。开了喉镜，打了麻醉，我心想终于要摆脱折磨了。一张嘴，管子一下去，副主任医师说，丫头，不是棍棍儿！

我说那是啥？

他没有马上回答。

后来，几个医生把门关上商量了半天，最后出来说，这是个肿瘤，要做手术。但是，我们医院做不了，你得去省肿瘤医院。

我一听，就瘫在地上，站不起来了。

刘主席得到消息后，马上开车赶来，安慰我说，没事，你就是胖的。我带你回家，明天去二医院检查。

二医院就是省肿瘤医院。

一查，是乳头状肿瘤，介于良性和恶性之间。随时可能转化为恶性，必须做手术切掉……

说到这儿，小赵泪奔决堤。

我不让她再说了。

想安慰她，却不知说什么。

我觉得，说什么都苍白无力。

结束了青海的采访，我回到北京。

一直放心不下，一直打听她的消息。

这个总是把快乐带给别人的胖姑娘，祈祷她一切都好。

后来，刘主席在微信中告诉我，青海做不了这个手术，位置太不好，单位决定送她去北京做。

这之后，就没有消息了。

小赵没消息。

刘主席也没消息。

电话没人接。

微信没人回。

我十分焦急。

各种猜想。

我赶写出《风雪日月山》，交给了《人民日报》。

报社在收到稿子的当天，就回复说决定采用。

我马上把这个消息用微信发给小赵。

希望她能收到。

希望她能看到。

怀着忐忑不安，我踏上了采访新疆油站的路程。

11月10日，《人民日报》发表了小赵的故事。

我终于盼到了她的微信——

　　谢谢李老师，您告诉我《人民日报》要发表，这真的是我这段时间最好的精神支柱！来到北京后，手术一拖再拖，现在终于做完了，还要化疗。喉部淋巴增生异常严重。我不想跟外界联系，手机一直静音。我不知道说什么。刘主席刚才一直来电话，我妈妈把手机拿过来让我接，才知道您的文章已经登上了《人民日报》。妈妈特别开心。看见她开心，我也开心。我们找来报纸，把您写的故事读了一遍又一遍，泣不成声。特别是妈妈！那么艰难的成长，那么厚重的母爱，我一定要加油。谢谢李老师，再次谢谢！病魔一定会过去，我也一定会好起来！

罗布泊的春天

春天来到了没有春天的罗布泊。

极目四望，寸草不生，漫漫荒漠，无尽凄凉。

罗布泊是蒙语译名，意为"汇水之地"。这里是塔里木盆地最低洼处，孔雀河、车尔臣河、塔里木河、疏勒河，四面八方的河流奔涌而来，变蛮荒为水乡。

绿林环绕，百花盛开，牛马成群，生命绽放。

然而，曾几何时，筑坝截流，疯狂兴建水利。上游来水减少，绿洲日渐干涸。最终，滴水无存，人烟断绝，春风不度，飞鸟不来。

"汇水之地"成了"死亡之海"。

80年代，科学家彭加木在此失踪，国家出动了飞机、军队、警犬，地毯式搜索，一无所获；近年，探险家余纯顺在此失踪，飞机找到尸体时，已死亡五天，其面朝老家上海。

多少悲壮的故事，给这片戈壁荒原披上神秘而恐怖的面纱。

汇水退去，呈现盐壳，罗布泊成了超级钾盐储藏地。

建矿修厂，开采钾盐，少不了机械、车辆，也就少不了加油站。

2002年10月，中石油在罗布泊建起第一个加油站。

三间彩钢房，一座加油棚。

彩钢房，挡不住太阳，也挡不住风。

一场沙尘暴下来，屋里全是沙。睡觉起来，床上是一个人形。

2007年5月13日，前任站长走了。我来了。

我来了，一干就是八年！

四个人一只狗。

过第一个春节时，我哭了。

老站长孙富民说起往事，一脸沧桑——

没去过的人想象不到，一望无际的戈壁滩，连半根草都没有，更别说树了。当地人说，有草有树，就不是罗布泊了。

开始我还不懂，罗布泊为啥不长草？后来，听勘探队的人说，地下一百四十米全是盐，一百年也挖不完，那还能长啥？

我不甘心，就试着种。从一百多公里外拉来土，把油桶割掉一半盛上土，这回总没盐了吧。可是，不管种什么，没几天就蔫了。

有盐的土养不活。

没盐的土也养不活。

"死亡之海"连空气都容不得绿！

没绿就没绿吧，更难过的是——

没水。没电。没路。没人。除了我们，难见活物。

尽管一天加不了几辆车，但这里绝不能没油站！

有了油站，车辆、厂矿、工地，包括数得过来的几户人家，就都有了指望。一句话，罗布泊活了。

中石油在这里建站，不为挣钱，只为贡献。让祖国大地每个枝节末梢，都有呵护生命的血液。

进站那年，我二十八岁。站里算上我就四个人，都是男的。戈壁滩没有女人，连苍蝇都是公的。

镇长送给我一只狗，德国黑背。来的时候很小。他说，狗是伴儿，有它你们不寂寞。不然你们累了一天，不想说，没话说。日子长了，连话都不会说了。

镇长说得没错，人和人需要交流。我们每天干得又累又渴，真的不想说话，也没得说。这时，狗来了，围我们转圈儿，逗我们玩儿。我们就跟它说话。我带狗出去遛，剩下的三个员工就干坐着。公司领导来看我们，带来吃喝。我们很高兴。领导问一句，我们答一句。不问，不答，两眼盯着吃喝。

领导说，咋不吭气？

我说，惯了。

不爱说话，成了罗布泊人的通病。有人说这叫荒漠综合征。

别说领导来了没话说，就是回到家也没话说。我进站时，儿子还不到三岁。路太远，我半年也回不了家，回去儿子都不认识了，躲得远远的。好不容易在家住了一星期，刚熟，又走了。半年后再回去，他根本不理我。跟我没感情。

当初，油站建成后，第一车油是从库尔勒运来的。运油的人背了二百个馍馍，五百多公里走了十五天！

为啥？没路。

不但没路，也没信号，全靠运气。我被撂在半路十多次，又派人来找。从油站去公司，出发前我得提前说一声，我啥时候走的，大概啥时候到。如果不到，就派人来找。找不着活人，就收尸。

我开着越野车，在茫茫戈壁滩孤独行走。含盐的沙地一块一块翘起，好像东北平原刚犁过的地。东北的地是松软的，这里不是，硬得很，敲开一块里面全是盐。一下雨就走不成，盐化成白泥。四野苍茫，没有参照物，辨别不清方向。只好走一公里就停下来，在沙包上绑个红布条。来回走几次，布条绑多了，找不到路就找红布条。就这样，我还迷失过几次。印象最深的一次，差点儿送了两条命。我带员工小刘开车从罗布泊出来，才走了八十公里，轮胎后面的钢板就断了，走不成了。那天也倒霉，原计划晚点儿走，对方打电话催，我们就起个大早，带上两瓶水，不到五点就摸黑出发了，没想到半路车坏了。前不着村，后不着店。咋办？不能等死，只能回去喊人。我把水给了小刘，说我去喊人。他说我去！我说我是站长听我的，你在这儿等着，太阳出来就躲车后去，中午趴到车底下。这两瓶水要省着喝，准备撑两天，可不敢一会儿就喝完了。离开小刘后，我走了十几公里就迷路了。又热，又渴，又累，一头栽倒在沙子里。叫天天不应，叫地地不灵。我想，我可能活不了了，余纯顺就是这样死的。正绝望时，来了一辆矿山的车，把我救了。我来到矿山派出所报警，所长赶紧带人赶过去。赶到的时候，小刘已经虚脱，再晚一步人就没了。

从那儿以后，我就养成了习惯，来加油的，不管认不认识，都要问一声，师傅，你到哪儿去？如果说去玩，我就说你别去了，有可能把命玩丢了。如果说去探险，我就问东西带得全不全？水要带够，油要带够，手机号要留下。很多人不知道水的宝贵，一仰脖儿就光了。我看到这样喝水的就生气，说你不要这样喝，水是救命的！他问那咋喝？我说抿一口就得，留着万一。出事都在路上，车一坏，一躺说不定几天，没水咋弄？不是吓唬你，到时候想喝自己的尿都没有！再有，遇到沙尘暴，就把车熄火，抱着吃的喝的等待救援，千万不能再走。逆风走不动，顺风走着走着人就没了！

八年时间，我把罗布泊方圆几百公里都跑遍了。联系客户，问询需求，送油上门。油送到了，路也摸熟了。每走一处都留下我的手机号。我的手机二十四小时不关机。不管为啥事，随时可以找到我。

是孙站长吗？

我是孙富民，有啥需要帮助的？

我们没有油了，出不去了。

你们的位置在哪儿？

对方一说位置，我就说，我知道，等着我吧！

有时候半夜两三点来电话，孙站长，我们迷路了！

别急，告诉我你们现在的方位！

对方大概说个方位，我心里就跟明镜似的，带上救济开上车，找到人，一直把他们带到路口。走吧，兄弟！

跟没路一样，没水同样困扰着我们。我刚去的时候，要买水，六十块钱一方，买完雇车拉到站里。里外里，水贵如油。我就把用水控制在一个月三方，每人每天一暖壶，吃喝洗涮就它了。洗脸像猫，抹两下就得，洗澡更是中国梦。别说洗澡，连洗脚都不行。我规定不许洗脚，洗完脸水留着，给狗喝。它太可怜了，舌头整天伸着。所以，戈壁滩没有女人。男人不洗澡，臭就臭。女人不行。

没水都能凑合，关键是没电。来车加油了，就打着柴油发电机发电，发好电了再加油，加完油就关机。为省柴油，也为省机器。白天加不成油，地表温度高，汽油都挥发了，出来的全是气。咋办？晚上干！白天休息，晚上通宵营业。周围要加油的都了解，天不黑不来。白天偶尔有从外面来的，就敲我们的门。所以，白天睡不好，晚上没觉睡。作业的方法很古老，先提一桶水，浇到加油机上降温排气，然后发电加油。加完油就没电了。谁能想到没电的日子怎么过？可我们就是这样过来的！白天太阳借光，晚上星星点亮。

工作难，生活也难。自己做饭吃，洋白菜，土豆，就吃这个。总吃这个！把人都吃成了土豆。送菜的进来，天这么热，别的菜也带不成。韭菜带来就是一坨水，西红柿烂成酱。如果有拉沙的车进来还好，把菜掸上水埋在沙子里，拉到油站还能吃。

说实话，天太热了，也不想吃饭。光喝水，人都肿了。

早上五点半出太阳，彩钢房晒一个小时就成了蒸笼，根本待不住。温度计往地上随便一插，就是七十多度。厚底劳保鞋穿上没用，隔着鞋烫脚。刮风也没用，全是热风。热浪滚滚。刚来的时候，我天天流鼻血，一流一个多月。人热得受不了，连加油机都晒黑了屏。

日子再难，我们也没一个尿的。坚守油站，坚守罗布泊。

现在的人吃不了这份苦，也缺少这份担当。我有个侄子在家捣蛋，他爸没办法，就送我这儿来，说跟我吃吃苦，看回县城还捣蛋不。这娃待了一天，第二天就要走。我说你为啥不待了？他说这儿不是人待的地方。我说我在这儿待三年了，我不是人吗？他说谁知道你是啥人？别说待三年，待三天我非死在这儿！他听不进我的，闹着要走。我说没车你出不去。他包一背，拿了两瓶水，叔，我走路回去，拜拜！啊？把我吓死了。我拗不过他，只好找车。我给我哥打了个电话，哥啊，这娃我收拾不了，他死活不待。打也不行，骂也不行，说好的也不行，他背上包要走回去，那还能活吗？

这不是吓唬我哥。我亲眼见过走死的人。我不论看见谁背着包在路上走，都停下车来劝，别走了小伙子，这要命的事，晒都能把你晒死，快上车吧！

的确，罗布泊的太阳毒，晒都能把人晒死。

彩钢房热得不能住，我们就挖地窝子，钻到地下去。先挖四五米，形成一个宽敞的下沉区域，铺一层水泥地面，然后横向挖洞，盖几间小房。撑上木头，砌上砖，老结实了。

钻进地下，人和狗都凉快了。

俗话说，儿不嫌母丑，狗不嫌家贫。我们这儿是狗不嫌日子苦。初来时，镇长送的德国黑背是一只母狗，我起名叫老布，是在地窝子里养大的。它看家相当可靠，来人加油它不咬，但油站的东西你不能动，就是捡个空矿泉水瓶子也不行，你不放下就咬你。养了三年，下了七八窝，到处都来要。都喜欢这个品种。可以说，罗布泊的狗都是它的后代，个个是英雄狗。可惜，后来得了病，又没兽医站，死了。我哭了一鼻子，在油站后面挖了坑，埋了。派出所当初要了两只小狗，看老布没了，又还回一只，我起名叫小布。

小布特别懂事。我把它养大，它跟我特亲，走哪儿跟哪儿。每天必须看我两遍，看不到不行。我在地窝子里睡觉，它来敲门，不开不行，拿爪子扒拉，把漆都扒掉了。我赶紧起来给它开门。它看到我了，放心了。我拍拍它，它就走了。干啥去了？守油站去了。在门前一卧，跟门神一样。后来，我干脆不锁门了，随便它进来秀恩爱。我每次出门办事，它都要送我十几公里，跑到拐弯那儿，跟不上车了才跑回去。我出门前样样交代好，给它留吃的喝的，特别是水。不断水，狗就没事。小布也生过两次病，差点儿死了。我就给它打消炎针。它腿上有个疤，是我打针打坏的。过后我才知道，不能往腿上打，要往脖子上打。我流着泪抢救，到底救过来了。小布长得又高又大，"帅哥"一个，不少人要买。我说不卖，给多少钱也不卖。他们说你就卖了吧，我们带出去能让它吃好的，吃肉。你看跟你吃的啥呀，剩菜剩饭，连肉渣儿都没有。听他们这样说，我心里很难过。是啊，小布跟着我没过上一天好日子，老布更是了。我抱着小布，摸着它的头，小布，我对不住你，让你受委屈了，要不你离开这儿吧。小布听懂了，两眼湿湿的，往我的怀里扎。我说，好吧，你不走，我也不走。凄风苦雨，我们在一起。后来，小布有了自己的孩子。2012年，它老死了。

它最后看我的那一眼，我一辈子都忘不了！

我哭了一整天，把它埋在了老布的身边。

小布的孩子又接班了，跟我们一起坚守。

老布、小布、小小布，三代狗，前仆后继，陪伴了我们十几年。

从没水、没电、没路、没人的苦难岁月，一直陪伴到现在，有了水、有了电、有了路、有了人，有了新的加油站，有了年轻的站长！

冰天雪地的严冬过去了，春天来到了罗布泊。

谁说罗布泊没有春天？

两只斑鸠不知从什么地方飞来，在油站的雨棚下搭了一个窝。

啊？这里没草叶，也没树枝，它们用啥搭的窝？

我定睛看去，突然，哗的一下，泪水冲了出来！

我不敢相信！我泪流满面！我放声大哭！

——它们用工地上的铁丝搭了一个窝！

经过的事已随风而去

听我的故事就可以了，不一定要知道我的名字——

我是1993年来油站的，来的时候还是小姑娘。

从加油员到计量员，再到油站经理。

转眼，已经二十七年！

三十年大道变成河，三十年媳妇熬成婆。

大儿子今年二十六岁，说话我真要当婆婆了。

二儿子呢，归他抚养。

为啥说归他？

因为，我们分手了。

我们在春天结合，又在春天分手。

同一月，同一天。相隔十年。

我俩是中学同学。因为不在一个班，在学校的时候并没有好。后来参加工作了，有一次，我们班聚会，他跟班里一个同学是好哥儿们，所以也来了。我们就认识了。他一表人才。我呢，被同学称为班花。那时候，我父亲病逝了，妹妹还在上学，我和妈妈就顶起这个家。他知道了就常到我家来，帮我干家务事。下班的时候，他会来接我，送我回家。我俩就这样自然而然地走到了一起。

那是我的初恋。

相信也是他的初恋。

初恋的日子是甜蜜的，一天不见就想。像歌里唱的，长不过五月短不过冬，难活不过人想人。

我过生日，他给买了蛋糕，还买了一对银耳环。那时候没钱，他买不起金的，就买了银的。他用一块手绢包着送给我。我打开一看，他在手绢上用红线绣了两颗心，两颗连在一起的心。我高兴的心情无法用语言形容。我舍不得戴，生怕戴坏了。

这对耳环见证了我的初恋，我一直保存到现在。

尽管，两颗心不再相连。

谈恋爱三年后，他说我们结婚吧，我们就结婚了。

婚后的日子依然卿卿我我如泥水。每到情人节，他都给我买一枝玫瑰花，香到我心里。单位组织去旅游，他倾其所有，给我买了一个戒指。18K金的，上面镶了一颗猫眼石。他兴高采烈地背着手，说，媳妇你猜我给你买了啥？当时，我觉得自己是世界上最幸福的女人。后来有人看到这个戒指，说猫眼石是假的，他在景区被人骗了。我到现在也没告诉他。在我心中，这颗宝石永远是真的，不能用金钱来衡量。

后来，我们有了两个儿子。

我和公公婆婆住在一起，一家人其乐融融。

这样的美满幸福，多么令人羡慕。

然而，幸福的家庭都是相似的，不幸的家庭各有各的不幸。

我们这个在旁人眼里非常幸福的家庭出现了不幸——

他有了另一个女人！

经过的事已随风而去

女人会有第六感。我并没看到啥，但是我感觉到了。从他的说话，从他的眼神，从我们因为生活琐事发生的口角，我感觉他出了问题。这时候我才留心了。那个年代没有微信，只有短信。偶尔看到他们之间在短信上的甜言蜜语，又发现二十四小时来来回回只有这一个电话号码。我承受不了。可能我这个人感情上有洁癖，我很在意。婚外情对双方都是一种伤害。

我们分手后，他很快和那个女人结婚，证实了我的感觉。

怀疑成了事实，更让我心凉。

她姓金，离异。比我大三岁。见过的人告诉我，说长得没我好，还带着一个孩子。我听了一愣，说不出话。

我承认，我不懂男人的心。

也有男人说，不懂女人的心。

可是，我的心是透明的。

我对告诉我的人说，可能我不温柔，可能她比我优秀。

说这话的时候，我很平静。

但是，我恨她。

甚至，在梦里杀死过她。

我要，就要全部。不然就撒手，彻底撒手。

缘分尽了不强求，离婚是我先提出来的。那是在又一次因琐事吵嘴之后，我说咱俩干脆分手吧。他说你想好了？我说想好了。他说行，想好了就行。

双方心里都明白，不是为了琐事。

第二天，我俩就去民政局了。

没有一起去，分开去的。

进屋后，人家问，想好了？

想好了。

再想想！

不想了。

那你们填单子吧。

我拿起笔的时候，犹豫了。到底分还是不分？既然已经这样了，如果不分，不给自己一个空间，继续压抑自己，可能将来更不好。还是分开吧，让他做他想做的事。人挪活，树挪死，感情也是这样，分开了也许会更好。

只犹豫了两分钟，我就把单子填好了。

原因一栏，我写性格不合。

记得当初领结婚证还花了九块钱，离婚证不花钱。

我拿着离婚证，愣了一下。

这是真的吗？

就这样分开了吗？

一纸离婚证书，十年姻缘了断。

回到家里，看见孩子，我心里纠结得不行。而他，好像没事，又跟朋友去喝酒，去玩儿了。也许是还没玩儿够的年纪。

我俩分手的时候，没有跟公公婆婆商量。现在想想真对不起两个老人。他们一直对我像女儿一样，帮我带孩子，让我安心上班。我俩办完离婚，我决定把自己的被褥从家里搬走时，老人才知道这件事。

公公婆婆家在石油公司大院，左邻右舍都很熟。我想，如果白天去搬东西，让大家看见了，议论纷纷，对公公婆婆打击太大。所以决定天黑再去。

当晚，天黑了。我找了一辆小三轮车，停在门前，进了家。

经过的事已随风而去

023

恰好婆婆没在，只有公公一个人。他看我把衣服被褥打成捆儿，吃惊地瞪大两眼，你……你这是干啥？

我说，我们离婚了，我来搬东西。

公公当时就傻了。嘴唇抖着，一句话也说不出来。

我心酸得要命，眼泪无声地淌下来。

好久，愣在那儿的公公，突然哭起来。像黑着脸憋了一天的雨，猛然间电闪雷鸣。苍老的，绝望的。那泪不是流出来的，是大坨大坨掉下来的。孩子，你们不能不离吗？不能不离吗？

我不知道该怎样回答，也回答不了。

我只想赶紧走，快点儿走。

当我走到门口的时候，公公一把拉住了我，塞给我一样东西。

我一看，是家里的门钥匙。

这个钥匙我进门后就放在了鞋柜上，没想再拿。

你拿着，啥时候，都是你的家……

他这样说着，抹了一把泪，扭头回里屋了。

他关上门，但关不住哭声。

绝望的，苍老的。

我突然想到，十年前的今天，我得到了这把钥匙，走进了这个家。

十年过去了，还是在今天，我放下这把钥匙，离开这个家。

我再也忍不住了。

我放声大哭！

这把放下的钥匙，被公公拿起来，又塞给了我。

我一直拿着，一直拿到今天。

老人有啥事，老人生病了，我第一时间赶到。逢年过节，我都要来这个家，带着东西看老人，跟他们一起过个年，一起吃个饭。共同生活了十年，两个老人帮我把孩子带大，像闺女一样疼我，这个恩情我永远不忘。我离开了这个家，我挂念他们，他们也挂念我。婆婆劝我说你别太累了，也别光顾着工作，要是有好的，你再找一个。公公是老石油人，退下来以后闲不住，在房前屋后种瓜菜，时常摘满一篮子，跟我儿子说，给你妈拿点儿去！

一转眼，我离婚已经十二年。

这把钥匙一直好使。每次去，都能打开门。

二儿子管继母不叫妈，叫阿姨。我跟他说，不要因为爸爸妈妈分开了，你就对金阿姨生气。大人分开就分开了，对错你评判不了。你要尊重金阿姨，听金阿姨的话。就是你认为自己是对的，也不要跟金阿姨顶嘴。对你爸爸也是这样，他有自己的生活，你要尊重他。你们处好了，过好了，妈妈才放心，妈妈才高兴。

我劝孩子，也是劝自己。面对离婚，天天哭也不行，不能停在眼前的坎儿上，日子还得过，颓废没人可怜。我从少女到谈恋爱，到结婚生子，再到分手，拐了一个大弯儿，又变成了单身。但这个改变不是重复。我虽然经历了曲折坎坷，经历了无依无助，但是，我有了自己的孩子。女人就是这样，为母则刚。一想到孩子，一切都可以抛到脑后。为了孩子，我要挺直腰杆儿往前走，给孩子做榜样。

而对他呢，他过得咋样？我没想过，也不想。

缘分尽了就是尽了。

后来，还是同学告诉我，说他跟姓金的女人分手了，没

经过的事已随风而去

过长。

听到这个消息，我没有幸灾乐祸。

这是他们自己对生活的选择。

这中间，有好心的同学来找过我，说你们复婚吧，他现在很后悔，你接纳他吧。我说我不接纳，他伤透了我的心。他没有这个机会了，分开就分开了。我最好的年华已经过去了，跟他的缘分已经断了。同学说，难道你就一个人过下去吗？我说我不勉强自己，随着心走。缘分来了我不拒绝，没有缘分我也不去强求。如果有了缘分，我会再谈一场恋爱，再有一个自己的家，会比跟他复婚更幸福。如果没有缘分，我就自己过下去。一个人过也挺好，我现在就挺好的。同学把我的话转告了他，他跟同学说，你不了解她，她是不会给我机会的。

再后来，儿子告诉我，家里又有了一个阿姨，叫欧阳梅，是开酒吧的。他爱喝酒，喝起来能忘了家，找了一个开酒吧的，不奇怪。我跟儿子说，像对金阿姨一样，你要尊重欧阳阿姨，不要掺和大人的事，自己好好学习。

儿子很争气，学习成绩很好。当他考上大学的时候，我为他办了一个升学宴。同事们，同学们，还有公公婆婆都来了。

我特意选了一家饭店。二楼是餐厅，一楼是酒吧。

这个酒吧，就是欧阳梅开的。

除了家人，所有的来客都不知道。

欧阳梅没有伤害过我，我特意来看她。

不像当初那个姓金的女人，让我心绪难平，让我忧伤怨恨。不过，那一页我早已翻过去了，没有爱也就没有恨了。

我借着办升学宴的大喜日子，来见见欧阳梅。看她是怎样的人，也想跟她说几句话。女人跟女人的心里话。

作为继母，欧阳梅当然知道设宴的人是谁。

没等我去酒吧，她自己先上来了。为参加宴会的人提了一提啤酒。祝大家喝得高兴啊！她这样说着，一脸微笑。

美丽，端庄，大方。

她开了一瓶啤酒，满满倒了两杯。

一杯递给我，一杯自己端着。

姐，让我们为孩子干一杯！

我接过酒杯，看着她。她也看着我。

她甜甜的，甚至有些天真。笑容里没有商人的油滑。

宴会过后，我请同学们到一楼酒吧聚会。

在同学们寻找青春的尽情浪漫中，我跟欧阳梅说，今天，孩子的爷爷奶奶都来了，你看两个老人多高兴。他们把我当闺女一样疼，也会这样疼你。你跟他们好好相处吧，慢慢会发现老人的好。跟他也是，我希望你们过好，越过越好。你们过好了，对孩子也好。你看，孩子是多好的孩子！

她点点头，眼里闪着泪。

叮的一声，我们又碰了一杯。

也是最后一杯。

打这以后，我再也没见过欧阳梅。

现在，我已习惯了一个人生活。一个人生活无牵无挂，反而能把更多的精力用在工作上。我是经理，一油站的兄弟姐妹还指望跟我吃喝呢，我不能对不起他们。每天早上七点多，我就到单位了，溜溜干一天，到晚上卸完油回到自己的小屋，天已经黑透了。上床，睡觉。很累，也很充实，并不感到冷清。

当然，也有睡不着的时候。

我取出那块手绢，打开，上面绣着两颗心，两颗连在一起的心。

手绢里包着的那一对银耳环。因为舍不得戴，二十多年过去了，依旧崭新如初，在灯下闪闪发亮。晶莹，纯洁，像我们的初恋。

往事像过电影，一幕又一幕，一遍又一遍。有时候，我会冒出这样的想法，如果当初自己换一种方式处理，现在的生活可能又是另一种。但是，生活里没有"如果"。电影可以重拍，生活永远直播。只有一切向前看，把从前的一些经历选择性地忘记，多想一些开心快乐的事，不要让难受压在心里，自己跟自己过不去。

这时候，我会从手机里找出这支歌，跟着小声唱——

曾经以为我的家
是一张张的票根
撕开后展开旅程
投入另外一个陌生
这样飘荡多少天
这样孤独多少年
终点又回到起点
到现在我才发觉
哦哦哦……
路过的人我早已忘记
经过的事已随风而去……

德布的往事

德布终于摆脱了一切苦难。

他来到了中石油，成了乌兰油站的一名加油员。

在这之前，他所经历的一切都成了往事。

苦难的，令人心碎的。

他是一个不爱讲话的蒙古族孩子。就是讲话，也总是低着头，很少抬起头来看对方。他的汉语说得不太好，有时候为了把一句话讲通，要停好一会儿，所以讲起来断断续续。

听他讲话要沉住气。为他着急又不能急。要有耐心，等他。

我等他。我听他。

他的往事，让我揪心。

我的家在大山里，没人知道。

我每天放羊，上不了学。有一天晚上，丢了一只羊，也不知道咋丢的。那天晚上月亮很大，举头望明月，低头羊没了。找了好几天，也没找到。爹拿羊鞭抽我。我咬着牙，不叫疼。一羊能卖一千多块，让我给丢了。该打。

后来，外出的哥哥回来了，他拿起羊鞭去放羊，我在家里就多余了。我也不想一辈子放羊，就出来打工。附近没工可打，只能去州上。家里给了二百块钱，我就出来了。临走时跟爹妈说，不打出个样儿，儿子就不回来。这是我第一次出来打工，什么叫打出样儿，其实我也不知道，就认为打工比放羊好，能挣上钱。我想，如果挣上钱，把钱拿回家，那就是打出样儿了。

身上带的这点儿钱只够活命，饿了能买东西吃，住不起店。再说，也不知道哪儿有店。天黑了，来到一座桥洞下，看看地上没水，就躺下来。火车在头顶上过，轰隆隆吓得心狂跳。肚子饿得慌，恨不得拔草吃。身上冷得不行，没有被子，冻得睡不着，眼泪就下来了。

在桥洞下缩了一晚上，第二天，爬起来就去找工作。

远远地，看见铁路两边的防护栏正在维修。

我跑过去问，要人不？

要！

我行不？

行！

我就干上了。

活儿是公家的，包给了工头儿。工头儿说一个月能拿一千块钱，真不赖。我想起晚上没被子，再冻病了，就去集市上买了一床被子。被子买好了，找的钱被偷了，没有办法。就这样，干了小半年，说好给五千块，发的时候只给了一千，说剩下的等有了再给。

我问啥时候能有？工头儿说，快的话，下个月就有。

一千块钱拿到手。一辈子第一次，烧得不轻。

我听见一起干活的人说，今天的馍比明天的肉香。我不知道啥意思，今天也没吃馍啊？馍在哪儿呢？再说了，馍哪儿能比肉香？胡话。

我又看他们个个都把钱遮住太阳看，问这是干啥？他们说怕有假的。我也对上太阳看，都是人头，不知道真假。有好心人就帮我看，一张张看过来说都是真的，我高兴得不知道咋好，忙装兜儿里。

想不到，还没装热，工头儿说他急着用钱跟我借。

我愣住了，哪儿能不借呢？

是他答应让我干活儿的，是我的恩人。

再说，不借，得罪了，剩下的钱咋办？

工头儿看我犹豫，就掏出身份证，你看，这是我的身份证，给你看一下，差不了你的钱，下个月发了钱一起还上你。

我把钱掏出来给了他。不知道让他写借条，也不敢让他写。

工头儿给了我手机号，说你放踏实，到了下个月，一次发给你六千块。你别乱花，留着娶媳妇！

他这样贴心，我踏实了。

又干了二十多天，眼看到月底了，忽然找不见他人了。大家都着急，都找。我想起他的手机号，就拿给有手机的人打。

一打，是空号。

这个人就此再也找不到了。他骗了我，骗了所有干活的人。

我白干了几个月，说好的六千块，一分没拿着。

这时候，我明白了，今天的馍就是比明天的肉香。肉再香是明天的事，不一定能吃着。一起干活儿的人，再不济还吃着了馍，我连馍都没吃着，到手的钱还被他骗走了。

唉，今天的馍比明天的肉香，以后要记住。

记住是以后的事。现在呢，只能饿着肚子到处走。

老天爷可怜我，在西宁附近一个公园，我又找到了活儿。干啥？栽树。栽完了树，又刷铁管子。头一回被工头儿骗了，这回我特别注意老板。看他面相，听他讲话，觉得靠谱，就跟他干下去。

想不到，有一天干活儿的时候，高处一根管子掉下来，把我的右脚大拇指直接砸断了。我疼得倒在地上，血流了一鞋坑儿。老板吓坏了，以为我腿断了，赶紧叫救护车送医院。到了医院就住下了。大夫说拇指不行了，脚能保住。我低头一看，脚肿得歪朝一边儿像个萝卜。

大夫说，咋也得在医院住一个月。

我一听急了，这不能行，才干上就倒下，哪儿来的钱住医院？

我得起来，我得去干活儿。

第一天，起不来。一动钻心疼。

第二天，还是起不来。脚不听使唤。

第三天，我挣扎着起来了，拄着拐来到工地。

一手拄拐，一手拿铁锹。

老板看见了，说你伤成这样咋还来？快回医院去！你躺着，先把伤养好。住院钱我拿，工资照样有。

老板这样说，我眼泪都下来了。想起骗我的工头儿，这老板是多好的人，我不能对不起他。

我说，我是自愿回来的，你就让我干吧！

老板不答应，死活又把我弄到医院，给我交了费。

可是，我躺不住，再疼也要下床，也要回工地。

我来到工地，拄着拐干活儿，不能对不起老板。白天干活儿不能尿，晚上疼得睡不着。眼泪止不住。

　　这样的苦日子终于熬过来了。脚一天天好了，公园的活儿也完了。老板给了两千块，我不知道咋感谢他。他说感谢啥，这是你该得的。你脚伤成这样，我心里也不好受，要说对不起，是我对不起你！

　　我一步三回头离开了老板，不知道天底下还能不能碰到这样的好人，也不知道在这高楼大厦的地方哪儿还有工让我打。

　　我一边流浪，一边找工作。夜晚缩在墙角躲寒风，像个鬼。饿着肚子，想起了家，想起了爸妈，想起在山上放羊的日子。

　　我不知道出来打工到底对不对，也不知道命要把我推向何方。

　　有时候，真想回家去，又觉得没脸。说好不干出个样儿就不回去，哪儿能就这样回去？男子汉说话要算话。

　　我到处流浪，到处找工。找不到长活儿，一天的短活儿也干。不给钱，只管饭。管饭就吃饭，今天的馍比明天的肉香。吃完了饭，又没活儿了。走！

　　下了雪，风把雪刮进眼里。迎着雪，迎着风，走啊走，想起个歌儿。都说蒙古族天生会唱歌，我就不会唱。我没有音乐天赋。在公园打工的日子，跟一起打工的学会了这歌。我唱不全，也唱不准。当着人不敢唱，就在心里唱。我觉得这歌是为我唱的，唱到我心里，又从我心里唱出来——

　　　　流浪的人在外想念你
　　　　亲爱的妈妈

流浪的脚步走遍天涯

没有一个家

冬天的风呀夹着雪花

把我的泪吹下

走啊走啊走啊走

走过了多少年华

春天的小草正在发芽

又是一个春夏……

我走啊走，终于在黄南金矿找到了活儿，为修建蓄水池抬石头，一天给十五块。老板也好，当天下了工就发钱，比干一个月再发靠谱。最高兴的是肚子能吃饱。我有多少天没吃饱肚子了，脸瘦得像刀。

在这里，我不但吃饱了肚子，还认识了做饭的厨娘，我叫她莲姐。

我第一次排队打饭，她看了我半天，说，你是新来的？我不敢回答，只敢点点头。点完头就再也没抬起头来，没敢看她。

咣，咣！

她给我打了两大勺，明显比别人多。

虽然比别人多，但我很快就吃完了。

那个新来的，过来！她叫我。

我过去了，她"咣咣"又给了我两大勺。

我想说声谢谢，没说出声，也没敢抬眼。

可是，我感到，她一直在看我。

每天打饭的时候，她第一个先盛给我。

慢慢地，我跟她熟了。

莲姐比我大三岁，长得干干净净，就像一朵莲花。她的命很苦，老公犯了事，关在格尔木。听说是死罪，就等执行了。莲姐的哥哥带着她和她的女儿来工地。她勤快，做饭又好吃，就待住了。她的女儿还小，才五岁。可怜。

每晚收工后，我看见莲姐总是在哭。

我问，你哭啥？谁欺负你了？

她说，没人欺负，心累，想哭。

有一天晚上，她叫我，拉住我，塞给我一个布包。

我打开一看，里面有五双布鞋、三双鞋垫。

我愣在那儿，浑身直哆嗦。

你穿上！她说。

我试着一穿，不大不小。

她笑了，我比着你地上的脚印做的。

那天晚上，月亮很亮，我看见她的手上有好多破口儿。

我问她咋回事，她说不碍的。

后来，我知道了，是做鞋扎的。

五双鞋，三个鞋垫。一针一线！

我把小布包揣在怀里，回到工棚，偷偷塞在褥子下。

工棚外，一个老陕，一边抽着用报纸卷的烟，一边哼唱——

> 你给谁纳的一双牛鼻鼻鞋
> 你的那心思我猜不出来
> 麻柴棍棍顶门风刮开

你有那个心思把鞋拿来……

我躺床上睡不着，问抽烟的老陕，为啥要纳鞋呀？

他咳嗽了两声，咋说呢，恨你的人不会给你纳鞋。

我不敢再往下问了。

第二天中午，我在水池底下卸石头，别人到点儿就下班吃饭去了，只有我一个人还在干。一颗汗珠摔八瓣儿。我把石头卸好，别人吃了饭下来就能铺，省得耽误时间。

我干活儿总是最后一个走，要对得起这一天的钱。

这时候，蓄水池已经很深了，我在底下干活儿，上面啥都看不见，抬头就是天。上面的人看我，像看蚂蚁。

正闷头干着，忽听头上有人叫，德布，吃饭啦！

是莲姐！

看我还没去吃饭，就跑来叫我。

她从水池高高的沿沿上走过来，边走边喊，德布，吃饭啦！

我说，莲姐，我这就来！

话音未落，只见她突然从上面掉下来！

啊——

哪当！砸在石头上。

山崩地裂！

天塌地陷！

我扑去，撕心裂肺地叫，救命啊，救命！

大家赶来，七手八脚把她抬上去。

她软得像面条，一头一脸的血。

我的心碎完了。

紧急送到医院，还剩最后一口气。

她挣扎着要起来，起不来，两眼看着我，德布，我的孩子给你带了，你找个好媳妇，过好！

我说不出话。

我泪如雨下。

她抓住我的手，抓住我的手……

莲姐！我大声叫着，用尽全身力气。

她听不见。

她不回答。

她走了。

莲姐走后，公安来人了，问我出事的时候看见了啥？

我说啥也没看见，正低头干活儿，听见她在上面喊我吃饭，还没抬头找，人就掉下来了。

公安还追问，你当真啥都没看见？

我说，当真没看见，咋啦？

没看见就别问了。这是跟你问话的笔录，你看看。

我看不懂。

哦，我们给你念念。

公安的人给我念了一遍，我脑子乱得像有锤子锤。

听清楚了吗？

没听清楚。

你想啥呢？我们再念一遍，你好好听着。

又念了一遍，又问，你听清楚了吗？

我还没听清楚，可是我不敢说。

德
布
的
往
事

你听清楚了吗?

听清楚了。

对吗?

对着呢。

公安的人就让我签字。

我说签不好。

那就按个手印。

我按了手印,按成个死疙瘩。

你轻点儿,又不是抬石头,重按!

又按了。

他们说行了。

我不知道发生了啥事,就打听。有人说你别问了。也有人告诉我,说莲姐掉下去的时候,她身后还有一个脚印,这个脚印跟着她的脚印。公安怀疑莲姐是被人推下去的。

啊?!

我脖颈子发凉,浑身抖得不行。

紧跟着,更让我发抖的消息传来,莲姐的哥哥被公安带走了!

有人说,脚印是她哥的。

我说,这咋能?咋能把妹妹推下去?这不能,不能!

咋不能?他哥恨她!

啊!恨她?为啥?

你还不清楚?

我不清楚。

你自己想吧,有一天你能想清楚。

说话的人走了，我站在那儿，失魂落魄，成了傻子。

我想不清楚，永远也想不清楚。

蓄水池的活儿完了，我带着莲姐的孩子离开了工地。

哥，咱们去哪儿？她问我。

我答不出。不知道去哪儿。没有目标，没有方向。

我不能带着她流浪，她太小，太可怜了。我想办法跟家里取得了联系，打算把她带回家，让爹妈收留她。

爹说，你不能带来，你要带来就别进这个家门！

爹的话像刀一样，剜碎了我。

一块干活儿的龚老爹说，算了，把她交给我吧，跟着你没活路。我带她回家去，已经跟老伴儿说好了。

龚老爹懂技术，在工地搞测量，除了爱喝酒，人不坏。

我走投无路，只好把莲姐的女儿交给他。毕竟他有家。

我对不起莲姐。可是我实在没办法。我把挣的钱都掏出来给龚老爹，说留给孩子用。龚老爹说啥也不要，说，你身上没钱，就是个死！我说老爹拜托你一定把孩子拉扯大，我干出样儿来就去找你！龚老爹说你放心吧，莲姐对大家都不错，不能亏了她，她太可怜了！

我流着泪跟莲姐的孩子分手了。

哥，哥啊，哥！

走出多远，还听见她叫，还听见她哭。

后来，我猛地想起，我根本不知道龚老爹的家在哪儿。

以后，我到哪儿去找莲姐的孩子啊？

我恨不得一头撞死在树上！

莲姐，我对不起你，我真的对不起你！

让我万万想不到的是，当我再次踏上流浪的路，竟然碰到了一个人，好像碰见了一个鬼。

谁？

莲姐她哥！

那天，我正蹲在劳务市场等活儿，忽然有人拍我肩膀，回头一看，竟然是他！他说你有几天没吃饭了？走吧，先去吃个饭。他带我来到小饭馆，要了大碗的面。我也真饿了，顾不上说话先吃上面。实际上心里的话也不敢说。我不说话，他也不说话，两个人闷头吃。

当天晚上，他带我到一家小店住下。

屋里没灯，黑得像山洞。

住下的两个人也像野人。

他忽然问我，我妹给你做的鞋，你还带着吗？

我说，带着，我一直揣在怀里。

他说，太好了，我在到处找你，就为了跟你说句话，这鞋是她喜欢你才做的，留个纪念，不能扔了，要穿。

听他这样说，我很难过。

他又问，我妹的孩子呢？

我说，给龚老爹带回家了。

他说，哦，龚老爹是好人。

当天夜里，我有一肚子的话想问他，终于没有问。我躺在床上很快就睡着了，多少天没有这样好好睡一觉了。

我睡着了，也没听见他翻身的声音。

第二天，天不亮，我就被吵醒了。

死人啦，死人啦！外面有人喊。

我扭脸一看，他睡的床是空的，以为他出去看死人了。

万万想不到，死的就是他！

他把自己吊在树上。发现时，已经硬了。

这为啥？

这都是为啥呀？

我大声叫着。我不明白。我永远也不明白。

我流着泪，继续在打工的路上流浪。

老天不让我死，让我在乌兰停止了脚步，我碰到了中石油招工的，说你愿意到油站工作吗？我问油站老板的人性咋样？工钱是一天一给吗？回答说油站是国家的，不是老板的，工钱一月一给。我又问，能干长吗？回答说能干一辈子。我说，好，我干！

就这样，我走进了中石油，成了一名加油员。

那是2008年春天。

像我会唱的《流浪歌》：春天的小草正在发芽。

当初，油站只有三个人，效益不好。我干了几天后，他们跟我说，你在这儿干吧，我们不干了，我们要去打工。

我担心他们一走油站就垮了，好不容易找到的饭碗又打了。

我扑通一声给他们跪下！

我说，求求你们别走，活儿我可以多干点儿！

他们都愣住了。

我又说，不能去打工啊，命都保不住！

最后，一个也没走。

现在，油站一天比一天好，我们的收入一天比一天多。

我告诉爹妈，儿子干出样儿来了，年底就带上钱回去！

说到这儿，德布的头更低了。

他停下了。不吭声了。

但是，我知道他没说完。我等他。

过了好一会儿，他说，莲姐的孩子在哪儿啊？我到哪儿去找她啊？

戴姐

东郊油站的员工管经理戴宇娜叫戴姐。

在这之前，这个漂亮的四川姑娘，被大学同学送美称戴安娜。

初到林芝，宇娜有些不适应，每天早上起来街上都没人。转了几大圈儿，还是没人。生活节奏太慢了！她性格外向，爱说爱笑，觉得自己待在这个地方会不会老得太快？

结果，她待下来了。一待十几年，不但没老，反而更年轻、更漂亮了！

大一岁也叫姐。宇娜笑着对我说，既然叫我姐，我就把这姐当好。这么多弟弟妹妹，讲谁好呢？这样吧，李老师，我就给你讲两个弟弟的事。哦，有一个还不是弟弟，呵呵！

李方和格桑是新来的大学生。两个小伙儿都很帅。

格桑是藏族，已经结婚了。这天，他媳妇拎了一袋橘子到站里来看他。他顺手拿了两个给我，姐，吃吧！他媳妇也说，冰糖橘，可甜呢！我抬眼看见李方正在加油，觉得他好辛苦，就举着橘子走过去，说，李方，格桑请客，来一个吧！李方说我手脏。我说没事，我帮你剥。剥完，我说，我喂你吃行吗？在我看来这很正常，作为站经理，又是大他几岁的姐，在他忙得腾不出手来的时候，剥个橘子慰问他，我不但从心里高兴，而且感到很幸福。

想不到，这还不是最幸福的。

最幸福的是他一句话把我整蒙了。

李方说了句话，啥话呢？

——我有媳妇了，我都订婚了！

哎哟，他这是说啥呢？

我一下子就蒙了，脑子完全没跟上来。

这话啥意思啊？我有媳妇了，不要来打我主意，是吗？

这是哪儿跟哪儿啊？

但是，眨眼工夫，我的话就跟上来了，你订婚咋了，我还结婚了呢，还有孩子了呢！你订婚洋气呀？

我的秒杀，让李方也蒙了。

他看着我，半天说不出话。

来言去语，听傻了格桑和他媳妇。

橘子的事对话过后，我对李方格外上心。

为啥要上心？

加油站是"开口行业"。随时随地要开口，随时随地要讲话。跟你的顾客，跟你的同事，跟你的上级，甚至问路的人。你不想说也不行，你不说别人要找你说。你能不理吗？你能不答吗？在这样的环境中，如果不会讲话，不会沟通，分不清开玩笑，分不清好赖话，拒人千里，扯皮不断，那就会很被动，很难工作，很难相处，很难生存，最后落得孤家寡人。

不要说在加油站，在任何地方都如此。

李方是新人，像刚出土的豆芽儿，我要带好他。

谁让我是姐呢？

这以后，我上班一来就喊李方，李方来了没有？外出办事就叫上李方，李方你跟我走！站上空闲的时候，我就把李方过来练他：李方你跟我说话！说啥呀？说啥都行。那说啥？你早上吃的啥？中午吃的啥？晚上吃的啥？你连这个也不会说吗？他躲不过去，只好说，早上吃的啥，中午吃的啥，晚上吃的啥。我说你叫我！叫你啥？叫我姐。姐。哎！再叫！姐。哎！还叫！我都叫了还让我叫？我是你姐吗？是。那你叫！姐。哎！我好看吗？好看。我好看吗？好看。我好看吗？不好看！哈哈哈！

我就这样折磨他，像逗小孩一样逗他。

不光我实施这个战术，还叫站里性格好的女生，天天跟他没话找话，没完没了，没了没完，练得他脸红脸白，脸白脸又红。

终于，有一次，在我出差几天回来后，李方见到我，突然说，姐，我想你了！

哎哟，我喜出望外，我霞光万丈！

我说，姐也想你了！今天晚上，我请你跟大家一起吃饭！

李方的性格改变了，开朗了，外向了，再也不是闷葫芦。

但是，我仍然没有忘记关于橘子的那次对话。

他为啥会突然冒出那样的话，我有媳妇了，我都订婚了！除了跟性格内向有关，心里还有啥纠结吗？

开口就说有媳妇了，订婚了，他紧张个啥？

我观察他。

我揣摩他。

戴姐

李方内心的纠结很快就表现在工作上了。让他干核算，他不想干，说在学校里就烦数学。问他想干吗？他说要去加油。好吧，就让他加油。可是，他站在加油机旁，眼大无神不聚光，顾客加完油交没交钱不知道，放走了，接连跑了好几个单。

这天，他又跑单了。

我把他叫到办公室，把门关上，这儿就咱姐弟俩，你说吧，整天心里都想啥呢？想啥就说啥，别闷在心里。

这要是在以前，就凭他三棍子打不出个屁，问啥他也不会说。现在，到底改多了，叫了一声姐，来了个竹筒倒豆子。

原来，他订了婚的媳妇是大学同学，两人在学校对上的眼。女方家在西安，家里人看李方到西藏来工作了，不想让女儿来，就在西安给找了工作，已经开始实习了。实际上，是想把他俩分开，断了这事。

姐，李方说，我想干一年就去西安，重新找份工作。

哦，怪不得你两眼无光呢，原来是为了媳妇，怕煮熟的鸭子飞了。姐问你，你想过没有？跑了单要追不回来你得赔！你赔来赔去，哪儿还有钱？到了她生日的时候，买个首饰不得一两千吗？逢年过节不得给她打个千八百吗？爱情归爱情，心意很重要。你没钱拿啥哄她？你是个大小伙子，体力，精力，学历，样样跟得上，你凭啥跑单赔钱？我不管你想干一年还是两年，就是干一天，也得把活儿干好了。男人有了事业，再说媳妇的事。说老实话，像你这样，整天为媳妇五迷三道，就是追到西安，人家也看不起你，早晚甩了你！因为你不像个男人，你挑不起家！

我一顿砖头瓦块，劈头盖脸。不等李方缓过劲儿，前台有事找我，我就忙去了。晚上下班后，我又把他叫出去一起吃饭。大棒抢了还得加胡萝卜，都是这么干的！

我边吃边跟他说，现在还是咱姐弟俩，我白天的话有点儿重，你别在意，姐是为你好。姐想听听你这个未来的媳妇，她对你俩的事是咋想的？李方说我女朋友现在很矛盾，她想跟我来，但家里不同意。她说正在做家里的工作，家里同意不同意她都想来。听李方这样说，我心亮了。我说只要她自己愿意就好办，西藏这地方除了海拔高，其他还可以。具体到咱们林芝这块儿，又跟西藏其他地方不同，海拔不高，四季常绿，是旅游者向往的胜地。油站员工的收入跟着效益走，水涨船高，一个月三四千块有保证。你说你女朋友在西安工作，实习期间才八百块，我看转正也高不到哪儿去。竞争压力那么大，真不如我们这儿。你跟她好好商量商量，是你回去还是她过来？如果她能过来，你俩在一起，相依相守，收入又有保证，日子会越过越好。姐就是现成的例子，我来的时候啥也没有，爸妈是农村的，家里条件很差。我结婚的时候，都没向丈夫家要彩礼。干吗要彩礼呢？只要我俩都有工作，钱可以挣，房子、车子可以买。我一分没要就出嫁了，两手空空来到了中石油。现在咋样呢？你都看到了，该有的都有了，对吗？你跟女朋友好好商量下，不一定非要她过来。但我觉得她过来是最完美的。商量完了你再做决定，是走还是留。就算你明天走，今天的活儿也要安安全全干完。不要魂先飞回去了。飞回去也没用！

分手时，李方说，姐，你真好！

哈哈哈，我笑了，我本来就好。你晚上回去好好想想，想好了，不管是走还是留，明天上班来了要先跟我笑，笑到我满

戴姐

意才行。

姐，笑到啥样你才满意？

你拿着镜子笑，笑到自己觉得这个笑美了，不难为情了，明早再来跟我笑。我觉得满意了，你就保持这个笑脸上班，保持这个好心情迎来送往！

这顿饭没白吃。

第二天，李方来上班，离二里地就开始笑，一直笑到我面前。

没过几天，他的女朋友来了。留下了。工作了。

小日子红红火火，李方眼大有神！

好事成双，更美的还在后头。

不久，李方告别了油站，调到了机关。

我笑着送他走，回来掉了泪。

从我们油站调走的不光李方，还有赵培钧。

不调则已，一调就调到了总公司！

我跟培钧不但是一批来的，还是一个学校的。

说起他，我真服了！

比如说，下午六点下班，他手上正在记着账，8字才写了一半儿，他有本事把笔停下来，那一半儿明天再说。看上去，不是8，而是9。

或者，他正在打扫卫生，就差一扫帚了，下班时间到了，他放下扫帚拔脚就跑。眼看地上还有一张糖纸，对不起，明天再说。

我问，你干吗跑那么快？

到点儿了，回家。

加个班不行吗？

不想加！

媳妇在家吗？

没有。

爸妈在家吗？

没在。

那你急着回家干吗？

不瞒你说，玩儿去！

他的玩儿心就这么大！

不管玩啥，玩儿得多high，回来都跟我讲。不把我当女的。

问题是，他玩儿起来下班多一分钟都不行，可上班呢，总是迟到。你说吧，我俩是老乡，又是同学，我虽然是经理，要批评他还真抹不下脸。他啥不明白啊？心里跟明镜儿似的，啥都比我明白，还需要我跟他讲道理吗？也不是没讲过，嘴上抹石灰——白说！这耳朵听，那耳朵冒，比风还快。但是，总这样下去也不行啊，其他员工会认为我是他老乡、同学，就放他一马，装看不见，那油站还咋管？管不住人了！再说了，从年龄上，我俩一般大，我是油站的姐，他就是油站的哥。哥要有个哥的样，弟弟妹妹才服。

这咋办？

我把脑瓜儿掰两半儿了，到底想出一招儿。

这天晚上，我在油站群里喊起话来，亲们，敲黑板画重点！现在大家一起跟我对表，我的表现在是晚上八点整！亲们，看看你们的表，快的慢的都赶紧跟我对，以我的为准！群里立刻热闹起来了，有的说跟我准的，有的说跟我不准的，还有的说公司是不是要给大家发表？我要女表！我要男表！我不要表能改发钱吗？我说你们这帮财迷脑袋都想啥呢？那姐你为啥要跟大家对表？亲们都听着啊，大家对好表了吧？对好啦！对好啦！好的，姐从明早上班开始立新规矩，看表点名，谁来晚了就罚钱，一分钟罚五块，不多吧？下午四点交接班，同样啊，谁来晚了就罚！群里一下子又乱了，姐跟我们开玩笑吧？罚的钱上缴国库吗？姐可不是开玩笑啊，姐是认真的，新规矩从明早开始执行，来晚了的可别后悔啊！罚的钱也别上缴国库了，麻烦！再说这点儿钱国库也看不上，拿出来请大家吃饭！一听说请大家吃饭，吃货们喜大普奔，我要吃肯德基！我要吃麻辣烫！我要吃酸汤水饺！有人说五块钱吃啥呀？顶多买个茶叶蛋，还不够塞牙缝儿，五十块一分钟还差不多！更有狠的，我提议一百块一分钟！只要抓住一个，就够大家吃了！好啊，好！群里一片叫好声，我心里一阵小激动，这招儿看来很灵啊。我说，既然亲们都觉得五块钱少了，咱们就提高点儿档次，五十块、一百块太狠了，这样吧，迟到一分钟罚二十块，好不好？群里一片叫好，一片点赞。我说全体通过，明早我就点名，想睡懒觉的先准备好钱，按分钟准备。我要是开会去了，迟到的也跑不了。我回来调监控，谁晚来一分钟，二十块给我交出来，没现钱的我扣工资！

在群里一片群情高涨中，我找来找去，没找到真心下药的赵培钧，这家伙既没发声，也没冒泡。他是在潜水，还是……

哎哟，他可别关机了，那太浪费我表情了！

我试着打他手机，果然，关机了！

别问，玩儿high啦！

我气得鼓鼓的，一晚上没睡着！

第二天，我起大早来到班上，远远地就乐了，好家伙，不但没迟到的，还个个提前了。大眼瞪小眼，就等着吃挨罚的大餐。

等谁呀？赵培钧！

就这家伙一个人来晚了。

他到了门口，我一看表，迟到三分钟。

我说，拿钱来！

他一愣，拿啥钱？

罚款！

罚啥款？

迟到款！

啊？这是啥时候的事？啥时候迟到要罚款了？

就是今天的事，今天迟到要罚款！

我咋不知道呀？你咋不早说呀？

谁让你昨晚上关机呢？害得我一宿没睡！你到群里看看去！

他去群里一看，傻眼了。

认罚吗？

不知者不为过，缓一天行吗？

不行，少数服从多数，说今天开始就今天开始！

哈哈哈，全站人都笑起来。

得，我认倒霉，多少钱？

三分钟，六十块！今晚你请大家吃饭，不够的我添！

当晚，全站人欢聚一堂。大吃大喝！

赵培钧跟我说，我不扶墙就服你，我也叫你一声姐得了！

你叫啊，我听着。

戴姐

姐！

哎！

这一声姐，我至今还记得。想起来就掉泪。

因为，他已经离开了油站，调到了总公司。

离开油站高就的，不只李方、赵培钧，还有胡兴军、王思元、左菲、格桑。2016年，从我们油站调走了六个骨干，都是大学生，还让不让我活了？原来可多人了，突然走空了，我难过了好几天。

难过归难过。

难过又高兴。

他们都调到了上级机关，他们都成长进步了，这难道不是我们油站的光荣吗？我愿意看到他们进步，我愿意享受这个光荣！

办公室的领导给我打电话，小戴，谁谁谁咋样？

我说，他啊，人可好了，有水平，有能力！

说完，我就后悔了，不说又忍不住。

我知道又要调人了。

但是，我紧跟着又说，他确实是个好小伙儿，调，还是借？要借我就不给，要调就好好把人调过去，好好培养。不要借，那样不好，对人家的发展不好！

办公室就说，本来想调，怕你心疼，就说借，等你缓过劲儿来再说调。既然你这样豁亮，那我就直说，调！

我说，太好了！我马上去告诉他！

放下电话，我就哭了。

掌二唠嗑

您没听错，是巴掌的掌。呵呵，一个巴掌拍不响。

姓这个的人少，我到现在还没碰到第二个。问我姓什么？我说姓掌，十个人有十一个猜不出是哪个字。

咋还多出一个？嘿，有个怀孕的。

再问我叫什么？名堂更多了。

我大名叫掌传银。甭管哪疙瘩，东北也好，南方也好，一说掌传银，谁也不会写，写出来也念不准，念啥的都有，掌转人，掌权人。

我掌啥权呀？伊春翠东油站一加油员！

要说掌权也有，啥权？油枪权！

你加油，我提枪！

更有逗乐儿的，一领导问我姓什么，我说姓掌。他问哪个掌？我说掌门人的掌。他说哎哟，你是掌门人！

哈哈，我掌哪家的门啊？那是你们领导的事！

再说说二。

我八岁上爹就没了。妈养我们仨小子不易。我排行老二，上有一哥，下有一弟。从小妈就"二二"地叫，有时候叫掌二。后来我结了婚，媳妇连掌字都去了，直接二！二，二，就这么叫。

可是，咱叫二不二！

说话办事，守谱！

跟您唠个实嗑，人就靠守谱活着，您说对不？

不守谱，早晚被人看贬，谁还搭理你！

我的生活态度始终挺好，活得高兴。高不高兴都过一天，不如乐呵过一天。悲哀个啥？没钱谁给你？得自己挣！我哥原先干的啤酒厂黄了，到处打工；我弟在江西，也是到处打工。家里坐根儿是农民，出来就是苦命孩儿，就得靠自己干。没钱不成，钱多了也是祸害。我看那些钱多的，甭管为啥，嘣噔一下垮了，丑闻了，进去了，还不如咱活得踏实。

虽说咱钱不足性，零花儿也不缺。挺好。

眼下，我这份工作不错。往大说做贡献，往小说有饭吃。一月开俩儿钱，能养家糊口。发不了，也饿不着。老妈手里有点儿钱，留着买棺材板。我这俩儿钱够家用，挺美。老百姓嘛！

来油站前，我啥都干过。出大力干过，技工活儿干过，出租车也开过，杂去了！活儿没少干，钱没攒下。好打抱不平，看欺负人的就不顺眼。别人不吭声，我就愿意吭声。看需要帮的就心软，兜里有俩儿钱就掏出去了。我一个朋友在油站上班，说你别野狗刨食了，到这儿来吧，这个工作长远，是国企。这么着，我就来油站了。刚上班的时候，才几百块，不像现在，跟工资挂钩。咱没文化，大字不识几个，更别说打字了。小时候上学淘气，不好好学，后悔也没用。来站里当个加油员挺好，省心。早先车少，工作量也小。现在车多了，工作量也大了，企业效益起来了，又跟工资挂了钩，员工拿的钱越来越多。我上个月开三千多，这个月估计还能开三千多。我算拿得少的。嘿，一唠起工作，我就话多。芝麻开花节节高，跟着油站可劲跑。现在啥也不好干，我那帮干买卖的朋友，干一个，黄一个，太难了。钱也太毛了，挣得不易花容易，一百块破开就没。还是我这活儿稳当，按月拿钱，到点儿进账，不愁吃不愁喝。说话我也干十多年了，领导换了四五茬。我还要接着干，干到底！认准了嘛！

再跟您唠唠处对象的事。我这对象啊，也是喊我来站里工作的朋友介绍的，叫丽娜。她自己开了个小店，零零碎碎，一个月能淘两三千。朋友介绍完了，我俩唠了几次嗑，一说一笑，蛤蟆绿豆对上了眼儿。那时候我刚到油站，就拿几百块，她比我挣得多，说看上我不图别的，就图我守谱，跟上我踏实！

可是，她家里通不过。她老爸老妈，七大姑八大姨，没一个同意的。说我在油站一个月开那俩儿钱够干啥的，结了婚咋过？往后再有了孩子咋整？又说我上边儿还有老母亲，结婚能把妈扔了吗？不能吧。还说我现在住的老房子屁大点儿地儿，结婚住哪儿？这些烂条件都是和尚头上的虱子，咋能结婚呢？当然，这些话不是当我面说的，是丽娜学给我的。这不能怪人家，我经济上差就不说了，岁数还大十岁，个儿也不高，又长得歪瓜裂枣，人家不同意很正常。

我跟丽娜说，要不咱俩就算了。

她不干，说我再跟家里说说。

好吧，你说通了咱俩就结，说不通不能强求，不能惹老人生气。我也跟你表个态，你要跟我结了婚，我绝对善待老人，绝对善待你。别说我一无所有，两三年内，我不但给你买房，也给你老爸老妈换个新房。他们愿意拿俩钱就拿，不愿意我全拿！

丽娜说，二你全拿了，我的钱干啥呀？

你的钱养活我呀！

哈哈哈！

我嘱咐丽娜，我说的这些，你回家不能跟你妈唠，等三年过后我拿个大房子给他们看看！

她答应了，我回家不说。

哎哟喂，不说她就不是丽娜！

哪儿能等三年啊，三分钟都等不了，回家就跟她爸妈说了。

得，说就说了吧，泼出去的水收不回。

我既然说了，勒紧裤带也要圆。

跟人承诺的事，不吃不喝必须办到。

咋整？首先，我说服老妈，把老房子卖了，贷款买了个三居室。一间给老妈，一间当新房，一间留给孩子。

爹走了以后，妈把我们哥仨拉扯大不易。我哥我弟生活没着落，这么多年我始终把妈领着。我住哪儿她住哪儿，我去哪儿她跟哪儿，啥时候也不能把妈扔下。她这么多年就一人，让她找个老头儿也不找，就自己过。我说您找个老伴儿，也省得我为您担心。她说掌二你嘴咋那么巧呢，净拣好的说，咱俩谁担心谁呀？你整天忙得两头儿黑，到时间不进家，闻不到汽油味儿，我就揪心扒肝儿的。你回来就说加班了，连妈都不叫一声，大嘴叉子一咧吃上了！还说你担心我！哈哈，我妈跟我一样，开朗，没心事。愁也白愁，没人替你。都是自己的事，谁能帮你？就得靠自己！有人觉得老人是个累赘，我不这么看，有妈才有家，有妈就有福。她是我的福，我是她的福。

我买了房安顿了老妈，又操持着丽娜家买房。

说了就要做到，人得活个脸！

她老爸老妈说，你这是真事啊？

我说可不真事咋地？不能光抹桌子不上菜！

她老妈说，冷不丁看你不守谱，想不到你说话算数。

她老爸说，得啦，不能让你全拿，往后还贷也不用你！

我说，行，有这嗑就行。

这老两口儿，一个在汽车公司当调度，一个在民政局，工资加一堆儿五六千，花不了地花。

买房他们拿了钱。不够的，我连攒带借。

拉了饥荒咋整？不怕，攥上中石油就行！

挑房那天，我说也别到处挑了，就跟我家买一块儿吧，互相有个照应。那天我班上忙，丽娜一人带着老爸老妈去了。卖房的领他们看了一圈儿，说好的都卖了，就剩一旮旯儿的了。我在电话里一听，说不行，我马上过来！我们油站卖油，从不玩虚的，买一块绝不会给九毛，完了还送礼品，里外里等于多给了。卖房的可不一样，里头猫腻大了！带人家看房子总是先看坏的，说好的没了，糊弄人家把坏的买了，好的留着不愁卖。

我忙完手上的活儿就赶过去了，一看那旮旯儿的房，带棱带角，啥玩意儿啊，跟扇子一样，能住人吗？她老爸说，没有了也凑合。我说，不能凑合，钱不是大风刮来的！

我到售楼处找到一哥儿们，说你给我找找还有好的吗？他说没有了哥。我说不行，哥不为难你，你赶紧给我找找，我买的那栋前后还有没有？哥儿们就翻本子，一边翻一边斜眼。我说你斜啥眼呢？他说你小声点儿，经理就在旁边呢！我回头一看，一个死胖子正在那儿喘气呢。哥，你看，你家楼后就有一套，前后楼，隔窗户都能看见，位置太好了！你别说是我翻着的，就说是你自己翻着的。我点点头，两人就咋呼起来，哎，这套房卖没卖？好像卖了。卖给谁了我看看手续！手续在经理那儿。经理在哪儿呢？一边儿站着的死胖子赶紧过来，您需要帮忙吗？我说这房到底卖了吗？交钱了吗？死胖子像拉不出屎，嗯，嗯，我看看，哎哟，说交还没来呢！我说，那就没卖呗！这房我要了！我带现钱了！死胖子说，行行，这套房不错，恭喜你！

得，刷卡，成交！

老两口儿这份感谢啊，谢谢谢谢，好像我是卖房的。

新房到手，老房卖了。我爱我家大装修。

焕然一新，喜气洋洋。老两个都年轻了。

我说，看把你们乐的！来，跟我走吧，现在就出发！

他们问，干啥去？

我说，到地方就知道了。

您猜我把他们领哪儿去了？婚纱影楼！

影楼的名儿真喜庆，也不知谁给起的，"为爱牵手天长地久"。

甭管谁起的，今儿个就是给我老丈人丈母娘起的！

世上有朵美丽的花，那是青春吐芳华……

在深情的歌声中，老两个又打领带又披纱，一通化妆一通照。

找回青春，找回芳华，找回欢笑找回泪。

婚纱照照完了，挂在新屋墙上，老两口儿变成了小两口儿。

两人异口同声，你俩啥时候照啊？

我说照啥呀？

结婚照啊！

谁跟谁呀？

掌二跟丽娜呀！

哈哈哈！

我笑得岔了气儿。

啥叫水到渠成？

啥叫瓜熟蒂落？

我和丽娜完婚大礼那天，亲朋好友几十桌，酒席钱全是老丈人拿的。我把朋友们随礼的钱给他，他不要，又塞回来，说你们往后用钱的时候多着呢！

酒席上，有人跟我丈母娘嘀咕，说你姑爷哪儿好啊？要长相没长相，要个头儿没个头儿，要钱更是麻线穿豆腐，你和你姑娘相中他哪儿了？我丈母娘说，相中哪儿了，他守谱！说话办事嘎嘎的！

丈母娘疼女婿那是有讲的，丈母娘夸女婿也不白夸。

婚后，我对老丈人和丈母娘好得皮裤套棉裤。

丈母娘嫌鱼缸小，我说换！给买了大的。没相中，我说再换！买了更大的。相得中不？相中啦！您要是再相不中，我给您买个能养鲸鱼的！她哪儿知道鲸鱼呀，说好啊好啊，我正想养金鱼呢！得，我自作自受幽瞎了默，赶紧下楼买了几条金鱼。又送鱼缸又送鱼，丈母娘乐成了鱼！她问我，二，连鱼带缸多少钱？我也实诚，二兜里就一千块都给鱼店了。她马上拿两千给我。我哪儿能要啊？丈母娘死乞白赖给，我没招儿了，转手给了媳妇。媳妇正怀孕呢，妈给你的，让你买好吃的补补。

这是对丈母娘。对老丈人呢？那还用说！老丈人口壮，愿意吃啥我就给买啥。愿意吃肘子？行，俩俩地买，吃！逢年过节更不差事，猪肘猪爪，好酒好茶，一定得送！

不光伺候老两口儿，七大姑八大姨都让我哄得嘎嘎的，大事小情只要张口，没我办不到的。我在油站工作，南来北往的人多了去了，我混个好人缘儿，有啥忙都来帮，不怕七大姑八大姨事多。我事多高兴人来疯！她们在底下跟我说，当初丽娜找你，我们举双手赞成，没看错人！得，我这耳朵听，那耳朵冒，不能计较。你说我好，我就接着。哪能给枣儿吃还嫌核大？喂你蜜再让你咬了手，咋那么不懂事！老丈人的老姑，我也叫老姑；老丈人的老姨，我也叫老姨。嘴甜错不了。这些老姑老姨，一有啥好吃的准给我打电话，二，你过来吃饭啊，今天炖了排骨。有时候正赶上我当班，去不成，她们就问我啥时候休息，二，红烧肉给你留着，赶休息来吃啊！等我休息了过去一看，一锅肉没动，就等我去吃呢！

你瞅瞅，在丽娜家，我翻身农奴把歌唱，个个对我挑拇哥，要一分不带给二分的。两家楼挨楼，走路两分钟。丈母娘在那个楼做饭，我在这个楼瞅。饭得了，她一招手，我就下去了。

吃香的，喝辣的，美！

我对老人好，也给丽娜当了榜样。

结婚的时候，我跟她说，你对我可以不好，咋都行。可有一样儿，对我妈必须得好！这是头等大事，不能犯！

她说这事还用你教我吗？

我真不用教她。她做得太可以了！出去买个东西，两人挎胳膊，有说有笑。她为我妈买衣服，试衣服，卖衣服的人说，你们是娘儿俩吧？不是，这是我儿媳妇！哎哟喂，你儿子哪辈子修的福，娶这么个好媳妇！

得了，房买了，婚结了，两家的老人踏实了。

剩下就是我跟媳妇的了。有人说，节过了，年过了，剩下就是过日子。柴米油盐酱醋茶，锅碗瓢盆响叮当。

我打心眼儿里感谢媳妇。没有她坚持，我掌二就没有今天的乐儿。她对我付出了，我更要把她当国宝。她跟我不易，油站二十四小时营业，我二十四小时上班，很难顾上家。一休息了，赶忙买菜做饭收拾屋子。结婚了，不能像以前自己一个人，肆无忌惮玩，肆无忌惮花。这月工资开三千，不到月底都花完，下月还有。有家就不一样了，责任心就大了，月月工资都交给她。我不是掌门人，她才是掌门人。她能攒钱。给谁攒啊？给孩子！她肚子一天天大了，说话我们要有孩子了。有了孩子，夹板就给夹上了，责任心更大了。现在能不花就不花，都为孩子攒。现在少花一分，以后孩子就多花一分。

养个孩子，要花钱地方多了去了！

嘿，您瞧我这嘴，唠起嗑来没完没了，都是些鸡毛蒜皮。

老百姓嘛，哪儿有那么多高大上！

说白了，就是维持生活。

把家维持好，别把媳妇维持没了；把老人伺候好，人生的任务就完成一半。还有一半就是孩子，把孩子伺候到结婚，人生的任务就彻底完成。一生苦哈哈，不就这点儿事吗？上给老的伺候好，伺候走了；下把小的伺候大了，找个好人家嫁了。

掌二唠嗑

这就完事了。

我呢，当一天和尚撞一天钟。光撞不行，还要撞得准时撞得响！啥时候人家提起掌二，都是嘎嘎的。以后退休了，找点儿乐儿，想干点儿啥就干点儿啥，干不动了就溜达。

中石油给缴的养老保险，不少。

老了，吃点儿老保就行啦，够美的啦！

伙夫站长

脑袋大，脖子粗，不是大款就是伙夫。

这是一个小品的经典台词。

哈哈，经典不精确。我当了八年伙夫，脑袋不大，脖子也不粗。

公司领导跟我说，你不能老是猪油菜油花生油，那不白来中石油了？你也沾沾汽油柴油润滑油，学着当个站长！

哎哟喂，伙夫跨行，我能干得了吗？

咋干不了？人家格桑连汉话都说不利索，站长干得杠杠的！

回家一商量，老爸说，我支持，没有过不去的火焰山。实在干不成，回来再做伙夫，手艺在你身上也丢不了！

我一拍脑袋，干！

就这样，我来到了油站，从加油开始学起。除了提枪加油，每天还要做报表。我颠勺在行，做报表可要老命了。我天生对数字不敏感，一个报表做了六遍，得出的总数都不一样。但是，没把我难倒，不会就学，不懂就问。我在公司食堂做了那么多年饭，谁都认识，这个科长，那个经理，这个科员，那个会计，都是我朋友，打菜的时候谁也没少给。我就打电话问他们，这个咋做，那个咋做。特别是电脑，我根本没接触过，必须要学，不学跟不上，每天交班都成问题。

过了一段时间，领导问我，你学得咋样？

我说，该学的都学了。

敢当站长吗？

敢！

行，你敢当，我就敢放！

2008年7月17日，我当上了站长。站不大，除我之外，只有两个员工。他们比我干的时间长，不服气，晚上不愿意上夜班。得，你们不上我上，油是必须要加的。灯一开，表一抄，钱一算，干上了。有一回，他俩到州上学习，我一人上了三天三夜的班，啥也没耽误。

当上站长，日子忙得不够用。娃一百天，媳妇抱来让我看了一眼就回娘家了。我一年到头不着家，顾不上媳妇和娃，也顾不上老爸老妈。领导说你回家看看，我说不回，放心不下。

有一回来公司学习，学完了，领导逼着让我回家看看。时间紧，两处只能跑一处。媳妇娘家在门源，来不及去了，只能从西宁回老家。天下着大雨，老爸老妈看见我突然回来了，高兴得跟啥似的。我说我待不住，放心不下站里，一会儿就走。老妈说再忙也得吃口饭吧。赶紧给我做了一碗面片儿，我吃上就走。天上下雨地上烂，老妈拿了两个塑料袋让我套在脚上，说别把鞋弄脏了。老两个一直把我送出好远。看着他们搀扶着站在雨中，我的泪下来了。

回到站里，想到没去看媳妇和娃，心里很难过。我把手机视频打开，跟媳妇说让我看看娃。结果，娃一看见我，吓得哇哇哭，好像我是大灰狼。媳妇说，娃不认识你！我说，我一个做饭的，领导给我个站长当，我要争气，你要骂就骂我两句吧。媳妇说骂啥，你还不是为了这个家！

那年，油站除了卖油，还要准备上便利店。

领导跟我说，想让你打头炮，行不？

我说，咋不行？不就是卖东西吗？

就这样，我们油站的便利店开张了。

我打电话拉那些熟悉的客户，帮个忙吧，你在外面买吃喝也是买，来我们店买吧！

啊，你们店也卖吃喝了？

是啊，吃喝日用，应有尽有，兄弟你快过来吧！

每天收摊儿，领导都打电话来问——

今天卖得咋样？

今天光卖水就卖了四百瓶，赶上西宁的超市了！

好啊，那我就正式给你下任务了啊！

下吧！

你们的便利店今年销售要达到五十万！

啊？我的妈呀！那得卖多少水啊？

光卖水累死也不行，你要卖大件儿！

啥大件儿？

化肥啊！

啊？便利店还能卖化肥？

咋不能卖？只要是商品都能卖！

噢！

放下电话，我开了窍儿：要提高销售额，就要找到增长点儿。别说卖水，连卖烟卖酒都不行，消费人群有限，再吆喝也增长不了多少。卖化肥厉害啊，一卖就成吨，数钱数到晕。可是，我们这儿是牧区，牲口也不吃化肥呀！那咋办？嘿，干吗非要在牧区卖呀？只要能卖出去，去哪儿卖不行？我老家就需要化肥，村里人以前都求我老爸帮着买。

老爸退休前是农场场长，他在任的时候化肥紧张，农场门道儿多，认识不认识的人都找他帮着买。但时过境迁，现在化肥不紧张了，我回去推销还有人要吗？顾不了那么多了，有枣没枣三竿子，总比在牧区没人买好。我回到老家，一说卖化肥，家里人就说，这东西现在有的是，不像过去好卖了。又说，你在油站不好好卖油，跑这儿卖化肥干吗？我说公司给我定了任务，牧区没人买，只好回老家求人了。老爸说，你那个化肥来路正不？出了质量问题咋办？人家一年的收成咋办？我说这个您放心，中石油的货都是正道儿来的，绝对保证质量。老爸说这还行，真要是卖出去人家有怀疑，我们就拉回来自己用。

到底是自家人，为了帮我推销，老少齐上阵，一个村一个村地吆喝。农户说，现在买化肥不愁，常有人进村来卖。家里人就跟他说，外边来的人卖完就走了，要是卖的假货，撒到地里不给劲儿，你去哪儿找他们呀？我们就住在村里，跑不了，有毛病你随时来找，这多靠谱啊！再说了，化肥总是要用的，你买别人的不如买自己村里人的，乡里乡亲，也帮个人情。这样一说，农户们都点头。有的说，我一下拿不出那么多钱，欠点儿，年底收成了再给行不？我说行。我之所以敢说行，是因为我了解村里的人，老实得跟泥一样，不会赖账。到时候真有困难了，我咬牙补上也不会亏空公家。就这样，化肥在我老家红红火火地卖开了。我和两个弟弟开上车，一家一家地送，二十多天卖了四十吨。当年便利店的销售额达到七十万，超额完成了任务。

领导说，让你当站长，我没看错！

没过多久，公司就把我调到另一个站去当站长。

这个站的销售不好，问题成堆。

领导说，这是给你压重担。

我说，领导敢压，我就敢接！

我一去，看到站里有个做饭的，工资没少拿，饭做得没法儿吃。

我问，他是哪儿来的？员工说是在当地请的。

当时，站里只有四个员工，加上我才五个。我说，就这还请个做饭的？我问你们，你们家老两口儿，小两口儿，再加个娃，也是五个人，请做饭的吗？他们说不请。那油站为啥要请？如果人多，必须要请。咱们就这么几个人还请，也太奢侈了。做得不好不说，伙食费还给人家当工资抽走了。为啥不自己做？我们不会。得，从现在起，我给你们做！我在公司做了八年饭，我来当站长，首先让大家把饭吃好！

员工们一听，拍起巴掌来。

我说，可有一条啊，你们不能光吃现成的。你们要跟我学，不懂就问，我手把手教你们。比如说做馍吧，咱们这地方海拔高，必须用高压锅压，不压根本吃不成，还生着呢，再把牙粘掉了！高压锅一压不但熟了，吃着还有味道。

员工们又拍起巴掌来。

我说，再一个，饭吃好了，活儿就要干好！大家拧成一股绳儿，把油站的销量搞上去，让自己的钱包也鼓起来，好不好？

好啊好！站长，你就看我们的吧！

从吃饭说起，是我当站长的开场白。

开场白完了，我就下厨房，红烧肉，水煮鱼，肉汤炖洋芋。主食，馒头，大花卷儿。

进站头一顿饭，大家吃个肚儿歪。

大家边吃，我还边说笑话，说我刚来的时候听不懂当地人的话，领导会上说，我们这地方，比上不足，比下有余！我没听懂，回去传达，我说领导在会上讲了，咱们这地方，冰上不能走，冰下有鱼！

哈哈哈，大家笑得喷饭。

吃好喝好笑够，走，干活儿去！个个抢着干。

后来，我们站又招来两口子。女的不会做饭。我说你不会做饭咋当媳妇？来，我当你婆婆，教你手艺。等过年了，你回家伺候公婆不说，来个亲戚啥的，你也露两手。说吧，你想先学啥？

她说，我公婆爱吃清炖鱼，先学这个吧！

我说巧了，今天我正要给大家做清炖鱼。这会儿没有车加油，我边做你就边学。清炖鱼如果炖不好，鱼汤跟清水一样。咱们炖出来的要跟奶一样，不加奶也是奶白色。你看啊，锅里少放点儿油，先把鱼轻轻煸一下，放水，水一开，就把鱼捞出来，也就是焯一下，把水倒掉，再放水炖，炖出来的鱼就不一样。这时候不放盐，等炖得差不多了再放。你看，现在鱼汤就是奶白色了。再放点儿姜片儿，喜欢吃辣的，放点儿干辣椒。记住啊，一定用凉水炖，温水炖，不能用开水。得了，现在清炖鱼就出锅了。你尝尝，咋样？

她也不怕烫，张嘴就尝，哎呦，鲜啊，鲜！

就这样，我把站里的员工一个个都教出来，能吃，会做，更会干！

我出去开会学习，一走三五天，不用担心员工吃饭的事。谁得闲谁掌勺，一个比一个做得好。临走时我说，隔壁就是菜铺，谁都可以去买，想吃啥就买啥，吃好吃饱，吃超了是我的事。你们吃好吃饱，就是我最高兴的。菜铺里来了水果，你们想吃就去拿，啥新鲜拿啥，拿多了人家更高兴，回来我结账！员工们个个笑成大菊花。

我来中石油前，给人家打过工，啥苦活儿都干过，各种工地没少跑，各种饭没少吃。没油的，没肉的，馊的，臭的。我最能体会干活儿吃不好的心情。想家的第一个原因就是吃不好，吃不饱。在外打工，吃好了不想家，才能安心工作。我特佩服四川人，四川人不管走到哪儿，不管挣不挣钱，饭要吃好。人家会做会吃。河南人菜买得好，又是鱼又是肉，可舍不得花钱请厨师，结果做饭的把工人亏待了。我们青海人就是洋芋、白菜、甘蓝，菜饭不用心。我打工的时候没肉吃，老板自己天天吃得两嘴油。有一天，我从他的帐篷里偷了一块羊肉，做了一锅面片儿，大家抢着吃，没够。我感觉人出去吃不好干啥都干不好，说白了就是应付。老板应付工人，工人也应付你。我当着大家的面跟老板说过，钱是啥？吃上你能省下多少？人家去了一天不干活你损失多少？人家把你的设备故意整坏，材料给你浪费，你损失多少？哪头儿划得来？也不是所有的老板都不好，有的老板就好，尤其是浙江老板，在吃上特舍得花钱，每天都是四菜一汤，工人吃得高兴干得好。

这些经历，这些体会，我一直记在心上。

这也是我当了站长，首先就抓吃饭的原因。

伙夫站长

我不光抓吃饭，还为大家熬茶。青海人喝的是茯茶。茯茶是大茶，茶叶是最后下来的，粗糙，叶子、秆子都有。我熬的茶谁都爱喝，在里头放点姜片儿，放点儿盐，往暖壶里一装，员工随时喝着都那么有滋有味儿，一天没有两三暖壶都不够。客户来加油了，倒上一杯，喝在嘴里，暖在心里。有的老客户更绝了，来站里加油，加多少先不说，先拿出一个暖壶来，站长，给咱倒上一壶！喝你的茶解渴不说，开车还有精神！

我们站饭好吃、茶好喝远近有名，不少客户宁肯多绕几里，也要跑我们这儿来加油，为的是蹭吃蹭喝。

附近的消防大队刚成立，还没配厨师，听说我是伙夫，特地把我请过去教他们做饭。咋炒菜，咋做馍，咋做包子花卷儿。边做边教，差不多半个月，直到他们的厨师来了。他们的厨师来一看我做的饭菜，说坏了，站长你把他们的口味吊起来了，这咋办？我们干伙房的年头儿哪有你长啊？我说不怕的，你们不会的，我再接着教。可有一样啊，咱们得说好了……

大队长打断我的话，站长你不说我也明白，我们大队的油，从今往后就在你们站加了！你们便利店里有我们需要的，就在你们那儿买了！没说的！

哈哈哈！我放声大笑，今儿晚上我再给你们亮几手绝活儿！

自从2008年7月17日，我在领导的鼓动下当了站长，一转眼已经十年了。每年到了这个日子，我都跟员工们说，我又一年站长当满了，来，庆祝一下！员工们说，生日你记不得，当站长记得。

老爸老妈跟我说，你高中没毕业能做到今天，给我们争了脸！

媳妇跟我说，你忙得顾不上家，孩子都不认你，但是这个家能有今天，让左右邻居羡慕，都是你拉扯起来的。要有下辈子，我还跟你！

我跟员工们说，今天是2018年7月17日，晚上我好好做几个菜，庆祝一下！

员工们大声叫着，十年了，十年了！

伙夫站长

黑龙江流域的珍珠

塔娜是从四子王旗开车来的。

一百多公里。风雪天。开了两个多小时。

没啥，习惯了。她笑着说。那笑能融化人心。

作为所在旗的四子王油站经理，因为开会，因为培训，因为学习，她常常开车跑呼市，多是当天来回。一个人，两头儿黑。

插她开会的空儿，我们见了面。

我曾经去四子王旗旅游过，对那个春秋战国就存在的遥远部落印象极深，本想听她说说那儿的近况，说说她的油站，万万想不到，她说的，让我心颤，让我泪奔。

来中石油前，我在大连上的大学，旅游管理。毕业后想从事旅游。正好赶上中石油招人，妈说闺女你来吧！妈干了一辈子石油，这儿都是我的老同事，你来了有个照应。我是妈的小棉袄，阴差阳错就来了。那是2007年。

看我是大学生，领导说，你去综合办公室上班吧！

一进办公室，哎哟喂，窗台上，桌子上，犄角旮旯儿，到处是一摞一摞的文件。一说找什么，老主任一顿翻，哗啦哗啦，半天也没找着。一头白毛汗。

我问，你们咋不用电脑？

不会。

淡定的回答，让我明白了领导的初心。

我就开始整理，把所有文件、数据、工资表全都做成电子版，要找什么，一点就来。嘿哟，比戏法儿还快！老主任说。两眼成牛蛋，一脸大菊花。

2009年春天，我步入期盼的婚姻殿堂，把家安在了呼市。虽然起早贪黑两头儿跑，也没觉得累。家的灯光多亮呀，隔老远我都能看到。两年后，有了女儿。她长得白白的，我给她起名儿叫兔兔。有了兔兔，觉得人生又开了一扇窗，有了一个让我天天都牵挂、天天都想念的人。除了工作就是她。每天围着她转。

没想到，突然有一天，大夫说，叫你家属来！

因为肚子老疼，我去医院检查。

查到最后，大夫说，叫你家属来！

我说咋回事？还叫家属？

大夫没回答。问我，你今年多大？孩子多大？

我也没回答，就是磨她，大夫，您跟我说说，究竟咋回事？

大夫经不住磨，含含糊糊地说，我怀疑是结肠癌。

天啊！

我当时就木了。

大夫说，只是怀疑，你先别怕。再说，还能治啊！

大夫让我做了一个病理。在等结果的日子，我天天在手机上查，结肠癌究竟是什么？一查，这个病分几期，高分化，中分化，低分化。

我不知道自己是不是，更不知道是几期。

为啥会是这样？我的生活刚开始啊！

万一我活不了，兔兔咋办？她才一岁多！

每天晚上，兔兔睡了，我就开始哭。看着她哭。

可怜的兔兔，我为啥会得这个病？我为啥会生了你？我要是没了，你可怎么办啊？

一个星期后，结果出来了。同样等结果的人七嘴八舌，这个CA，就是恶性肿瘤！听着他们的议论，我蒙了，连路都不会走了。我看见单子上画了一个问号，有人说，也可能没确诊啊。

我盯着这个问号。我觉得就是没确诊，一定是！

爸妈说，不行就去北京查查，可别误诊了。

我赶紧往北京跑。

到了北京，大夫一检查，说你准备做手术吧。

啊？我说这不画了问号吗？

他说，画这个严谨点儿。你准备做手术吧，发展下去不好。

我说我才三十二岁，为啥会摊上这个病？太不公平了！

大夫说，正因为你年轻，更应该面对现实。从你的情况看，可能是三期，治疗还不晚。愁眉苦脸是一天，开开心心也是一天，好心情也许能带来好结果！

大夫的话，让我平静了许多。

签同意手术书前，大夫按规定要跟患者面谈。他讲了手术的各种风险，麻醉可能导致神经破坏人就瘫了，癌细胞如果扩散了就白挨一刀。听他这样说，我觉得是在说别人。

可是，到了签字的时候，我两手颤抖，脸吓成纸色。

想不到，手术过后，大夫说，你是初期，如果不复发就没事了！

我当时就叫起来，啊？真的！

沉重的心情一扫而尽，光明的前途向我招手！

住院二十多天回家，兔兔从我进门看见我的时候开始，又想哭，又想笑。我现在都记得她那眼神儿。因为开了刀不能抱，家里人都跟她说了。她聪明，她知道，她拉着我的手，看着我，看着我——

妈妈，我的妈妈，我好想你！

经过八个月生不如死的化疗，各项指标都保持得挺好，我总算挺过了这一关。我重生了！生活又回到最初希望的时候。

但是，万万没想到，2013年10月20日，这个寒风刺骨的日子，这个无比黑暗的日子，这个像恶魔一样盯着我的日子，这个我永远不想再提起的日子，我带着兔兔出门，没走多远就被车撞了！

我不知道自己昏迷了多长时间，当我醒来的时候，可怜的女儿在离我两三米的地方躺着，一动不动。兔兔，兔兔！我要靠近她，我要抱起她，我要温暖她。可是，我动不了，我动不了！我拼命喊，来人哪，救命啊，救救我的孩子！绝望的呼叫在暗夜里凄如寒鸦。不知道喊了多久，终于有人停下来，有人帮忙报警，有人给我家打电话。肇事车跑了，车牌被撞下来，有好心人捡过来说，你把这个拿好！

更让我至今难忘、永远难忘，而再也没有找到的一个恩人，在这个寒冷的冬夜，他停下车，从后备厢拿出一床棉被，说妹你别坐地上，地上太凉，你挪挪，坐被上！

看他这样做，听他这样说，我放声大哭！

他说你别哭了，赶紧地！

说着，又过去抱我的孩子。

这时，救护车来了。

我大声叫，先救孩子，先救孩子！

说完，又迷糊了。

当我再次睁开眼的时候，已经躺在医院了。

脸上，身上，全是血。最先赶来的同学，一边哭，一边给我擦。后来，我才知道，我在急诊室外面躺了两个多钟头。

兔兔呢，我的兔兔呢？

没人回答我。

就这样，过了一夜。

第二天早上，我又问，兔兔呢？

家人说，兔兔没事。

兔兔在哪儿？我要去看她！

大夫说不能看，不让去。

就这样，我天天想，天天问。

半个月过去了，我还没有见到兔兔。

兔兔是不是没了？

是不是没了？

她要是没了，我也不活了。

噩耗终于来了！

可怜的兔兔当天就没了。家人怕影响治疗，一直瞒着我。

在我准备出院的时候，我爸想，万一回家再说，出了事咋办？想来想去，决定在医院告诉我。他不知道，经过一个多月，我已经有心理准备了，我对自己说，兔兔已经没了，你还要活下去。每天，我当着他们的面挺开心，好像还有期盼，谁来了我都问兔兔在哪儿，她咋样？所有的人都对我说了善意的谎言，生怕刺激我。我真心感谢他们。

所以，当爸妈最终跟我把事情谈开时，我一句话也没说，一滴泪也没掉。

他们走了以后，我号啕大哭。

哭兔兔。哭我。

我对兔兔说，妈的好孩子，妈的乖女儿，妈心中永远的痛，你在天堂还好吗？妈真的不想活下去了，真的！

我听见兔兔说，妈呀，妈，你一定要活下去！没有了我，你还有爷爷奶奶，你一定要活下去，妈妈！你活下去我才高兴！

我答应了女儿。我答应了兔兔。

我要活下去，让她在天堂高兴。

我也想到了爸妈，兔兔没了，他们承受的痛苦比我还要多，特别是爸。他一直重男轻女，希望我生个男孩。没想到，兔兔出生后，他比亲孙子都要亲，整天兔兔、兔兔。他有心脏病，妈和全家人都怕他知道兔兔没了撑不住，一直瞒着他。直到最后，实在瞒不住了才告诉他。爸妈承受了那么多悲痛都挺过来了，我一定要坚强。只有我活得坚强，活得好，他们心里才好过。如果我倒下来，最后受罪的还是两个老人，特别是爸。

不，我不能倒下去！为了兔兔，为了爸妈。

但是，孩子毕竟没了。手里的风筝只剩了线。

黑龙江流域的珍珠

077

我不能一个人待着。

一待着，就想她。想她的笑，想她的说话，想她的玩儿。

一想就哭。天天哭，特别是晚上。

我不知道自己是咋熬过来的。

日子就这样，在病床上一天天过去了。

伤筋动骨一百天。我的左肩和右腿都骨折了，特别是右腿的膝盖是粉碎性骨折。我一百天没下过床。术后一星期，大夫说你可以往起坐了。我往起一坐，突然一阵狂咳，真把心和肺都咳出来了。陪床的弟弟吓坏了，姐你咋了？我说不出话，就是咳。弟弟急得直喊，大夫，大夫！大夫赶来了，说这是肺有积水了，躺了这么久，会有这个反应。

最难过的是化疗。生不如死。头发也掉光了。

但是，我挺过来了。我去做化疗，进去就问护士，在哪儿做？护士问病人呢？我说我就是。护士都愣了，你就是？一点儿也不像！

终于，我熬到了出院。我回家了。

单位领导说，塔娜，你一个人老窝在家里不好。要不，你回来上班吧，换个环境？

单位对我真是太好了！

我拄着拐就去了，重新走上工作岗位。

我一次次重生，要让自己在赢得的时间里活得更有意义。我不知道意外和明天哪个先来，如果活着日子再没意义，那人生还有啥价值？

我干起来了。除了办公室的活儿，又接了财务，把科室的业务都掌握了。我不想总待在机关，就跟领导说，我进企业十年了也没在油站干过，都不知道油站是干啥的，我能不能去啊？领导说油站工作很累，你吃得消吗？我说没问题，我完全好利索了，让我去吧！领导说你就是去了，最少应该当个经理。可你连加油员都没干过，不可能当经理。我说不怕的，我就去当个加油员，从头学起。领导经不住磨，说好吧，你就以见习经理的身份去油站学习学习，吃不消就回来。

去年7月，我来到了四子王油站。

一去就拜员工为师，加油枪咋用，加油机咋用，加油要注意啥。我虽然学了，但不敢真加。万一加错了、加冒了、加不够咋办？各种想。有一天，我终于开窍了，不敢给顾客加，还不敢给自己加吗？我把自己的车停在那儿，先加一百块，完了归零；再加一百块，然后再归零。就这样，练了好几回，做梦都加油。终于，我试着给顾客加了，第一次加完一百块的油，我乐得大嘴咧到耳根儿，啊哈，我终于成功了！员工说看把你高兴的！我说你知道我加的时候多么心惊胆战吗？半年后，我爱上了油站。包括便利店、后台、做账、班结等所有的业务我都掌握了。

当公司竞聘站经理时，我竞聘成功，当上了经理，一直干到现在。

我不知道怎样才能做到更好，所以我一直都在努力！

跟塔娜的谈话，本来可以结束了。

但是，我没有结束。

塔娜，我不知道该不该说，我有个问题……

李老师，我知道你想问什么。我丈夫，对吗？

我抱歉地点点头。

我步入婚姻殿堂，怀着满心期待开始新生活。然而，始料不及的是，结婚后他竟是这个样子！整天异想天开，先是辞掉了工作，说不想挣辛苦钱，想去北京学导演。我无言以对，怎么劝都不听，他毅然决然地去了，结果啥也没学成。又说要画油画，再次撇下我，去了北京。当时我想，他实在想画就画吧，我尽量支持他。我自己有工作，可以解决温饱。在这期间，他没有收入，所有开销都是由我负担。后来，女儿出生了，原本是件开心的事，想不到孩子生下来的第二天，他又说要去画画，不能照顾我。我强忍着泪点了头，心底一片悲凉。我暗暗给自己鼓劲：不靠他，我一个人照样能把孩子带大！自此后，我和孩子跟他过着聚少离多的生活。他一会儿说要画画，一会儿又要开美术辅导班，房子租好了，没等招生就打了退堂鼓。反反复复，一事无成。

再后来，我查出结肠癌。在北京住院治疗期间，陪伴我的只有弟弟。他说他要筹备开酒吧，不能陪我。我伤心到极点。想着家中还有翘首盼我归来的女儿和老人，我忍下了痛楚。手术治疗后，我开始了漫长而备受折磨的化疗，风风雨雨，都是一个人往返医院和家。没人陪伴，没人关怀。我咬牙坚持，连吃饭都成问题。他不但不闻不问，还说他是学艺术的敏感人，不能去医院看那些在生死边缘挣扎的人。他根本就没想，这些垂死挣扎的人中就有我！唯一有一次他陪我去了医院，我在床上输液，他却呼呼大睡，鼾声震天。最让我伤心的是，我的钱不够化疗了，我知道他刚卖了车，手上有钱，就跟他要。他说他的钱有用，还得去上海看画展，不能给我。说来说去，只给我三千，然后就关手机走了。可是，化疗一次要一万块！我的心彻底凉了。我决定跟他离婚。这样的男人就不应该结婚，有他没他，我自己一样可以带孩子养家！我先跟他母亲说，可是，在他母亲的劝说下，想想年幼的女儿，我又一次忍了。

就这样，我挨过了化疗。然而，厄运再次降临，车祸夺去了可怜的女儿，我身受重伤躺在病床上，却从未见他露面。更想不到，他败光了家，把呼市的婚房卖了！我出院第二天，他打电话告诉我，说他受不了，要去海南散心。我说你随便吧！他拿着卖房的钱，一去不返。他走了，我无法再对家人隐瞒。结婚五年，我一直都没跟自己的爸妈说过他一句坏话，忍受着所有委屈，为他的所作所为找理由。直到这一刻，我知道，我再也不能隐瞒了。于是，我向爸妈诉说了一切。

爸拉起我的手说，孩子，咱们走！回家！

于是，我回到了生我养我的四子王旗，回到了自己的家，回到了爸妈身边。

这期间，他不停发信息，问我今后打算咋办，我说你这个伪君子，想要离婚又不先说。好吧，你不说，我说！咱们离婚！

就这样，我跟他离婚了。离得太晚了！

李老师，如果在早先，我不会讲这些，特别不会讲失去了女儿，我肯定忍不住泪。

现在，一切都过去了。我已经很平静了。

生活总要往前走。

我觉得，这些放在谁身上都能扛过去，只不过是时间长短。我现在特愿意跟同事们坐在那儿，听他们讲自己的孩子。我会说，我的兔兔以前也这样，可好玩儿了……

塔娜，蒙语，珍珠，又称东珠，产于辽阔无际的黑龙江流域。

友金淘金

友金大名裴友金。名字带金，又淘金有术，可谓金上有金。

在哪儿淘啊？用不着去南非，危险不说，还得办签证。麻烦。

那在哪儿？哈哈，就在油站这一亩三分地。

2016年2月，裴友金鸟枪换炮，从一个县城的小油站，竞聘到昌吉州长宁油站任经理。火车不是推的，牛皮不是吹的，一上任就感到压力山大。为啥？当时，油站销量遭遇"瓶颈"，主油销售从万吨下滑到七千，非油更是麻线穿豆腐。

友金就从这儿开始讲起他的故事——

面对销售下滑，我一个头两个大，从交接后就没回过家，整个春节全在站上，跟员工一起，找原因，商对策，制定新思路——多劳多得，少劳少得，不劳不得。

方向对了头，一步三层楼。主油淘金成功，销量剧增。

接下来，我就抓非油销售。

说来很搞笑，当年初到油站，经理说非油，我不懂，还以为是非洲汽油。后来才知道，非油指的是便利店的商品，吃的用的。字不多，范围广，只要不是汽油、柴油，通通叫非油，就连花生油也叫非油。

长宁油站便利店里的商品不少，琳琅满目，货真价实，为啥卖不动？原因究竟在哪里？

　　我在店里当起了掌柜。连当三天，发现了问题。

　　来加油的不少，你来我往，进店的却寥寥无几。

　　加完了，一结账，呜——

　　屁股冒烟儿，走了。

　　商品摆在店里，人家连门都没进，还怎么成交？人家不进，也不能硬往里拽呀。俗话说，上赶着不是买卖，拽进去也未必能成。

　　开口营销是个办法。老王卖瓜，自卖自夸，也管用。你不夸谁知道你那瓜甜不甜呢？可万变不离其宗，自夸完了，还得让人家进店买。人家就是懒得走这两步才不进店，你非要让人家走两步。这不成小品了吗，你走两步！

　　还有别的高招儿吗？

　　这天，我开车去办事，把车停在停车场。办完事出来，刚钻进车里，收费的胖师傅就扭过来了。我一摸兜儿，哎哟，坏了，没带钱。胖师傅脸上堆着笑，您手机带了吗？带了。微信付款也行！说着，他把肩上挎的小包往前一转，从里面掏出一片纸板，嘿，上面印着二维码。

　　我拿手机一扫，叮的一声，支付成功。

　　我随口说，真方便！

　　他随口答，您就是拿现金大票也行，我这包里有零钱找！

　　哎哟喂，我看着他的小挎包，两眼发直。

　　平常不是没见过，熟视无睹啊！

　　今天一见，脑洞大开，俩眼珠子没白长。

要是我们油站的员工，也配上这么个小挎包，里面搁点儿小商品，带到加油现场去如何？现掏现卖如何？客人加满油后，一般都是到跟前凑个整。比如，二百四十五块，凑个整就是三百块。得，差的五块，给您来两瓶矿泉水行吗？差十多块的，给您来包烟？不抽烟的来块巧克力？怕吃甜的来包饼干？口香糖要吗？刮胡刀要吗？牙刷牙膏要吗？挎包不大，货不少，小东小西，客人顺手就买了，用不着走两步进店，也省得找钱麻烦。很自然，很随和，两满意。东西不怕小，挣钱不怕少，走的是量。每个员工一天要加几百辆车，你推销点儿，我推销点儿，积少成多，聚沙成塔。再说了，可能人家买了巧克力，又问有奶粉吗？买了米花糖，又问有大米吗？员工紧跑两步去店里一拿，成交就上百了。如此日积月累，非油销售不就上去了吗？

　　得，高招儿就是它了！

　　我冲收费的胖师傅说，您真有高的！

　　他不明白我说啥，还听岔了，你咋知道我姓高？

　　啊，您姓高？哈哈哈，高，高，实在是高！

　　停车场意外收获锦囊妙计，剩下的就是做挎包了。

　　瞌睡来了碰到枕头，刚好我哥就是做服装行业的。能做服装，就能做挎包。走，找他去！离开停车场，我没回油站，直接去找他。一边开车，一边就在脑子里把挎包的尺寸、样式设计好了。一见面就跟他说，哥，求你帮个忙，给我定做一批小挎包。他问干吗用。我跟他一说，他就明白了，说太大了不好看，太小了不实用。按你说的，包里做两层，布料防静电。说吧，你要多少？我说先做十个，多少钱我给你，亲兄弟明算账。他笑了，你少来这套，来这套我就不给你做了！我也笑了，上阵父子兵，做包亲兄弟！

两天后，十个金黄色的挎包做好啦！

我哥真是行家，布料的颜色跟加油员的工作服一样，挎在肩上合为一体。更精彩的是，挎包上还绣着一朵红白相间的宝石花。这是我们中石油的标志。挎包一背，宝石花一亮，看上去像单位统一配发的，绝了！

我打开挎包一看，果然，哥哥按我设计的，里面做了两层。

为啥要把包里设计成两层呢？

这是我的用心。

可以说用心良苦。

像我制定主油销售的思路一样，非油销售也必须采用激励机制，业绩与工资挂钩，同时再给绩优者发奖金，充分调动员工的积极性。不能卖与不卖一样，卖多与卖少一样。挎包背起，如果与个人收入没关系，谁会有积极性推销商品呢？没有积极性，挎包就成了样子，白做了，也白挎了，成了只有名声而无实际意义的形象工程。这样的形象工程，也形象不了多久就自生自灭了。我不搞这个。我很现实。我很了解员工的真实思想。光开会学习表扬不行，必须来真格的。因为，说老实话，大家来站里工作，高大上的目标有没有？应该说有，说多大有多大。但是，最掏心窝子的目标，就是挣钱养家糊口。员工们上有老下有小，中间自己还要温饱。挣不到钱，再说多高大上的话都没用，都是虚假的。我把挎包设计成两层，一层装商品，一层装票据，就是为了解决这个问题。员工每天包里装多少商品，便利店有数，销售多少有票据为证。便利店主管凭票据每日盘点，登记加油员的销量，加减乘除。哪个员工在这一天推销了啥？推销了多少？都会公示在我精心设计的模板上，一目了然。员工们可以去自行对照，做到心中有数。到了月底，销售业绩出来了，奖金出来了，与工资挂钩了，多劳多得了，员工们就高兴，员工们就服！不用我开会费唾沫，自己就使劲儿往前赶了，不会推销的主动拜师，会推销的更口吐莲花。

挎包背上了，激励机制公布了，员工们行动起来了，现场销售红红火火了，我又遇到了难处。

啥难处？

巧妇难为无米之炊。

激励机制初始，效益还不明显，但作为奖金的钱是必须要有的，就像做买卖要有进货的本钱，真金白银。钱不是万能的，没钱是万万不能的。公司眼下不可能有一笔这样的钱。没钱发奖金，激励机制就成了空头支票。总不能开白条欠着吧？

咋办？

我当时发了个狠！

一咬牙，拿我的工资顶上！

我把销售业绩排了名次，按名次发奖金。排在前面的奖金高，排在后面的奖金低，业绩不好的没奖金。

副经理看我这样做，他把自己的工资也掏出来了。

前三个月，我俩牺牲了自己的工资，兑现了销售业绩奖。

当然，这是我俩的秘密。

真金白银到手了，员工们的销售积极性空前高涨，相互攀比，你追我赶。我今天比他少卖了一千块，明天我要想办法多卖；他今天玻璃水卖出一百瓶，我明天要超过他！

经理，怎样才能多卖玻璃水？也有心急的员工找我问。

我说，你不要急，首先要了解我们卖的这款玻璃水的功能，要跟客人介绍清楚。你说，我们的玻璃水是中石油自己生产的昆仑之星，一个是不添加酒精，再一个能对前挡风玻璃起到保养作用，让玻璃的清晰度更高。外头卖的几块钱的玻璃水都是三无产品，都添加酒精，冬天擦完了结冰，把出水管都堵了。您这样好的车，千万不要图省钱买假冒伪劣产品，那样会毁车。你再告诉客人，我们店现在正在搞优惠活动，多买多优惠。玻璃水是常用品，储存起来也不会坏，您要不要来点儿？您要我就给您拿去！你说话的时候要热情大方，看着对方的眼睛，流露你的真诚！

这个员工听了我的话，像得了宝贝一样，欢天喜地地走了。

后来，他成了玻璃水的销售状元，一天卖出了一百一十八瓶！

大河涨水小河满。我接手的时候，长宁油站的非油销售是一百八十万。接手以后达到三百万，超额完成了公司的任务。非油销售上去了，公司提成下来了，良性循环开始了！我手上能支配的活钱一天比一天多，员工的业绩提成加销售奖金也随之水涨船高，最高的一个月拿到八千多块。而以前，他们的工资也就两千块左右。

大目标实现了，小目标也实现了。

感谢挎包！感谢员工！感谢中石油！

我给这种销售方式起了一个好玩儿的名字：挎包销售。

公司给我们店也起了个名字：肩膀上的万元店！

铃儿响叮当

说话如响铃。

笑声如银铃。

吉林姑娘朱晓玲，长春工业大学毕业后，飞到了南宁，落在了金凤油站。

那是2012年，她二十四岁。

领导说，这个油站就交给你了，你来当经理。

一个风华正茂的大学生，志存高远，心比天大。看着这个被建筑工地包围，一下雨两脚泥的郊区小油站，叮当的铃儿不响了。

领导说，一屋不扫何以扫天下！连一个国有企业为你承担风险的油站你都干不来，往后也难成大事。志存高远，还要脚踏实地。

李老师，领导的这些话，现在说起来很轻松，可是在当年，像钉子钉进了我的心。我说，领导放心，看我的吧！

我来金凤的时候，这个站才成立一年，有员工十八人。之前的经理四十多岁，我一接班，员工都蒙圈儿了——

哎哟喂，断崖式啊，来了个小姐姐！

他们不看好我。

就她？风大点儿能刮倒了！

跟她？准备饿肚子吧！

于是，有要求调动的，有要求辞职的。

我说，路遥知马力，日久见人心。愿意走的我拦不住，愿意留下的咱们一起干！人心齐，泰山移。

我不能光抹桌子不上菜。

经过观察思考，跟员工谈话交心，我决定从几个方面打开局面。

首先，把厨房做饭的阿姨辞了！

员工们好辛苦，指着这两顿饭呢，再吃不好！

员工们说她做饭像喂猪，瞎糊弄。

那天下大雨，大家都淋湿了。我跟她说，你能给大家煮点儿姜汤吗？她说我不会。我说你连煮姜汤都不会，明天不要干了！

她瞪了我一眼，撂挑子走了。

我煮了一大锅红糖姜汤。

员工们叫着好围上来。

看在眼里，喝在嘴里，热在心里。

紧跟着，我挑来选去，又请了一位阿姨。这位阿姨非常用心，为了给我们做饭，还去考了厨师证。她不但饭做得好吃，而且很体贴员工。员工想吃啥，一说，她就做。你是北方人，给你烙个饼；你是南方人，给你做个南宁粉；你哪儿不舒服，就给下碗面，煮个糖鸡蛋。她把油站当家，我们也把她当亲人。一天劳累下来，好吃好喝好伺候，员工们找到了家的感觉。有的管她叫干妈，有的轮休了还跑回来吃。民以食为天，有了家的感觉，员工们爱上了油站。

员工们有了家，还得有钱赚。

都是来养家糊口的，没钱不行。

我做的第二件事是开拓市场。

市场就是钱！

我得让员工们感到，跟我干是有未来的，是有钱赚的。

事非经过不知难。开拓市场，说起来容易，做起来难。我来的时候，油站所处的地方不像现在成了市中心，那时候还属于郊县，到处都是空地。有的腾出来了等着卖，有的卖出去了正挖地基，还有的盖楼刚盖出样儿。工地虽然多，我们的油却卖不出去。为啥？那些老板一开口就说，你们能赊销吗？意思是先给油，以后有了钱再结账。因为他们从建筑公司接下楼盘，公司一般都会压着他们的钱，他们手里没钱周转。

但是，我们不能赊销。

我们不是个体户，我们是中石油。

一手钱，一手货。这是原则，也是个死结。

所以，周围工地虽然多，却没有我们的市场。

那些在工地干活的泥头车，本身对油的质量要求也不高，开个四五年就开不了了。老板们就去买走私油，管它质量好不好，管它来路正不正，凑合能用就行。

我碰了几鼻子灰，果断换了思路：放弃这些散户，舍近求远，去寻找有资金支持的大客户。

不停地走。

不停地找。

尽管我知道，资金雄厚的大客户，肯定早有固定的进油渠道，如无缝钢管对接，外人很难打进去，但是，我不气馁。

相信谋事在人。

相信诚招天下客。

终于，我盯住了正在修建的几个地铁站：万象城站、朝阳站、百花岭站，还有会展中心站。

这是国家项目，不差钱。

但是，不用问，他们肯定有固定的合作伙伴长年供油。

不管了！有枣没枣三竿子，先打了再说！

我先去的万象城站。去的时候，还带了个男员工。

七问八问，才问到他们管油的部长。他一见了我就说，嘿哟，还带个保镖来！不等我把话说完，他就说，没戏啊，你赶紧走吧，小三不好当！把我弄个大红脸。我不气，不恼。此小三非彼小三，这个小三我当定了！我没有赶紧走，在他那儿死缠烂打，油一样的油，服务上找理由。磨到饭口，还拽着他吃了顿饭。吃完啦，他一抹嘴，都说吃人家嘴软，我可不啊，我越吃越硬！油没戏呀，你踏实回去吧！

我回去是回去了，但是不踏实。三天两头儿给他打电话。叮叮当！叮叮当！既诚心诚意，又软磨硬泡。到后来，他连我电话都不接了。你不接电话，我就发短信。一天好几个。乱箭齐发！

但是，他一直不理。

我呢，一天没停。

我就是粘知了的胶。粘上了，你就飞不掉。再扑棱翅膀也不行。

突然，有一天，他主动来电话了，说你来吧，有个事跟你商量。

我喜出望外，恨不得点着火箭过去。

原来，万象城站碰到了困难。隧道越挖越深，油罐车原有的管子够不着了，得把车开进去。开到一定的地方，再加长管子。一个管子还不行，得加两个管子。合作伙伴觉得太麻烦了，不想干。说赚这点儿钱不够费力的。

我一听，机会来了。

我说，他们不干，我们干！

为了拿下万象城站，我不怕麻烦，不怕吃亏，不计较一城一池得失。我不但联系运输公司，解决了开进隧道加管子供油，还买了几个二百升的桶借给万象城站，确保他们随时添加不断油。

精诚所至，金石为开。万象城站物资部正式跟我签订了合作协议。

后来，我才知道，以前他们跟合作伙伴没有签协议，且走且珍惜。不料半路杀出个朱咬金，呛了行。

俗话说，不打不相识。万象城的部长真够意思，不但跟我签了合同，又给我介绍了地铁朝阳站，也成功了。

朝阳站具体跟我对接的是一位大姐，脾气可大了。有一天，我正在油站忙着，她突然来电话，说你现在能不能给我送一车油来，我急用。我一看，派车计划都满了，就说您等一会儿，我想办法。她说行，三点必须给我送到！说老实话，临时找车真够难。我求爷爷告奶奶，费尽洪荒之力，终于找到了车。路上不好走，到她那儿已经快四点了。我跟她道歉，她也没说什么。过了两天，我去给她送发票，不知为什么，可能她

铃儿响叮当

心情不好吧，拍着桌子对我破口大骂，连爹带娘祖宗八辈儿，当时就把我骂哭了。本想回几句嘴，告诉她临时找车很难，但是，忍住了。为了这个新开拓的市场，为了油站的员工，我把所有的委屈嚼碎了咽进肚子里。

后来，万象城的部长知道了，说要不然你别给她送了，回头我再给你介绍一家。我说，谢谢啦，算了。我们不容易，大姐也不容易。生意上的事不跟自己的委屈连上，该送我还送。她是我的客户，来之不易，我要珍惜！

一席话，让部长眼圈儿发红。

我当时也被自己感动了。

后来，部长又给我介绍了地铁百花岭站的项目负责人。

想不到这个负责人是辽宁人。老乡见老乡，两眼泪汪汪。他跟我说，我这地方路太烂了，没人愿意送，就连最近的油库都不愿意来，你能来太好了！

老乡就是老乡，他真没骗我。我去给他送油，路上颠得就差把心肝吐出来了。

不就是路烂吗？

还能有比没有客户更难的事吗？

就这样，我们一车又一车把油送过去，合作了很多年。

老乡又给我介绍了琅东汽车站。

琅东汽车站又给我介绍了……

叮叮当！叮叮当！

金凤油站的市场一个又一个开拓起来。

员工的收入成倍增长，谁都不愿意离开了。

我爱我家

《我爱我家》是90年代热播的电视剧。老戏骨宋丹丹、杨立新、梁天的出色表演让人忍俊不禁。

江兰清见我的第一句话也说，我爱我家。

她说的这个家，是南宁金凤油站。

前任经理朱晓玲在这里奋斗了七年。

兰清前来接班。

晓玲说，我把这个家交给你了！

兰清说，放心吧，你的家就是我的家！

李老师，要当好油站的家，首先要爱家里的人。也就是说，要爱我家的每个员工。

我家的员工多辛苦啊！每天从早上七点开始，一直干到晚上十点。天黑了，车才少了。高峰时，忙得衣服上的汗盐能抖落下来。日销量平均六十多吨，六台加油机全开着。员工除了吃饭的半个小时，其余时间都在现场忙，一分钟也停不下来，连喝口水的时间都不舍得。再说了，喝水就要上厕所，上厕所就耽误时间。他们一天直着脖子喊，您好，欢迎光临！加多少号？加满吗？嗓子干得冒烟儿。实在受不了了，就抿一口润润喉，生怕喝多了上厕所。

为了快加油！

为了多加油！

不光加油如此，便利店也同样。

我家的便利店平均一天要卖一万多块，好的话两三万。两三万销量是什么概念，就是店里要有足够的货。货卖成堆。店里每星期都要进货，快的话三天就进一次。基本上都是夜间来货。每次十几次卡板，大约二十多吨。员工们卸完还要抓紧陈列，要赶在凌晨完工。白天加油，晚上补货，不影响第二天早高峰销售。便利店陈列漂亮，琳琅满目，背后是员工们夜以继日的付出。

员工们这样辛苦，让我心疼，让我爱。我要让他们过好日子挣上钱。不管是新人，还是老人儿，进了站就到了家。

前段时间，公司领导跟我说，有个油站的女员工小张，不好好加油老请假，经理说她事儿妈，不想要了，调给你行吗？

我说，行啊，让她来吧！

她一来，我就问，油站这份工资你想不想拿？

想拿。

你来想干啥？

想干便利店。

为啥？

我天生就是卖东西的料。

哎哟，我乐了。行，那你就去便利店吧！

干了两天，我发现她真的很适合干这行，见人不发怵，推销敢开口。离老远就喊顾客，隔着山就把牛卖了。她爱干便利店，能干便利店，为啥非要让她加油呢？这也许就是先前那个经理的失误。我再一了解，她老请假是因为家庭拖累。她有两个孩子，家里的老人还半残疾。谁都会有难处，要换个角度思考。我就给她排了一个适合她的班，让她两头儿顾得上。这样一来，蛋下在窝里稳当了，她不但不请假了，还经常加班。

月底一盘点，便利店的销售上了新台阶。当然，她个人的收入也上了台阶，我说，小张，你真行，我今天做好吃的慰劳你！

员工们就欢呼，噢，又过年喽！

他们说又过年，是又要吃好的了。

我家的员工都知道，我做得一手好饭菜，煎炒烹炸蒸煮炖，没有不会的，正所谓高手在民间。我是广西柳州人，做饭好吃是我们那地方的传统。我一到油站，首先点火颠勺，给员工们做了几顿好吃的，勾起吃货们的馋虫，然后就立了个规矩：只要员工有了好业绩，不管是谁，我都下厨做一顿好饭，舌尖上奖励。扣肉，叉烧，田螺鸭脚煲。一人业绩好，大家都来吃。人人想吃好，个个争业绩。我一喊开饭啦，呼啦啦都来了，摆盘子拿碗，比家还热闹。除了奖励业绩，节假日的饭也是我的事，特别是年夜饭。过年了，大家辛苦三百六十五天，还要轮岗值班。我问他们想吃啥？员工们就吆喝起来，说想吃啥吃啥。他们说想吃啥，我就做啥。大年夜，鞭炮四处响，礼花满天飞。我们油站一家人，围坐在一起，红红火火吃一顿团圆饭。公司领导在会上说，江兰清用厨艺抓住了员工的胃，让员工有一种家的感觉。不错，家的感觉很重要。在外面再苦再累，回到家，有口热的吃，有口热的喝，苦累烟消云散。大年夜，要说不想家，那不是真话；要说想家吧，家就在油站！员工们说，我做的年夜饭，比家里的还好吃！

所以，我一说做好吃的奖励小张，员工们就喊又过年喽。

这时，员工刘姐又叫了一嗓子，说吃完了再让经理给表演个节目好不好？

大伙儿跟着呼喊乱叫，好啊，好啊，我们最爱听经理唱歌了。

刘姐是站里的老人儿，听见她挑头咋呼，我心里别提多高兴了。

我来到油站的时候，发现刘姐虽然是老人儿，见人还发怵。客户来加油，她不喊欢迎，也不问人家要加啥油，就站那儿等。等人家说加啥油加多少，她才动作起来。

我一问，她比我大两岁，就叫她刘姐。

我一叫，闹她个大红脸。

通过几次谈话，我走进了她的心。她只有小学文化，婆家看不起她。她很自卑。问她为啥不敢开口，她说她文化低，怕说错了话让客户投诉。她听说被客户投诉三次就要离职。她害怕离职，害怕丢了这份工作。如果没工作了，就更被婆家看不起。我说没那么邪乎，客户大都很好说话的，不会轻易投诉。你见了他们也不用说太多，就说"您好"。先从这两个字说起，好不好？她冲我笑笑，不说好，也不说不好。

打这以后，我每天上班，一见到她就叫，刘姐，您好！

她也不回答，就在那里笑。

我说，刘姐，我叫您好，你也回答您好，行吗？

她点点头。

第二天我见到她，又叫，刘姐，您好！

她还是不回答，还是冲我笑。

她冲我笑，我也冲她笑。

就这样，我每天一见面就叫她。坚持叫。

有一天早上，我来到店里，心想着今天要订油的事，忽听有人叫——

经理，您好！

谁呀？

抬头一看，原来是她！

她敢开口了！

我喜出望外，刘姐，今天是你先叫我的，太好了！中午我做好吃的慰劳你！

话音未落，员工们就围过来，这个叫经理您好，那个也叫经理您好。

哈哈哈，我笑起来，好好好，今天中午的美餐人人有份！

噢，又过年喽！

从主动跟我打招呼，到主动跟客户打招呼，刘姐进步得很快。

我跟她说，刘姐，你除了加油，还可以向客户推销商品，比如矿泉水。推销有提成，你的收入就增加了。客户在等着加油的时候，是最佳推销时机，你就来一句，天这么热，要不要来一箱水啊？放后备厢里随时可以喝，我们正做活动呢，很优惠的！

刘姐听进去了。她每天差不多要给三百个客户加油，每

我爱我家

个客户她都问，天这么热，要不要来一箱水啊？张郎不要李郎要，一个月下来，仅卖水提成，她就比别人多拿好几百。各项加起来，是她老公收入的两倍！回家把钱一交，婆婆的眼睛当时就亮了。得，这样一来，她成了家里的公主，下班回家不用做饭了，婆婆早把饭做好了。后来，家里买房还用她的公积金贷了款。婆婆逢人就说，养个好儿子，不如找个好儿媳！

小张和刘姐凭自己的努力挣上了钱，过上了好日子，我心里像吃了蜜。员工的水平参差不齐。尺有所短，寸有所长。不能动不动就说他们这也不行，那也不行。作为经理，一定要看到员工的长处，一定要以鼓励表扬为主。当员工看到自己被表扬被肯定会特别高兴，觉得自己有用，能拼搏出事业，也能体现出自己的价值，是油站大家庭里不可缺少的一员。有了归属感，他自然而然就会跟经理一条心，跟同事成兄弟姐妹，从内心深处把油站当家。

说起油站是我家，我还有一层特殊的感受：我就是在油站成家的。

我跟我爱人是同一批来到中石油的。一起进门，一起实习。实习期满，各奔岗位。一个多月后，有一天，我正在油站上班，他过来办事，无意中碰上了。哎，你在这儿上班啊？我说是啊。他看我的眼神让我心跳。站里的员工看我俩聊上了，就瞎起哄，跟他说我喜欢吃螺蛳粉。结果，他天天买好螺蛳粉，一下班就来站里找我。我俩就这样成了。看似简单，缘分天成。油站成了我们婚礼的殿堂。

我的婚事给了我启发：油站的员工忙得两头儿黑，没时间找对象。安不了家，也就安不了心。我这个当家人要当好红娘，这才像个家。

我动了念头，就开始留意。一是近水楼台，看我家哪两个员工有缘分，就给他俩调到一个班，让他们在说说笑笑中眉目传情；再一个，我外出的时候，碰见年龄合适的员工，就问你是哪个站的？你有朋友了吗？我们站今晚聚餐，好吃多多，欢迎你来参加，说不定能找到你心仪的神！我招蜂引蝶，真的成就了有情人。

有一回，我家招员工，小帅哥黄刚来应聘。面试的时候，我发现副经理娜娜一直盯着他。哈哈，身无彩凤双飞翼，心有灵犀一点通。还是单身的娜娜看上小帅哥了！黄刚应聘成功后，我就在会上说，小黄是个好苗子，有培养前途，娜娜你来带他吧。娜娜当时就脸红了。这一点儿腮红，除了我谁也没注意。按理说，副经理已经不带新员工了，都是交给班长带。但我在会上这样安排了，就让他俩名正言顺地在一起了。月移花影动，疑是玉人来，有情人终成眷属。吃喜糖的日子，当然少不了我掌勺。

噢，又过年喽！油站一家人喜气洋洋。

有一段时间，公司不提倡两个人在同一站谈恋爱。当时，站里有一对儿正谈得风生水起，领导就把男的调开了。男的被调开后，女的常常暗中抹泪。问世间情为何物，直教人生死相许。我急得二十五只耗子，百爪挠心，好像调走的不是那个男员工，而是我的男神。我觉得谈恋爱只要不影响工作就可以。事实上，他俩非但没影响工作，反而男女搭配干活不累。隔了一段时间，我就去找领导磨，说那个男员工有一技之长，我们站需要他。领导经不住我死缠烂打，说我服你了，同意男员工回去。于是，又一对有情人成眷属。在大喜的日子里，吃货们吃了我做的好饭菜，还闹哄着让我唱一个。

哈哈，唱就唱！

山挡不住云彩树挡不住风，连神仙也挡不住人想人……

这是我刚学会的一首陕北民歌，后边两句更感人——

一座座山来一道道沟，我找不见那哥哥我不想走，远远地看见你不敢吼，我扬了一把黄土风吹走……

李老师，我在油站当经理这几年，通过我撮合成了六七对儿。

其中，小金和小栗有点儿曲折。他们两人看对了眼儿，小金就拉着小栗去见父母。可见完回来，小栗像砍倒的白菜，蔫儿了。

我问，咋了？

她父母不同意。

为啥？

嫌我家穷。

我转过头问小金，你有啥想法？

小金说，除了他我不找别人。

哎哟喂，碧海青天，地老天荒啊。

我说，好，只要你铁了心，我一定要成全！

我把小栗叫到办公室，说从今天开始你跟我进行魔鬼训练！

此后三个月，我手把手带着小栗学会了油站所有的管理业务。然后，推荐他竞聘副经理。小栗很争气，以优异的成绩竞聘成功。

于是，我带着他来到小金家，跟小金的父母进行了长谈。我说，你们看，小栗是个要强的孩子，现在他已经是副经理了。他有前途，有上进心，也有责任心。你们的女儿跟着他，将来的日子一定能过好。当初我结婚的时候，情况根本没法儿跟他们现在相比，我们的新房是租的，连床都买不起，用木板搭在地上当床。我妈过来铺婚床的时候是哭着铺的。现在我过得咋样？你们都看到了。你们的女儿今后过得好不好，不看小栗他家，而看小栗这孩子！看两个年轻人艰苦奋斗。我敢保证，他们一定会过得比我更好。再说了，有小栗这样的孩子，他家也不会永远穷下去，你们就放心吧！

我的苦口婆心打动了小金的父母，我的木板当婚床让他们落泪。同时，他们也看到小栗当上了副经理，要事业有事业，要人品有人品，像一根长在地里的葱，青是青来白是白。

有情人再次成为眷属。小栗和小金凭着自己的努力，买了房，买了车，婚后生下一儿一女。小金的父母高兴得不知说啥好。当然了，孩子过满月，还是我主勺！一家人嘛！

李老师，现在，我们金凤油站业绩提升人喜庆，越过越好。我还想着，后面有个小院，我要像以前在长富站那样，带领员工把小院的地开发出来，种上菜，黄瓜、芹菜、豆苗、白菜。如果有条件，还要养鸡养鸭，把日子过得红红火火！

兰清把油站当家。她快乐，她幸福，她的故事让我不由得想起《我爱我家》的主题歌——

　　为一句无声的诺言

我
爱
我
家

103

默默地跟着你这么多年
当你累了倦了或是寂寞难言
总是全心全意地出现在你面前
爱是一个长久的诺言
平淡的故事要用一生讲完……

广鹿岛，我的童年我的海

生在广鹿岛。

长在广鹿岛。

我的童年是蓝色的。

海蓝，天蓝，连风都是蓝的！

哗啦啦，哗啦啦，大海退潮了。沙滩成了小屁孩儿的天堂。

我们赶海捡海货，蟹、贝、蛏子，低头就有，弯腰就捡。海参明面上看不见，就是看见没脚脖子的水里有，个儿也小，不稀罕。大的都在水底呢。我们光着腚，戴着潜水镜，一猛子扎到两米多深的水底，隔着镜子一睁眼，哇，超大的海参！好的时候，一天能捡二三十斤。哪儿用得着花钱买呀，再说也没钱！

赶海的时候，要带个网兜儿。不系在腰上，一只手拿着，一只手捡起海货就往里放。要潜水呢，就把网兜儿拴在救生圈上。救生圈能浮起来，潜水捡起的海货一扔就进去了。救生圈上弄一条绳，捆在腰上。我们游到哪儿，救生圈就跟到哪儿。

经常去赶海的地方，一个叫东水口，满潮的时候，这里水流很急。退潮的时候，海里有一道礁石挡着，水就不急了，正好可以捡海货。再一个地方，是洪子东小岛。岛上住的人少，水又深，赶海的一般不去。别人不去我们去，可劲儿捡。那儿的蟹甲红特别多。蟹甲红是一种大海蟹，壳是红的，肉特别鲜。我们五六个光腚孩儿，手把手，一点点踩着石头过去。石头和石头之间不挨着，上面又有苔藓，一不小心就滑倒，必须手把手。谁滑倒了，七手八脚把他提溜起来，可不能叫水给冲走。他又不是鱼。

后来，我上小学了。我们一块玩儿的小屁孩儿都上学了。学校就在岛上。最快乐的日子是放暑假。一出校门，撒了欢儿往海边跑。又洗海澡，又解暑，还能捡海货。那时候岛上没有游客，有也很少，一个两个的。他们会买我们的蟹，比拳头还大的蟹，一只才给两三块。现在想想真小气。穷家富路，他们出来玩身上没少带钱，那么大的蟹才给两三块！可是在当时，两三块对我们小屁孩儿来说，就是天文数字！因为我们没钱。说出来不怕笑话，我连钱都认不全。有一次卖蟹，人家给的是零钱。那时候的零钱是纸票，两分钱上印着一架大飞机。给我钱的人说，这是飞机票，你留着坐飞机去北京。我又惊又喜，赶紧把飞机票藏起来。后来才知道，那不是飞机票。小伙伴说，哎哟，你还能再傻点吗？快去买好吃的，买了可要分给我啊！那时候的钱真叫钱，一分钱都能买东西。岛上卖的方便面叫华丰三鲜伊面，四毛五一包，可好吃了！我买了以后，等不到回家泡开水，半路就干吃起来。吃得光光的，连渣儿都倒嘴里。卖蟹得的两三块，除了买方便面，还可以买糖，买好多好吃的。爸妈养活一家人，土里刨金，水里找食，辛辛苦苦不容易。除了书本费，不会给我们钱，把钱看得很紧。

放寒假了，冰天雪地，我们照样赶海。这时候海菜刚长出来，很嫩，我们就去薅。海菜长在礁石上，绿油油的，看着眼晕。学名叫啥到现在我也说不清，就叫它海菜。我们划着自己做的筏子，划到礁石跟前，下手薅海菜。礁石上有冰，戴手套也不管用，薅着薅着，手木了，薅不动了。摘下手套一看，手冻成了胡萝卜，又红又肿，都透明了。没事，哈口气接着薅。很快就薅了一大兜儿，"灿烂辉煌"往家赶。急啥？哈哈，馋啦！那时候姥姥住在我家，我一回去，姥姥和妈就接下海菜，说真不少啊，然后就包包子。哎哟喂，那个海菜包子味道鲜极了，咬一口甜甜的。我舍不得一口吃了，先闻闻再吃。包子薄皮大馅儿，小拳头似的，我一顿能吃三十个！吃个肚儿可饱眼不饱！明明已经吃饱，看着还想吃。坐一会儿，又吃了一个。海菜包子发暄，虽然吃得肚儿歪，可出去疯跑一会儿就没了。回家又问，妈，还有吗？

我们除了赶海，就是出去疯。抠鸟，做火柴枪，打弹弓，堆雪人，串门。串门就是到小伙伴家去喊他出来玩。岛上没有楼房，全住小瓦房。串东家，串西家，也不脱鞋，随便滚。不像现在，啰里吧唆，又脱鞋，又脱衣服，生怕给人家沙发蹭脏了。约小伙伴去哪儿玩？哎呀，玩的地方可多了！

走，爬将军石去！

走，钻神仙洞去！

将军石立在老铁山脚下的海里，离岸有二三十米，远远看去就像神话里的巨人，可威风了。我们从山脚游过去，赛着往石上爬，看谁爬得高，看谁能找到小金孩。啥小金孩呀？姥姥跟我说，广鹿岛为啥叫广鹿岛，因为早年间岛上的鹿多极啦，它们白天睡觉，晚上出来玩。山里有一对小金孩特别喜欢鹿，只要看见鹿，就从藏身的地方跑出来，跟鹿一起玩。这对小金孩是乡亲们的宝贝。有一天，挂着骷髅旗的海盗船来了，海盗要抢走小金孩。乡亲们当然不干。一位身强力壮的大叔站出来，带领乡亲们打海盗，一顿棍棒石头，把海盗打跑了。小金孩保住了。可是，海盗逃跑时射出一箭，射中了大叔。大叔倒下了。在他倒下的地方，海水咕嘟嘟开了锅，水里突然长起一块大石头，越长越高，越长越高。乡亲们说这石头就是大叔变的，像将军一样保卫小岛。岛上的很多老人都会讲将军石的故事，可将军姓啥，说的不一样。张爷说姓张，王奶说姓王。我问姥姥，姥姥说都不对，姓战！哎哟妈，跟我一个姓！我相信姥姥说的，将军率领乡亲们跟海盗作战，必须姓战。将军石又高又陡，小屁孩儿不可能爬上去。结果，我们的爬石比赛，变成了看谁找的海参多！

将军石虽说爬不上去，还能爬着玩玩，神仙洞可不行。

神仙洞在老铁山的悬崖上，面朝大海，神秘莫测。姥姥说，神仙洞能进不能出，是马祖修炼成仙的地方。老早有人进去过，再也没有出来。洞里有石桌、石凳、石炕、石碗。碗里常年存着水，不溢不干。洞深得没底儿，通过海底一直能到大连，出口不知藏在何处。我问姥姥，没人进去过，咋知道洞里有石桌、石凳，还有一碗水？姥姥说，明万历年间，古人烧香祭拜马祖，马祖从香火中现身，讲述了洞中仙境。这以后，口口相传，传到如今。我信姥姥的话，因为岛上就有马祖庙。每年农历六月十六日是马祖的生日，大家都去庙里拜马祖，感谢他济贫保平安，解救海中遇险人。神仙洞在悬崖上，洞口有巨石把门，我们小屁孩儿哪敢往里钻？离老远，不知谁喊了一声鬼来啦，吓得大家抱头鼠窜。后来，我说谁也不许喊了，谁要再喊鬼来啦，就把他找的海参分了。说是这样说，再去钻的时候，才走到半道儿，又有人喊鬼来了！大家又抱头鼠窜。

于是，钻神仙洞就成了打嘴炮。

打嘴炮归打嘴炮，快乐永远留在我童年的记忆里。

我想念快乐的童年。

因为，再也没有了。

我的童年没有了。

我童年的海也没有了。

小时候想吃蟹，下海随时拿。拳头大的不稀罕。现在可好，拳头大的就算大的了。还没有！一蟹难求！

哪儿去了？

被祸害了！

为了钱，老百姓在水里下地滚笼。一个笼子十米长，小半人高，一个笼子连着一个笼子，一下几百米。笼子像一面墙堵在海里，不管多大的海货，鱼啦，虾啦，贝啦，蟹啦，只要碰到这堵墙，就进了笼子。一进去就出不来了。大大小小，一网打尽。小蟹崽都没了命，哪儿还能有大的？

为了钱，老百姓把海水都划片承包了。这片是你的海，那片是我的海，谁也不许过谁的海。哪片是孩子的？没有！所以，现在的孩子没有了我们童年的故事，没有了赶海捡海货的快乐，没有了潜水找海参的惊喜，没有了洗海澡的打打闹闹。在被承包的海域里，过度养殖，拼命养殖。十人的饭，一百人吃，养出来的海货瘦得不行，没法儿卖。咋办？只好送到别处去养。比如扇贝吧，装进笼里拿到南方去养。养好了，人家又回来卖，直接拉到大连海货市场。快来买啊，广鹿岛的扇贝！

广鹿岛，我的童年我的海

为了钱，当地把海边原生态的美破坏了，建成人造景观。游客蜂拥而至，小岛承受力超载，海水污染严重。游客吃的海菜包子，根本不是我小时候的味道，污染的海水夺走了海菜的甜鲜。那些过度养殖的扇贝从海里捞上来取走后，养殖用的扇贝笼就被扔在沙滩上晾晒，附着在上面的生物在暴晒下日渐腐烂，风一刮恶臭扑鼻。

为了钱，折腾得挣不到钱。我清楚地记得，从前岛里养的夏贻贝好极了，个儿又大，价又高，是广鹿岛的品牌。后来，老百姓盲目开发，原本一块水域打十台筏养殖，现在要打三五十台，间隔太小，养殖过密。夏贻贝死的死，变异的变异。再加上海水污染，夏贻贝对水质的要求又极高。最终，这种品牌贝从广鹿岛消失了。十多年了，到现在也没缓过来。

痛定思痛。当地政府正在着手解决这些问题。

广鹿岛，我的童年我的海，我想念你！

想念你海的蓝，想念你天的蓝，想念你蓝色的风中传来小屁孩儿的欢声笑语！

我和作家好友李培禹一道，从大连杏树港坐船，乘风破浪，来到了广鹿岛。在岛上唯一的加油站，见到了经理战庆志。

庆志说，我可以给你们讲为车辆加油的事，也可以讲冰雪夜给轮船加油的事，但我最想讲的是我的童年我的海。

生我养我的广鹿岛，让我欢喜让我忧！

金花加油

电影《五朵金花》是大理的名片。

剑川小伙儿阿鹏寻找大理姑娘金花的爱情故事，从50年代流传至今。到大理必说金花，提金花就是大理。而中石油金花加油站，更是沾金花光，艳福不浅。

加油就到金花站，金花站里有金花！

金花站坐落大理万花路，背靠苍山，面朝洱海。打听来的，导航来的，轻车熟路来的，宁绕二里也要来的，各种车慕名来加油，车头连车尾。油站的姑娘小伙儿，穿戴起金花和阿鹏的绚丽服饰，把客人带进了电影。特别是那些旅游大巴，司机停车为加油，游客下车忙合影。男的跟金花，女的跟阿鹏，噼里啪啦可劲儿照！金花站仅开发了旅游车加油这一项就收获多多。蝴蝶飞来采花蜜，油站销售拔头筹。

电影里，阿鹏找到了金花秀恩爱；电影外，编剧赵季康、王公浦却劳燕分飞各一方。世事如此不尽如人意。

当然了，阿鹏为寻找心爱的金花，也历经磨难，受够白眼，甚至被洗牛犊的脏水泼一身！

那么，金花加油站呢？

同样，有欢笑也有哭泣，有歌声也有委屈。

欢笑和歌声都是快乐的，哭泣和委屈各有不同。

我跟金花陈学艳的谈话就从这儿开始。她是这个站的经理。

我们金花加油站，既加汽油又加柴油。这是两个完全不同的客户群。加柴油的农村多，好说话。加汽油的大多是白领，玩文字的。有时候为了一个小细节，就要闹个葱叶儿青来葱根儿白，没招儿。

有一次，加油站的系统坏了，我急忙请人来修，干了一上午，IC卡还是没装上。这时候，来了一个客户，西装笔挺。一停车，就掏出卡，跟加油的小金花说，93号，二百块！小金花说，师傅，不好意思，我们的系统坏了，IC卡暂时不能刷，只能付现金。他一听眼珠子翻成大元宵，我干吗要给你现金？我早把现金存卡里了。你今天能加也要加，不能加也要加！小金花花容失色，赶紧跑到办公室喊我。

我出去一看，哎哟，是个老客户，姓苟名新，物流公司的老总。他这个姓不好叫，我每次见了都绕着叫，新总，新总，从不叫他苟总。了解他的人都说他是狗脾气。这不，狗脾气又犯了。

我说，哎哟，新总，好久没见您来加油了，一定很忙吧？今天是加满吗？是要上大理古城吗？没等我往下说，他就单刀直入，IC卡干吗不能用？我说，您消消气儿，您是咱们的老客户，能照顾一定照顾。今天我们的系统出了点儿小问题，正紧锣密鼓修呢，暂时不能刷卡。他说，你们系统坏了关我什么事？我就是要加油！我说，您照顾我们生意，谢谢您！您看这样行吗，您先付现金，等系统修好了，我打电话告诉您，您过来，我把现金退给您，您再用卡刷，行不？他说，我没带现金！他不可能没带现金，这么大的款爷！可他把话撂这儿了，再跟他较真，事情就僵了。我笑得一脸山茶花儿开，新总，您是老客户了，您没带现金没关系，先把油给您加满，您先用着，等您方便的时候，您再把钱给送过来或者再补刷卡，您看行不？

一脸山茶花，一连七个"您"，就差给跪了。

他说，这还差不多。

我把油给他加满了。他跟我一挥手，拜拜！

车屁股一冒烟走了，我这才想起没他的电话，他要是不回来怎么办？这样的事多了去了！

我傻站在那儿，想来想去，算了，这二百块我认赔！

这样想着，回到办公室。还没坐下，电话就来了。我一阵小激动，可能是他打来的，这年头儿还是好人多。可是，拿起电话一听，脸就绿成山茶叶了。电话是公司投诉管理岗打来的，说我们这儿有一单投诉，投诉你！啊？没发生啥事啊，咋会有投诉？投诉啥呀？管理岗说，你打开手机看看就知道了！我一看，哎哟妈呀，投诉的就是刚才这件事，说我们系统坏了跟他没有一毛钱关系，为啥他有卡却不给加油？他这是说啥呢！疯啦？有他这样的吗？我不但给他加了油，连油钱能不能要回来还两说着，他还点名道姓投诉我，这也太不厚道了！

我给管理岗回电话解释，没说两句，就哭了。说不下去了。

我都忍了赔钱，还落这么个结果！公司规定，只要有投诉，就形成记录列入绩效考核。我倒没什么，全站的人跟我倒霉。老天啊，还有地方说理吗？

管理岗跟我说，你也别哭了，哭得我们也难受。既然有投诉，你就要给客户道歉！他的电话是……

我一屁股坐在椅子上，整个人都散了架。

他的电话倒是有了，可这是让我道歉的呀。

我真想说，不干了，受不了这份气！

这时，窗外飞来一只小鸟儿，冲我叽叽叽。我抬眼看，它翅膀一扇，扑棱棱，飞走了。叽叽叽，别生气！

是啊，我不能生一时之气。我是金花标杆站的经理，难道就被这不讲理的客户给打败吗？再说，他是我们的老客户，以前没少来，以后还会来。如果他生意场上不顺，难免会发脾气。你不是知道他是狗脾气吗？为啥还要计较呢？

我抹抹脸上的泪，缓缓神儿，拿起了电话。

还没拨通，脸就笑成了山茶花。电话是听得出表情的。

新总吗，我是金花加油站的经理，我跟您道歉……

第二天一早，我还没上班，办公室就打来电话，有人把二百块钱放我办公桌上了，说他是苟……

这样的悲喜交加，时时在站里上演。

一天半夜，快两点了，一位女客户来加油，说要加95号。员工一看，哎哟，老客户！她平时都加98号的，今天怎么加95号？就说，阿姨，您应该加98号的。她说我就要加95号的！员工说，95号清洁度低，您最好买瓶燃油宝一块儿加，能清除积炭。女客户就买了燃油宝加上。想不到，离开油站一个小时后，她突然打来电话，说车坏了！随后，在微信群搅了个天翻地覆，说我的车开了十多年从没坏过，连4S店老板都赞，在金花站加油也三四年了。想不到今天一加就坏了，启动不了啦！难道加的是地沟油吗？我在群里说，阿姨，您不要着急，我现在就带修理工过去，看看是啥毛病？她说你带修理工来？这套路我懂。不麻烦你了，我自己找！我说，阿姨，这更好啦，麻烦您自己请个修理工。如果查出是我们的油有问题，所有损失我负责！她说，还啥如果啊，明摆着！

她说自己请修理工，我不放心，这深更半夜的，谁来呀？我就叫上我们的修理工一起过去。到地方一看，她请的修理工果然没来。我说，要不让我们的修理工先给您看看？她半天才说，看呗！修理工一看，嗨，马达坏了！她脖子一歪，不可能，你少忽悠我！她又打手机给那个修理工，十万火急。结果，天快亮了人家才来。一查，也说马达坏了。我想，这回她应该踏实了。想不到，她跟修理工说，你再好好看看，是不是他们的油有问题把我的马达憋了？修理工笑了，说马达坏了跟油没关系。她说我不信！又转脸对我说，你把我油箱里的油抽出来送检！我说，阿姨，送检可以。不过这有规定，只能检我们加油机里的油，不能检您油箱里的油。她说我有你们的加油卡，上面有数据，可以证明油都是在你们这儿加的，为什么不能检？我说您是我们的老客户，相信您。但油是液体，一放进您的油箱就说不清了。咱们还是按规定来。如果查出我们的油有问题，我负全责。如果没问题，阿姨您可要承担检验费。实话说，费用有点儿高。她一听，不吭声了，又背过身给她老公打手机。打完了，说，我懒得跟你们计较，就算我半夜遇到鬼了！以后再也不到你们这个破油站加油了！她骂了一句很难听的话，把我妈捎上了。骂完扭头走了。

这时候，天亮了。

折腾一夜，落了这么个结果！

想不到过了几天，还是大半夜，她又打电话来，吭哧半天才说，唉，我的车走半道没油了，给哪家打电话都不来。你，你能给我送点儿来吗？

阿姨，您在哪儿？我马上就到！

说完，我自己先流泪了……

还有一天半夜，也是一位女客户来加油。那是台好车，一百八十多万的路虎。平时，都是她老公来加油，加的是98号汽油。她说她老公喝醉了，所以她来加。她下车后，就给她老公打手机，问加什么油？她老公说的啥旁人也听不见，只听她说好好好，扭脸儿对员工说，加柴油！员工是个新来的小姑娘，一听就蒙圈儿了，好像路虎都是加汽油的，没听说加柴油啊？她探头看看油箱盖，很多油箱盖上都写着柴油或汽油，多少号。可这台车没写。小姑娘拿不定主意，就跑来找我，经理，这个客户要给路虎加柴油。啊？我也一哆嗦，好像要往我嘴里加柴油。咋办？只好请教万能的手机。打开一搜，哎妈呀，说路虎也有加柴油的，这不是考验我的智商吗？我问女客户，您这车平时加啥油？柴油。都是您来加吗？不是，是我老公。您再问问您老公，是加柴油还是加汽油？柴油，柴油，柴油！

好家伙，重要的话说三遍。再不给加，能把我当柴油塞桶里。

我说，那就加吧。

于是，加了。柴油！

油箱很大，加了小七百块的。

加满后，开出去不到半小时，她来电话了，说咋踩油门也没劲儿，咔嚓一下熄火了。

我一听，完了，加错油了！

这咋办？

还能咋办？

我问，您这车在哪个4S店保养？她说哪个哪个。我找到了这个店，把车拖修理厂去了。修理工说，拆油箱清理！老板说，路虎的油箱安全系数高，两个人最少也要拆一天。说不定油已经到油路管里了，那就麻烦了，整个修下来得六七千块！我一听，心跳陡然加速，张嘴能吐出来。如果当时去医务室量，每分钟过百没悬念。这都在其次，如果发动机受了伤，那就更惨了。油站的规定是谁加油谁负责，加错自己赔。我央求老板，这是我们客户的车，能不能一边拆油箱，一边让人检测一下发动机？老板说，得嘞，你们也不容易。

这时候，女客户的老公赶来了，酒还没醒，糊里糊涂地问，咋回事？他老婆伸长手指头挖他，还咋回事？我问你加汽油还是柴油，你说柴油。得，加错了！

我真后悔当时没把他们说的录下来。

第二天，改口了！

两口子都说，当时说的是加汽油。

我一听，差点儿疯了！

昨天他们说柴油，我还想，如果发动机没坏，清理油箱的钱，大不了他们一半，我们一半，还能将就。现在，两个人都反悔了，全成我们的事了。

就在这时，老板送来好消息，说发动机没问题！啊，真的没问题？真的没问题。我心里一块石头落地了。

接下来就是清理油箱的费用。一算，果然，六千八！

都让我们赔，真是六月下雪窦娥冤。

我从侧面一了解，女客户的老公姓赵，是房地产公司的老总。他不缺钱，要不咋开路虎呢。

我决定跟他一搏。

我笑着说，赵总，咱们做事要凭良心。昨天你们说的话，大家都听见了，您在手机里跟您爱人说的是加柴油，您爱人也当着我们面埋怨您。可今天你们又说是汽油，这合适吗？

他两眼一瞪，啥合适不合适？昨天我跟媳妇说的就是汽油！我媳妇还问，是不是98号的？我说是。她就让你们加汽油。你们员工是咋加的？明明加错了还不承认？你是怎么管理员工的？你还说良心！你有啥良心？

一顿砖头瓦块！

我没有被砸倒。微笑依然。

我说，赵总，您是我的前辈，比我见多识广。现在，事情已经发生，后果已经造成，再多的埋怨也挽救不了。我们要想办法，把损失降到最低，把您的车处理好，让您没有后顾之忧。现在您看，油箱清理好了，我们加了98号汽油，让两个司机先后试开了，没问题。我们又把试了车的油放出来，重新加满98号。光油钱就两千多，还不算清洗油箱的六千八！

他说，你们这么大的国企，连几千块都解决不了吗？

我说，不错，我们是国企。但国企有国企的制度。油站的规定是谁加错油谁赔。为您加油的小姑娘是新来的，第一个月的工资还没拿到手。因为您的一句话，她就要赔几千块，她赔得起吗？她拿啥赔？她赔了您的钱，她就要白干几个月！她是穷人家的孩子，出来找这份工作是为了养活多病的父母。她赔了您的钱，还拿什么养父母？我们在家也是做父母的，别的不说，就说在教育孩子方面，谁能说完美无缺？那还是两个大人教育一个孩子！我们这么大的企业，这么多的客户，一个员工一天要服务上千人，哪有百分之百不出错的？就算您对了，您说的是加汽油，我们这个小姑娘给加成柴油了，难道您一点儿也不能原谅她吗？一点儿也不能帮帮她吗？

好吧，那我们认赔一千。

赵总，账是明的，您都知道是多少钱了。如果您说赔一千，剩下的全落在我们员工身上，那我们员工无非不干了。您是公司的领导，您要处分一个员工，员工也大不了不干了。但您作为管理人员，还得继续干下去，对吧？如果下面的人都走了，您还怎么干？所以咱们处理事情，不能说绝对公正，起码要相对公正吧？

那你说怎么办？

赵总，您看啊，听起来我是油站的经理，其实也是一个打工的，一个基层小班长。您是从事房地产的老总，您的收入对我们来说是天文数字。您就看您戴的这块表，没二十万能拿得下来吗？您是高层领导，高层领导处理事情，肯定跟我这个基层小班长不一样。咱俩的称呼都差着呢，员工管我叫经理，有时候连这个都不叫，就叫哎。您就不同了，无论啥场合，员工都得叫您赵总，谁敢叫哎呀，是吧？就冲这个，您是不是能多担待点儿啊？谢谢您了！

他笑了，你都说到这份上了，我出三分之二，你出三分之一，行吗？

我说，行，我代表油站感谢您！

尽管冤枉，尽管委屈，尽管一百个不愿意。

但是，我还得这样说。而且，出于真心。

借坡下驴，给他面子。

因为，他是我的客户。他今后还会来加油。他的路虎油箱很大！

这次意外损失，我们承担了三千。

当然是个人承担。

油是我同意加的，能让员工承担吗？

当然不能！

李老师，难受归难受，活儿还要接着干。

不管实际情况如何，这也算一次加错油的事故吧。

我再说一个加错钱的。

加错钱？

对，加错钱！

这件事是我任职十多年经历中最难忘的。

事情发生的时候，我还差两天就休产假了。那天本来不该我值班，有人值。我跟他说，我再过两天就休息了，今、明两天你就别来了，班我全值了。

当天晚上十二点多，我正在楼上值班，班长来电话，说现场有个客户，加进去的油又不要了。哎哟，我一听赶紧下来了。

那是个冬夜，天特别冷，风特别大。棉衣再厚都不管事。

　　我问班长啥情况？他说，你看见那辆本田了吗？看见车里的小平头了吗？他过来加油，车窗都没摇下来。天冷风大嘛，我就轻轻敲敲车窗，师傅，加多少号？他摇下车窗，92。说完又把车窗摇上去。我问加多少钱的？这时候车窗已经摇得只剩一条缝儿了，他从缝儿里伸出两个指头，然后就把车窗摇死了。我追着问，师傅，是不是二百？他没再理我，头扭一边去了。我心想，算了，天这么冷，他懒得开车窗，别问了，肯定是二百。我就给加了二百块钱的。加完后，他把车开一边停着，我过去收钱。他拿二十给我，我说，师傅，您加的二百。他一瞪眼，我要加二十，谁让你给加二百的？找你们经理来！

　　哦，员工这样一说，我明白了。我朝本田走过去。

　　客人很年轻，二十来岁，小平头，行话板儿寸。

　　也许他没带钱？我说，帅哥，是没带钱吗？

　　他说，没带。

　　我说，没关系，以后过来补上就行。天这么冷，走吧，祝你开心！

　　谁知他说，我说加二十就加二十，多的我也不要，不占你们便宜。你给我抽出去，只留二十块的！

　　哎哟，这话说得多轻巧。大半夜的，修理工早下班了，谁给抽？本田油箱安全系数高，一般人都没法弄。再说了，加进去的油跟油箱里的底子掺和了，抽出来也废了，就别跟他较真儿了，放他走得了。

　　帅哥，油钱你不用付了，我给你免一单！

　　我不用你免单，你给我把油抽出去！

金花加油

啊？我一听，他不是来加油的，是来搞事情的。

帅哥，别开玩笑了，你还是走吧。

谁开玩笑了？我就不走，你怎么着？

你要是想在这儿闹事，我就打110了。

你打呀！说完，他先打起手机来。

他这一打不要紧，突然从地里冒出二十多号人，呼啦啦！把油站围住。这些人，大冬天的穿着短袖，胳膊上还刺着龙啊、虎啊。

在油站干了这么多年，我见人见多了。看他们来者不善，我稳住神儿，悄悄告诉员工去报警，同时跟他们好言周旋。我不能激化矛盾，只能来软的，不然他们砸了加油设备就坏了。

我说，各位帅哥，对不起，我们员工疏忽了，没听清客人说要加二十块的，加多了。我代表油站道歉，所有损失由我们自己埋单，请你们多多原谅！

这帮人不听，大呼小叫着，快把油放出来！

我说，你们看，我是一个孕妇，天这么晚了，我到哪儿去请修理工？没有修理工就没法儿放油。要不然，你们把油放出来，我给你们工时费行不行？

不行，不行，我们不会！

那这样行吗，先把车摆在这里，天亮后我让修理工过来放油，到时候邀请你们一起来处理这件事，好不好？

不行，不行，必须现在就放！

左也不行，右也不行，逼得我无路可走。

警察怎么还不来？急死人了！

这帮人是从哪儿冒出来的？怎么一打手机就到了？

噢，我忽然想起来，旁边有家KTV，他们准是在那儿唱歌来着。我灵机一动，说你们等一会儿，我上个洗手间，回头再想办法放油，一定满足你们的要求！

我来到楼上，打114查号台一查，查到了这家KTV的电话。他们的经理姓刘，也是油站的老客户。电话一接通，我说，刘经理，您快来救场啊！怎么啦？刚才是不是有二十多个小年轻在您那里唱歌？是啊，他们刚走。他们跑到油站来捣乱了！啊？这还行，我叫人去收拾他们！刚撂下电话，KTV的保安队长就带人过来了，怎么着？两泡猫尿就把你们灌成这样了！加油站是好闹的地方吗？出了事谁也跑不了！警察来了全把你们抓走！再说，你们看见没有，人家经理要当妈妈了，你们也是有妈妈的人，也是有妈妈的孩子，怎么连这点儿爱心都没有？你们一个个我都认识，以后还想不想来唱歌？

保安队长这么一吼，这帮人全老实了，大眼瞪小眼。忽然，嗷的一声跑散了。本田车也开跑了，油钱也没付。

他们刚跑，警察就到了。员工一下子就哭了。

小平头伸出两个指头，谁会想到他要加二十块钱的？这是本田轿车啊，又不是摩托！再问他加多少钱的，他也不理了，我们员工有错吗？我们也是人，凭什么对我们这样？要不是保安队长抢先赶到，还不知道会发生啥事！

回到宿舍，坐在床上，想起刚才的惊心动魄，想到肚子里的孩子，我难过得再也忍不住泪……

金花陈学艳讲到这儿，门外忽然有人喊，经理，经理，有人来送水果啦！啊，谁呀？她起身去看，我也跟着出去。

金
花
加
油

只见一个中年汉子开着一辆皮卡车停在门口，满满一车水果，晃眼看去有二十几大箱。他笑着说，站里人都有份，每人一箱！

这是咋回事？

原来，前几天他来加油，把钱包丢在了油站，被员工捡到。打开一看，里面有一万多现金，还有几十张银行卡、信用卡和一部手机。手机关机了，谁也打不开。这是谁丢的？失主一定很着急。咋办？看着这些卡，陈学艳忽然想起，信用卡一般都带两个电话，说不定去银行能查到。她拿着卡来银行一查，果然，失主还预留了另一个电话。银行马上打过去，接通了这个中年汉子的电话，说你的钱包被金花油站捡到了，快去取吧！中年汉子高兴得乱蹦乱叫，说他离开油站后，又去了很多地方，包括几个景点，咋也想不起钱包丢在哪儿了，还以为在景点被偷了。他来油站领取，当场掏出现金感谢，被陈学艳婉拒了。他仍不死心，就买了一车水果，说啥也要站里收下，不收就不走。

陈学艳笑成一朵山茶花，谢谢你啦！全收是不行的。你已经拉来了，我就破例收下一箱，让站里的金花和阿鹏都尝尝！

这时候，迎着阳光，我看见她眼里泪花在闪烁。

金花加油的故事，在陈学艳闪烁的泪花中结束了。

因为加油，有欢笑也有哭泣。这让我想起一首热情的诗：《加油》。

我是在"最美加油员"的公众号上读到这首诗的。

公众号是云南临沧销售分公司党群工作部翟刚创办的。

诗作者是河北销售分公司党群工作处的任飞。

翟刚的热情介绍，让我在微信上认识了任飞，发现这位诗人多才多艺，不光写诗，还创作了小说和电影剧本。征得其同意，我将《加油》抄录于后，《金花加油》余音袅袅。

加 油

任 飞

不管你何时停留

我会一直为你守候

日里夜里

系我心头

加油加油

这里是旅人休憩的港口

一脚远方

一脚离愁

加油加油

这里有家人热切的眼眸

一眼企盼

一眼温柔

为车加油

跨越山丘

目光向前

让车轮吻遍整个神州

为你加油

金花加油

比肩携手

大步向前

哪怕走到世界的尽头

纵身跃入时光洪流

半生归来少年依旧

无论你是否回头

我都始终在你身后

风里雨里

伴你左右

加油加油

这里是清洁动力的源头

一腔热血

一股清流

加油加油

这里是机器飞转的助手

一声轰鸣

一声怒吼

为国加油

为国分忧

昂首向前

令大好河山披挂未央锦绣

为梦加油

与梦合奏

同心向前

助华夏昂首挺立世界潮头

一生去爱你

题目很像个爱情故事。

但我这里要讲的，是蒙古族姑娘丽娜和流浪狗"奔儿"。

奔儿，既然是名字，接下来，我就不用引号了。

在呼伦贝尔大草原的陈巴尔虎旗，有一个中央街加油站。我来站里采访，想不到一下车先看见了奔儿。

这是一只京巴串儿，白白的长毛有点儿卷，黑黑的小鼻头儿像一块巧克力。它使劲儿摇着尾巴跑过来，跳起脚让我抱，像见到久别的亲人。这让我想起了我的欢欢，也是一只京巴串儿。那是我心中永远的痛。

加油站的员工冲我大声叫着，它叫奔儿，是来找丽娜的！

这里的风很大，叫声传到我这儿，已经小多了。

它知道时间，每天丽娜上班它都来，准着呢！员工在风中补充叫道。

果然，丽娜来了。个儿不高，圆脸儿，高原红，典型的蒙古族姑娘。奔儿马上扑到她怀里，又亲又咬又撒欢儿。

李老师，哪儿有流浪狗啊，都是人养了半截儿扔的。奔儿就是一老太太扔的。都说人老了会有慈悲心，唉，变了。

那天正好这老太太的儿子过来加油，小狗看见他就摇尾巴，活蹦乱跳，往他身上扑。我一看不对劲儿，就问，这是不是你的狗？他说这是我妈以前养的。咋不养了？老太太搬新楼了，嫌埋汰，就把它撇了。小狗叫什么？我还真不知道，我家老太太知道。

我跟他说，那你就把它养起来吧，这狗多好啊，多可怜！

他一踩油门走了。小狗追着叫，他也不理。真毒！

狗不嫌家贫，家富却把狗扔了。

奔儿就这样流浪了，在这一片儿转悠。我来这个站没多长时间，就看见它了。因为我自己养狗，最见不得狗可怜。它岁数大了，前面这颗牙都掉了，怎么也得七八岁了。它这颗牙掉了，正好我这颗牙也掉了，我们同病相怜。我就喂它，剩饭剩菜啊，没有剩的就给它买肠吃。天天都喂，慢慢地，它就跟我熟了。

奔儿是我给它起的名儿。它额头高，我们这地方叫奔儿头、奔儿喽，都不好听，我就叫它奔儿。每天早上八点来钟，我一上班，它就蹦跶蹦跶过来了，跟我上班，看我上班。我走哪儿，它跟哪儿。好多来加油的都认识它。站里的员工也对它好，有好吃的都给它。每天下班的时候，我跟它说我走了，它就站在这儿看着我，看我走远了，自己就走了。我说你跟我回家吧，它摇摇尾巴，最多跟我跑到路口，就不动了。旁边小区有一家人，养了一条大黑狗，它喜欢跟大黑狗玩儿。晚上，有时候跟大黑狗睡，有时候就自己找个地方睡。哪儿有地方啊，没家的孩子，逮哪儿睡哪儿。

我特别想收养它。

可是，它在外面习惯了。

我家住平房，养了三只狗——

一只是大狗旺旺。蒙獒牧羊犬，我们叫草地笨，能带着羊群走，看着羊。有它就不怕羊丢了。旺旺特别顾家，一有风吹草动就叫。因为院子大，它可劲儿走，也不用带出去遛。有时候怕它闷得慌，也带出去遛遛，找找情人，撒个欢儿。你说它胆子大吧，真大；说它胆子小吧，真小。前几天，我带它出去，走着走着，碰见一块小石头，它不敢走了。我说，旺旺，没事，那是石头。它就绕着走。我觉得很奇怪，这是咋了？过去一看，哎哟，是一只小乌龟，活的，还动呢。旺旺多慈悲啊，怕踩着它。我把小乌龟捡回家养起来。自从养了狗狗，我爱心泛滥，看见有生命的东西就心疼。有时候来加油的，车上拉牛拉羊，我问他们，你们拉回去养吗？有的说拉回去杀，我就怼一句多可怜。我最受不了这样的，想都不敢想。小乌龟到现在还活着，我给它买龟食，买肉。旺旺没事就拿爪子挠它，小乌龟就爬到沙发底下躲着。旺旺够不着，就叫唤，生气。

还有一只小泰迪，是以前的同事送的。它跟别的泰迪不一样，毛是黄的，眼睛是黄的，鼻子也是黄的。别的泰迪都是黑眼睛黑鼻子。它来的时候不大，我给起名儿叫毛豆。毛豆这名儿挺素吧，可它就吃肉，别的啥也不吃。这是我养的第一只狗狗。刚养的时候，全家除了我老公，我妈我爸、我公公婆婆都不同意。我老公也是看我喜欢没办法。现在可不同了，都喜欢上了，狗狗能改变人性。我妈去海拉尔住了些日子，来电话不问我，问毛豆，说我想毛豆了，你发个视频过来让我看看！毛豆想没想我？毛豆乖不乖？你今天给毛豆吃肉了吗？跟毛豆的感情比跟我还深，毛豆长，毛豆短，没别的话题。我老公也说，咱俩也没话题了，天天的就是狗。我说对，我就天天狗、狗、狗。狗不讨厌，狗没有害人心。我俩都三十多了，到现在也没孩子。我公公还好，不说什么，我婆婆就说别养了，赶紧要孩子。我说不行，养了就得对它负责一辈子。要孩子也不耽误养狗，把狗弄干净了没事。家里有小孩的养狗要比不养狗的好，从小就心善。我婆婆拿我没办法。有的时候我跟朋友坐一起吃饭也讲狗，人家不乐意听。但我现在的话题都是狗。

再有一只，是我刚刚收养的，也是草地笨。大概两个月大，白白的，可招人喜欢呢。这只小狗跟我有缘，它是为我而来到世上的。

那天，我看见一个七八岁的孩子，把它撇到我家后边儿就跑了，小狗跟在他屁股后追。我就说，这小狗你不要了？你不要我要，它多乖呀！这孩子没吱声，拐个弯儿跑远了。我赶紧把小狗抱回家。我跟泰迪说，毛豆，我给你找了个伴儿。毛豆还不稀罕，不跟它玩儿。

我上班去了，门儿没关好，想不到它跑出来了。

说起来也真奇怪，我在班上领着奔儿加油，加着加着，忽然看见一只小白狗一扭一扭地爬过来。哎哟，怎么像我刚捡的那只啊？再一看，哎呀，可不就是它吗！它跑出来啦？它是咋找到这儿的？

我的眼泪当时就下来了，赶紧跑过去把它抱起来。我说你咋跑出来啦？这么远你是咋找到这儿的？你被车撞了咋办？真的，它太小了，啥也不知道，更别说躲车了。它跑了这么远，要是遇到好人还行，捡走了养起来；遇不到人，就冻死饿死在外面了。我就知道小区里有一只流浪的母狗，怀了孕，翻垃圾吃，中毒死了，肚子里的宝宝也没了，惨极了！

我把小狗揣在怀里抱回家，给它洗了澡，喂了食，起了个名儿叫小白。我说小白小白，从今天起，你就是咱家的人了，你可别乱跑了。

想不到，第二天中午，它又丢了，到处找也没找着。

我在班上六神无主，一直想着它，为它祈祷。它实在太小了，真的很难活下去。

就在这时，手机响了，老公发来一张照片，你看是它吗？

我一看，啊，可不是它吗！

老公说，我刚才回家拿东西，它正蹲在门口等人呢。

哎哟，这么小就认识家了！

我高兴得发疯，一把抱起了奔儿，说我可找着你啦！

奔儿瞪大两眼，你说啥呢，只为在人群里多看你一眼，我一直在你身旁从未走远！

……听丽娜讲奔儿和她的狗狗，我不由得想起了欢欢。

那一年，那一个阳光灿烂的下午，我在家门口看见了它。

憨厚的脸上，两只眼睛大得出奇。这是一只京巴串儿，送它来的女孩儿说，这是猴子的宝宝。

啊，猴子？我吃了一惊，急忙重新辨认。

小东西冲我摇摇尾巴，很委屈。

呵呵，它老妈叫猴子，一窝生了六只，我家养不过来啦，给它找个好人家。您是好人，魏阿姨也是好人。

小嘴儿真甜。她说的魏阿姨是我老伴儿。

我问，小东西叫什么？女孩儿说，它太小了，还没名儿呢。

一生去爱你

131

小东西立刻表示严重不满，为什么你还没生下来全家就忙着起名儿？起来起去，起得像宋朝人。

我说，现在就给你起个名！小东西高兴得撒起欢儿来。啊，你跑得多欢，就叫欢欢吧！

就这样，欢欢落户我家。有一天我抱它出去，俩老太太对面走过，瞧这男的抱个猴儿，别挨着咱！欢欢金刚怒目。后来我送它的益智玩具就是一只布猴儿。家里没人的时候，它们会彼此讲述身世，欢欢会说，想念爸爸妈妈，不知道它们过得怎么样。说着，就会哭。我们回家时，看见它眼睛红红的，眼睛下面的毛毛湿湿的。

欢欢很快就有了死党，一个叫鲍比，一个叫黑蛋儿。桃园三结义，每晚遛弯必见。以狗会友，三家人要出门，必先电话通报——

是鲍比家吗？是黑蛋儿家吗？欢欢要出门了！

电话那头传来叫声。欢欢马上对暗号，汪汪汪！

欢欢很会听电话。我往家打，它总要先听。才叫一声欢欢，它就哭了。舌头拼命舔听筒。

鲍比的男主人是摄影家，欢欢靓照N多，都是他咔嚓的。鲍比的女主人是食品质检员，她每次去市场抽查，鲍比都要叮嘱，亲，别忘查狗粮！我们带欢欢串门，是鲍比最高兴的事，隔门听见就受不了，咚咚咚，撞得门垮。门开了，它叼起我们本该换的拖鞋满屋跑，最后丢在谁也够不着的地方。它的玩具是一只布熊，只有一只耳朵。本来是两只，被它亲密掉了。鲍比把布熊介绍给欢欢，三个家伙很快就玩得激情燃烧。

黑蛋儿的女主人是退休老大夫，男主人是离休老干部。老干部每天给黑蛋儿做俄式大餐——土豆烧牛肉。每顿一小碗，预防将军肚。晚上，还要给黑蛋儿按摩，直按得它梦见欢欢，这才伸手捶老腰，咚咚！女主人听见，赶紧过来给他按摩，直按得他梦见黑蛋儿。

狗狗多了，派出所要办狗证。最初一只五千，没钱的，偷养或遗弃。于是，狗狗被流浪。百姓强烈质疑，狗税一减再减，才形成如今人狗和谐。这是后话。当初，穷狗是要被抄的。

一个雪后的傍晚，我老伴儿也带欢欢去遛弯儿。刚走到公园附近，抄狗的就围上来。老伴儿一摸兜，坏了，没带证！

什么？没带！抄狗的扑上来就抓。老伴儿叫道，谁敢碰欢欢！抄狗的更狠，抗拒执法，连你也带走！

走就走，休想把我跟欢欢分开！

欢欢感动得掉了泪，眼睛下的毛毛湿了一片。

老伴儿抱着它上了警车。窗外什么也看不清，地上白一片黑一片，让她想起一件难忘的事——

也是雪后傍黑，她带欢欢来这里玩，白的是雪，黑的是地，她尽量走在黑处。突然，跑在前面的欢欢惊叫一声，转身挡住她。老伴儿收脚一看，脚下是一口井。井盖被偷，井口朝天张着大嘴！

想起这件事，老伴儿不由得抱紧欢欢。

抄狗的说，到派出所里查查，如果有证就没你的事。

老伴儿说，你说没事就没事了？我老头儿是作家，专写公安题材，非让他好好写写你们！

一听这个，那人说，停车！老伴儿问，干吗？

哦，您下车吧，我们另有公务。

瞎话！老伴儿瞪了他一眼。没人敢回嘴。

欢欢也瞪了一眼。

瞎话，它同意老伴儿的结论……

欢欢的回忆没完，我又被丽娜拉回油站，拉回奔儿——

李老师，我想把奔儿领回家，洗洗澡，剪剪毛。但是它不跟我回去，让我每天都为它揪心。吃不好，睡不好，生怕它有个啥意外。

我们油站今年5月开始维修，员工暂时先到别的站去工作。要去一个多月，离这儿很远，只能跟奔儿分手了。这是没办法的事。临走前，它闹眼病，红红的，我买了一瓶眼药水，一天给它点两次。因为要走了，就拜托给养大黑狗的那家人，让他们帮着点。那家人答应得好好的。我不放心，中间跑回来几次，也没有见到奔儿。

我问施工的人，你们看见一只白色的流浪狗了吗？

他们不理我，一个个眼神怪怪的。我真担心奔儿被他们抓吃了。

我又去那家找，一进屋就看见眼药水还放在桌子上，根本没给点！

我难过死了。我泪流满面。我失魂落魄。

不知道奔儿在哪儿，也不知道它的眼睛咋样。

因为班上忙，不能老等，只好走了。

一步三回头。一步三回头。

多希望在我回头的时候，突然看见奔儿啊！

可是，没有。没有它欢快的叫声，也没有它摇着尾巴的小身影。

维修结束了。一个半月，四十五天，我又回到了油站。

我回来了，奔儿却没回来。

我冲着四面八方，发疯地喊，奔儿，奔儿，奔儿啊！

没有回答。没有动静。只有我的眼泪扑簌簌流。

奔儿，奔儿，奔儿啊！

我每天这样喊，向着四面八方，向着奔儿可能出现的地方。

奔儿，奔儿，奔儿啊！

喊不完地喊。流不完的泪。

终于，终于！在我上班第五天的时候，奔儿回来了！

蹦跶，蹦跶，好像从梦里跑来。

我一下子扑上去，把它紧紧地、紧紧地抱在怀里。

它瘦了，它轻了，它的毛更脏了，它的眼睛还没好。

奔儿啊，我的奔儿，这么多天，你是跑哪儿去了？我的宝贝儿，这么多天你是咋过来的？

……丽娜的奔儿回来了，可我的欢欢却再也回不来了。

欢欢一直跟我生活了十三年。后来，从北京一起来到云南小住。这里是我老伴儿的故乡。在昆明生活期间，万万想不到，因为一次小感冒，欢欢被云南农大宠物医院的庸医打错了针！

欢欢，欢欢！我们大声叫着。

欢欢睁大眼睛，最后看了我们一眼。

我们紧紧抱着它，哭它，喊它。

欢欢不回答。欢欢听不见。

一生去爱你

135

可怜的小身子缩成一团儿，眼睛下面的一小片毛毛湿湿的。

我们在金殿山选了一处向阳的坡地，把它和布猴儿安葬在一起。

云南成了伤心之地，我们决定回京。

行前告别欢欢，小坟已长满嫩草。抚摸着嫩草，像抚摸欢欢的绒毛。我们不敢大声哭，因为，欢欢睡着了。

欢欢，我们要走了，我们对不起你！

欢欢说，我在这里天天盼着你们来。你们才到山脚，我就听到你们的心跳。你们回去吧，我和布猴儿在这儿等你们。只是，你们这一走，不知什么时候才会来？

欢欢，我们会来的，我们不会忘记你……

老伴儿说，我们回去了，却把欢欢留在冰冷的山上。我们害了它！说完就哭了。我想劝她，话没出口，也泪流满面。

回到北京，我们又听到不幸的消息，黑蛋儿也不在了，被一个醉驾的城管撞死了。还说，就是一个人，老子也赔得起！

三个小兄弟，只剩下了鲍比。它在电话里听到我们的声音，急着要来。它来了。它没有看见欢欢。它不声不响地趴在地上。

静静地，静静地，流泪了……

欢欢是我心中永远的痛。我忍不住，把这些告诉了丽娜。

我不该说这些，不该引得丽娜流泪。

李老师，我也想过，以后，奔儿要是没了咋办？我家这几只狗狗要是没了咋办？太难受了！要是那样我非得疯了！狗狗认它的主人就是这个主人了，一辈子也不会离开！我们既然养了狗狗，也一辈子不能离开！

泪眼相别。我加了丽娜的微信。
她的微信名儿：13720。

点火灭火

哈哈，李老师，我当经理的这个油站，名字有点儿土：麻花板！

我来的时候还奇怪呢，咋叫这么个名儿，啥意思？

后来才知道，从前这儿有个村子叫麻花板，很沧桑。我在梦里梦见全村人都是做麻花的。家家有木板，板上做麻花。那麻花香得不行，拿起来刚要吃就醒了。那年改造城中村，把这个村子拆了。村子虽然没了但名字在，它永远在老百姓心里活着，鸡鸣狗叫，炊烟袅袅。这个地方现在叫兴安北路，油站成立的时候到底叫个啥名，很费心思。叫兴安北路站吧，这条路很长，分不清油站在东侧还是在西侧，人家找不到。新起个名吧，向阳啦，胜利啦，光明啦，也不好使，人家还是不知道。最后，领导说，呼市人都知道麻花板，叫啥这个站那个站的，就叫麻花板！

得，一锤定音。

我是2000年来中石油的，可以说是歪打正着。

当年，我在内蒙古师大音乐学院读音乐教育，那是个专科，毕业后还想上本科，将来从事音乐教育。这中间有一段时间没啥事，想去社会上体验一下，找个班上上。没打算长干，就为了体验。哈哈，也挣点儿生活费，让老爸老妈看看我能自食其力，以后也不靠他们养活。我生在军人家庭，长在部队大院。一方面受家庭的熏陶，另一方面家里对我也很娇惯。我早就想闯荡闯荡，哪怕十天半个月呢！现在，机会来了。老爸老妈说，行啊，在家等着也是等，锻炼锻炼有好处。

想不到，这一出去，就扎进中石油，再也拔不出来了！

当时我出去找工作，正好碰上中石油招人。我觉得挺新鲜，不是说不好找工作吗，我咋出门就碰上了？大板子上贴着招聘简章，我刚伸头去看，就被人叫住了。

哎，小姑娘，你愿意干吗？

干吗呀？

加油！

加油？给谁加？是篮球还是长跑？

我这样一问，把他问愣了，半天说不出话。

我这才看到招工简章上写的是招加油员，给车加油。

我笑了，嘿，我还以为招啦啦队呢！

就这样，我来到了加油站。

我说我是来锻炼的，最多干二十天。

经理说，当一天和尚撞一天钟，加一天油给一天钱，来吧！

我一看，分配给我的这个站真小，连经理算上一共就三个人，都是男的。哈哈，怪不得他们说当和尚呢！

经理说，既然你是来锻炼的，就不跟你客气了。你看啊，站里忙的时候，你要帮着加油。不会我教你。站里不忙的时候，你要负责做账，不会我教你。你文化高，一学就会。还有，你主要的工作是给我们做饭。你看见了吧，我们都是男的，只会吃不会做。你来了，正好，买菜买粮，点火做饭！另外两个员工就拍起巴掌，这回可好了，往后吃香的喝辣的，再也不发愁吃饭了！

哎哟妈呀，我当时就蒙圈儿了。

长这么大我也没做过饭啊，不是爸妈做，就是在大院食堂吃现成的。

更蒙圈儿的是，一进厨房，看见土灶上架着一口大铁锅！

这个小油站建在农村，条件特别差。不像现在的油站，厨具全是电磁炉、电炒锅，一律没有明火。也不让用明火。这个小站可好，农村大土灶，点火烧柴火。

我一看差点儿哭了。

我说，我真的弄不了这个！

经理说，谁生下来就会点火做饭？都是后来学的。你必须学。你不学我们吃啥？你不光要点火做饭，你还要点火烧锅炉呢！你不是说来锻炼的吗？都会了你还锻炼啥？

经理有理。我一咬牙，行，我学！

土灶点火不是吹的，看起来容易点起来难。一开始，我咋也点不着。人家告诉我弄点儿纸，跟炭一起点。我把炭堆进去了，把纸放炭上面，咋也点不着。烟冒得呼呼的，呛得我眼珠子差点儿咳嗽掉了。经理他们忙，就找了个老乡来教我。老乡说，闺女，鸡下蛋找窝，灶点火扒豁。你看啊，像这样，点火前先把灶膛掏干净，扒出空儿。点的时候，先摆纸，纸上放干柴，最上面放炭，炭别多了，有点儿就得。来，这回你再点起来看看。我照他说的，用打火机把纸一点，纸慢慢着着，把干柴带起来了。干柴烧得稳定，不紧不慢。不像纸，一烧就成灰。稳定的柴火，眼看着就把炭点着了。紧跟着再加炭，红红火火满灶膛。

哈哈，我学会点火了！

公司给我们拉来的炭都是大块大块的，我拿锤子砸碎，装在桶里拎进厨房，一点点儿往灶里填，火烧得真旺！

然后，我就学做饭。第一顿火大了，饭煳了。第二顿水多了，饭成粥。像歌里唱的，做不成米饭做成粥，谈不成恋爱交朋友。我这粥是做成了，谈恋爱还不知对象在哪儿。

我学会了做饭，又学炒菜。我问经理好吃吗？经理说好吃好吃。我说真的？副经理抢着说，今天咸了！第二天又说，今天淡了！经理说，你别说她，一说她就没有信心了！

后来，我自己当自己的师父，做饭，炒菜，蒸馒头，包饺子，都会了。直到现在，我特别乐意做饭，做出来的饭菜很是样儿，常发个朋友圈啥的，刷存在感，获点赞。朋友们很羡慕，问我在哪儿学的？我说，在俄国油站罗夫斯基学的！

人是铁，饭是钢。点火做饭成了我的主业。当时工作是三天歇一天。因为离家远，三天就住在油站。每次来上班，就要买好三天的食材，菜啊，肉啊，装进编织袋，拎着，坐公交车到长途车站，再坐长途车到班上。远不怕，就怕大雪封路。

有一天晚上，下雪了，封路了。正好第二天是我回家的日子，走不了啦。轮休的经理也进不来了。他进不来了，我们三个的饭就断顿了。因为说好他带吃的进来。第二天一早，老妈打电话来，说下雪了你还能回来吗？我说回不去了。她马上就问，那你们还有吃的吗？我说没了。我姥爷一听急了，说要不跟部队要个车把孩子接回来？老妈说人家的孩子能待，咱家的孩子为啥不能待？再说了，大雪封路，部队的车也进不去啊。老妈跟我说，孩子，你们自己想办法吧，不行了，吃雪也能活几天！我说，老妈，你放心吧，饿不死！

放下电话，我跟两个员工说，你俩看好油站，我去找吃的！

说完，我就蹚着雪出去了。雪很深，没了腿，一步一拔。走了二里多地，来到村子里，找个商店进去了。卖东西的一看我穿着油站的衣服，说快进来吧，要买啥？我说有啥能吃的？他说，白菜，猪肉。我一听就乐了，好，买买买！回头一看，又发愁了，白菜倒是有，我也拿不动啊。肉呢，一打开冰箱，哎哟妈呀，半尺厚的肥膘，一点儿瘦的没有，买回去只能炼油。卖东西的看我为难，说还有馒头！啊，还有馒头？有哇，我们自个儿蒸了卖的！我说好，有多少给我拿！结果，装了一大口袋馒头，个个冻得像石头蛋儿。我扛着口袋，跟头打滚儿往回背。哎哟嘿哟，呼哧带喘。离油站老远就喊，乡亲们，大馒头来啦！两个男员工急忙跑出来接我。冻馒头咋整？饿得等不及点火蒸了，就切成片儿，用筷子串着，直接杵到锅炉里烤。

哈哈，烤馒头串儿！

就这样，连吃了两天烤馒头串儿。雪停了，路开了，经理回来了。

说话我来油站二十天了，公司领导舍不得我走，说你这孩子多好啊，别走了，就在我们这儿干吧。你文化高，我们需要你！公司又开了一个油站，你去当前厅主管，有机会再竞聘经理，老有前途了！

嗨呀，我经不住劝，心里也爱上了油站，就这样，鬼使神差地留下了。一干好几年，迎来了竞聘经理的机会。我心态很平和，竞聘得上就干，竞聘不上，还当我的前厅主管。挺好。

竞聘需要几个环节，一是实际操作，就是日常这些油品计量、加油操作，还有发票开具啥的。再有一个环节是理论考试。最重要的环节是民主测评。领导、站经理、员工不记名投票。

结果，我竟聘成功。这对我触动很大，这么多人认可我，我要加倍努力。

这一加倍努力不要紧，一干就干了十年！

李老师，十年，我经历了多少事？又有多少想讲的？

可以说，五天五夜讲不完。

这样吧，我就讲个灭火的事！

啊，油站着火了？

哈哈，不是，是客户发火了。

为啥？

为改进的油枪。事情是这样的——

为了环保，我们的油枪都改成油气回收的，加油的时候可以把油箱的油气抽回到油罐里进行一次回收，不让油气散发到空气中。

这个油气回收枪，接口处有个小密封圈，如果这个密封圈碎了或者老化了，一拿起枪来，加油机就会走字。这就是出故障了。发现后要及时停机维修。但这个故障不常发生，偶尔发生，都及时维修了。

这一天，恰恰出现了故障。

一个客户来加油，他是刷卡自助的，旁边没有员工。他一提枪，加油机就走字了。

哎哟，还没加油就走字了？

客户没吭声，拿起手机把这一幕拍下来。

一拍完，他就发火了，好啊，你们油站作弊，你们偷油啊！

他大喊大叫，引来围观。

我要投诉你们，我要把这个视频发到网上曝光你们！

我听到现场闹哄，急忙赶了过去。

这个客户不是一般人。他姓王，是个律师。

我说，王律师，您消消火。我是经理，有啥事跟我说。

他两眼一瞪，你说有啥事？你加我微信，我发给你自己看！

我加了他的微信。一看，坏了，油枪出故障了。旁边没有员工，没有及时停机，加油机自己走字被拍了个正着。

这时，围观的人越来越多，有客户，也有我们的员工。

我马上说，赶紧的，把这个枪停了，不要用了！

回过头来，我对王律师说，对不起！这是我们的错，油枪出故障了，没加油就走字了，请您原谅！现在枪已经停用了，我们马上维修。

王律师说，对不起就行了？这是让我发现了，你嘴巧，说油枪出故障了。那没发现的多了去了！你们偷了多少油？收了多少黑心钱？

我说，王律师，您消消火，您听我说，我不是嘴巧，真的是油枪出了故障。咱们油站是国企，不可能，也不允许有您说的偷油这种情况出现。如果有这种情况，那也是私人油站干的，我们绝不会干。再说了，您是律师，您分析一下，站是国企的，油是国企的，扣了您的油，钱也到不了我们个人腰包，对不？我们为啥要干这样的事呢？没有理由干，也不会干，您放一百个心!

王律师说,我不管你们有没有理由,不管你们国企不国企,事实是没加油就走字了,这你承认吧?如果我不看加油机,直接加油了,那前面走的字算谁的?还不是算我的!你说你们装不了腰包,可是我实实在在要掏腰包,要花冤枉钱。这样的冤枉钱,我花一点儿,他花一点儿,最后还不都归了你们?你们损害了消费者利益,违法犯法,必须承担法律责任。实话告诉你,我已经把视频发到网上了!

我一听急了,真发假发了?

真发了,咋地?

我拿起手机一搜,果然,发网上了。当时网络点击率还低,还没有让大家都看到,只有搜索才能看到,影响面还不大。但是,他毕竟发上去了,很快就会传开,真让人起急。说实话,我当时也火了。

但是,我不能发火,只能灭火。

灭自己的火,灭他的火。

我瞬间平息了自己的心情。

我说,王律师,您是律师,在法律上比我们懂得多,也严谨得多。您有没有想过,您在没有调查事情真相的前提下,就单方面把这个视频发到网上,从法律层面讲,您觉得这样做合理合法吗?如果我在执法部门的监督下,拿出确凿证据,证明我们不是偷油而是设备故障,那您发到网上的视频损害了中石油的声誉,您又该如何负法律责任呢?如果中石油依法提出对您进行追究,您想到后果了吗?这也不是一句对不起能解决的,对吗?

他愣了一下，你咋能这样说？

我说，我说错了吗？事情既然发生了，您既然已经把视频发到网上了，我作为站经理，一定会严肃处理，从头到尾给您一个满意的答复！

听我这样说，他不吭声了。

他清楚这个"从头到尾的满意答复"是咋回事。

看他熄火了，我也马上换了口气。

我说，王律师，您姓王，我也姓王，一笔写不出两个王字。您是律师，我是经理，我们都在人生路上奔走。相信您有今天的事业不是一帆风顺的，您不容易。我呢？工作这么多年，也是靠自己没日没夜苦干，才走上这个岗位。我也不容易。如果因为今天这个事，视频点击率高了，事情闹大了，媒体争先恐后来采访，社会上对我们企业会咋看？我这个站经理是不是失职？是不是员工没管理好？是不是机器没维护好？那我的工作也保不住，饭碗也保不住了，多少年的努力付诸东流。您想想，我一个女同胞容易吗？再说，当事实真相证明不是我们偷油而是设备故障，您上传视频的行为是不合法的，那对您的声誉又有多大损害？您这个律师的饭碗还好端吗？还端得稳吗？人家找您当律师还放心吗？

说到这儿，我停了一下，给他机会。

果然，他说，那你说咋办？

我说，这好办，趁影响还没扩散，您马上把它删掉！

我话还没说完，他已经动手了。

我上网一搜，这条视频没了。再也没了。

不打不成交，王律师说敬佩我。

后来，我们成了朋友。他成了我们油站的固定客户。

当我调到麻花板站的时候，他给我打来电话——

王经理，你不在了？

我调走了。

为啥调走？是不是因为我……

哈哈，不是，不是，正常调动。我们站经理两三年就会更换。

哦，那好，那好，我以后就去麻花板加油。

哎哟，您来这儿方不方便，要绕路。

绕路我也去！

……

李老师，后来，王律师真的来了。

像这样灭火的故事，我有好多，都是从处理矛盾开始，最后维系成朋友，维系成固定客户。

我和王经理的谈话结束了，意犹未尽。

这个漂亮的姑娘，叫王丹。

点火灭火

卖化肥

故事的题目有点儿直白，但的确讲的是卖化肥。

讲故事的是吉林洮南市镇南油站的女经理。

名字一听很奇怪，挺白净的美女，咋起个动物名儿？

啊？你叫赵海豚？

哈哈哈！她笑得直不起腰，李老师，不是，我叫赵海纯！

哎哟喂，我说呢！

我们油站，卖油，也卖非油。

非油的范围海了！只要不是油，都叫非油。你去便利店看看，吃的用的，琳琅满目。店里地方小，大件的没摆。

你问啥大件？多啦，化肥就是！

我们卖化肥，今年是第二年了。

去年第一次卖，公司就下了二百吨的任务。

哎妈呀，我一个脑袋三个大！二百吨！

别说卖了，化肥长啥样儿我都没见过。

咋办？还能咋办！硬着头皮应下来。没见过就去见见！

我参加了培训班，见到真佛。哎呀哈，就这东东呀，跟白灰似的，长山复合肥！名优品牌，来路正，保质量！

啥时候用，咋用，培训的老师讲了一火车，出了一头汗。

末了，问大家，听懂了吗？

一屋子人喊，听懂啦！

老师笑了。又问，哪位亲还有问题，请举手！

有一位就举手，说我有问题！

老师点点头，请说！

这位就说了，老师，我的问题是，啥时候用？咋用？

老师惨叫一声，当场晕倒，后悔自己多问一句。

嘿，不管别人听没听懂，我是听懂了。

懂了又咋地？卖给谁呀？

总不能来加油的就问，你要化肥吗？

那也太二了！

还别说，当初我就这么二过，来了加油的，上去就问，你要化肥吗？

被问的刚好是个胖子，他俩眼一瞪，你说谁肥呢？

哎哟，对不起，我说化肥。

啥化肥？

就是种庄稼的化肥，你要吗？

他笑了，你看我像化肥吗？

我也笑了，只好说，不像。

唉，我真急眼了！白天工作，晚上就寻思咋卖这个肥。想了好几天，总算明白了，来加油的是不少，可你不知道人家是干吗的，跟化肥沾不沾边儿，上去就问人家要吗，那不是嘴上抹面白嘛！谁跟化肥沾边儿？村里的老百姓啊！

没辙，只有开车下乡，挨家摸老底儿。

这年头儿骗子多，可别让人家犯嘀咕，回头再扭送了派出所。咋办？穿起工作服，挎上红绶带，大金字晃眼：中石油洮南市镇南加油站。

上了路，进了村。

走一家，问一家。

走到张三家，问李四家种多少地；走到李四家，问孙二家种多少地。为啥隔着问？嗨，直接问本家，怕有隐私权。说别家，一个比一个敢。李四家用的啥牌子？多少钱买的？孙二家用的啥牌子？一年用多少？就这样，走了一个月，把附近村子摸了个底儿掉。一整合，哎哟喂，没有一家用长山复合肥！

咋办？还能咋办！

脸皮厚，吃个够；脸皮薄，吃不着！

推销，推销，不推不销！

胜利村有一姓王的大哥，爱张罗买化肥的事。得，就找他！谁叫他姓王呢？古人都说了，擒贼先擒王！

见了面，听我一说，他眼都直了。

啊？你们油站还卖化肥？

哥啊，只有你想不到的，没有我们做不到的。你想买啥，油站全有！

啊哈，是不是派下任务啦？

哥，你想哪儿去了？我们卖化肥不是任务，是为老百姓提供方便。你每年春天都为村里张罗买化肥，买得了，还得自个儿往回拉。我们不用，直接给送到家。再说了，你每次不光买化肥，还拉着大桶来我们站买油，还要选种子，多不方便啊。拉着油到处跑，又选化肥，又看种子，回头再把油丢了！

哈哈哈，你太有才了！好，我问你，你知道化肥有多大含量的？我们种苞米用啥肥？啥时候用？用多少？

我现蒸现卖，三下五除二就把他给忽悠了。

哎哟，厉害了我的老妹！

哥，你可别夸我，回头我骄傲了可不好。买化肥，关键别买着假的！

你太有才了！假化肥坑人，弄不好颗粒无收！

所以啊，哥，你也别挑三拣四的了，就认我们中石油吧！你为啥加我们的油？为啥私人的油便宜你不去？不就是看上我们的牌子吗？我敢保证，我们的油没假，化肥照样没假！只要你买了，我就跟上你，看你种，看你收，看你过秤，看你笑！

哈哈哈，等不到过秤我就笑了！不过，村里人都没用过长山复合，只用过长山尿素。

哥，既然大家认长山尿素，长山复合也不会差！再说了，红烧肉好吃，天天让你吃，你也受不了。这么多年了，老喂一种肥，地也吃腻了。今年你给换个口味，来个滑溜肉片儿，看哪个好吃，哪个产量高，好不？

老妹，你太有才了！哪天我去你们站瞅瞅！

这话一说，绷了好几天，也不见动静。

盼星星，盼月亮；早也盼，晚也盼。

哎哟喂，他可别光抹桌子不上菜呀！

就在我全线崩溃的时候，他来了！

开着一辆车，拉了七八个！

进屋就说，老妹，这几位是我们村种粮大户，都给你拉来了！你说吧，你的肥咋回事？咋个卖？

我高兴得差点儿疯了。

不，已经疯了。

叽里呱啦一通说。竹筒倒豆子也好，扛木头进城也好，兜底儿倒，直来去。肥效，价格，售后。知无不言，言无不尽，言者发疯，听者雀跃。

老妹，你确实实在，就按你说的价钱来吧。不过……

哥，不过啥？

哈哈！要是买你的肥，你得请我们吃饭！

哥，咱们现在就走！别说买我的肥了，就不买，照样儿吃！

这位大哥真不把我当外人，开上车就把人拉到饭店。

我说，各位亲，想吃啥点啥，来吧！

于是，点开了。点来点去，点了七个菜。

我说，好事成双，我再点个硬菜！

饭店老板娘乐得也要疯。

这帮老爷们叫着，无酒不成席，上酒！

老妹，先给你满上！

哎妈呀，我哪儿会喝呀。

咋办？还能咋办！

只要能卖化肥，喝，喝！

结果，一口下去，脸就成了猴儿腔。

老妹，你这人就能交！你喝不了，就别喝了。

不行，既然坐一起了，你们有这份心，我也有这份心！今天陪你们喝多少都行！你们买不买无所谓，跟各位亲交朋友是真的！

听我这样说，一桌子全乱了。老妹，你够意思！喝，喝！

七吼八叫，不知道的，还以为进了土匪窝。

一桌酒下来，我没醉，王哥醉了。

醉成啥样儿？喝半截儿人没啦。我还以为他上洗手间了，就让一块儿来的人去看看。看的人回来说没有。啊，那到哪儿去啦？我赶紧打他手机，哥，你在哪儿呢？我上出租了。你上出租干啥？嘿，我要去买你的化肥，车找不着了，我打个的！哥，你的车就在饭店门口呢，你快回来吧！啊？你太有才了！你说他喝得多迷糊！后来，我找代驾把他们送回去了。

来的时候，七八个曹操。走的时候，一车关公！

临出门，也不知道他醒了没有，老妹，你够意思，今天就这样吧，我们回去合计合计，要买给你个数，你等信儿吧！

他这一去，又泥牛入海。

我天天等，日日盼。哎哟，可别被忽悠了啊，我的心一下子凉了。几次拿起手机想打，最终也没打。

他那个国字脸在我眼前晃来晃去。

思前想后，他不像骗吃喝的。

啊哈，真应了古人的诗：众里寻他千百度，蓦然回首，那人却在，灯火阑珊处！

这天，他突然来了！

不但人来了，还掐着大把的钱！

老妹，我几天没来，你心里是不是不得劲儿？

哥，不瞒你，确实不得劲儿。

那你咋不给我打电话？

打啥电话呀？我说了，买不买化肥没关系，交朋友是真的。再说了，我对咱的产品有信心，还愁卖不出去？如果没卖出去，那是我对产品的认识还不到位，介绍得还不到位，所以

卖化肥

你们才没买。问题在我，不在你们。

哈哈！老妹，你太有才了！我拿不到数，收不上钱，说啥都是狗掀门帘儿！

哥，狗掀门帘儿咋回事儿？

玩儿嘴呗！

哈哈哈！

你猜他一下子要了多少？七十四吨！

哇，我彻底晕了。

老妹，这只是几家大户的，我回去再宣传宣传，你这点儿货不够卖！

哥，你太好了！

别尽给我灌糖水儿，说真格的，哥要是帮你卖嗨了，能不能给意思意思？

哥，只要老妹能做到的，指定满足你！

一言为定？

驷马难追！

好嘛，跟特务对暗号似的。

没出半个月，二百吨全让他给忽悠没了。

我又追了六十吨，也没了！

咋没的？狗掀门帘儿没的。

我拿胜利村当说辞，一个村一个村地找人问。认识胜利村的王哥不？认识，认识。你给他打个电话，问他今年化肥跟哪儿买的？啥牌子？打电话一问，哎哟嗬，说跟你们油站买的。他都买了，指定好使，我也买点儿！就这么着，六十吨眨眼没了。

前后卖了二百六十吨，公司给了奖金。

我上钱找到他，哥，兑现，我说话算话！

老妹，你真实在，我就那么一说。这钱是你辛苦所得，我不能要！

看他不要，我脑筋急转弯儿，哥，你不是有车吗？

有啊，两辆呢！

我们站里还给车上保险。这样吧，今年哥的车险老妹就拿这钱埋单了，花不完的明年接着上！

哎哟，老妹，使不得！说实话，你这肥确实比我们往年的贵，但我相信你，也是试一年看看。行了，明年接着买。真要拿回扣，也等明年再说。今年要是用着不好，叫人骂死，拿了也不踏实。

哥，你真是好人！说实话，这钱不是回扣，是公司给我们的奖金。你帮了我这么大忙，没什么回报的，给你上个保险，就算老妹一点儿心意。我对这产品有信心，明年咱们再争取双赢，好不？

好说歹说，他总算收下了车险。我又按上车险的福利，赠给他一桶昆仑润滑油。他提着油，国字脸笑成大锅盖。老妹，这样吧，你推销车险，我也出把力！

结果，他又帮我推起了车险。

现在，胜利村和其他村的有车一族，都在我这儿上车险了。以前，我们的车险不好推销。为啥？别的地方都返现金，我们做不到。现在好了，卖出化肥有奖金，搭着就把车险推销了。

里外里，员工们的奖金也不少。

说实话，这奖金来得不易！

卖
化
肥

155

卖肥就不说了，狗掀门帘儿。送肥才叫洪荒力。

当初，为了卖出去，我脱口而出：我们送货上门。

人家真的把钱交了，该送货了，我们就坐蜡了。二百六十吨啊，山似的，没送货的车，雇车要花钱；没搬货的，雇人要花钱。左花钱，右花钱，那不就赔了吗？

咋办？还能咋办！

自我消化！

我把姐夫的车借来了，亲戚咋都好说。车解决了，人力呢？员工们说，咱们自己干！卖都没怕难，往车上装有啥难的？

我们站一共五个员工，都是女的。一袋化肥一百斤，一人拿不动，两人也费劲。于是，两个人抬着，我在中间搭把手。三人一袋，哎哟，嘿哟，连倒带挪，一身大汗，装了一车又一车。后来，又借来一辆小三轮，一回也能拉几十袋。蚂蚁搬家，一天送一点儿。到了用户家，人家说咋放就咋放，说咋搁就咋搁。白天干活儿不觉得累，兴奋秒杀了累。到了晚上，腰酸背痛腿抽筋，早上起来迈不开步。

但是，这篇儿到底翻过去了！

化肥卖完了，我想起大哥说的话——

试一年看看！

这可不是一般的话。

他试一年，我也要试一年，不能做一锤子买卖！

咋办？还能咋办！

附近村子种的都是苞米。从下种，到秋收，我把自己当成一粒种子，扎扎实实在地里种了一年！发芽，长叶，拔节，结棒，吐须，灌浆，每个阶段我都走了一遭。芽不出是籽的事，苗不壮就是肥的事。施了长山复合肥的苗真给力，一出土就墨绿墨绿的；拔节的时候，一水儿的两米高；接棒的时候，个个是双棒！

老妹，你太有才了！这肥真不赖，力足，效长！往年我们用的肥，结棒的时候就没劲儿了，叶也黄了，秧也倒了。你看你这肥，棒以下没一点儿黄叶，到收的时候都不倒秧。肥效真长！大伙儿看在眼里了，都说明年接着用！

说着，他掰下一个棒子，撕开叶，你看这苞米粒儿，小猪娃似的！老妹，你尝尝，你尝尝！

我还没尝，就甜透了心。

都说明年接着用！

这也不是一般的话！

李老师，去年，我们化肥卖得好，基础打得牢。今年，又要准备化肥了。公司领导问，你们打算要多少？

我说，一千吨！

哈哈哈，我早就知道你胃口大！不过，你们租的仓库我去看了，顶多能放六百吨。这样吧，高高地，给你六百六十吨，咋样？

行！卖完了再进！

赵海纯正讲着，手机响了，是她的孩子打来的。

妈，我今天过生日，你啥时候回家呀？

海纯半天没出声。

她的眼圈儿红了。

卖化肥

157

李老师，我对不起孩子！那天，他跟小朋友玩，不小心摔倒了，磕在水泥地上，下巴都露了骨头。我婆婆赶紧打电话叫我老公，一起带孩子去了医院。他们没跟我说，知道跟我说了也没用，只能让我担心。也不知站里员工咋知道的，说经理，孩子磕着了，你还不快回家！我吓了一跳，啊？一会儿还有一车油要来！员工们说油来了我们可以卸！我说不行，我不放心。我就给家里打电话，没人接。我也没再打了。等那车油来了，我跟着卸完才往家跑。一到家，只见孩子的小脸儿上缠着纱布，嘴都看不见了。可是，他还说，妈，我没事了，你不用回来了。我的眼泪当时就下来了……

王健找媳妇

王健是谁呀？

伊春市育才油站经理。

他找媳妇？媳妇丢啦？失联啦？

嘿，他哪儿来的媳妇啊！

那你说他找媳妇！

哎哟喂，这个找，不是找媳妇的找，是找媳妇！

说啥呢？不是找媳妇的找，是找媳妇。听着咋这么乱啊？到底是不是找媳妇？

得，我也说不清了，还是听王健自个儿说吧——

我们这地方，说找媳妇就是搞对象。

我找媳妇挺难。

上大学的时候处过一个，长得跟七仙女似的，咋看咋好看。一毕业就吹了！上学的时候在梦里，面朝大海，春暖花开。一毕业就醒了，还是面朝大海，但见浊浪滔天。一下子现实了，上街没钱连一根葱都拿不走。昨天还卿卿我我，今天就劳燕分飞。人家被法拉利装走了，我背个包袱来到嘉荫县的育才小油站，真成董永了。

董永和七仙女鹊桥相会秀恩爱，那是逗你玩儿的。

我这现实版的，父母健在，本人叮当。

啥叮当？兜里的钢镚儿！

我到育才的时候是2007年，这儿又小又破，惨不忍睹。虽说当站长，后来又叫经理，其实就我一个人，一个月才拿五百五十。当时，销售与工资没挂钩，卖不卖，卖多少，都拿这么多。雇谁都不来。

穷成这样，哪有鹊桥？

但搭桥的还真多。小站周围都是村子，乡亲抬头不见低头见，看我里出外进耍光棍儿，都热心搭桥。前后介绍了七八个，都不成。为啥？

人家一打量，说实话，你长得也算可以，文化也还将就！

听这话，我有点儿小激动。

不料，跟着就问，挣多少钱哪？

五百五十！

一天哪？

啊？

得，我也别答了。太寒碜，再把人家吓病了。

又来一位，开门见山，有房吗？有车吗？

啊？

得，我也别答了。

油站的破房，拉油的推车。

说了，再把人家吓死。

不能说人家嫌贫爱富。过日子嘛，柴米油盐酱醋茶，没啥都行别没钱。特别是眼下，钱钱钱，命相连！

很现实，很老实，也很时尚。

别说结婚要房要车，光彩礼就够人一梦！

所以，介绍了七八个，没一个成的。

如此悲催了，还有人搞笑，说王经理，你村南头有个丈母娘，村北头也有个丈母娘，你都让丈母娘包围了！

我哈哈哈，丈母娘是不缺了，就缺丈母娘她姑娘！

就这样，学布谷鸟叫，咕咕，咕咕，光棍儿好苦，一晃七年！

2014年收完秋，后山村村长陆哥来找我，说我给你介绍个对象！

我说，好啊，哥，我正盼这个哪！现在工资跟效益挂钩了，多劳多得，条件比以前好啦！要是成了，我请你喝酒！

没问题，咱俩醉一场！跟你说吧，你不认识姑娘，可你认识她爹。

啊？谁啊？

咱村的，姓苏。

哦，我知道了，我叫他苏叔。三天两头骑个摩托跑这儿来加油，说他的车费油。我还糟践他，说你就差上厕所没骑了，能不费油吗？

对对，就是他。他姑娘叫苏红，比我还小一辈儿。

哎哟喂，咋的，万一成了，我还得管你叫点儿啥，你收改口费吗？

哈哈，留着你那点儿钱孝敬媳妇吧！

陆哥说给我介绍苏红，当时也没见上面。她在哈尔滨一家旅游公司当韩语翻译，陆哥把她的微信号给我了。

我俩加了微信，开始聊起来。

你是苏红吗？

是。

你的微信号是你们村陆哥给的，说让咱俩处处。我跟他说，我不知道你，但我跟你老爸已经处十年了，不信问你老爸。我俩没的说，不然也不会处那么久。

你发个照片呗！

遵命！

我在手机里翻半天，没一张能骗人的。得，打扮打扮，伸长胳膊现拍一个！

我穿上工装，把脸洗了十二遍，又梳梳头，开拍！左一张不行，右一张不行，不像茄子，就像土豆，挺标准的明星脸咋不上相呢？

她那边都急了，你现种麦子呢！

我说来喽！眼一闭，就它了！

发出去，等打分，心跳得失去了自信。

哎哟，你长得够黑的！

嘿，美女，你哪壶不开提哪壶，我们家不是跟包公沾亲吗？

哈哈哈！她发了一百个笑脸。

我说，一黑遮百丑！

她说，最怕小白脸！

我俩就这么聊。她晚上没啥事，我晚上也没啥事，就捧着手机在被窝里聊。一聊大半宿，来回发照片。

我说，我是真心实意找媳妇。虽然我现在房无一间、地无一垄，但我有个国企好工作，公家私人都离不开油，今后指定有发展！我是这个站的经理，今后也错不了。我实话跟你说，我跟你处，就是为结婚，跨过恋爱，没有恋爱期。我也没时间恋爱。如果咱俩能结婚，我会先买房，不能住加油站，不能对不起你。咱俩得有个窝儿！买不了太大的，够住就行。我用住房公积金贷款买，省下钱装修用。

哈哈哈，八字没一撇，你都想全啦！

别说一撇了，我八撇都有了，就看你的了！

就这样，聊了二十多天。

我跟她说了好多，她也跟我说了好多。

她说的，我一高兴全忘了，但是有两句刻在心里了。

一句是，我老爸说你挺好，朴实，守谱。

第二句是，元旦我回家，我们见个面。

耶！两句顶两万句！

元旦，她真回来了，领着弟弟妹妹来见我。

一手一个妹妹，一手一个弟弟，俩小孩都不大。

她呢，哎哟喂，比照片漂亮多了！穿着大方，素颜朝天，给人感觉非常舒服，一看就是个过日子的人。第一眼，我就认定她了。不知她见了包公脸咋想。其实呢，我就是脸黑，风吹日晒的。身上正经不黑，哈哈！

尽管忐忑，但一瞅见她自己带着两个小孩来，心说，有门儿，已经不需要大人出面了！

她一来，发现油站就我一个人。

哎哟，瞅你这经理当的，真够大的！咋不早跟我说呢？

说了怕你不信啊！

是怕把我吓跑了吧？

小心机让你逮着了！不过，你等着瞧，从无到有，从小到大!

她笑了。笑得很可爱。

这时候，说别的都没用，哄好两个孩子是真的。我赶紧拿吃的，拿喝的，然后陪他们玩。玩得比他们还孩子!

玩着，玩着，我问，姐领你们干啥来了?

俩小孩异口同声——

看姐夫!

哈哈哈! 幸福来得太快!

我往苏红面前一站，看吧，让你看个够!

她闹个大红脸。

俩大活人见了面，把在微信里的话又说了一遍。

我说，你也来我这儿了，你也看见我了，我干啥工作你也知道了，咱俩的事咋样?

我回家再跟老爸老妈商量商量。

你不用商量了，你老爸老妈已经让你弟弟妹妹管我叫姐夫了!

那咱俩也得再处处。

你真想处就别走了，干脆回来吧! 你跑哈尔滨那么远，回头来个第三者一撬，我到哪儿找你这么好的?

哈哈哈! 有你这样的吗? 我墙不扶就服你了!

苏红的笑声告诉我，这事成了!

想不到，我实在，她老爸老妈比我还实在。一回家，老两个就问，他咋样? 还行。能处吧? 能处。你想跟人家处，就不能再走了。我们跟你说得再好也不行，得你自己处。往后嫁人过日子是你自己的事! 行，我再想想。还想啥呀? 我不走了也得回去收尾呀！

得，这样的绝密文件，她老爸老妈转身就透给我，给我一个安心牛黄丸。我俩如果能成，她老爸老妈功不可没！

苏红回哈尔滨了。我乘胜追击各种地催，称呼上先下手为强——

媳妇，你啥时候回来啊？

媳妇，你要回来我给你订票！

媳妇，你明天回不回来啊？

媳妇，想你想得心不在窝儿，这两天跑了好几个单！

我真没骗她，心里长了草，二十五只耗子在里头闹，百爪挠心！加完油忘了收钱，一连跑了好几单，赔了几百块，够苏红来回几趟了！

终于，一个半月后，她辞职回来了！

你闹啥？都跟你处了还能跑了啊？

那你也不怕我跑了？

你跑哪儿去？开封府等你办案啊？

哈哈哈！

打这以后，我们就处上了。她暂时没找工作，天天跟通勤一样，一吃完早饭，就从家坐车到站里，帮我收拾屋子，做中午饭，晚上坐最后一趟车回家。第二天一早又来了，还带来好吃的。

过小年时，她说，我老爸老妈叫你到家里去过呢，你想去不？

我说，做梦都想，这是要认姑爷啊！

小笨鸡儿，江鱼，杀猪菜，多解馋的一顿饭！

在饭桌上，我跟他老爸说，爸，咱爷儿俩喝点儿！

她老爸笑成大菊花，咋地，这就叫上啦？

我说我这人就直来直去，您要认可，咱俩就喝！

有啥不认可？喝！

喝上了酒，把啥话都摊开了，买房子，会亲家，结婚，订日子。一顿饭下来，人生大事全解决。

直到这时候，我才敢跟我老爸老妈报喜。这之前狗咬尿泡多次，老爸老妈都惊了。

老爸，您儿子处对象了！

又忽悠？

这回是真的！

不信！

您还不信？我今天去老丈人家喝酒了，所有的事都说妥了，结婚的日子都定了！

你确定？

我确定，您儿子办事守谱！

她人性咋样？

您放心，她能从哈尔滨把工作辞了来找我，还能有错吗？

行，你认准就行！

说真的，不是老爸夸我，苏红我真没看走眼。这之后，买房子，装修，订酒店，结婚，都是她自己跑的。她说站里就你一人，你忙你的，我来！

买房先付的首付，再用公积金贷款。两家老人拿的装修钱，不够的我又跟朋友借了点儿。

我说，媳妇，咱俩还没举行仪式，就欠了一屁股饥荒，咋整?

她说,还能咋整?挣钱还!穷日子穷过,不能黄了人家!

那彩礼钱也先欠着?

我掐你!谁跟你要来着?

这都不说了,婚后第二天,她就跟我说,你一个人太忙了!你也别雇别人了,雇了还得分一份钱。你就雇我吧,给不给钱都行。我在站里能帮你干活儿,还能照顾你吃喝。

啊,真的?

我啥时候说过假话啦?

我的眼泪当时就下来了,你真是个好媳妇!

啥好媳妇啊,谁让我摊上你了!

工作着是美丽的

《工作着是美丽的》是作家陈学昭的代表作。这部长篇小说甫一出版就洛阳纸贵，潜移默化影响着一代又一代人，激发了无数有志者创造美好生活的激情。

"工作着是美丽的"，书中的这一金句曾广为流传。

我之所以借用这个书名作为故事的标题，是因为我在听故事的主人公讲述她的工作和生活时，不由得想起书中女主人公的话："只要生活着，工作着，总是美丽的。"

况且，故事的主人公还有一个美丽的名字：姚丽娟。

我是 2001 年进入中石油的，从加油员干起，后来在几个油站当经理，现在来到北二环油站。这是昆明销售分公司的五星级油站，肩上的担子不轻。

我最初当经理的油站非常小，只有三个半员工。

欸，咋还有半个？

哈哈，那是我两岁的儿子。没人带他，只好跟着我添乱。

油站在石林。前面是山，后面也是山。通信靠吼，治安靠狗。日销量只有半吨。工效低，工资也低，员工闹着要走。为了留住人，我把站当家过起来，种菜，养鱼，养鸡鸭。来加油的车少，我就提着油桶走村串寨，把拖拉机、农用车都发展成客户，甚至包括抽水机。哪儿用油就往哪儿跑。没多有少，积少成多。大年三十，员工都回家了，我带着孩子一守八天，为的是等探亲访友的车辆来加油。他们与亲友团圆，油站也有收入。卸油，加油，收银，存款，我一人都干了。村里的老百姓看我们娘儿俩可怜，这个送点儿吃的，那个送点儿吃的。最终，油站的日销量提高到两吨，员工兜里也多了票子。直到我后来调动离开，没一个辞职的。

第二个油站在高速公路边上，销量好一些，生活有点儿苦。没有自来水，全靠地下水。这都不算啥，要命的是贼。不是偷油站，是偷油站附近的变压器。把里头的线啊，铜啊，拆了卖了。得，变压器就成了铁疙瘩。变压器一坏，站里就停电了。没电就加不成油。好不容易把要加油的车盼来了，加油机却玩儿不转了，你说气不气人？这些贼很可恶，白天睡觉晚上偷，害得我晚上值班睡不着，像马一样支着耳朵，一有动静就爬起来，骑上单车就往变压器那边跑。半夜三更，一个姑娘家，一骑两公里。到处都是玉米地，寒鸦呱呱，野猪乱窜。变压器架在玉米地里，骑到地方，用手把玉米扒开，看有没有被偷。要是被偷了就赶紧报告，让变电所抢修。稀里哗啦，稀里哗啦，玉米叶子的声音现在想起来还清清楚楚，叫人心惊肉跳。可当时什么都不顾，一心想着油站可别停了电。真够玩命的！

一年半后，我老家富民县建了一个新站，领导说我是本地人，乡里乡亲的，开发客户是最好的人选，就把我调过去。我一调动，上幼儿园的孩子就得跟着走。老师说你们家孩子三天两头儿转。我说没办法啊。

富民油站在108国道上，算我一共六个人。为了打开局

工作着是美丽的

169

面，公司发来一些毛巾、手套、矿泉水，让我们拿着跑附近单位，送送见面礼，表表小心意。当时，正在修高速，到处都是工地。我每天背着毛巾手套，发给那些开挖机的、开大车的司机，跟人家套近乎。一听我是富民口音，司机们就叫我妹，告诉我加油的事要去找项目部的刘经理。我去了一找，刘经理说我们有合作单位了，签了好几年的合同。我说没关系，做不成米饭就熬成粥，做不成生意咱交朋友！他笑了，你说话咋跟唱歌似的这么好听？我知道你不容易，工地上的人告诉我了，说你天天给他们发毛巾手套。可我实在没办法，合同都跟人家签了，对不起！

尽管他这样说了，我也没灰心，仍然去工地发毛巾手套，给司机们送水。我家种的板栗熟了，我爸他们摘下来，一袋一袋装好拿到站里，我也给工地送去，自己都没舍得吃。

一天晚上，我带着孩子在站里值班，快十二点了，刘经理突然打电话来，说他们工地的油被偷了，问我能不能送点儿过去。我喜出望外，马上说能送，你要多少？他说先来四百升。我们站当时一天才卖四吨，四百升不是小数。再说了，这是人家主动打电话来呀，别说四百升，就是一百升我也送。我每天背着毛巾手套往工地跑，不就是为了这个吗！我有一辆小微型车，我把后座卸掉，又摸黑去修理厂借了两个大桶，加了四百升油，呜里哇啦，送到工地已经凌晨两点了。刘经理一看，车上还拉着我的孩子。我不拉不行啊，他太小了，才四岁，留在站里不放心。刘经理看见孩子在车里睡得东倒西歪，心疼得声音都变了。他告诉我，一发现工地的油被偷了，他就给合作单位打电话，人家说这么晚了送不了，等天亮再说吧。为了赶工期，工地夜里还要施工，没油就瘫痪了。他没辙了，就试着给我打电话，想不到我真来了，还带着孩子！

第二天，刘经理就带着我去找他们领导，把我半夜三更带着孩子给工地送油的事说了。他们领导特别感动，说不行的话，看看哪个小分部的油让出一点儿来给我。刘经理说那就拿出一个标段吧。他们一个标段一天的用油量就是三吨。我一听高兴坏了，真是苍天不负有心人啊！公司专门安排了一个小油罐车到富民来配合送油。送来送去，关系越来越好，他们说隧道用油也给你吧。再后来，这个也给你吧，那个也给你吧，最后做到了一天二十五吨的量！

高速工地的成功开发，让我尝到甜头，也鼓起我的干劲。我睁大眼睛四处望，寻找可能的商机。

一次机缘巧合，附近新开张的汽修厂进入我的法眼。

那天，我开车路过这家汽修厂，忽然发现里头还有洗车的。我正犹豫要不要去洗洗车，从里头跑出一个员工，边跑边招呼，美女，免费洗车啦，快来洗吧！

啊？免费洗车？

是啊，一个月免费洗五次！

真有这么好的事？

我果断把车开进去，当真享受了免费洗车。

原来，这家新开张的汽修厂为了招揽客户，制作了洗车卡发放给过往的司机，一个月凭卡免费洗车五次。我洗了一次车，得了一张卡，还能免费洗四次，为了这四次免费洗车，我也会再来。车有毛病要修啦，换件儿啦，保养啦，大事小情，顺便就办了。一来二去，也许就成了汽修厂的固定客户。哎哟

工作着是美丽的

喂，这招儿可真高啊！

这里头不就有商机吗？

我马上找到经理，说我是前边油站的经理，跟你是同行，都跟车打交道。你能不能送给我一些洗车卡，凡是来我们站加油的，我们就发发，帮你揽揽客户。

经理一听就乐了，好啊，好啊，求之不得！

他出手也真大方，一下子就给了我四万张！

我如获至宝。我心花怒放。

这些洗车卡发到员工们手里，极大地提高了油站的销量。

咋提高的？我来演示一下啊——

要加油的车开进站了，师傅，您好，加多少号？

93号。

加多少钱？

两百块。

师傅，您要是加到三百块，就送您一张洗车卡，一个月能免费洗五次！

啊，真的？

真的！您看，这就是洗车卡！

哎哟，我要是加六百块呢？

就送您两张！

好，那就加六百块的，回去给媳妇一张！

哈哈，这位师傅的车大，一次真能加六百块的。

要是碰上小车加不了这么多，员工就说，您往油卡里充点儿钱，多充多送。啊？您还没办卡？我这就给您办，一分钟就得，用卡加油还优惠呢！

哈哈，这位师傅当时就办了卡，一下子充了两千块。加油优惠，外带免费洗车，乐得大嘴咧到耳根儿。

小小洗车卡，好处大大大！

油站就这样打开了销售局面。

辛苦是辛苦，其乐也无穷！

油站刚打开局面，我家就出了事，我妈突发脑梗！我听到消息，跟老公一起赶到医院的时候，人已经偏瘫，连水都喂不进去了。我的眼泪当时就下来了。我妈才四十多呀！

我说，这儿不行，得去昆明，不管花多少钱！

我老公马上就联系救护车。儿子说我也跟你们去，我说走吧，留下我也不放心。

就这样，一家三口坐上救护车，来到昆明云大医院。

想不到，医院说病太重了，不愿意收。

我背着孩子去求大夫，说我妈还年轻，不给治就没命了！

我老公急得跟大夫吵起来，我拉都拉不住。

后来，大夫答应给治了，又说现在没床，只能先住过道上，等有床了再安排。

我租了一个活动床，把妈安排在过道。现在想起来真可怜，就那么盖着被子躺在过道里，一动也不动。

医院里啥传染病都有，呕吐的，咳血的。我担心妈，又担心孩子，失魂落魄熬了三天，第四天终于安排了住院。

可是，检查完了，大夫说，你妈妈脑干出血，动不了手术，只能靠打针吸收。她这个病没救，你们准备后事吧。

我哭得一塌糊涂。妈的命咋这么苦啊！

我说，大夫，求求你救救她，让我换她得这个病吧，要死让我死吧!

大夫说,你别难过了,我们尽量治疗。

这以后,医院天天下病危通知,一刀刀割我的心。

病危通知下了十多天后,大夫说,再住下去已经没有意义了,你们接回家去吧,该料理后事就料理后事。

我流着泪把妈接回家,一边忙工作,一边照顾她。不管大夫咋说,我都没有灰心,坚信妈能好起来,就像坚信能拿下用油一次次跑工地发毛巾手套。

我的诚心感动了老天,半年后,奇迹出现,妈恢复了神志,能扶着床走了。大夫吃惊地说,这样的病情能存活只有几万分之一的概率!我说这几万分之一落在我妈身上,就是百分之百!

现在,我妈不但生活正常了,还能帮着带带孩子。

经历了几个油站,又经历了妈妈的病,所有的困难对我来说都不再是困难。当领导决定让我来北二环五星油站当经理时,我只说了三个字:没问题!

不但我说没问题,连孩子也跟着说,妈没问题,我也没问题!

孩子从两岁起,不管刮风下雨,都跟着我来油站。他是我的小尾巴,他在油站一天天长大。我忙里忙外,他跟着我把啥都看懂了。有人要抽烟,他马上说,叔叔,油站不能抽烟!看厕所脏了,就到处找扫帚,妈,等会儿检查的来了要扣你们分!我的手机一响,他马上说,妈你快接,是不是要油的?我们忙里偷闲吃饭,他看见有车来加油就跑过去,师傅请等一下,说完跑进食堂大声叫,人家来加油了,你们快去呀!

我的孩子多可爱!

我爱我的孩子,更爱我的工作。

没有我的工作,就没有我的孩子。

为啥这样说?

因为,我是在工作中认识孩子他爸爸的!

工作给了我快乐,也给了我爱情。

当年,我初到中石油,分在小菜园油站,我老公也是这个站的。我先来,他后到。他是学石油专业的,学历比我高,工作起点也比我高。我是加油员,他是计量员。我负责加油,他负责卸油登账做报表。小菜园油站是城内站,白天送油车不让进,都是夜里十点以后才进来。他卸完油还要做报表,一忙到半夜。有时候下雨,他不管不顾淋得透湿,有时候累得靠在加油机旁站着就睡着了。我晚上在油站值班,看他累成这样很心疼,就去帮他的忙。我说你教我做报表,我帮你做,你卸了油就休息吧。我帮他的时候,他的那套活儿我也学会了。我值了一宿班,早上要回家了,他就用单车带我回去。我坐在后座上,看着他宽厚的肩膀,看着他用力蹬车,心里有说不出的暖。就这样,我俩有了感情,谁也没跟谁表白就在一起了。平平常常,无缘无故。后来,他当了站长,我接他的班当了计量员。

我十七岁认识他,二十岁结婚。

不算长,也不算短。

他跟我长得有点儿像,眼睛大大的,圆脸,有点儿黑。属于不会有啥仪式感的人,老实巴交。我俩谈上以后,我带他去我家,邻居看见了,说他不是我大姨家的孩子,就是我大伯家的孩子,咋这么像?我妈笑得合不拢嘴,说不是不是都不是，就是她男朋友，就有夫妻相!

婚后，我们有了孩子，幸福美满。

一切的美好，都是工作带来的。

工作着是美丽的。

爱勇的歌

今天是大年三十，狗狗要把我交给猪猪了。看了一年家，累了，跟枕头约个会。如按公元，2018 早甩给 2019 一个月了！

这一年，为写加油站的故事，夏、秋、冬三季，我跑了边疆九个省，包括从未去过的青海、西藏。都七张儿了，不敢想。以往说去西藏，一个头两个大！老了老了，却说去就去了。抱个氧气瓶，吸，吸。回北京一查，大夫说，好嘛，白给的吧？肺都吸大了！

夜以继日，九省倾听上百人，连经理带员工。

其间，老友李培禹随我去了新疆、辽宁，辛苦当然，快乐更多。想他此行最乐，莫过在新疆遇见了郝爱勇，一个写词作曲又演唱的加油员。因为，培禹不但是著名诗人、散文家，还是首都两个合唱团的帕瓦罗蒂。就算吃咸了，也挡不住他飙高音。

果然，回京后，我读到了他的美文《博尔塔拉的歌声》。

忽然想起冬天的赛里木湖，缘于我点开手机微信，一首动听的《赛里木湖的波光》在耳边响起。"赛里木湖的波光 / 在哈萨克小伙的心中荡漾 / 他们世代弹着冬不拉 / 湖水便像圣泉一样清凉……"歌词我很熟悉，因为我就是它的作者。2016年秋天，我们在新疆霍城采风，第一次见到被称为"世界上最后一滴眼泪"的赛里木湖，旋即被它的壮阔、圣洁所陶醉，心中的诗句泉涌而出。这首诗在《人民日报》发表后不胫而走，不仅被收入多个选本，网上还听到过很好听的朗诵。

然而，我听到这么优美的旋律，而且是一个粗犷的汉子在深情地歌唱，还是第一次，不禁有点激动。当我告诉你，这首歌的作曲、演唱者，并非专业作曲家和歌手，而是中国石油新疆博州阿场加油站的一位普通加油员，你是不是有点吃惊？如果你感兴趣，那么请跟随我在辽阔的北疆，一起寻觅博尔塔拉的歌声吧。

不到新疆不知中国之大，不走遍南疆北疆不知新疆之美。从乌鲁木齐出发，披星戴月，风雪兼程，支线航班飞来飞去，克孜勒苏柯尔克孜自治州，喀什古城，巴音郭楞草原，冬季安睡的博斯腾湖，塔克拉玛干沙漠戈壁上醒着的胡杨林……我和作家李迪采写祖国边境加油站的故事，来到美丽的新疆已奔波多日，累并快乐着。此时，清晨六点，星光还未退去，我们已赶到库尔勒机场。从这里起航，跨越南疆直飞博乐，一个多小时后，我们便落地在北疆的博尔塔拉蒙古自治州的大地上。

郝爱勇所在的加油站叫阿热勒托海牧场，多么诗意的名字！我不禁想起著名作曲家徐锡宜创作的那首《美丽的夏牧场》："天山脚下／恰布河旁／是我们美丽的夏牧场／红梅朵朵开／绿水绕毡房／远处是冰峰／近处有牛羊／啊，这是哈萨克放牧的好地方……"郝爱勇说："哈萨克牧民如今是骑着摩托车放牧啊，有的还开车在草滩上跑来跑去，所以这里就有了加油站，我在阿场已干了十四年了。"他把阿热勒托海牧场简称"阿场"，当地的牧民们，维吾尔族、哈萨克族、蒙古族等也跟着"阿场阿场"地叫起来，来电话是："阿场吗？郝经理在吗？"郝经理在，一般是二十四小时都在；他不在，他媳妇儿也在。这个边境加油站唯一的员工，就是经理郝爱勇的妻子。郝爱勇接电话总是一句："你好！我是中国石油新疆阿场加油站……"阿场加油站是中石油系统规范标准的边境加油站，是新疆博乐分公司的先进站之一。站内设施与众不同的是，Wi-Fi信号超强，营业室内悬挂着大小不同的环绕立体声音箱。从小喜爱音乐的郝爱勇，在同样热爱文艺，而且已出版了个人诗集的公司老总陈宏的鼓励下，创作了一首"职业歌曲"《我要为你加油》："不需要你张口／我了解你的需求／一杆油枪为你加满油／保你顺畅无后忧／不需要你犯愁／知道不能把你挽留／一直在这为你守候／只为了满足你需求／我要为你为你加油／我的名字叫中石油／看你潇洒的劲头／幸福车轮幸福奔流……"微信时代，祖国各地的加油员们有一个自己的"国群"，这首好听的"加油歌"迅速传开，遍及大江南北各个地方的加油站。有加油员"艾特"他："郝哥，我现在常哼唱着'我要为你为你加油，我的名字叫中石油'给客人加油，好自豪啊！"

阿场毕竟是牧场里的加油站，周围生活着能歌善舞的少数民族兄弟姐妹。阿场站虽然只有两个员工编制，但担任油站安保工作的还有当地聘用的三个保安人员，其中两个是哈萨克族，一个是维吾尔族。哈萨克族姐姐诺尔古丽，唱起歌来像百灵，跳起舞来赛仙女。郝爱勇虚心拜师，认真学艺，草原牧场的优美旋律不知不觉地融入到他的创作中。他在为一首题为《嗨起来》的歌词谱曲时，脑海里一下闪现出英俊的哈萨克骑手挥舞长鞭，策马驰骋的画面，于是他在歌曲主旋律高潮处，连续用了三个"嗨！嗨！嗨！"词作者非常认同、满意，干脆把这首新歌交给郝爱勇来首唱。现在，这首歌也成了"网红"，是他演唱的代表作之一。

一个加油站的员工，写歌、唱歌，会不会影响他的本职工作？我见到他的"顶头上司"陈宏经理时，提了这个问题。陈宏说，郝爱勇是咱的明星啊，他的粉丝多了去了，不少人就是为了听他的歌，特意到他的加油站来加油、购物，去年油品销售量和非油经营收入，在博乐分公司都居前几名啊！你还不知道吧，小郝已经把歌唱到北京去两回啦！你问他是不是？郝爱勇回答："是。"一次是2017年，他作词的《有妈就有家》参加《唱响中国》节目得了词作奖；第二次是2018年的《唱响中国》，他凭借歌词好、旋律美的《平安，博尔塔拉》获得了词曲奖。

平安，博尔塔拉！夜晚来临，小小的阿场加油站静了下来，像那首《草原之夜》唱的"美丽的夜色多沉静……"加油员郝爱勇和妻子拿起扫帚，清扫着院内刚刚飘落下的雪花儿。这会儿，也是小站"全体员工"一起唱歌的时间。先报幕："朋友们，这里是中国石油新疆阿场加油站，请听来自博尔塔拉的歌声……"他俩唱的是小郝新写的《你陪我一程，我记你一生》："生命中有多少人／从相识相知到忘记姓名／人海中有多少爱／从海誓山盟到成为曾经／你陪我一程，我记你一生／记着你我这一程有过的曾经／你陪我一程，我记你一生／岁月磨灭了性格却难忘你姓名……"

博尔塔拉的歌声，美好而动听。

读培禹的美文，让我又回到了那奶茶飘香的小油站，又听到了爱勇略带沙哑的歌声。

我奇怪，他为我煮的奶茶，为什么只给我倒一小口？

他笑了，说前几天你们在南疆喝的是维吾尔族奶茶，大碗大碗的。来到我们北疆就不同了，北疆冷啊，这儿的哈萨克族讲究奶茶热喝，每次只给客人倒一小口，喝完再倒，不怕麻烦，让客人始终喝热的。我第一次做客，喝了五十多碗！

哎哟喂，我服！

就这样，在这温馨的北疆小站，我们喝着浓香的奶茶，听爱勇说起他的歌——

我家在牧场，那里除了青草、牛羊，就是歌声。

我在牧人的歌声中长大。那些苍凉，那些委婉，那些惆怅，那些欢乐，像空气和水一样滋养了我。

2004年12月，我来到这个加油站。

天寒地冻！雪把房压塌。风把人吹倒。

但是，像刀郎唱的，这世界我来了，任凭风暴漩涡……

刚来的时候，站里还有两个员工。后来机构精简，就剩我和我爱人了。要说忙，一个春，一个秋，农忙季节，忙得找不到北。刚端起碗，来车了。一顿饭能吃两三个钟头！

可是，闲的时候，出来进去就我俩，大眼瞪小眼。

这时候，我就想起草原，想起牧人的歌。

年尾的一天，我们全家为奶奶过九十大寿，祝酒声声，亲情似海。两个叔叔喝多了，睡在地上起不来。

奶奶抹着泪说，有妈就有家。

一句话，点燃我的激情，杯中盛满泪。

入夜，翻来覆去，要对妈说的话一劲儿涌。我索性爬起来，一字字，一句句，写下来或者说记下来，成为我有生创作的第一首歌词：

　　都说有妈就有家 / 这话一点儿也不假 / 推开家门叫一声妈 / 多少委屈都放下 / 有妈就有家 / 有家常牵挂 / 儿行千里母担忧 / 心里记住妈妈的话 / 无论在海角天涯 / 不能忘记咱的妈 / 想妈电话要常打 / 告诉妈妈我爱她 / 有妈就有家 / 心中装着妈 / 千山万水不算

远啊 / 常回家看看咱的妈……

第一次写歌词，尽管幼稚，尽管直白，可全是心里话——
推开家门叫一声妈，多少委屈都放下！

就这样，写出来了。大白话就大白话。

这首歌词被喜欢的朋友推荐给北京作曲家范景治。想不到，他竟然为我的处女作谱了曲。更想不到，因为他的谱曲，成就了这首歌。

在北京，我见到了范老师。他说，正是你的大白话打动了我！

后来，我才知道，接到歌词时，恰逢他母亲的忌日。在母亲的忌日，为写母亲的歌词谱曲，一位作曲家该倾注多少深情！

无巧不成歌。

我的处女作在2017年《唱响中国》中荣获词作奖。

全家都为我高兴。爸说，啊哈，给你妈写了，咋不给我写？

这是我第二首歌产生的序曲。

爸，写您啥呢？

写写爸的枣红马！

哦，枣红马！

刹那间，爸的枣红马在我耳边一声长嘶。

世界上没有比马更完美的动物。

在我的心里，没有比爸养的枣红马更完美的马。

我是在马背上长大的。小时候，爸骑在马上，把我搂在怀里。晃晃悠悠，晃晃悠悠，马是我的摇篮。三四岁，我就会自

爱勇的歌

己骑了。爸在前面骑着马，手里还牵着一匹马，我就骑在这匹马上。晃晃悠悠，晃晃悠悠，马背上的童年。

激情再次燃烧，我压抑不住冲动，在手机上就写开了。

可是，写爸，写爸的枣红马，却怎么也离不开妈。

于是，《爸的胸口妈的手》完成了——

当年走出毡房的时候 / 妈妈总是抓着我的手 / 慈爱的双眼写满了担忧 / 叮嘱的话总也说不够 / 当年回望毡房的时候 / 爸爸还是挺着厚实的胸口 / 坚毅的脸庞上刻着温柔 / 无声的祈祷早写在眉头 / 如今孩儿在外漂流 / 怀念枣红马鞍上的晃悠悠 / 爸爸那结实的胸口 / 曾经多少次深情地把我搂 / 今天孩儿回村头 / 想念毡房滚烫的奶茶和酥油 / 妈妈那双勤劳的手 / 是我留恋家乡最好的理由……

这首歌后来唱响了。爸听着听着，眼圈儿红了。

爸的身体相对妈要差一些。在歌里，他是挺着胸口的汉子。在歌外，他走路都费劲。后来，他住了院。我去看他。躺在病床上，他无力地向我伸出手。我一把抓住他的手，抓住他的手！绵软的，无力的，像他睁不开的眼。

从医院出来，我开起车，在无边的草原上狂奔。

曾经，爸的手是多么有力，一只胳膊就把我搂上马。

曾经，爸的手是多么有力，一只手勒着缰绳骑在马上，一只手还牵着另一匹马。

虽说，我记不得，当年牵着他的手蹒跚学步。但是，当我在病床前抓住他的手时，他带我学步的情景仿佛就在眼前！

从前，是他牵着我。

如今，我要拉着他。

啊，老爸，我的老爸，我老爸的手！

　　曾经是你牵着我的手 / 教我一步一步地走 / 有时也放我在你的肩头 / 爱在无声中透着温柔 / 岁月无情刻上你眉头 / 开始为我增添忧愁 / 无声的牵挂心里流 / 孩儿我知道你的感受 / 父亲啊父亲 / 我知道你的忧 / 不放心孩儿的追和求 / 不想放开牵引我的手 / 总觉得爱的呵护还不够 / 如今我捧着你的手 / 手心传递爱的温柔 / 想看你端起手中的酒 / 再次回到年轻的时候 / 风霜它苍老了你的手 / 眼泪就在我心里流 / 今生在你手心没有够 / 下辈子还要牵你的手 / 父亲啊父亲 / 话语我记心头 / 是你教会我路该怎么走 / 如今你忘了走路的时候 / 我会陪你 / 牵手一直走到最后……

就这样，在从医院出来的路上，在驾车狂奔的途中，《牵手一直走》喷涌而出，排山倒海！

我一边打着方向，一边用手机录音，生怕哪一句被遗忘在草原。

后来，这首歌谱了曲，在全网发行。

女歌手的父亲刚刚去世。悲痛万分的日子里，她原本不打算接歌。

但是，这首歌，她接了。她唱了。而且，超过后唱的男歌手。

我不敢听，不敢听。

眼里再也盛不下泪。

我最初的歌，为什么写父母？因为他们养育了我，更因为他们需要的时候，我却不能回到他们的身旁。

父母给了我生命，我又把生命给了油站。

这世界，我来了，任凭风暴漩涡。

父母牵着我在草原长大，我的孩子从一出生就伴随着宝石花。

　　在城市的楼群中 / 在乡村的田野上 / 在高速的道路旁 / 青春燃烧梦想 / 你和太阳一起生 / 微笑写在脸上 / 你看着星星的光 / 想念妻儿爹娘有困难一起上 / 幸福共同分享 / 你付出了多少时光 / 让车轮长出翅膀 / 有责任一起扛 / 同甘苦共荣光 / 你用汗水点燃希望 / 让宝石花像太阳……

这是我为我为之骄傲的企业写的歌。

自己写词。自己谱曲。自己演唱。

宝石花是中石油的标志，也是我心中的花。

我热爱它。我歌唱它。我愿这歌声飞向海角天涯。

当然了，我的企业，我的油站，在风雪中屹立博尔塔拉。

所以，我的歌里不会少了博尔塔拉。

我歌唱这里的山川，我歌唱这里的草原，我歌唱这里养育了博州人民的伟大的母亲河，她的名字叫博尔塔拉。

风吹绿了这里的山川 / 一条河水浇灌爱的摇篮 / 毡房马背游牧风景线 / 诉说过往我们度过的时间 / 白云飘过青涩的河岸 / 牛羊成群牧歌悠扬回旋 / 跳起舞来端起了酒碗 / 美好生活我们天天像过年 / 博尔塔拉上青涩的草原 / 鸟语花香遍布湖畔 / 河水浇灌着我们的家园 / 花海围绕富足平安 / 博尔塔拉在青涩的草原 / 这里的人们真诚勇敢 / 歌舞飞扬着我们的期盼 / 祝福声中幸福平安……

哈哈，两位李老师，从你们的眼光中我看出来了，我写了这么多歌，唱了这么多歌，有父母，有企业，有家园，有爱情吗？

有啊！草原多情，油站多情，哪儿能没有爱情？

我写的第一首情歌，是为我的爱人。

我俩是高中同学。上学的时候，没好过，是工作以后才走到一起的。跟季节一样，到什么季节该开花，就开花了；到什么季节该结果，就结果了。

我俩的爱情是先结婚，后恋爱。

都说七年之痒，好像夫妻在一起时间长了，感情就淡了。

但是，我要在歌中表达：现在，你我可能没有刚结婚时的热度了，然而，我们的感情始终是最真的，就是到老也一样。

呵呵，她现在对我的歌已经麻木了。

刚开始的时候，她是我的铁粉。

现在呢，你整天瞎号啥？

我说，你听听，你再听听，你是我今生的伴，这一句就定了！咱俩就牵手到永远了……

我话还没说完，她就流泪了。

这么多年，她带着孩子，跟着我，在这荒凉寂寞的油站，吃不好，睡不安，风风雨雨，地冻天寒，不易啊！

为写加油站的故事，我奔波九省的一年过去了。

离开博尔塔拉，离开草原上的小油站，离开能写会唱的郝爱勇，已经好多好多天了。

当新年来到的时候，我看见培禹的美文，耳边又响起那略带沙哑的歌声。

那是爱勇为爱妻唱的《你是我今生的伴》——

带你回家那一天 / 你我定下这份缘 / 今生的路来相伴 / 你在身边我心安 / 转眼时光在流转 / 岁月磨炼手相牵 / 我们的心不曾变 / 相守一生的誓言 / 你是我今生的伴 / 相夫教子留善念 / 牵手走过的时间 / 不离不弃到永远 / 你是我今生的伴 / 时光记录这份缘 / 幸福度过每一天 / 相知相守到永远……

想起父母就流泪

我家是农村的。我在田间地头长大。

父亲一条腿残疾，拄着拐。

小时候，父亲家里孩子多，他是老小。有一天，哥哥带他去野地里爬土坡玩，爬着爬着，摔下来。那时候他小，只知道哭。村里人说，叫人给念念吧。装神弄鬼的人来了，念了念，说没事了。

结果，一条腿就这样废了。

这是我听母亲说的。

我好奇地问，那你干吗找他？

母亲没回答。

父亲从小就知道自己跟别人不一样。往后咋过？没人教他，他自己学了一门儿手艺。啥呀？木匠！他跟当地师傅学，人家不待见，说这活儿你干不了！人家不教，父亲就在旁边看。

一来二去，靠自己的不认输，成了！

不但成了，而且超过不教他的人。

父亲的手艺，养活了我们一家。

我家有三个孩子，两女一男。我上面有个姐姐，下面有个小弟。母亲拉扯着我们，又要忙地里的活儿。风里来，雨里去，白发早上头。

村里人说，老二好强。管我叫假小子。

母亲说，跟你爸一样！

可是，谁知道我受了多少委屈？吃了多少苦？

我的苦从小学二年级就开始了。当年，镇上几个村的孩子都集中在一个学校上学。我们班有三十多个学生。下课了，我跟同学们到操场上玩，玩着玩着，忽然发现大家都躲开我了。我不知道为啥，回头一看，他们正对我指指点点。一阵风刮来，传过他们的话——

她爸是瘸子！

小瘸子！

我的眼泪当时就出来了。

但是，我没擦。

我不让他们看见我哭了。

没人跟我玩儿，我就跟自己的影子回教室了。

我不瘸，他们干吗叫我小瘸子？

那时候，男女生同桌都画三八线：桌子中间画一条线，谁也不许过。我的同桌是个男生，他老过三八线。我用胳膊顶他，他也顶我。放学了，我说你干吗过三八线？他说，我过咋啦？小瘸子！我说瘸子咋啦？吃你喝你啦？说完，拿起铅笔盒照脸上就给了他一下。他还还手，不知道我的厉害。我扑上去，两下就把他打倒，坐身上一顿扇，把他扇服了。

还说不？

不说了。

这以后，班里的人也都怕我了。

他们不知道，我在家里帮父亲抱木头，浑身是劲儿！

我一架成名。后来，大家都了解我了。我仗义，助人。慢慢地，朋友多了，人缘也好了。

放假了，同学们都疯玩，我没有。

我要帮父母干活，特别是帮父亲。买木头，抱木头。

当父亲的腿！

父亲主要是做门窗。那时候，农村都住平房，土房居多。翻盖新房了，要上窗户上门，都找到我家来。谁谁家，几套窗户，几扇门，父亲拿笔记得很清楚。只要一接单子，他立马上街割肉、买鸡。我们三个孩子就乐开了花，今天又有好吃的了！

后来我才知道，农村做门窗利很薄，一组做下来，也就百十块。虽然钱不多，父亲却说，要不不做，做就做好。哗啦啦的谁要？

他不是做好，而是做最好。

为了做到最好，父亲从选料就上心。农民没钱，只能用便宜的松木。父亲要跑很远的路，去阿拉山口买进口松木。在价格差不多的情况下，进口松木要好些，做出的门窗漂亮、结实、耐用。只是路太远，跑一趟很辛苦。很多木匠都怕麻烦，不愿意跑，就近找料做。父亲不，拄着拐也要跑。姐姐出嫁了，他就带上我。阿拉山口的风出名，一下长途车，父亲差点儿被吹倒。丫头，丫头！他喊我。不知道我已经被吹倒。我拼命爬起来，上前拽住他。

父女俩在风中搀扶而行，无依无靠。

木料买好后，雇车拉回家，根据客户要的尺寸，锯成一块块、一条条，然后父亲就开始做。画线，打眼，精益求精。常常干到半夜。做得了，还要给人家上门安装，人家满意了才数钱。父亲的腿不好，安装起来很吃力。我在旁边候着，他说拿啥，我就递啥。

有个客户是拐弯儿介绍的，没见过我父亲，一见面就说，哎哟，咋是个瘸子？能做好吗？

听他这样说，父亲低下头，好像犯了多大罪，说做不好我拉回去。

我特别恨这个人，真想拿斧子劈了他！

自从姐姐出嫁后，我就辍学了，初中读完没有读高中。一来家里生活困难，不是总有人做门窗；二来心疼父母。他们太苦了，背弯得抬不起头。我留在家里，分担一点儿是一点儿。白天带着小弟，跟母亲下地，晚上帮父亲打理。

地里的活儿是种棉花。下种、浇水、松土、打药，直到一朵朵摘，琐碎又累人。下种是人工，浇地也是人工。地头有一个总渠，水在里头哗哗流。浇的时候，一垄一垄分着，这一垄浇多少，那一垄浇多少。垄与垄之间有土埂。浇的时候，在土埂上挖个口子，让水流进地里。我那时也就十五六岁，第一天不会干，浇完一垄，就堵不住口子了，挖哪儿都是大稀泥，根本堵不住。眼看地淹了，我急了，一屁股坐在口子上，妈，快来呀，快来！水是从地下抽上来的，冰一样扎。远处干活儿的母亲听见我喊，扔下锹就往我这边跑，接连摔倒两回，一身泥水。丫头，快起来，快起来！我冷得直哆嗦，想起都起不来。母亲赶上来，一把拽起我，泪就下来了。

棉花生虫了，要打药。母亲背着药桶，一边用手摇着机器，一边打。机器声特别大，嗡嗡嗡，药水就喷出来。地多，要打一个星期。一桶药二十多公斤，一天两天可以，一个星期要累垮。我就抢着干，一天下来肩膀就勒肿了，满头满脸全是药。第二天，我还抢着干。

春种秋收。9月，棉花乍白了，该摘了。母亲摘得快，我也不落后，一天能摘二百多斤。棉花棵子矮，我一直弯腰摘，疼得受不住，就跪在地上摘。跪时间长了，大脚趾都磨出茧。手上更是了，指头都磨成了棍儿。我现在多少年不种地了，一伸手，人家还说，这哪儿是女人的手！

地里的农活儿，父亲虽然干不了，心里却号着。该除草了，该松土了，该打虫了，一到日子他准说。人家的棉花一亩收三百公斤就不错，他非要收四百公斤。要是收不了，他就抱怨，说你们娘儿俩今年没把棉花种好，不如人！

父亲事事要强。只要经他手，没有让人瞧不起的，只有让人羡慕的。家里用的推车是他做的，与众不同。别人拿几块板子组装起来，安上轮子就行。他不，活儿细不说，车斗两边还装上沿板儿，好坐人。那种拿板子组装的车坐上去不舒服，硌腿。我家的车，样子又好看，坐在沿板儿上又舒服。别说干活儿了，连过年放鞭炮，父亲都要比别人放得响。鞭炮都一样，他说挂得高就放得响。他上不了高处，就让我举着长木头，绑上鞭炮挑起放。我家木头多，随便拿一根别人都没有，绑上鞭炮，挑起来一放，噼里啪啦，噼里啪啦，就是响！

父亲的要强传给了我。

我不甘心一辈子干农活儿，不想跟姐一样，找人嫁了还是干农活儿。父亲一天天老了，眼神儿不好了，就不收活儿了。家里的地也包给人家种了。小弟也有了工作。这时候，正赶上中石油招人，我跟父母说，我去试试，你们等我好消息！

当我应聘成功，拎着行李走进博州销售公司的瞬间，我对自己说，要不不做，做就做最好！

我从加油员干起，现在是西环路油站的经理。很多油站办公室的墙都是白白的，我不，我非要点缀点儿东西，让人进来眼睛一亮。主业更不用说，我们油站是2016年9月8日开业的，第一年销量就创出博州销售历史，员工到手的绩效工资也占了第一。钱到手，口袋鼓囊，这是员工最直接、最关键的幸福。

当然，我为此付出的是三十岁了还单身。为我牵线的不少，第一次人家约我，就因为没时间去，黄了。说不想找是假的，我同学的娃都能打酱油了。聚会的时候，她们带着老公牵着娃，我一个人淡淡地戳着，心里也不舒服。可是，我顾不上，心都在油站。父母为这事嘴都念勋了，一打电话先问工作忙不忙，吃饭了没有，两句过后，主题就来了，最近有人给你介绍对象了吗？他们一说这个，我就说有人来加油了，不说了，挂了。

没有对象，能把工作干得更好。

人家有时间约会去了，和老公一起逛街了。

我没有。

我在油站。

有时候想想，亏了自己就算了，亏了父母真不该。

我能有今天，说到底都是父母给的，特别是父亲。他少言寡语，却教会我很多。如果没有父亲的追求完美，我不会走到现在。

我对不起母亲，更对不起父亲。

尽管把钱寄回去了，改善了他们的生活。可他们心中惦念的好日子是能见到我。他们离我这儿并不远，也就六七十公里。

我却没时间回去。一年三百六十五天，最多回去过四五天。

父母想见我，但是他们不来。

我知道，父亲拄着拐，他不愿意来。

母亲在电话里说，丫头，现在村里人都羡慕你老爸，你老爸逢人就说，我丫头在中石油上班，当经理！

每当听到母亲这样说，我的眼泪就忍不住。

我可怜的父亲。

我可怜的母亲。

有一天夜里，有人突然跟我说，你爸不是你的亲爸！啊，我大吃一惊，你胡说！不信问你妈去！我疯了。我崩溃了。这怎么可能？我急忙跑回家去，妈，妈，有人说爸不是我的亲爸，这是真的吗？是真的吗？妈不吭声。我一看她不吭声，就感到天塌下来了。妈，妈，这是怎么回事儿？你说呀，你说呀！妈也哭了。她流着老泪，丫头，妈说了，你可别往心里去。咱们这地方重男轻女，我生下你还是个女的，你爸一气就走了，再也没回来。你刚出生，你姐才五岁，妈没办法养活你们，只能再找人。妈只有一个念头，只要这人能养活你们，能让你们吃饱肚子就行。有人就介绍，说有个人岁数差不多，就是腿有残疾。可他有手艺，能养活你们……

妈还没讲完，我就放声大哭，放声大哭！

妈，你别说了，别说了，我不信，我不信！

我哭着，叫着，突然，醒了。

原来，是个梦！

美娟的故事，在她的泪水中结束了。

阿拉山口的风

一年一场风，从春刮到冬。

这是当地老乡们的口头禅。

啥意思？是说阿拉山口每年有二百多个风天。

来自西伯利亚的强大气流，从开阔地呼啸而至，突然遭遇阿拉山口对峙的峡谷，通道变窄，怒不可遏。于是，挂挡提速，摧枯拉朽，能把火车掀翻。

这里毗邻哈萨克斯坦，守疆的哨兵在巨石上刻下誓言："大风吹不动，诱惑打不动，强敌撼不动。"

我们油站的员工也是这样啊！

接受采访的老站长王继成豪情万丈。

李老师，阿拉山口油站是2003年建的，当初寒碜得不敢想，一座小平房，两台加油机。为了躲风，把加油机安在房子里，加油的时候从窗口拉出管子。风大得把人贴在墙上。

我们房前砌着一堵墙，还拐个弯儿，跟厕所一样。不这样不行，赶上下雪，风一刮，雪直接把门堵住，一直堵上房顶，踩着雪能上房，可瓷实了！

锅炉房门前没来得及砌墙，早上起来烧锅炉，哎哟喂，门前一座大雪山，根本进不去。没辙，在雪山上掏个洞，钻进去，朝里推开门。好不容易点着火，冒出的烟瞬间变成霜。

风不但把雪吹堵了门，连同沙子碎石一扫而光，路面硬化白给。有一次，一老伙计开着豪车来加油，加完把车停在站里，跟朋友吃饭去了。饭桌上经不住劝，喝上了，醉得对着灯泡点烟，那还开什么车啊，就在朋友家凑合睡了。一夜大风。早起来到站里，惨叫一声，我的妈呀！风裹着沙子，把车漆全扒光了，白生生的，就剩铝皮了。您说这风邪乎不？

阿拉山口这地方，方圆百里就我们这么一个油站。站前公路通着哈萨克斯坦，外贸车，旅游车，施工建设车，进进出出，全靠我们加油。站里算上我，只有四个人，白天晚上连轴转。白天还好说，晚上真叫苦！我们戴着棉帽子、穿着皮大衣睡觉，随时准备上阵。窗户挡不住风，贴塑料袋，贴胶布，贴啥都没用，风把窗户拽下来是常事。半夜来车加油了，揉着睡眼摸着黑，走着走着被风吹歪了。加油区离站房也就五十来米，硬过不去。

别的地方给新员工培训，首先是不准烟火。我们不同，新员工来了，首先培训顶风顺风，告诉来加油的顾客，停车一定要顶风。如果顺风，一开门，哗的一下，门就没了。这样的事不新鲜。风来得急，刚才还风平浪静，就在开门这工夫，突然来了，贼快！我们收钱也是，正数着呢，一下子来风了，钱直接就飞了。哪儿去啦？艾比湖里去了。艾比湖离我们这儿不远，是新疆最大的咸水湖。油站有个说法儿，缺钱花了，就去艾比湖里捡几张。呵呵！

风把钱吹走是小事，把人吹走就坏了。

站里的计量员是个小姑娘，油罐车送油来了，她要去计量，刚出门就被风刮倒，刮倒就站不起来了，骨碌碌，骨碌碌，随风滚到围墙前，眼看要撞得头破血流，我扑过去一把抓住。抓住了她，我也刮倒了。又上来人，大家互相搀扶着，这才回到屋里。别说刮倒了，就是平时走路，都要两个人搂着才能走稳。

这是把人吹走的，把车吹走更是家常便饭。有一次，我去外单位结账，到了地方，把车一停，手刹一拉，就上楼了。结账下来一看，哎哟喂，车没了！当时就急了，瞪大两眼找。找来找去，您猜怎么着，妈呀，车尾巴在人家一辆桑塔纳2000的门上插着呢！要说也挺争气，知道我穷啊，旁边有很多豪车，宝马、奥迪，它都不撞，拐着弯儿把桑塔纳给撞了。阿拉山口的人好说话，车主也认识我，说啥也不让赔。那哪儿行，推来搡去，好歹收下钱。我说真邪了，我拉手刹啦，咋还被风吹跑了？车主说，光拉手刹不行，没风OK，风一来就玩完。我问那咋整？他哈哈笑着放大招，你再挂上一挡啊！哦，我脑瓜里的水一下子被挤干净。得，就算交了学费。

对付阿拉山口的风，真不是一日之功！

面对恶劣的气候，站里没一个打退堂鼓的。公司对我们也非常照顾，一天一只鸡，两天一条鱼。美食源源不断，还给盖了个两层楼。

李老师，您看见楼前的雨棚了吗？这已经是第二个了。第一个生生被风刮塌了。说实话，建那个棚，我们很费了心思，用特别粗的钢结构扎根儿，让它有个韧性，不让风硬吹。硬吹容易倒。就是这样，仍然经不住风。那天，我在棚下加油，加着加着，忽然觉得楼房在晃悠。啊，咋啦？要地震？再一看，不是楼房晃悠，是雨棚被吹得站不住。坏了，根儿松了，明天得停业抢修。想不到，当天晚上雨棚就塌了。真悬啊，刚好有一辆货车进来加油，一个柱子突然倒了，紧接着，整个雨棚哗啦一下就塌了。那劲儿真大，生把另外的柱子砸断了。幸好，车装得高，雨棚搭在了货上。司机没事，加油机也没事。第二天一早，我赶紧找吊车，吊起雨棚，赔了人家的损失。

建新雨棚不是一天两天的事，可油站不能停业，多少车在等着加油啊！咋办？我们就用棉被把加油机包起来，顶着风加油。沙子打伤脸不怕，别打坏了机器。

阿拉山口的风不等人，为了避免损失，我们就学着看云识风。

站里有个员工，外号叫猴子，只要西北有点儿咋样的云，他就能说出啥时候来风，我们管他叫"风神"。再加一个"榜"字，他就成名著了。只要他一说有风，我们自己就先疯起来，手忙脚乱做好准备。结果，风真叫他给招来了，打得人脸疼，说话都喘不上气。不过，猴子也有失算的时候。他爱喝点儿小啤酒，下了班就去商店买。有时候瘾上来了，打开盖儿就喝，顾不得回家就菜。这天，他又去买了，买了以后又喝了。喝得有点儿冒。出了店门，人家问，风神，你看今晚上有风吗？他摇晃着看两眼，说没有！话音没落，风就来了。当晚该他值班，我左等不来，右等不来，心说这是咋回事，就出门去找。顶着风刚走几步，就见地上躺着个人。我赶紧过去扶，哎哟喂，正是他！脸烂烂的，啤酒也打了。他是一特爱美的人，说这叫我咋见人哪！我瞅他脸上只是蹭破了点儿皮，就安慰他，没事儿的，大不了从你屁股上割块肉下来植皮！啊？

阿拉山口的日子就是这样，辛苦也伴着快乐。

李老师，您看见哨兵在大石头上刻下的誓言了吗，那石头叫"顶风石"。它迎风屹立，岿然不动。哨兵以顶风石精神，手握钢枪，保卫祖国。我们油站的员工也像哨兵一样，手握油枪，恪尽职守。狂风吹不动，暴雪当银装！

采访结束了，天也快黑了。

老站长说，今天夜里有大风。

啊，我说，看不出来呀。

他笑了，那您就等着感受一下。

半夜，果然起风了。风力11级。

飞沙走石。人仰马翻。

阿拉山口加油站的故事就到这儿了。

加油员的艰辛，让我不由得想起一首诗：《假如，你的家人是加油员》。

我是在"最美加油员"微信公众号上读到这首诗的。

这个公众号是云南临沧销售分公司党群工作部翟刚创办的。

诗作者是固原泾源城区加油站加油员丁玉龙。

通过翟刚的热心联系，我在微信上认识了丁玉龙，并征得他的同意，把他的诗作照录如下——

假如，你的家人是加油员

丁玉龙

假如，你的家人是加油员
他不想说话或不想动弹的时候
请给他多一点儿的体谅
给他一点儿休息的时间
迎来送往的招呼声
他这一天已经说得太多了
提枪，转身，穿梭，来回
他这一天已经动得太多了

假如，你的家人是加油员
他不接电话或不回信息的时候
请给他多一点儿的时间
给他一条下班回电的信息
上岛工作期间不能接打电话
他这一刻一定坚守在加油岛
默默地守候着
他这一刻一定在不停地忙碌着

假如，你的家人是加油员
他不能在你需要或节假日里
陪着你的时候
请给他多一点儿的包容

给他一些无声的鼓励

他为了家庭和你

在酷暑严寒中披星戴月地坚持着

他为一辆辆等待回家的汽车加满了油

不要怀疑他对你的爱

他为一生最朴实的守候而努力着

假如，你的家人是加油员

他不能给你一场说走就走的旅行

或一醉方休的承诺

请给他多一点儿的认可

给他休假再续的机会

他有着自己的责任和担当

这才是真正值得尊重的模样

他一直不曾忘记自己作为园丁的使命

理智让他更加成熟可靠

他一直都在守护着自己心中的宝石花

假如，你的家人是加油员

请你珍惜他

请你呵护他

请你心疼他

为了让更多的人

感受到宝石花的美好

他默默付出着

繁忙的工作和学习

让他少了朝九晚五的安逸

少了推杯换盏的惬意

但他收获的是自我成长的肯定

收获的是来加油的人因看到宝石花

而面露笑容的赞美

收获的是

汗水换来的认可和业绩增长的成就感

假如，你的家人是加油员

那你

一定是这些守花人

最可亲可敬又可爱的守护者

愿你学会欣赏和理解

愿你能够分享

他的每一点成就和光荣

相依相伴相守

话说刘老三

刘老三大名刘国新，哈尔滨公滨路油站加油员。因为在家排行老三，就这么叫开了。老三，老三，从小叫到老。

不知咋回事，我觉得老三配上姓刘，叫起来特逗。如是陈老三、王老三，就没那么逗了。姓王的还是叫王老五好。王老五，衣服破了没人补，肚子饿了啃白薯。

去年冬天，我见到了刘老三。他头发白了，一脸褶子。

李老师，我今年五十九，长得有点儿急。听说您都七十多了，是吗？

我说，已经吃七十一的饭了。

他咂咂嘴，哎哟喂，您看您，少兴的！叫您叔吧，我有点儿不甘心；叫您哥吧，也不得劲儿。

我笑了，就凭这两句，你就是个有故事的人。

刘老三也笑了，我不会拐弯抹角，也不会虚头巴脑，您说我有故事，我就说说，里头有故事，也有事故，有用没用的，您择着听——

我1979年来中石油，到今年三十九年，来年正好四十年，我也该退了。三十多年里，我经历了几份工作，有荣耀，也有沟坎。刚来的时候，让我烧锅炉。您还别说，没有一套的话，这活儿拿不下来。为啥让我干呢，因为我父亲就是烧锅炉的。他解放前打过仗，负过伤，属于伤残军人。虽说手续丢了，但民政部门认他，就给他分到中石油来了。他没文化，只能干没文化的活儿，推手推车拉油，轱辘辘，轱辘辘，干得挺麻利。活儿不忙了，就让他烧锅炉，一烧烧了十来年。我书读不下去，就跟他一块儿烧，帮他推煤、推灰，还能在灰里扒拉点儿没烧透的煤核儿，拿家去接着烧。有时候，我看父亲干累了，也学着他往炉子里添煤。添煤有讲究，炉门一扒开，煤添进去必须散花。就是把煤散开，我们叫散花。煤散开了，火苗就扑起来。要是不会整，撮一铲子煤往炉子里一搁，咣当，堆成一堆。旁边儿的煤着没了，你这一堆还石头似的没着起来。我一来报到，领导就跟我说，小刘，看你人挺本分，先去烧锅炉吧。你爸干过这个，你肯定也会点儿！我说，我是会点儿！

可是，一到锅炉房，我就傻眼了。那不是油站的小锅炉，是给公司七层楼供暖的大锅炉；也不是烧水的，是烧气的。水烧热了产生蒸汽，储进储存罐，一打开气阀，呼呼呼，热气就钻进暖器里。烧气很危险，跟高压锅一样，看不好压力表就会爆炸。就算有安全阀，也保不齐。有过爆炸的例子，锅炉房炸了不说，还出了人命。我一看这个大炸弹就傻眼了。可傻眼归傻眼，吓是没吓住，跟老师傅一学就上手了，十天八天个把月，老师傅就撂挑子了，说可有徒弟了，我得歇歇了。

我闷头烧锅炉，一干就是两年多。当然没炸过。要是炸了，跟您唠嗑儿的就不是我刘老三了。我整天俩眼死盯着压力表，大黑眼珠子都对一块儿了，成了斗鸡眼儿，到现在还分不太开。

后来，公司要新建大楼，把锅炉房扒了，我没活儿干了。这时候，6705油库要招经济警察，用老百姓的话说就是打更看门的，现在叫保安。油库是1967年5月盖的，按年月取了这么个名儿。我一听，这活儿好啊，就是按点儿巡逻，还穿制服、戴领章，美！就想托托门子去干。老天可怜我，一打听，我哥就在队里当队长。我赶紧跑去找他，说招谁不是招，肥水不流外人田。哥说，我同意不算，得问问指导员。我心里头就吊起水桶来，七上八下。想不到，指导员一看我的照片就瞪起眼，啊，你还有这么个弟弟？我哥说咋地？瞧你长得跟茄子似的，你弟比你俊多啦！让他来吧！得，成了。

古人说，好汉不提当年勇，后面还有一句呢，一般人都不知道。啥呀？好汉也不提当年美！呵呵！那时候我二十多岁，长得跟一根葱似的，青是青、白是白。现在完了，满脸褶子，跟葡萄干儿似的。李老师，我插个曲儿啊，前两天媳妇跟我说，咱家现在有条件了，走，我领你买件像样儿的衣服，别成天叫花子似的。我俩来到街上，她帮我挑了一件，一试还行。女售货员赶紧过来，跟我媳妇说，哎呀，你看看，你爸穿得多合身呀，买了吧！我和媳妇哭笑不得。哎哟喂，我媳妇也五十多了，在外人眼里我都老成啥啦？变形金刚啊！转念一想，又乐了，这说明我媳妇还年轻漂亮啊！买买买，给我媳妇也来一件！

在油库当保安，责任比烧锅炉一点儿不小，也是守着个大炸弹！白天站岗，晚上巡逻，一人俩小时。尤其是下半夜，谁都不愿意起。队里安了个钟，专门监督用。谁几点上的岗，就用手指头蘸唾沫在钟上点一下，留个手印儿。第二天早上，领导来查岗，一看玻璃罩上有手印儿，就说明按点儿巡逻了。我巡逻完了，回屋一看，老哥儿们还睡着呢，打呼噜流口水。我不忍心叫，就接着巡逻。第二天，老哥儿们吓坏了，让领导逮着要扣钱。我说，别怕，我替你留手印儿了！这样一来可好啦，队里有四个班，个个都拽我到他们班去，都想让我帮着巡逻。这个请我喝酒，那个请我吃饭，从家里带来鸡蛋，一锅一锅地炒。我感到挺自豪。

那时候，进油用火车拉，一大罐一大罐的，一列车七八罐，由车头拉进油库。火车也不是内燃机，烧煤。一天晚上，轮到我值班，下半夜三点多，来送油了。车上的司炉工把烧过的炉灰渣子，一坨一坨地往地下撒。他以为烧过了，撒野地里就完了。他哪儿知道，旁边就是大油罐。我一看，头发根儿都竖起来，这还了得！我烧过锅炉，知道炉灰渣子看着没火了，可风一吹还能着。一旦着起来，引起油罐爆炸就全毁了！我赶紧跑过去，大声喊着，哎，哎！别撒炉灰渣子，别撒炉灰渣子！一边喊，一边扑上去，抱起地上的炉灰渣子就往远处扔。您想想，那刚烧过的炉灰渣子有多烫？我当时啥也不顾了，一门儿心思就想把炉灰渣子往远处扔，扔了一坨又一坨，看看地上没了，这才踏实了。这时候，突然感到两手像被锯了一样，伸出来一看，全是鸡蛋大的泡，两三个月都没好。本来这事我不想说，手上的伤瞒不住。指导员问我是咋回事，我索性说出来，让他反映反映，避免类似事故发生。结果，一说不要紧，大会宣传，小会表扬，又是发奖状，又是向我学习。我拿着奖状心里别提多高兴了。半夜笑醒了，还起来看两眼。那时候没奖金，奖状就是金！

我在油库干了两年，年年被评为先进工作者。

这跟我哥一点儿关系也没有，因为我做到了。

想不到，好花不常开，没过多久，这份工作就黄了。正规消防队接管了油库，把我们顶了。接下来，公司统一分配，我就来到了油站。

我先到的任家桥加油站。领导知道我是干活儿的，不会偷奸耍滑，直接叫我当班长。我以前没干过油站，业务一窍不通。但鼻子底下长着嘴，不懂就问；鼻子上面长着眼，不会就看别人怎么干，给他当徒弟。呵呵，我悟性还行，很快就整明白了。

一天晚上，我正带着班里的弟兄们加油，一辆车的前盖子突然蹿出火苗，呼呼呼，自燃了。司机拉开门就跑了，比兔子还快。我一看，急了，加油机就在旁边，见不得火啊！我抄起灭火器就滋，心急手乱，滋了我一头一脸，我连抹都没抹，对着火苗一通滋！一个灭火器滋没了，又抄起一个。弟兄们也赶过来，滋滋滋，一通滋，把火扑灭了。火灭了，我们谁也不认识谁了，个个都成了雪人，只有两个黑眼珠子乱转。因为扑救及时，没害了油站，车也只是烧了小部件。司机非常感动，给我们送锦旗，又请我们吃饭。其实，吃就吃了，可是我没去。我媳妇说，你真傻！

还有一次更惊险。那时候，我调到了和兴油站，赶上哈尔滨发大水。我们那儿有一条马家沟河，这条河很长，恨不得一直到吉林。我们的油站处在灌区，马家沟河满了，水就直接灌到站里来。危险到啥程度？眼看一人高的油罐说话就被淹了，水再涨，就淹了罐顶。罐里还有半下子油，一进水就报废了。

我一看，没招儿啊，只能拿脸盆淘，别让水往上涨。罐底下是个大槽子，就是一大坑。这个坑的平面跟马家沟河的平面差不多，河里一满，水就直接流槽里了。我抄起脸盆，噌的一下跳到罐顶上，撅着屁股就往外淘。当时是傻啊，还是责任心，都有！我不是吹，在这种场合，那么高的罐，一般人上不去。我当时年轻，又急眼了，一下子就跳上去了。站在罐顶上，连我自己都吃惊，咋上来的？弟兄们一看我上去了，也跟着连爬带拽地上去了，七八个脸盆一起淘。淘着，淘着，脚底下忽然动起来。好家伙！油罐漂上来了。罐里只有半下子油，水的力量多大呀，把油罐浮起来了。这一浮不要紧，站不住人了，我们几个像鸭子似的，噼里啪啦掉水里，可精彩了！又精彩，又惊险，又害怕。我们掉到水里，往起一站，刚好没脖子。还行，淹不死。要是水再深点儿，淹死淹不死可就难说了。我也不会游泳，就是会游，槽里也没什么可抓的，地方又窄，真是捡了一条命！我们站在水里，接着往外淘，受老罪了！一口气干了两三个小时，到了也没让水淹了罐顶，国家财产总算保住了。

那天中午，公司招待我们，猪肉炖粉条儿！

这回我得吃了，再不吃，回家媳妇又要骂我傻。

我媳妇总骂我是天下第一大傻子，没有第二个。

李老师，说到这儿，我再插个曲儿，说说我干的一件傻事——

我家在辽河住的时候，有一天我急着上班，路过一栋楼房，忽听草地里有人喊，救命啊，救命！我过去一看，是个四十多岁的男人躺在地上。我说你咋啦？他说他住五楼，擦玻璃掉下来了。我再一看，不得了，他的腿摔断了，骨头茬从肉皮子穿出来，煞白煞白的，吓死人。他说你救救我。我说你等着，说完赶紧跑去找车。正巧来了一辆出租车。我说，赶紧的，拉他上五院！那时候，哈尔滨五院专治骨科病，在黑龙江非常有名。司机还不错，就往车上扶他。这一扶，血出来了，弄了一车，司机不干了。我说没事，掏出一百块给他，这钱留着洗车，路费另算。司机这才走了。后来，连车钱一共一百三十块。

来到医院，直接送急诊，医院要两千块押金。我跟那人说，赶紧的，招呼你家来人，拿上钱！他说我家没人，我媳妇上班了，单位没电话。哎哟喂，这可愁死我了，叫我马上拿两千块，我也拿不出来。就是能拿出来，也得通过媳妇，家里我不掌盘。跟媳妇说吧，肯定就是一个傻！

这咋整？心里一急来了主意，就给我小学同学挂电话，说我着急用俩钱。他问你干啥？我说我一个朋友摔了，在医院等钱用。我没敢说不认识，说不认识他不能借给我。他说我也没有这么多，你别着急，我再给你淘弄去！我说，那谢谢你了！他又跟别人借，凑齐两千块，直接赶到医院交上了。医院得了钱就治上了。我也不上班了，靠在那儿等，直到把他媳妇等来。他媳妇说，谢谢大哥你帮忙，我们会尽快把两千块凑齐了还你。听她这样说，我连一百三十块车钱都没好意思提，心想人家治病够困难的了，这点儿小钱就别说了。

可是，我是借同学的钱，不能让人家担着，应该先给人家还上。可我上哪儿淘弄去？没招儿了，只好一五一十跟媳妇说了。媳妇说，你傻啊，这钱咋能让咱们还？你朝那家人要去！我说他家现在也没钱了，你先借我行不行？媳妇说，瞧你做的这傻事！只能咱们先拿了，不能让好人受委屈。就这样，我媳妇拿出两千块，我赶紧还了同学。

后来，这男人出院了，钱还没给我。我就上门去要，人家挺客气，说住院花老了，只能先还你一千块。没辙，我省吃俭用，攒了点儿小金库，把钱凑齐交给了媳妇。还跟她说瞎话，说人家还了。

又过了两个月，我寻思他家该凑齐钱了，又去要。一敲门，出来一个女的，不认识，我还以为走错门了呢。再一看，对呀。不等我把话说明白，这女的就说，他们早搬家了！啊？搬哪儿去了？不知道！

你说冤不冤，把我的钱给赖了。

但是，我问心无愧，搬走就搬走吧。

这事我可不敢跟媳妇说，想不到她贼呀，竟然去找那家问，结果，一下子穿帮了。好家伙，这下她可得了理。打是不能打我，嘴岔子不饶人！她说话没有逗号，像连电似的，嘴巴跟脑袋一条线，整天拿这事磨叨我，说我是天下第一大傻瓜。磨叨得我觉都睡不着。她再磨叨，我就敲桌子，说你能不能有个逗号？停一下，过会儿再磨叨。她说，我不是埋怨你，你救人一命，胜过十级浮屠！你傻是傻点儿，可你是个好人，要不我咋找到你了呢？

李老师，您看我这插曲儿，插着插着就说远了。要是咱俩敞开唠，两天两宿也唠不完。我这人没坏心眼儿，不管到了哪儿，谁都愿意跟咱交朋友。领导昨天告诉我，说您从北京来采访我，我一听嘴就笨了，说我跟人家说啥呀？领导说你干了啥就说啥呗，从你参加工作说起。领导的话让我一宿没睡着，我就想，这么多年我都干啥了？一幕幕的，在眼前过。就说救人这个事吧，我给他背出老远，才上了车。有啥办法呢，叫咱遇着了，我不救他，血流多了怕活不成。他家搬走了，许是治病拉了饥荒，日子困难了，就把房卖了，不能往坏处想人家。再说，他都摔成那样儿了，咱也不差那几百块。得啦，就唠到这儿吧。我跟您说啊，唠不完！

跟刘老三的聊天儿，就到这儿了。

临分手，我问他，明年你就退休了，以后想干点儿啥呢？

他说，两件事！一个是带媳妇旅旅游，先中国，后世界。这么多年她跟我不易。再一个，时不时去站里转转，看看弟兄们，看看加油机，看看有啥需要我帮忙的。唉，小四十年了，舍不得！

月黑风高八百里

我是一路哭着去的。没办法，老公自愿报名去了果洛，那里海拔三四千米，我放心不下，辞了西宁的工作去陪伴他。把两岁的孩子撂给了爸妈。

现在想起来，真狠心，也真有决心。

那一年，是 2005 年。

来果洛前，老公在大通油站，离西宁只有四五十里，上班回家都很方便。当时，公司发出号召，说果洛缺人，动员年轻人去，老公就报了名。公公婆婆都不答应，说我们就你一个孩子，去那么远干吗？我爸去过果洛，说那地方不能去。老公就问我，我说，你愿意，我支持。他收拾行李，给父母磕个头就走了。他一走，我爸妈就嘀咕，说你俩要是分居，婚姻就成问题。我说那我跟他去。爸妈又舍不得，成天抹泪。我寝食难安，最终决定追他去。

一跺脚，上车了。

在西宁长大的我，从没去过这样荒凉的地方。坐在班车上，盖着大被子，一路连个人影都看不见。到了果洛，人都傻了。一问，离加油站还有一百六十里。妈呀！接着走！翻山越岭，各种颠簸，吐得稀里哗啦。又走了一整天，才到了地方。

土坯房。破门窗。正是 10 月末，外面刮大风，屋里刮小风。冷得分不出屋里屋外。铁皮门上的铁皮早没了，用纸板挡着。没有办公室。一个办公桌，一个炉子，一张床，既办公又生活。我一看，连锅碗瓢盆都没有。站上除了老公，还有两个男的。我问他们，连锅碗都没有，你们咋吃饭？在外面买着吃。我看街上连人都没有，去哪儿买呀？没卖的就啃个萝卜。

印象最深的是，站里还有一条狗。狗我见过。但这狗不同，身上还裹着一块毡子。我心想，这地方真够冷的，狗都裹着毡子。后来才知道，那不是毡子，是没褪掉的老毛。真可怜！

这就是我老公自愿要来的地方！

这就是名字多好听的玛多加油站！

我当时真想大哭一场。

但是，忍住了。

老公刚来一个月。他是站长，我要给他撑面子。

玛多，藏语的意思是黄河源头。

玛多不见马，三男一女开了张。

要工作，也要生活，老啃萝卜哪儿行？

我赶紧准备锅碗瓢盆。做的第一顿饭是生的，菜也咸了。为啥？手忙脚乱！西安用的是天然气，点火就着。这儿是烧煤块。没有煤块了就烧牛粪。咋烧？用手抓着一点点儿往炉子里续。我一来就赶上了，哪儿会呀？一忙一乱，得，饭生，菜咸。

老公说，管它咸不咸，有菜吃就不错了！

一进10月，这儿的人就陆续走光了，玛多成了一座空城。一直空到来年3月。这期间，根本没有卖菜的，只能靠外面带来。有一顿没一顿。

说话要过年了，剃头的早走了。站里三个男人头发老长，像三个流浪汉。我说老公你去找把推子，我给你们剃。老公说你会吗？我说手艺好着呢。结果，给他们每人剃了个大光头。还要啥好啊？我只会剃光头。冷也没办法。

三个大男人摸着三个大光头，咧着嘴说，有钱没钱，光头过年。

那时候真没钱。工资跟效益还没挂钩，一个月四百块，发到手都不用领了，直接拿来吃都吃不到月底。月月欠着菜铺、肉铺。

冬天到了。起风了。吹起来的不是沙土，是小石子，打到脸上麻疼。半夜，风把房顶掀起来，人冻成冰。找不到人修，只找到一块塑料布。老公说凑合吧，拿钉子钉起来。站里有四间土坯房，两个没顶。我和老公住一间，那两个男的住一间。晚上，人缩在床上，老鼠在头顶的塑料布上开运动会。稀里哗啦，噼里扑通。我冻得睡不着，就数老鼠，一只，两只，三只，数着数着迷糊了。有人说失眠了就数羊，一只羊，两只羊，三只羊。我说不用，数老鼠就行。

来到油站，我从啥也不会学起，学会了提枪加油，学会了充值刷卡，学会了卸油计量，甚至学会了修理加油机。加油机高，油罐低，加着加着就不出油了。我把油管对嘴一吸，油就出来了，再插进加油机里。路过的大车司机说，你还是女人吗？我说咋不是？女人是水做的，我看你是钢筋做的！

油站的活儿并不苦，不是老有车来。干干，歇歇。真正苦的是拉油。油快打完了，就要去油库拉，一去好几天。装好油后跟车回来，我们叫押油。押一趟，人成鬼。

我来了不到半个月，就赶上老公去西宁拉油。他走了，把我的心也带走了。一走五天没信儿，急死人。那时候，路上没信号，带着手机也是聋子耳朵。我联系不上他，天天盯着电话发呆。想给他打吧，怕他打过来我这儿占线；不给他打吧，又放不下。

就在这时，电话响了，我疯了一样抓起来。

是公司打来的。

你老公咋还没到？

啊？！

我魂飞魄散。

我求了一个去西宁的司机，带着我沿线一路找。见了过来的车就问，师傅你见没见着一辆油罐车？没人理我，以为我是疯子。终于有个师傅说，见了，在前边停着。我赶紧往前赶，远远看见了一辆油罐车停在路边，我大声喊老公，车上没人理，我更急了。赶到跟前一看，不是老公的车，眼泪当时就下来了。一个多星期后，他回来了，胡子拉碴，蓬头垢面，人瘦得看不出，像逃荒要饭的。他跟我说，一路前四后八的车全都爆胎了，我们的车没爆，就是路太难走了。吃没吃的，喝没喝的。让你着急了。

我哭着说，人回来就好，人回来就好。

一个月后，又要拉油了。

站里的三个男人都病倒了。天太冷，冻的。

老公烧得火炉似的还要去，我把他拉下来，我去！

你行吗？

行！

这趟拉油不在西宁，在多巴。

多巴很远，离玛多八百多里。站里等油用，我打算连夜往回赶。

关键词——

月黑风高八百里；雇的私人油罐车；开车的是两个男人。

当时，公司油罐车少，只能负责西宁周边的油站。果洛地区都是雇私车。除了要注意人身安全，还要小心开车的偷油。

要命的是我还晕车。上车就吐，天昏地暗。

不管了，豁出去了！

来到多巴油库，好不容易排上队装上油，我跑去上了个厕所，跟司机说，往回走！

两个男人，一个毛胡子姓张，一板寸头姓王。

我叫他们师傅。他们说别这么客气了，张胡子，王板寸，这么叫就行。我们就叫你小杨。我说行，那我也不客气了！

油罐车出发了。

张胡子说，小杨，晚上咱们住海南州，房费我给你掏。

我说，谢谢啦，不住了。家里的油断顿了，咱们早点儿赶回去！

嘿，不差一晚上。

早到家，我也早给你们车钱啊！走吧！

要是不住的话，你一个女的，在车上过夜不方便。

没事，你们俩换着在后面睡，我坐前边儿座上就行。

这辆油罐车带卧铺。车头前面是座，后面是铺。为的是长途跋涉司机好换着睡。

王板寸说，小杨，坐着咋行？你去后边睡吧。

我说，谢谢了，我没事。你们开车累，卧铺还是你们睡吧。

我这样一说，两个人都不吭气了。

按说，应该住一晚再走，连轴转确实太累了。但我心里不踏实。他们这样热情，或许看我是女的，真想照顾我；或许就没憋着好心。住店被偷油的不新鲜，夜里睡着了人家想咋偷咋偷。偷个一桶两桶的就算便宜了，最恐怖的是把车都开跑了。车找到了，油没了。

不行。不管他俩是好心还是坏心，我都不能住店。

摸黑开了一段路，我担心的事果然来了。

张胡子说，小杨，你看我们这活儿多苦啊，挣的是命钱。有时候半道没油了，求爷爷告奶奶让路过的车分点儿，谁搭理啊！碰不上好心人，一等就是两三天，吃没吃，喝没喝的。

我说，是啊，真辛苦。

张胡子说，还是你理解我们。哎，小杨，你看这样行不行，我们带油桶了，你分点儿油给我们。不多，一桶就行。一大车呢，谁也看不出来。

我说，那可不行，大哥，这油不是我的，是公家的，少了我要赔。要是我个人的，别说一桶了，十桶八桶都行。

王板寸说，小杨，我们不白要你的。你看，四个大老鬼！

说着，他掏出一张百元大票，在我眼前晃。

我说，王哥，这钱你先留着，到地方打油用。多给你打点儿都行，我们站里正搞优惠呢！

你真不要？

真不要。

两个人都不说话了。

车继续往前开。各种颠。我开始晕车了。

幸亏我事先防着，没吃也没喝。肚里空空的，没得可吐。

看我晕车了，他俩又活跃起来——

小杨，停下来吐吐吧，吐出来就好啦！

小杨，要不要上厕所？

小杨，你想喝水吗？

兵来将挡，水来土掩。我——谢绝了。

不怕贼偷，就怕贼惦记。他们既然打了歪主意，我就要加倍小心。

开着开着，路过一家饭馆。

他们把车停下来。

小杨，走，吃饭去！

我不想吃。

不吃可别后悔啊，路上只有这家饭馆，过了这村没这店。

我不饿。

不饿也得吃点儿啊，路还远着呢！

不怕的。

你不吃，我们可吃去了。这家的羊肉别提多好吃了！

你们去吃吧。

走吧，我们请客！

谢谢啦，你们去吃吧！

一看说不动我，两人扭头钻进了饭馆。

看他们进了饭馆，我嘴说不饿，肚子不领情，咕噜噜，咕噜噜！上车前就没吃东西，怕路上吐，走了这么远早饿了。我拍打了几下，肚子老实了。可是，过了一会儿，又抗议了，咕噜噜，咕噜噜！

肚子越是叫，眼前的情景越让我起急。

这两个家伙，从饭馆出来，张胡子捧着肉，王板寸拎着保温杯。

哎，小杨，饿了吧？吃点儿吧，这肉又香又烂！

哎，小杨，渴了吧，快喝口热水！

他们成心馋我。

我不能吃，也不能喝。一吃，晕起来肯定吐；一喝，就要上厕所。只要有闪失，他们就有可能趁机偷油。

我从兜儿里摸出手纸，揉成球儿塞进鼻子，又把眼睛闭上。闻不着，看不见，让他们白费心思。

可是，想不到，俩眼一闭，困劲儿上来了。特别是身后响起王板寸的呼噜声，更引得我受不了。这家伙饭饱神虚，睡得那叫一个香！瞌睡能传染，我实在招架不住了。可这不行啊，睡着了，他们肯定要偷油。车一停，油一放，这些人手脚可利索呢。不行，千万不能睡！那咋办？掐大腿！刚要睡，一掐就醒了。又困又掐，再困还掐。这条腿掐麻了，就掐那条腿。一掐一疼，赶跑了瞌睡。后来到了地方一看，两条腿掐成了烂茄子，青紫乌黑，没一块儿好地方。

王板寸睡够了，起来换张胡子。

张胡子说，我先尿个尿。

他停车尿尿，临下去还说，小杨，你尿不？要尿你先尿！

我说不尿。也顾不得害羞了。

说实话，被他问这一嗓子，还真想尿。但是忍了。憋着。

好事多磨，坏事也多磨。走到半路，车胎又爆了一个！

还好有备用胎。两个人下车换胎，张胡子钻到车底下，王板寸在外边忙。他抬头叫着，小杨，你下来帮着递递板子！

我开门下车，妈呀，冻得浑身一激灵！

戈壁荒滩，一天四季。早上起来过春秋，中午到了过夏天，过了夏天过冬天，太阳落山风雪寒。热的时候穿短袖，冷的时候当没穿。

我当时穿了两件棉袄，里边是妈做的，外面是老公买的。两件棉袄穿在身上，一下车就被风打透了，抖得像根草。上下牙咔咔地敲打，清鼻涕马上过了河。

这时候，要是能喝一口热水多好啊！

王板寸的保温杯就在车里，盖着盖儿都能看见热水在招手。

可是，不能喝。一喝就忍不住尿了。

这荒郊野外的，当着两个大男人谁敢尿？

就这样，饥寒交迫，担惊受怕，行走在漫无边际的荒原中。

风把云抓来，盖住天上的月。

没有尽头，只有黑夜。

路过果洛地区的巴千油站，我没有感觉。前面的路还很远。

可是，到了花石峡油站，我的眼泪一下子就涌出来！

这是一种回家的感觉！

这是一种到家的感觉！

忍了一路的泪，终于忍不住了！

尽管，从这里到玛多还有一百五十多里，还要翻过一座大山。

但是，我有了盼头，我有了盼头啊！

快了，快到家了！

在永远流不完的泪中，我想家，我想孩子，我想爸妈。

我恨老公，为啥放着大通好好的班不上？非要来这里！

我也恨自己，为啥放着西宁好好的日子不过？非要跟着来……

八百里路云和月，三十小时一昼夜！

当我翻过大山来到玛多的时候，人已经僵在车上，跟车成了一体。

老公把我抱下来，说，媳妇，你受苦了！

我说，一滴油没少！

老公又说，媳妇，你受苦了！

老公这句话，一直回响在我耳边。

我忘不了。

我永远记着。

想起这句话，就想起了他。

2015年9月14日，他离开了我。

在劳累中，他突发心梗。

当我从技能培训班得到消息时，他已经走了。

听不到我叫他。听不到我喊他。听不到我哭他。

他离开了油站，我没离开。油站需要我。

他离开了家，我没离开。孩子需要我，公公婆婆也需要我。

孩子今年十六岁了。自从爸爸走后，他从没在我面前流过泪。他懂事。他心疼我。

两天前，他突然跟我说，妈妈，我梦里总梦见一个人。我不认识他，又好像见过他……

说到这儿，杨红霞哭了。

……应该是他爸爸，他爸爸很少回家。

哭声中的悲凉，石头听了也掉泪。

写在火柴盒上的名字

90后，大眼睛，深酒窝儿。

安祖热提·热夏提，一个漂亮的维吾尔族姑娘。

她是在武汉读的中南民族大学。

武汉号称火炉。特别是夏天，贼热！同学们都叫她夏热提。

不对，我叫热夏提。

热夏提，夏热提，夏天热得就别提！

这时，老师拿着一摞信进来问，谁的信还没拿？

这些远在天边的牵挂，被邮递员搁在传达室。听老师一喊，大家纷纷上前认领亲人。

老师问安祖热提，你的信拿了没有？

拿了。

哪天拿的？

明天！

啊？老师当时就傻了。脖子抻得像鸡。

说起这个梗，安祖热提笑出泪，李老师，那时候我不理解昨天和明天，分不清前后。现在别说昨天，明天、后天、大后天、大大后天也难不住我。东北的寒碜，北京的撒丫子，我都懂，都会说！哈哈！

安祖热提在喀什分公司加油站管理科工作。跟我一起采访她的，还有我的好朋友李培禹，他是散文家，也是诗人。安祖热提一叫李老师，二李就同时答应，像通了电。培禹家有兄弟三人，他老爸挨个儿给起的名字：培尧、培舜、培禹。这名字起绝了，尧、舜、禹，全是传说中的老大！

为啥说起培禹家三兄弟起名字？

且听安祖热提接着往下说——

在中南民大毕业后，我特想留在武汉，连工作都找好了。

可是，我爸妈希望我回来。为啥？歌儿里早唱了："我们新疆好地方啊，天山南北好牧场。"这么好的家乡，爸妈咋舍得女儿在外？其实，牧场再好，爸妈也没放牧。妈是老师，爸在中石油工作。我算油二代，从小常跟爸去站里闻汽油味儿。他忙他的，我写作业。

因此，爸妈一动员，回来吧，来油站工作吧，我就坐不住了。再加上住在武汉亲戚家，也觉得寄人篱下。

走，打道回府！

于是，回到了"我们新疆好地方"。

再于是，进了中石油。

爸说，你初来乍到，先去油站吧。从基层做起，扎了根才能长。

那是冬天。风如刀，雪似剑。

第一天就赶上夜班，我干巴巴穿着工装就去了。同事说你就这样子？我说对啊，还要咋样子？冻死你！果然，宿舍超级冷，被子小又薄。我紧裹着没热气的被子，还能活到明天吗？会不会条一样地被从冷库拖出去？哗的一下，眼泪出来了。我有天大的委屈，不管是不是半夜，抓起手机就往家打。电话是爸接的，爸，你明天见不到我了，等不到天亮我就会被冻死！话没说完就号啕大哭。生离死别啊，根本听不进爸说啥。爸还说着话呢，我就把电话挂了。

不一会儿，电话又响了。

我一听，是爸打来的，说爸你别打了，明天来收尸吧！

万万想不到！万万，想不到——

爸说，你开开门！

啊？

我爬起来开门一看，门外站着两个雪人！

天寒地冻，大雪鹅毛。爸妈抱着被褥、毛毯，还有暖宝宝！

第二天早上，我下班回家。妈说，给你送完被褥，我和你爸一宿都没睡……

妈！我扑在妈的怀里，放声大哭。

现在想想，当初真不懂事！不该把自己吃的苦让爸妈知道。他们知道了，会比我苦得多。我难受一分，他们要难受十分。

再说，我这点儿苦算啥？

我擦干眼泪，开始油站的日子。

加油，收钱。

再加油，再收钱。

简单，也不简单。简单不说了，为啥不简单？

加了两三百块的，油加了，钱没收。跑单了！

收工的时候，钱对不上，就得自己赔。刚上班，工资特别低，拿啥赔啊？心里特别难受，晚上根本睡不着。第二天一早，我打开监控视频，看是哪辆车跑单了，能不能联系到车主。有几次，我还没打开监控，就有人把钱送回来了。小姑娘，你昨天没收钱，我也忘给了。我说太感谢了，我请你吃饭！

但是，不知为啥，我的钱总是对不上。

第一天上班赔了五百多，第二天又赔了一百七十四，照这样，一个月下来，工资没挣着，还要垫钱出来。

我奇怪为啥老是自己赔钱。

我不会算账，或者说算不清那个账。

油站的账特别多。我不光加油，还要卖货，还要充值，还要办卡。卖这种水，卖那种水；卖这种烟，卖那种烟，零零碎碎，收的散钱特别多。收工一对账，他们就说账面出错了，让我赔。我当时不知道，也没人告诉我，加油的钱和卖货的钱是分开算的，我整个儿放一块儿了，以为羊肉烂在羊锅里。

我回家跟爸说了。

爸说，你觉得是咋回事？

我说，我也许会出错，但不至于这么多！我每笔钱都收了的，即使少刷了两条烟，也就一百多块，不应该差这么多。

爸笑了，这就算你交学费吧！

晚上，我跟床较劲儿，翻来覆去地想爸说的"交学费"。这是啥意思？是不是成语说的"吃一堑，长一智"？好吧，这个学费我不能白交！就不信天天赔钱！

第二天对账，又说少钱了，好几百！又说是我出的错。

我大声说，我一分也不差！

说完，从兜里掏出一个小本，你们看，这是我今天的往来明细，每笔账都清清楚楚！扫码是这些，现金也是这些，一笔不差，一分不少！你们查吧！

突如其来，让老员工们吃了一惊。

这是我想了一夜的主意：从上班收到的第一笔钱开始，哪怕是五块、十块，我都偷偷记在小本上。一直到下班，一笔都不少！

一个姓金的老员工，我管她叫金姐的说，哦，你还偷偷记账啦？你说一分不差，难道是我们差了吗？我们的账也在这儿，你自己看去！

说着，啪！把账本扔给了我。

我才不吃这套呢。我说，你们记的账，我不会看，也看不懂，谁知道你们咋记的？

你不会看怪谁？不会看就说明你有问题！

站里有位大哥，跟我住一个院，从小看我长大的。他核对了我的账，说，你的账没问题！这件事你别插手，我去处理。

说完，他把老员工们都叫到楼上。

我想，面对我出示的证据，大哥会处理好事情，还我清白。

没想到，不一会儿，金姐从楼上冲下来，伸手指着我，你这丫头！我还要养女儿，还要供女儿上大学，我就这一份工资！你有你爸妈罩着，你赔点儿钱咋了？今天这钱，AA制，你一半，我一半！

天啊，我差点儿崩溃了。我根本没错，凭什么要分担一半？这明明是欺负人，欺负我是新来的。

想来想去，算了，以后还要在这儿工作，不跟她争了。

我说，行，我掏一半就掏一半！但是，今天也把话说清楚，以后不是我的错，我绝不会让步！

金姐两眼瞪成大元宵，看你嘴硬的！你以为你是大学生，来了就想在机关？机关不要你，你就滚到这儿来了，谁还不知道！

金姐，你咋这么说话？我是来工作的，不是来受你欺负的！

这时，大哥下楼来了，金姐，你这么欺负人家丫头就不对了，嘴上要留德！说不定人家将来就会到机关去，回头你找她办事，还咋见面？

就她这样儿的，还想到机关？做梦吧！

你别把话说绝了。我看，要不了多长时间人家丫头就去了！

真让大哥说着了，半年以后，我调到了机关。

我刚到机关，金姐就来办事。不是冤家不聚头。

说实话，我曾经想过，如果她来办事，就给她几句，让她出出丑。

可是，当我真的见到她，所有的过往，烟消云散！

毕竟，我们在一起工作过，她是我的老同事。而且，我知道油站很苦，她风风雨雨的不容易。

她离老远看见我，扭头要闪。

我大声叫着，金姐，你来啦？

哦，她愣了。

金姐，你办啥事，我帮你。中午别走了，就在我这儿吃饭！

哦，她还在发愣。

愣了一会儿，笑了。

说到这儿，安祖热提也笑了。

我说，你真聪明，先是偷偷记账，后来又让金姐笑了。

哈哈哈！李老师，不瞒您说，安祖热提·热夏提，这个名字的意思就是无与伦比的聪慧！这是乌孜别克族古老的名字，现在已经没人用了。

啊，你不是维吾尔族吗？

我们二李又通上了电，快说说是咋回事？

我们祖上是乌孜别克族，我的名字是爷爷给起的。爷爷是个文化人，写得一手好字。他为我起名字特别用心，想来想去，想到了安祖热提，就写在了一个火柴盒上。爷爷喜欢抽烟，当时点火都用装在小盒里的火柴。爷爷想起啥，怕忘了，就随手写在火柴盒上。火柴盒小，方便装口袋。我的名字就这样写在了上面。当时，我们家族有三个女人怀孕，结果生的都是女孩。爷爷预先都给起了名字。他特别说安祖热提就给我。

想不到，名字刚起好，爷爷突发心脏病去世了。

第二天，我出生了。

听爸妈说，爷爷生前是工商局的局长，特别有抱负。50年代，自治区召开个啥会，要派维吾尔族代表参加，但又点名让爷爷去。爷爷就把户口改成了维吾尔族。从那以后，我就成了维吾尔族。

说起我的名字，除了学校同学们夏热提、热夏提地乱叫，还有一件搞笑的事：去年，我参加演讲，辅导老师说，安祖热提·热夏提这个名字太长了，介绍起来听不清，干脆就叫安祖吧！你上台就说我叫安祖，意思是：国泰民安，祖国富强！又点题，又有正能量！我当时就笑了。心想，难道爷爷二十多年前给我起名字时，就预料到我要上台演讲吗？

我喜欢爷爷给我起的名字，他鼓励我要做一个聪慧的人。

我很佩服爷爷，虽然没见过，但爸妈常常提起他，总是跟我说，你爷爷在的时候，对我们是咋样咋样教育的。昨天晚上，爸看我卧室太乱，逼我收拾，又说，你爷爷在的时候，家里收拾得可干净了！听爸妈说多了，爷爷在我心中很高大，他严谨，话特别少，严厉又慈祥，好像生前我就见过他，真的！就像我看书时，虽然没见过作者，但看了他的书，我就会想象作者是个咋样的人，他的眉毛在哪儿？他的眼睛在哪儿？等我真正见到作者的时候，有的让我眼睛一亮，有的……让我心理落差很大！

听她这样说，我们二李急着问，那你见了我们，感觉怎么样？

她笑起来，两个酒窝儿很深很深——

想听真话吗？

想听！

落差很大呀！哈哈哈！

采访回来的路上，安祖热提的笑声一直回响在耳边。

我说，没想到她是柯尔克孜族。

培禹哈哈大笑，错！她是乌孜别克族！柯尔克孜族是昨天采访的玉山，他们夫妻在中吉边境的小油站，你忘啦？

哦，我想起来了。当我们赶到那个边境小站时，只见到了玉山。他爱人一早就带孩子去医院了。可怜的孩子昨夜高烧40摄氏度。

站里又没水了。我们跟玉山一起提着桶去河滩打水。

溪水清澈。溪水冰凉。溪水哗啦啦！

一首动人的叙事诗，就这样，在培禹心中诞生——

从喀什噶尔一路向西，
进入乌恰县就是中国的"西极"。
它位于祖国版图雄鸡的尾部，
漂亮羽毛上居住着柯尔克孜族兄弟。

有一年，春风吹遍了这片土地，
中吉边境贸易口岸拔地而起。
伊尔克斯坦古道上多了许多车辆，
于是，一座加油站便建在了这里。

小站看上去没什么与众不同，
常见的"宝石花"也不稀奇。
可它是方圆几百里唯一的加油站，
遇见它，疲惫的司机是多么欣喜。

加油、加水，再泡碗方便面，
迎上来的员工总是冲你笑嘻嘻。
加油员日复一日不辞辛劳，

瞧，墙上挂着年销九百吨的锦旗。

不大的站里建有标准的卫生间，
用过后保洁工要用预存的水冲洗。
他说每天要走两趟去河滩提水，
真感谢那条严冬也在流淌的小溪。

边境小站常有异国他族车辆驶入，
小伙儿便会用哈语、维语来翻译。
他说柯尔克孜族对语言格外灵通，
你听，我汉语说得是不是挺流利？

这个比"西极"还西的地方叫康苏，
牧草一黄，便进入漫长的冬季。
大雪吼叫着封门也封了公路，
怎样熬过寂寞成了加油站的难题。

摘下墙上的"库木孜"二弦琴，
"美丽的玛依努尔"歌声响起。
动听的旋律透过风雪飘进毡房，
歌唱者说，玛依努尔是我的爱妻！

起程了，客人们依依惜别小站，
我多想把这次"遇见"告诉你。
当雪花渐渐遮掩了红色的加油站，

一首小诗已悄悄地流淌在我心里。

加油员保洁工歌唱家翻译还有经理，
"玉山·衣沙克"是他们的名字。
你很可能以为小站有好几位员工，
错了，这里只有一位柯尔克孜族兄弟！

玉英的婚事

　　玉英很要强。我见到她的时候，她是桂林七星加油站的经理。

　　她出生在农村。大山里，山连山。爸妈种田供几个孩子读书，吃了上顿愁下顿。玉英八九岁的时候，就挑着柴火翻山越岭去桂林卖。半路上，挑不动了，摔一跤哭了，一同去的姐姐就把她的柴火挑起接着走。她空着肩走几步，抹抹泪又要回来。所以，当她有了工作，就特别省吃俭用。方便面只买一块钱一包的，泡好以后放点儿辣酱。那种有调料的要四五块，舍不得。她是从加油员干起来的。她珍惜这份工作，生怕丢了。为了留住客户，加完油就主动给人家洗车，穿个大水鞋，稀里哗啦，又是汗又是泥；为了开发客户，她跑到采石场央求人家，人家不理，她就去工地食堂帮人家洗碗。碗摞得跟小山似的，一连洗了好几天，终于感动了人家，同意到站里来加油。

　　干工作，玉英没得说，扎实稳当，一帆风顺。

　　可她的婚事就曲折了。

　　这个话题，是从她找对象开始讲起的——

　　说起这件事，我对不起妈。

　　我没时间找对象。忙工作，忙加班，忙着跟生活无关的一切。三十多了，还是单身。我没在意自己的年龄，妈也从没催过我。她不觉得自己的女儿嫁不出去。我跟她打电话，每次讲的都是工作，当上核算员了，当上前厅主管了。她从来都说你好好干，还让我报大专，说眼下在油站不比卖柴火，跟不上就要丢饭碗。妈虽然没文化，但看得远，一心指望我过好。

我的对象是同事给介绍的。他们看我年纪大了，就四处张罗。一开始介绍了两个，一个是做小生意的，再一个就是他。

他姓秦，我叫他老秦。同事说人家一点儿都不老，你别给叫老了，听着像老芹菜似的，都嚼不动了。老秦在桂林乡下教书。我从小就有当老师的梦，一听说他是老师，觉得有缘分，就同意见面。做小生意的没去见。

可是，没想到，老秦有过一段婚姻，因为感情不和离了。有个女儿判给了他，还不满一岁。乡下教师的工资很低，老秦把老乡做的扫把买来去桂林卖，搭生活用。这让我想起小时候挑柴火卖。有时候，他还用摩托车搭客人到山里来玩儿，能挣十几块。但这个活儿比较稀有。摩托车是借钱买的，债还没还完。

我第一次跟老秦见面的时候，走了好长一段山路，坑坑洼洼。他推着摩托车在路边等我，手里抱着孩子。他老实巴交的，也不懂讲话。孩子干瘦干瘦的。不知道为什么我就接过来抱了，也不知道为什么孩子就没哭，一直让我抱着。老秦用摩托车搭我去他家。我又没结过婚，抱个孩子算啥。到家后，看到他妈妈，一个好慈祥好慈祥的老人。屋里搭了一根竹竿，挂了一长串东西，孩子的衣服、尿布、蚊帐布，很大一堆。老人对我喜欢得不行，恨不得马上让我当儿媳妇。但是，我觉得下次不会再来了。太远了，摩托车都坐了好久。我好不容易从大山里出来，到了桂林，让爸妈有个盼望了，如果再嫁回这个地方，怎么对得起爸妈？特别是妈，对我一心挂八肠的。我来见老秦，没敢跟她说，偷偷来的，想差不多了再说，却没想到情况是这样。老秦的妈妈说，我儿子就是一年的婚姻，生了孩子就离了。这女人对孩子、对我都不好。她坐月子，我不让她洗衣服，都是我洗，她还整天跟我生气。离了还要两万块分手费。我儿子有骨气，到处借，借完给她了，说你以后不要来见孩子。说着，老人就流泪了。

老人可怜，老秦可怜，孩子更可怜。

回来后，我苦闷了好久，到底要不要继续？如果要继续，就必须跟爸妈说，不说不行。如果不继续就不再去他家了。老秦后来跟我说，我看出来了，知道你来一次就不想再来了。

我在工作中主意可大了，可是遇到自己的事就没了主意。

我试着先跟妈说了，听听她的想法。

其实，我早该想到，妈是不会同意的。

果然，她一听就不同意，说我也没逼你，也没跟你说过我要抱孩子啥的。妈从来不担心我女儿嫁不出去。你咋会给人家当后妈？你听过当后妈有当得好的吗？我女儿得有多差才去当后妈啊！你想想，肩膀上的补丁补得再好，用起力来也会扯开！你后妈当得再好，万一哪天对他女儿不好，人家就会说你这个后妈！你说他老实，那还离婚？到底为啥离的婚，你真知道吗？我们老了，不能跟你一辈子，你以后肯定要受委屈。妈把这话放在这儿！我们经历得多，你要听妈的，不要开始，不要继续。你要跟他继续，我们就断绝母女关系，你不要回家了……

说完，妈就哭了。

妈哭，我也哭了。

妈放狠话了，我左右为难。

现在我自己当妈了才知道，养大一个孩子多不容易。做父母的都是这样，只有孩子好过了，他们才真正好过了。

唉，婚姻问题，让我觉得压力很大，以致感到工作压力都大了，都没精神了。不行！我不能让个人问题压得喘不过气，站里的兄弟姐妹都指望我呢，指望我能带他们干好，能多挣钱。哪个兄弟姐妹不是为了养家糊口才来的啊？我不能让他们失望，我要当好这个家！

我决定不再跟老秦来往了。

老秦看出我不想跟他继续了，他没吭声，不管我同意不同意，每到周五，一下课，就大老远跑到油站来，看见啥活儿就做啥，打扫卫生，整理内务，电路有毛病了就修，还帮我洗衣服。总之，没有他不做的。不要任何结果，到时候就来，雷打不动！时间长了，员工们都看出来了，只要他一来，就说，经理，秦大哥又来帮你洗衣服了！后来，不仅洗衣服，我去发展客户，他也跟着跑。我要工作不要命，跑来跑去，肾结石突然发作，疼得晕倒在地上。那天是周四，老秦没来，员工们吓坏了，马上叫救护车把我送到医院。第二天，老秦来了，像疯了一样跑到医院。为了照顾我，他跟学校请了假，差点儿丢了工作。他在医院像一只老鸟似的照顾我，恨不得把肝儿割下来给我当药。大夫不知情，说，你老公真是个好人！

我住院期间，老秦不仅照顾我，还照顾我家。我家大门坏了，不挡风。他看见了，不管爸妈同不同意，就把门拆了重做。那个门本来很宽，按说也不用那么宽，进人又不进牛。我心想，要是把门口挡起来一部分就好了。结果，老秦修好后，我一看，门口果然被挡起来一部分，跟我想到一块儿去了，成我肚里的虫啦！剩下的部分，他做了个推拉门，安上了玻璃，美观又暖和。门修好了，他又去我家的地里打禾，就是割稻谷，干得顺脖子淌汗。天擦黑了，啥也不说就走了。第二天又回来接着干，直到把禾收完。

就这样，爸喜欢上他了，说他眼里有活儿。

但妈还是不同意，说玉英，你翅膀硬了，妈老了。

妈管不了我了。我也不听妈的了。

也许，这就是命。

我跟老秦把能想到的都说了，我说，你女儿以后要是不认我，或者我做得不到的时候，你们父女俩来欺负我咋办？他说谁都要凭良心做事。你在这儿当经理，员工们对你这么好，说明你没做过过分的事。我也同样不会做过分的事。我们结了婚，现在是夫妻，老了就是伴儿，不能靠孩子。孩子大了有自己的世界，也有自己的负担。我当老师虽说钱不多，但工资固定。你在油站上班，也有收入。咱们合起来过日子错不了。你放心，以后孩子要对你咋样，我一定会站在你这边。

其实，老秦的孩子蛮懂事，她小名叫飞飞，我跟老秦还没结婚，她就把我当妈，能走路的时候，就拉着我，妈，我们回家去！有人说，飞飞你没有妈。她说，有，我妈在油站。

老秦教书忙，我更忙。平时，飞飞就跟奶奶在家。一老一小，守着屋子里那根竹竿，很可怜。

2010年，我跟老秦结婚了。

他不但成了我丈夫，更成了我的帮手。还是那样，一到周五就跑到油站来。我去砖厂开发客户，他就跟着，一去就给人家发烟，跟人家一边抽烟一边聊，左撮合右撮合，想不到就给撮合成了，加油的量还不小！要是我一个人去谈，跑好几趟也不一定能成。回来的路上，我夸他，他嘴一撇，说老爷们的事你不懂，你早认识我说不定能当总经理。我说那我刚认识你的时候，你咋三棍子打不出个屁？他笑了，我当时要油嘴滑舌，你能跟我吗？我说好啊，套路够深的，帮我们家修门也是套路吧？他说你现在才明白晚三秋了，好花插牛粪上都快结籽了！我说打你！把手举起来。他脸朝我眼前一送，欢迎，欢迎，热烈欢迎！我笑了，高举的手轻落下，给他抹抹汗。

两年后，我们有了孩子。

打从我怀孕起，妈就不声不响地养了三十多只鸡。

我知道她是为我养的。

这就是我妈！

到底是我妈！

我坐月子的时候，一天吃一只，把鸡全吃了。妈每天帮我带孩子，洗洗涮涮，从不让我沾凉水。没满百天，她就说，我知道你在家待不住，挂着油站，你去吧，去上班吧！

老秦用摩托车搭着我，离家好远了，回头一看，妈还抱着孩子站在门口。我的眼泪一下子冲出来。我哭着喊，妈啊，妈，我对不起你，对不起你！老秦说，你别哭了。说完，他也哭了。

孩子毕竟太小了。公司心疼孩子，也心疼我，就在机关宿舍给我腾了一间房。当领导告诉我这件事的时候，我再次哭了！

我有了房，妈就带着孩子过来了。

有了房，就有了家。

一家人住在一起，煮煮，吃吃，说说话，简直到了天堂。

可是，好日子没过够，妈就病了。

其实，妈早就不舒服了，带孩子又累着了，可是她从没跟我说，生怕影响我上班，再难过都忍着，脸上总堆着笑。

我呢，也是太忙了，根本顾不上妈。别说妈了，连孩子也顾不上。当时，正赶上加油员技能比武大赛，公司让我带队去参加比赛，赛前有半个月封闭式集训，连家都回不了。妈说，你去吧，要比出好成绩！我不知道她说这话的时候，已经病了。我没有在意妈。有时候孩子接不上吃，她给我打电话，我还埋怨她，就没想想她一个人抱着孩子，手都腾不开，怎么给孩子做吃的？更没有想到，她已经病了，病得很重，她在强忍着。

我们的比赛得了奖，我高兴地跑回家告诉妈。

可是，妈没在。

家是空的！

姐跟我说，妈住院了，人快不行了……

啊？我叫起来，你们为啥不早告诉我？

姐说，妈不让。

我像疯了一样跑到医院，妈的手脚已经被绑在床上了！

身上插满管子，脖子上还挖了一个洞。

大夫说怕妈乱抓管子，就把她绑起来了。

玉英的婚事

241

妈，妈！我回来了，我得奖了！妈——

我扑倒在妈的身上。我哭，我叫，我喊。

可是，妈不言声。妈听不到。

姐说，妈还能说话的时候，跟我们说，当初她不同意你的婚事，对不起老秦，对不起你……

妈啊，妈，是我对不起你啊，妈——

我哭得死去活来。

老秦也哭得昏天黑地。

大夫说，你们把老人送回家吧，她跟我说过，要死也要死在家里。

我哭着问，还有地方能救吗？花多少钱都行！

大夫说，没用了，还是回家吧。

就这样，在我们的哭声中，妈带着一身的管子回了家。

天寒地冻的，妈盖着棉被，躺在床上一动也不动，好像睡着了。我不敢再哭出声，生怕惊醒了她。

忽然，我看见被子动了一下。

我说，爸，妈动了，妈动了！

爸说，那是你妈难受！

还是爸知道妈。

妈只动了这一下，就再也没动了。

妈走了。

在天寒地冻的日子里，在亲人撕心裂肺的哭声中。

妈走了，爸跟我说，你妈走了，我咋办？

爸的头发一下子全白了，我感觉他不是以前那个老爸了。

终于，有一天，他也病了，也是肾结石。我们一家都有肾结石，可能是水的原因。老秦给他配了草药，说老人年纪大了，最好保守治疗，用草药给化了。可是草药没有见效，爸疼得喘不上气。老秦说，不能再拖了，赶快住院做手术。

爸进了手术室，我们紧张地在外面等。出来一个又一个，还没见他出来。就在我们惊恐万分的时候，爸出来了。他说，在里面好难受，麻药劲儿已经过了，他已经醒了，可没人知道他醒了。他觉得嘴里插着东西，憋得难受，可手脚被绑着，自己动不了。他说，手术没有把我弄死，这个东西就把我弄死了。这时候，来了一个护士，他就使劲儿眨眼睛。可护士没看见，以为他还昏迷着。就在他感到自己快要憋死的时候，一个大夫进来了，他又使劲儿眨眼，还好大夫看见了。大夫说，你已经醒了？他眨眨眼。大夫又说，你是不是难受，想把管子拔出来？他又眨眼。大夫就把管子拔出来了。他刚能讲话，就说，我要见我女儿，我要见我女婿，赶紧把我的孩子都叫来！

爸的这些话，我到现在都还记得清清楚楚！

我想，妈是不是也有过这样难受的时候？她是不是也眨过眼睛？是不是没人看见她，直到她再也不能睁开眼睛！妈啊，妈——

爸出院了。他跟我说，你上班去吧，我帮你带孩子！

跟妈说的一模一样。

老秦说，不能让老人再累着。叫我妈带吧，她带一个是带，带两个也是带！

我姐说，那哪儿行啊，她老人家多大年纪了？还是我来带吧！

就这样，我的嫁到乡下去的姐，把我的孩子带走了，带到

玉英的婚事

243

乡下去了。就像当年在挑柴卖的山路上，我摔了跤，她就把我的柴火挑起来。

我在油站的工作实在太忙了，连星期天都抽不出时间去看孩子。倒是老秦去得比我多。有时候，我好不容易抽出时间跑到姐姐家，伸手抱孩子，孩子不要我。

姐说，那是妈妈呀！

草原有佳木

李老师，我是海拉尔大街加油站的，您叫我小杜就行。

说小也不小，从加油员到计量员，从副站长到经理，一路走过十一年，姑娘成了孩儿他娘。

青海没海，海拉尔也一样。站在高处四下望，呼伦贝尔大草原！歌里唱得多美啊，呼伦贝尔大草原，我的心爱，我的思念。我要给加上一句，夏天热来冬天寒！当然啦，不是加油员，体会不到夏天的热，比蒸笼里的馒头还遭罪，一天蒸透好几回。来草原思念的人多，车一直排着，油枪闲不住，想喝水都进不去屋！冬天更别提了，白毛风呜呜刮，有太阳都零下三四十，手冻出大口子。别下雪，立下立扫，雪停必须见路面。为啥？为顾客安全。

夏热冬寒，没一个叫苦的。

我作为站经理，要替员工说话！

那天晚上，来了一个喝醉的人加油，他没开车，他朋友开的。当天夜里油价要涨，开车的都赶来加油，员工忙得团团转。天都黑透了，晚饭还没吃。这喝醉的摇下车窗随口问，哎，你们站的油有过六块钱是啥时候？你听他问的，油价高高低低调过好几回了，谁还记得啥时候呢？别说新来的，就是老员工也记不住。赶巧了，给他加油的就是新员工，被他问愣了，说我不知道。这人当时就拉长了脸，推开车门下来，他妈的，你跟谁说话呢？你不知道在这儿干吗？说着出手就推搡，还要打人，吓得新员工到处躲。值班经理赶紧跑出来，好说歹说才把他劝走。想不到，第二天他竟然打电话投诉，说员工搪塞他，还打他骂他。我接到投诉单，打开监控一看，气不打一处来，明明是他酒后无理取闹，反而倒打一耙，这叫什么事？我的员工太委屈了，一旦被投诉，就会影响绩效考核，扣分扣钱。这不行！我就跑去找监管科申诉，又向公司申请无效投诉。公司经过核查，最终认定了无效投诉，为员工讨回公道。当然，按规定，还要让我跟这人道歉。道歉就道歉，我可以受委屈，不能让员工受委屈，不能让员工对企业失去信心。我们的员工为啥来这里？就是因为看好中石油的品牌。公司公平公正，没有一味偏袒顾客，让员工看到了希望，也让团队增强了凝聚力。

说句实话，我当经理全靠员工支持，我也必须支持员工。就像带兵打仗一样，打仗要靠兵，光杆司令咋行？我就是一块铁，能打几颗钉？我就是一棵树，能破几根柴？还得靠大家。来站里加油的是啥顾客，是难缠的，还是通情达理的，我一搭眼就知道。我跟员工说，遇到难缠的，你们就少说两句，把我的名片给他，让他来找我。有事我担着，不能让你们吃亏。

我们这个站，不管是油也好，非油也好，要完成公司的销售任务，压力非常大。不但大家要团结一心玩儿命干，还要想办法开发客户，增加收入。

为了开发客户，我绞尽脑汁。吃嘛嘛不香，睡哪儿都失眠。

有一天，我上班路过光明油站，看见环卫的一辆大车在加柴油。好家伙，车大油箱大，咕嘟嘟，咕嘟嘟，加一次真够肥的，馋死我了！光明站场地小，门口还有栅栏，车加完油后，往前开老远才能折回来。我看着这辆车笨笨地往回折，突然感到不对，哎？环卫用油一直是直销的，就是从油库直接购买，我们根本无法插手。这辆车咋跑到光明站来加油了？这是怎么回事？难道他们用油的方式改变了吗？

不行，我得问问！

眼看这辆车开到跟前了，我急忙冲司机招手，哎，哎！表情非常紧张。

司机一踩刹车，啥事？

师傅，我跟您问个路。

嘿，我还以为啥事呢，说！

我本来想说兴安路咋走，一着急，说成天安门咋走？

啊？司机都听傻了，眼珠子一瞪，咋走？往北京走！

我转脸一笑，哈哈哈！跟您开玩笑呢，我想问问您，您咋跑这儿来加油啦？原来不是直接去油库吗？

哟嗬，你倒挺内行啊。我们改制啦，走市场啦。拜拜！

说完一脚油门，轰！走了。

他走了。我乐了。他们走市场了，我的机会来了！

我顾不得上班了，扭头就往环卫车队跑。车队所在很僻静，一辆辆的大车停在那儿，司机们忙着擦洗维护。

我瞅准一个面相善的，师傅，你们加油的事谁管啊？

我不知道，你问我们车队长吧。

谁是车队长啊？

你是干吗的？

我是中石油大街站的，欢迎你们到我们站去加油！

哦，这事你还是问队长吧。

谁是你们队长啊，能带我去见见吗？

我没看错人。他热心地把我介绍给了队长。

队长姓赵。一开口，我就听出他的乌海口音。果然，他是乌海一家环保公司的。海拉尔市环卫改制，他们竞标成功，承包了所有的工作，工程不小，用油多多。我把名片递给他，说你照顾照顾我们的生意吧。他笑了，加油是项目部的事，杨主管负责。他现在没在海拉尔，我把电话给你，你自己联系吧。

我如获至宝。

可是，这个电话诚心为难我，左打不通，右打不通。好不容易通了，刚响两声，吧嗒，又挂了。

你挂了，我再打。就不信！

打啊打，打得我都烦了。

终于，通了。我还没说话，对方先吼起来，再打我报警了！

哎哟喂，把我当骗子了。

这也难怪。如今骗子遍地，我看见陌生号也是一挂了之。

我不打了，发了一个短信过去，做了自我介绍，说明了心愿，还配一张笑脸儿。

哦，对不起！到底是项目主管，他主动回电话了，等我来海拉尔再说吧。

说完把电话挂了。后来我才知道，他是乌海、海拉尔两头儿跑。

总算有了回答。可他啥时候来海拉尔呢？总不能天天打电话问吧，不能让人家烦了。而且，我隐约感到好像他有意在躲我。做项目的都这样，多一事不如少一事。想来想去，我又来到车队找赵队长。赵队长，谢谢您，我跟杨主管打通电话了，他说等他来海拉尔再跟我联系。如果他来海拉尔了，您一定知道，能不能告诉我一声？你让我通风报信？是啊是啊，求求您了！那可不能说是我说的。绝对，我冲天发誓！

当我突然出现在杨主管面前时，他吃了一惊，你咋知道我来了？

嘿，瞎猫碰死耗子！您这个办公室，我每天来三次。

真难为你了。我就是属耗子的，可我还活着呢！

哈哈哈！我大声笑起来，杨主管，您真幽默！

再幽默也解决不了你加油的事。我们改直销为加油，为的是好管理。光明站离我们车队近，我们就到那儿去加。

杨主管，你们来不来我们站加油没关系，您听我说说我们站的情况，做个比较，走过路过别错过，好吗？您看啊，光明站离车队近不假，但，一是场地小，大车转不开；二是门口有栅栏，车加完油还要往前走老远才能折回来。进也难，出也难。相比之下，我们站在学府路南侧，下了海拉尔桥就是，道路又宽又平。油站场地特别大，没遮没拦，环卫车，清扫车，除雪车，这些都是大型车，在我们站里转得开，进出也利索。如果您能决定在我们站定时加油，我就来个VIP，把加油机预留出来，汽油、柴油都预留，你们的车来了就加，不用排队，方便快捷。再一个，不分淡季旺季，我们都有优惠。你们夏季洒水用油少，冬季扫雪用油多，不管淡季旺季，用油达到数额，我都可以申请折扣。再有，你们在乌海加油给的啥优惠，给的啥赠品，您提出来。我保证只会多，不会少。最后，我们站的员工都是年轻人，业务精通不说，还火力旺，可以协助你们登记造册、监督管理，减少差错，降低成本。

我竹筒倒豆子，噼里啪啦。

杨主管两眼笑成豌豆芽儿。

后来，他到我们站做了实地考察，所见不虚。向公司一汇报，就跟我们签了合同，成为我们固定的大客户，年消费不低于三百万。

拿下这个大客户，我信心倍增。打这以后，我支起耳朵瞪大眼，随时注意寻找商机。

有一天，站里来了个顾客买润滑油，只买一小桶。我看他像工地的工人，车也像工地的，就问你买这么点儿润滑油干啥？他说工地临时补充。我问你们工地在哪儿啊？他说远着呢，南屯！南屯在鄂温克方向，离市区有四五十公里。我说往后你们要是用得多，我可以免费送，这么远你们就别跑了。他说行啊，谢谢啦！说完就走了。他走了，我还有话，就追出去，师傅，你们工地是干吗的呀？他说做混凝土的。我一听，做混凝土可不是小活儿，得有几十号工人。又追着问，你们有自己的食堂吗？他说有啊。我顿时来了精神，你们的米、面、油从哪儿买啊？他说，嘿，没准地方，瞎买！我说那哪儿能保证质量啊？可别吃了陈糠烂谷子。你把地址给我，我给你们送点儿去，你们先尝尝。好吃的话，以后就从我们的便利店买。打个电话，我送货上门，还给你们最低价。他说那当然好，就把地址、电话给了我。

第二天，正好轮到我休息。得，也别休息了，心里有事啊。我从便利店买了米、面、油，还带上日用品的价格表，开上车就走了。

我没去过南屯，不识路，又开导航，又打电话。道儿特别难走，坑坑洼洼。我开的是轿车，底盘低，一路刮得稀里哗啦的。半路又下起雨来，水一脚，泥一脚，好不容易开到了。一进工地，我就看见了那个买润滑油的。我认识他，他不认识我了。我说，我是你买润滑油那个加油站的，才过一天就不记得了？哦，他抓抓脑壳，你那天穿的制服，换便装我就不认识了，也没想到这么远你还真来了！我说我给你们带来了米、面、油，不要钱，是我买的。你们先尝尝，好吃的话，就给你们送货上门。不管你们要多少，哪怕一袋也给送！还有这价格表上的日用品，你们也看看，要是觉得便宜，我一块儿送来。我这样说着，工人们都围上来，说不用吃就知道你的粮食好！后来我才知道，买润滑油的这位不是普通工人，是队长。太好了！

趁着送粮油，我特地看了看他们食堂。一搭眼，就知道几张桌子大概能坐多少人，每个月需要多少粮食。再看看他们的米、面、油都是啥牌子的，了解了他们的消费水平，我心中就有数了。临走，又看了看他们用的机油，我说，我们站卖的是昆仑牌润滑油，保质保量保设备，以后要用就说一声，我也给送，节省你们时间不说，来回路费能省多少啊？

过了半个月，没动静。哎哟喂，吃完就没动静了？不行，不能白吃！我就给队长打电话，喂，米面你们吃着咋样啊？他说吃得还行，就是价格有点儿高。我说你们要长期买，可以打折，价格还能再低点儿。你们也想想，你们出来买，一是买不到这样好的粮食，再一个还要花油钱，里外里就不合算了，是不是？他说那也是，行，往后就进你们的粮油吧，其他东西有需要的也告诉你!

得，就这样，我发展了一个非油的固定客户。不大，也不小。

我跟员工们说，不管是油还是非油，只要卖出去就是胜利，我们要学会开口营销。就拿便利店说吧，大家的角色一定要转换过来，把它当成自己家开的小卖部，来人了就要张嘴卖货，问问顾客需要啥，买点儿啥，张嘴三分利。人家本来没想买，可你一张嘴，美女，帅哥，我们店现在啥啥商品搞活动、打特价，您来一包吧! 都是常用的，坏不了。您去商场超市，不一定能碰上特价。你这样一说，人家也许就买了。你就成功了，你也挣钱了!

李老师，做买卖真的会上瘾，特别是成功了，挣钱了，那瘾头儿就大了去了。我再跟你说一件买卖啊——

去年夏天，呼伦贝尔的热又来了。笼屉里的馒头又蒸上了。

一天下午，我正在便利店巡视，看哪些商品要添货，忽听旁边有顾客在聊天儿，说他们单位要给员工发防暑福利，好像是饮料啥的。我一听，哎哟，我们店里有不少饮料啊，能不能从我们这儿买呢? 没等我搭话，他们好像有啥事，急匆匆地走了。我问店长，他们是哪儿的? 你认识吗? 店长说是机场的，不熟。我一听就乐了，机场的? 那是大客户啊! 要是能买我们的饮料多好! 店长说又不认识人家，能行吗? 我说哪儿有现成的买卖，人有多大胆，地有多大产!

我决定去机场试试运气。

干咱这行，就是要脸皮厚。

我脸皮早就厚了，千锤百炼了。不论是面对形形色色的顾客，还是领导的训斥，都是我练脸皮的好机会。一开始领导训我，我还哭鼻子。现在不会了，你训我，错了坚决改，没错就听着，脸皮可厚呢！

我带上站里比较畅销的饮料，红牛、绿茶啥的，拽起店长就去了。到了机场一打听，管福利的是后勤办公室，主任是男的，姓金。我一听是男的，就觉得事情有门儿。如果是女的，失败概率大。

我们连问带闯，找到了这位金主任。哎哟，浓眉大眼国字脸，头发锃亮，裤线笔直。在他的老板台对面坐下，我把名片递上。他连看都没看就放桌上了。我说，我们是中石油加油站的，有点儿事想咨询。他说，啥事体？哎哟妈，上海人！糟了，可别听不懂。管他呢，我硬着头皮说，我们加油站在东山下面，离机场很近，您一定去加过油。他没吭声。得了，我也别绕了，单刀直入吧，金主任，听说你们要给员工发饮料，我们便利店里有很多品种，都是从正规渠道进的，发票也能开，能不能买我们这儿的呢？要是买得多，价格肯定优惠。我今天带来了几个品种，您看看……

没容我掏出来，他就站起来送客了，吾晓得了，这事体阿拉要与领导打商量。得伐起，哉卫！

哎哟喂，他拿领导说事，把我们支出来了。还说对不起，再见！

店长闹个大红脸，我说白跑吧。

我脸不变色心不跳，没白跑啊，收获大大的有。

啊？

啊啥？一、确有此事，机场当真要买饮料；二、这事就归

草原有佳木

他管，找别人没用。下一步就攻他！

我要想攻一个人，招儿多得很。首先发动亲戚朋友，特别是微信朋友圈，谁认识机场金主任？谁能为我搭桥？事成之后必有重谢！呵呵，如果这招儿不成，就走上层路线，动员各位长官，不信没人认识他，只要认识就好办。在中国，没有好办的事，也没有办不到的事！再说了，我又不是干坏事，就是想推销店里的非油。

朋友圈真是万能啊，秒杀就有了回音：店长的一个同学，也是我的好友，正好认识这位"阿拉仨海您"（我们上海人），同为老乡不说，还熟得皮裤套棉裤，三天不见百爪挠。这真是瞌睡来了碰着枕头！

啥重谢不重谢的，她跟我说，谁不知道你呀，顶多两箱矿泉水！

哈哈哈，我笑起来，矿泉水咋啦，那是我们中石油自己生产的名牌"武夷山"，你在外边儿还买不着呢！

得了，得了，留着你的"武夷山"去孝敬金主任吧！我把时间约好，你就带上各种饮料去见他吧！

朋友就是朋友，十年没见好像昨天才分手。

我按照她给约好的时间，第二次见到了金主任。

侬耗！凡切了伐？

哎哟喂，一见面他就客气得不行不行的，可见朋友把功课做足了。你好，吃饭了吗？我心说，都十点了，问我吃饭了没有？问的是啥饭啊？早饭吗？太晚了，中饭还没到呢！

我赶紧来一句话刚学的上海话，霞霞侬！

然后，也别说客气话了，说来说去再说岔了气儿。我把带来的饮料掏出来，一长溜儿摆在老板台上。

金主任，这些样品都留给您，您跟领导商量商量，看有没有符合要求的？如果没有，你们想要啥就告诉我，我们再想办法进。中石油有的是办法，保质保量保优惠。送货、搬货、开发票，这些都不用您操心，我们一定办得妥妥的。

他笑得大嘴咧成瓢，霞霞侬，霞霞侬！

得，跟我刚学会的一样。

过了两天，我第三次应邀去见这位国字脸的"阿拉仨海您"，就直接签合同了。

您猜他买了多少钱的？小十万！

而且说了，以后再需要什么，还从我们站买！

一桩非油大买卖，就这样成了。

李老师，我就讲讲这些销售的事吧，别的方面让其他人讲。我们站里，每个人都有故事！

我笑了，谢谢你，小杜。我还不知道你叫啥名字呢！

她也笑了，我叫杜佳楠！

正说着，她手机铃响了，是乌兰托娅唱的——

呼伦贝尔大草原，我的心爱，我的思念……

我跟上一句：这里有佳木，快乐在油站……

草原有佳木

255

查干鱼

　　说起来很悲催，我年过七十了，没吃过查干鱼肉，也没见过查干鱼跑。

　　鱼跑？好像用词不当，那就改为鱼游。

　　不过，关于查干鱼的传说，倒是有所耳闻。说产于吉林前郭县查干湖的胖头鱼，肉质细嫩，鲜美纯正，个大体肥，肥而不腻。听着像给京城天福号酱肘子做广告。还说，此鱼富含人体所需的蛋白质、氨基酸、高不饱和脂肪酸以及多种微量元素，名堂多了去了。更说，辽代皇帝圣达宗，每年都要千里迢迢从京城赶到查干湖"春猎"。这位喜欢玩猫捉老鼠，率家眷来到查干湖，在冰上安营扎寨后，命人将帐内一处冰层刮薄，游动的鱼便清晰可见。隔冰观鱼，龙颜大悦。审美疲劳后，口水涌出，细嫩鲜美何不慰劳于朕？随命人将薄冰击破，鱼便跳上冰面，端上餐桌。一条不够，再来一条！吃撑了有健胃消食片。

　　连皇帝都爱吃的鱼该有多金贵啊！所以，每年捕鱼季，查干湖人满为患，竞相淘宝。捕前祭祀隆重庄严，斟酒烧香，喇嘛念诵。捕上来的查干鱼，有的一条能拍卖出几十万！于是，不法商贩闻腥而至，出现了"洗澡鱼"。何为"洗澡鱼"？就是把别处的胖头鱼，放在查干湖里洗个澡，以假乱真。这招儿实在无新意，冒充大闸蟹的"洗澡蟹"，早已在阳澄湖里洗了多年，够不够了。然而，仍屡洗不爽。

此蟹非彼蟹，此鱼非彼鱼。

买的人哪儿分得清？入口即化，连说好吃好吃！

哎哟喂，说了半天还没进正题。别急，这就来。

其实呢，这也算正题了，题目就叫查干鱼。

查干鱼和加油站有关系吗？

有啊！

在吉林松原市，我见到了镜湖加油站经理张清华，一个快人快语的美女。她开口就说，李老师，我给你讲个卖查干鱼的。

嘿哟，我笑了，没吃过查干鱼肉，也没见过查干鱼跑，听听卖查干鱼，也解个馋！

可是，一坐下来，她没讲卖鱼，讲起卖油啦。

我说，你不是讲卖鱼吗？

她说，嗨，卖鱼由卖油引起……

我2008年来的中石油，一线全做过。

最搞笑的是，我当经理来到这个站才一天，得知日销量三吨左右，好像不咋多！第二天，公司领导就找我，问我日销量为啥比同期下降？我一听头都大了！啊？我才来一天，连员工叫啥还没弄清，我咋知道？这是我当时的心里话，可我没说。

那我咋回答的？我说，好的，我总结一下，马上写份报告！

领导点点头。表情很灿烂。

不管我来了一天还是半天，现在毕竟是这个站的经理，有责任把销量下降的原因搞清楚，总结经验，以利再战。

于是，我开始找原因。

耳听为虚，眼见为实。

我往门口一站，只见路上车来车往，唰唰唰地从我面前开过，没一辆停下来加油的。

哎哟，起码也进来问个价啊！没有。

屁股一冒烟儿，走啦！

这是咋回事？

不行。我起急！

我把车打着火，跟上去就撵。

眼看撵上一辆，开车的是个光头。

我一脚油门儿，抄在他前面，大喊一声，停车！

光头吓蒙了，马上把车停下来。

师傅，请您下来！

咋的了？我没违规啊？

我笑了，我是镜湖油站的。

啊？老妹儿，你吓我一跳！我还以为你是警察呢！

对不住啊，师傅，我问您个事。

啥事？

您的车在哪儿打油？

前面那个油站！

前面那个？

你不知道？新开的。

哦，是个体的吧？

是啊。

他们的油比我们便宜，对吧？

那当然。

每升便宜多少？

两毛。

好吧，就算便宜两毛。师傅，我再问您，您在他们那儿打的油，是不是全用光了？剩没剩油底子？

他愣了一下，剩了。

剩多少？

他伸手比画了一下。

呵呵，这点儿最少是五十块的量。可是用不成了，废了，等于扔了五十块钱。您算算啊，一桶油二百一十五升，白扔掉五十块，里外里这两毛钱又找回来了，跟我们的油价一样了，对不？

啊？光头有点儿晕，那你们的油就没底子啦？

哎，您问着了，我们的油半点儿底子都没有，保证您一桶油用到底！我们除了保质保量，还经常开展优惠活动，打油送礼。比如……现在就送棉手套，只要您打油，就送给您十双二十双的！

光头的眼珠一下瞪大了。

不光送手套啊，矿泉水啊，润滑油啊，连充值都有优惠。

我一边忽悠，一边琢磨，优惠以后肯定会有，但是眼下我刚来，也不知道有啥活动。为啥说到送礼我结巴一下，很快说出送棉手套呢？因为我刚在淘宝上看到了，物美价廉，我可以自己掏腰包买一批来当礼品，不放空炮。

光头说，老妹儿，不瞒你说，你看我车上装的桶了吗？我就是去打油的。

我一看，可不？车上装了十几个桶。大户啊！

查干鱼

259

老妹儿，我啥也不说了，你的油好，又有礼品，就打你的！

我说，你别急，也别光听我说。这回你还是到前面去打。我用矿泉水瓶给你装上一瓶我们的油，你回去再把他们的油装上一瓶，两瓶同时沉淀下看看，有啥不同？如果你找到感觉了，的确是我们的油好，欢迎你下次来打！

说着，我从车里拿出来一瓶油。

哎哟，你有现成的？

哈哈！这是我打算做入户宣传用的，你先拿去吧。

谢谢啦，老妹儿！

我又拿出两个面包，哥，你带在路上吃吧。

面包出手，"师傅"也改"哥"了。

人家一口一个老妹儿，我再叫师傅就见外了。

光头有点儿小感动，谢谢啦，老妹儿！

拜拜！

看着他的车开走了，我心里很踏实。

欲擒故纵，好饭不怕晚。

我相信自己，我更相信我们的油！

过几天，沉淀出结果了，相信他会来！

没想到，好事来得太着急！

我还寻思过几天呢，想不到第二天他就来了。

车上又装了十几个桶。

老妹儿，离老远他就喊，我回去刚一沉淀，他们那瓶就露馅儿了，你们这瓶透亮的，简直了！村里人都托我来打你们的油！

哥，欢迎，欢迎！

事情就这么凑巧，他来了，快递也来了。

啥呀？我买的棉手套！

哈哈，礼品兑现！

我没看错，这位哥不但自己是大户，又是个热心人。

就这样，我们油站的信誉无脚走千里！

村连村，户连户，来打油的越来越多。

日销量从三吨猛增到七吨。

我把下降的原因和增长的原因，一起写了报告交上去。

公司领导笑了。表情很辉煌。

好啊，他说，油上去了，非油也要跟上啊！

得，卖油引来卖非油。

说起非油，当地最有特色的当然是查干鱼。

每年12月中旬捕查干鱼，盛况年年上央视。去年直播，头鱼卖了九十九万，吓死人！鱼是一样的鱼，第一条打上来的叫头鱼，好比雍和宫春节第一炷香，就是贵！

查干鱼开卖了，经销商蜂拥而至。商品紧俏，刚需硬核，百分之七八十都卖给了京东，剩下的再批给经销商。中石油能被授权经销，真是来之不易。

渔场批给我们五百条鱼，每条都粘着防伪标。查干鱼年年有假，今年特意做了防伪标。标控制得很严，一鱼一标，掉了不补。我担心在运输途中蹭掉，想多要几个都不给。

五百条鱼拉到油站，堆成一座山。天冷鱼冻，一直能卖到春节。

查干鱼刚需硬核，当然是指批发。

批到我们手里只能零售，而零售要有功夫！

一条鱼三四百，再好吃，买起来也咬牙。

哪儿有那么多皇帝呀！

能把价格不菲的查干鱼卖出去，那叫本事。

俗话说，买的没有卖的精。所谓卖的精，不光要能说会道，还要眼观六路。来的人是不是买主，他买不买，一定要瞅准。要是瞅不准，把稻草说成黄金也没用。白费唾沫不说，兴许还耽误了真正的买主。这里头学问大了去了。我一线全做过，当然包括站柜台。老司机了！

卖鱼第一天，我早早就赶到店里。

一只喜鹊迎面飞过，喳喳喳！

哎哟喂，开张见喜，莫非今天有贵人来？

正琢磨呢，一辆坦途大皮卡进了站。好车啊，小六十万！

我急忙迎上去。开车的爷们挺帅。车里还坐着三位。几个人年纪都差不多，四十郎当岁。

帅哥，您加油吗？

我油箱满着呢，买点儿水！

您要啥水？请进来挑吧，我们的品种多了！

行，我挑两箱！

我一瞥他的车，好家伙，车斗里码着十几条大鱼！看样子是专为买鱼来的。鱼买好了，备两箱水在路上喝。这要是碰上一般的买卖人，人家鱼都买完了，也就没有生意了。可是，他碰上了我。我是谁呀！我多看了两眼装鱼的纸箱。没错，是红的，跟渔场的一样。然而，红得有点儿过了。

这时，帅哥选好了两箱水，我让员工帮忙搬上车。

趁着帅哥付款，我就抓紧搭话——

帅哥，买这么多水，路不近啊！

可不，回山东！

您这是从哪儿过来的呀？

哈尔滨！

来看冰雕？

不是，老同学聚会。

哦，难得，难得！聚会完了，买点儿鱼回去？

可不，来的时候就打算买查干鱼。

您这鱼是在哪儿买的？

咋地？

没事，跟您唠唠嗑。

在市场买的。

他一说在市场买的，我心里就亮了：十有八九是冒牌货！

帅哥，不是打消您的积极性，您这鱼可能不是查干鱼。

啊？

您让我看看行吗？

看啥？

看有没有防伪标？

防伪标？

是啊，查干鱼年年有假，渔场今年特意做了防伪标。您看我们摆在门口的鱼，条条都有防伪标。

哎哟！

我帮您看看！

说着，我打开纸箱，把鱼来回一翻，没有！

帅哥，这绝对不是查干鱼。您是多少钱买的？

查干鱼

263

一百多块一条吧。

太便宜了！查干鱼没这个价！您再跟我们的鱼比比，我们的鱼，头又大又圆。您这个鱼，大是大，但头是扁的。这是从外地拉来的"洗澡鱼"！您要想吃到纯正的查干鱼，还得是我们这样的，又有渔场授权，又有防伪标。您看，渔场的授权书就挂在门上！

这可咋整？帅哥抓起了脑壳。

帅哥，您大老远地跑来，买回去的却不是真货，有点儿冤枉啊！要不，您再来点儿我们的？您都买了那么多了，也不能让您再多买，您就买一条，回去尝尝，到底哪个美？不知道您是自个儿吃啊，还是拿去送礼。如果是送礼，就不要送这条正宗的了。快过年啦，留着自个儿吃吧。按说呢，送礼应该送好的，可您没那么多呀！就一条，还是留着自己吃吧。要是吃好了，还想要，我给您留个电话，您言语一声，我走顺丰给您速递过去。不过顺丰的费用贵点儿。您要是不急，我就走中通。大的，您一条给十五块邮费，小点儿的十块就行。

听我这样说，帅哥一脸感动，买买买！

我越不让他多买，他越要多买，说一条不够，最少来三条。

跟他一起来的三位也动心了，每人也要买两条。

好家伙，里外里，一下子卖出九条！

一条好几百！

送走皮卡车，站里的姐妹们抱成一团儿，高兴得直叫。

想不到，好事还没完！

也就五个多小时，帅哥还没到山东，就来电话了——

老妹儿，你给我速递十五条！走顺丰，不差钱！

啊，您再说一遍？

给我速递十五条！走顺丰，不差钱！

天哪，我这是哪辈子修的福啊！

我刚把鱼给帅哥发走，他一箱大苹果就速递过来了，说也让我们尝尝鲜！我说，哎哟，多少钱我给您打过去！他说你要给我钱，明年就不买你的鱼了！哈哈哈！

帅哥给我们带来了好运。没到春节，五百条鱼全卖光了。我跑到渔场，死说活说，人又批给我们七十条，也全卖了！

非油的销售任务超额完成！

这天，我在店里正往外发鱼，进来一个模样儿挺俊的女人，穿着不俗。哎哟，大户啊！我急忙迎上去，姐，您要买点儿啥？她说我没啥买的，进来看看！我心说，你进来了我就不能放过。我跟着她，边看边忽悠，她哪儿经得住我这张嘴呀，锅碗瓢盆买了一大堆。末了我说，还剩一条查干鱼，您也带上吧，便宜点儿！她说好啊！

要结账啦，她说，等等，我家那位马上就来，让他刷卡！

话音刚落，一辆小车进站，下来一个人。

说曹操，曹操到，他来了！

我抬眼一看，当时就傻了。

李老师，你猜来的人是谁呀？

我们公司领导！

他来我们站检查工作，约好太太也过来，完事一起回家。想不到，太太先来一步，被我忽悠得买了一堆东西。

他把银行卡递给我，说你真是推销有方啊！

我没敢抬起头来，不知他的表情如何。

天使

在三个月前的重新竞聘中，80后徐永明以0.01分败北，"掉进万丈深渊"。

徐永明有个天使梦，他在动画片《灌篮高手》陪伴下读完了高中，想考医学院，当白衣天使。可惜，高手是动画片里的，他没能如愿，好歹上了呼伦贝尔学院。毕业后，从老家赤峰背着铺盖卷儿来到呼和浩特，加入了中石油的队伍。先在公司做白领，后来自己要求下到一个偏远的加油站去锻炼。枯守荒原，备尝艰辛。没有自来水，就打井水。晚上跟老鼠一起睡觉。他睡了，老鼠不睡，咯吱咯吱，不知在哪儿吃夜宵。几年后，他竞聘到呼市一个标杆加油站任经理，万丈霞光！想不到，好景不长。

李老师，落选后，我心灰意冷，想不干了，回家抱孩子。

后来，当我见到他时，他这样对我说。

我笑了，你抱孩子，你爱人干顺丰？

他也笑了，我爱人也这么说，她两眼一瞪，抢我饭碗儿是吗？咱们夫妻一场，分居小十年，蹚过多少坑洼才调到一起，容易吗！落选咋啦？竞聘的大门永远开着，你就不能咬咬牙干出成绩再去比？当初你自愿下到鸟不拉屎的地方为了什么？刚遇到个坎儿，就想当宅男，你还是个爷们吗！

我爱人和我是大学同班同学，一顿砖头瓦块把我砸醒了。公司文件上写得很清楚，三个月后还有竞聘，我前头不是绝路！

可是，没有职务，也没有地盘儿，能干啥呢？抢银行吗？

我郁闷地到处乱转，转到一家超市门前，迎面冲过来一胖子，一脸的喜感，哥，办张卡吧，持卡购物优惠多多！说着，把卡戳到我眼前，不用银子，填个手机号就行！

啥？办卡？

我眼前唰地划过一道闪电——

中石油总公司为维系客户，也开发了一种优惠卡，是为医务人员量身定制的，叫"天使加油卡"，每办一张卡还给十块钱奖金。本来挺美的事，因为怕麻烦，再加上忙，这张卡在呼市就没推开。哎，这可是个好活儿啊！不需要职务，也不需要地盘儿，脸皮厚就行。推销多了，就是成绩！

天无绝人之路，我当不成白衣天使，就当推卡天使！

说干就干，马上找到管理科科长，说我要推天使卡。科长说好哇，我就知道你行，我看好你！说吧，要多少张？

哎哟，从来没推过。我狠狠心，先来二百五！

哈哈哈，瞧你要的这个数！呼市是自治区首府，连大夫带护士的，海啦！我先给你申请一千张！

哎妈呀，一下子放大了四倍，我晕！

晕归晕，我毕竟是未来的天使啊，眼珠儿一转来了主意，科长，您看啊，这卡是全国统一的，都是一样的折，咱们公司能不能再给我让点儿利，来个精准扶贫？

你小子真不是省油的灯，怪不得能跑野地里一窝好几年！

天
使

267

你既然提出来了，我去争取个试试。

两天后，馅儿饼直接掉进我嘴里——公司决定，在天使卡原有的优惠上，每升油再让利一毛五！

哎哟喂，我高兴得睡不着，一大早爬起来就往附近一家医院跑，先把窝边儿草吃了再说！

找谁呢？总不能逮着一个就问，哥，你要卡吗？那不找着让人家扭送精神科嘛。想来想去，想出个苦肉计，来到胃肠科，假装疼成个茄子，大夫，救命啊，我胃疼得猫抓似的。大夫仰起冬瓜脸，你挂号了吗？我说，没挂，我是想跟您商量个事。啊？啥事？我想跟您介绍一下"天使加油卡"……没容我掏出卡，冬瓜脸一下子拉成锅炉，你这是干啥？赶快走！别影响我看病！不由分说地把我推出来，到门口还跟护士说，你怎么放他进来的？他根本没病！

他瞪护士一眼。护士瞪我一眼。我瞪地一眼。

还好，他说我没病。

吃了闭门羹，痛定思痛，想起他说的关键词：挂号！

赶紧跑到挂号厅，一看，大家都抢着挂专家号。我心里一热，如果专家要了卡，还愁冬瓜脸吗？得，我也挂！

挂号的问我，啥科？胃肠科。拿钱来！有专家号吗？没有。哎哟，我胃疼得要命，想找专家看看。那你只能去胃肠科等着，看有没有挂号没来的。得嘞，谢谢您！

来到胃肠科，妈呀，好大一堆人，都吃啥啦？叫号的小护士看我扭成个茄子，说你等着吧，有没来的我叫你。这话真给力，我一脸感恩。等啊等，等了一上午，没有不来的。小护士说，没戏了。我说，上午不行还有下午呢，我接着等。嘿，下午还早着呢，你先去吃口饭，来得及！她这样一说，我肚子真闹病了，咕噜噜，咕噜噜，这才想起早上急得没吃饭。起大早，赶晚集，悲催啊。正悲痛欲绝，小护士忽然叫起来，最后这个没来，你快去吧！我连谢都没谢，哧溜一下钻进诊室，比耗子还快。

专家是个老太太，她正准备起身，见我进来又坐下了。你有啥不合适？我稳了稳神儿，可不能一上来就说卡了，要打亲情牌。大夫，我胃疼得狗刨似的，实在受不了啦，要不也不来，班上忙着呢！我是加油站的工人，车来车往，吃饭没个点儿。大冬天的，正吃着来加油的了，放下碗就去，加完油饭都成冰了，也顾不得热。老太太说，干你们这行真够辛苦的，没冷没热，很容易落下病。这样吧，我给你开个单子，先去做个胃镜。我看她一脸慈悲，哎哟，有门儿，被我拿下了！马上掏出卡来，大夫，借着看病的机会，我跟您介绍一下我们近期开展的办卡活动，条件很优惠，折上还有折……话还没说完，慈眉善目突然变成金刚怒目，你到底是来干啥的？把我当小孩子？不瞒你说，昨晚上一个骗子打电话来，奶奶奶奶叫得我牙酸。我跟他说行啊，先给你十万，你准备车吧！他说这点儿钱用不着车。我说你想啥呢，十万大砖头！

老太太说着，连推带搡，把我轰出门。她还真有劲儿。

我坐在医院门口，走也不是，不走也不是。本来咕噜噜的肚子也和谐了，一点儿吃饭的想法都没有了。

咋办？难道天使的翅膀就这样折断了吗？

正愁肠千转，手机响了，是工会主席打来的，说下周运动会想让我当解说员。我哪儿有心思啊，嗯嗯两句就挂了。突然，超市门口引发的闪电，再次划破眼前的黑暗——

啊？工会！

夏天发白糖绿豆，冬天送手套袜子，各种福利不都是通过工会发给我们的吗？"天使加油卡"也是给大夫们送福利啊，我为啥不去找医院工会？

我一拍脑门儿站起来，走，肯德基！先大餐一顿慰劳慰劳，再给自己壮壮胆。

大餐过后，信心满满。想不到，问谁谁也不知道工会在哪儿办公，就连保安都摇头，还把我上下打量了三遍，你是干啥的？我这才发现自己穿得跟叫花子似的，为啥没穿工作服呢？太失败了。

没人知道，我就自己找。医院一共六座楼，我挨着找，张郎找李郎，找到麦子黄，费尽洪荒之力到底找着了，还是主席办公室。找的就是他！一敲门，没人。可能还没上班，我等！

守着空空的楼道，想起一句老歌：你知道我在等你吗？

痴痴一下午，梦中情人也没来。

天黑了。下班了。没戏了。

明天再来，我就不信！

走出医院，一步三回头。

入夜，辗转难眠，心机满满。第二天一大早，穿上工作服就跑，比看病的都急。守到八点多，楼道里走来一个四十多岁的男子，面色红润，头发溜光。只见他开门进了主席办公室。还能是别人吗？

他进门，我敲门，也没等他说请进，我直接就进去了。

主席您好，我是中石油的，我们工会主席让我来找您！说完这句台词，心跳得张嘴能出来。哦，你们工会主席？谁啊？

我答非所问，你们一起开过会啊！我叫徐永明，是加油站经理，我们单位为医院定制了"天使加油卡"……还没说完，他就堵上来，我没时间，八点半还要开会。您就给我们主席一个面子，听我说两分钟，说完立刻走，我忙着呢！听我这样讲，他愣了一下，我趁机满嘴跑火车，呜呜呜！一口气把天使卡说了个底儿掉，末了，给他一句，这么美的事，等着办的医院多了去了，我根本忙不过来！要不是我们主席关照您，大老远的我才不跑来呢！再见！

说完再见，拔腿就走。

腿是拔了，人没离屋。

哎，徐经理，你别忙走！

机会终于来了！

坐上他让的椅子，喝上他倒的茶。"八点半的会"早没影儿了。

这位主席姓董，他说你叫我老董就行。我说那哪儿行啊，您这么年轻这么帅！我边说，边优雅地把卡掏出来，您看，这卡设计得多有品位，海鸥、白云、红十字，还有一颗爱心，都是歌颂白衣天使的！董主席，口说无凭，我现在就给您办一张，您马上去加油，看看到底有没有优惠？

你现在就能办？

我笑而不答。打开包，取出电脑，又拍出二百块钱放桌子上。

董主席，我先给您办一张二百的，然后跟您一起去加油。随便您到中石油哪个站，如果没有优惠，这二百块我送您！

他笑了，我不缺这二百块，你快收起来。这卡要真是像你说的那么好，医院办起来可不是一两张，我得为大家负责。来吧，这螃蟹我先吃了！

我当场给董主席办了卡，充上钱，然后坐上他的车去加油。一刷卡，哎哟，真有不少优惠，他当时就乐了，徐经理，大夫护士是天使，你也是天使啊！我们研究研究，你等我信儿！

董主席真是个办事的人，没到中午就来信儿了，徐经理，我们研究过了，我先在电话里给你说说，这件事，能不能转个弯儿，就说是我们工会主动找的你们中石油？我说太能了，您就这么说！那好，我再问你，卡在哪儿办？我去你们医院办！

想不到，没过十分钟，电话又追来了，徐经理，你下午两点就来吧，会议室都腾出来了！

哎哟喂，幸福来得太猛烈，我当时就疯了，冲着看不见的老天爷杵了个剪刀手，耶——

董主席无比辉煌的业绩是这样的：通知，通知，工会积极为本院有车族争取到中石油的"天使加油卡"，在原有优惠的基础上，每升油再优惠一毛五，欢迎大家前来办理！

一时间，喜大普奔，点赞的把董主席的手机都打爆了。还不到一点钟，办卡的大夫护士就挤满一楼道，跟过节似的。排在前边的两人瞅着眼熟，谁呀？冬瓜脸和老太太。一看是我，两人都愣了，啊？是你？我笑了，是我，如假包换！

当天下午，我就办了三百张卡，当场充值三十多万，创造了分公司销售奇迹！不到两天，一千张卡就没了，再紧急申请一千张。科长乐得大嘴咧成海碗，我就说你行！

好事随风传。没过几天，其他医院听说了，都来找我联系，我恨不得变成千手观音！

三个月后，徐永明竞聘成功，重新走上经理岗位。

当我来到塔布板加油站见到他的时候，他正跟兄弟姐妹们一起研究，如何维系好这些已经办了卡的客户，提供至上服务，吸引他们前来加油。

李老师，除了用心用情，我还准备拿办卡得的奖金购买礼品，给来加油的客户送礼！

我笑了，你真有高招儿！

就在这时，他的手机响了。我听出来，这也是一个80后的落选经理，而且正是在竞聘中败给了徐永明。

啊，你说啥呢？刚遇到个坎儿，就想当宅男，你还是个爷们吗！天无绝人之路，我听说总公司又开发了教师加油卡，你赶快去找科长……

永明的故事到这儿就结束了。

我想起他当初落选时说不想干了，想回家抱孩子，就笑着问他，你现在还想回家抱孩子吗？

想啊！可我哪儿有时间啊？孩子都快把我忘了！

永明的话，让我想起一个二年级小学生杨梓民写给爸爸的信。他的爸爸杨柏秋是辽宁阜新中华路油站的加油员。

在采访路上，这封信一直感动着我，现在让我抄录如下——

亲爱的爸爸：

    今天老师留了个作业，让我们给爸爸写一封信。

我仔细想了一下，我还是第一次给您写信，心中难免有一些小小的激动。我想和您聊聊家的味道。可是，今天晚上您又不在家，我知道您一定在加油站加班。

我记得您和我说过，您有两个家，一个是咱们的小家，妈妈和我；一个是加油站的大家，有许多叔叔阿姨。

可是，在您的心中，家的味道，到底是啥呢？

对我而言，家的味道，就是您身上的汽油味儿。

我小时候爱晕车，很讨厌汽油的味道，觉得非常难闻。直到有一天，您带我去了您的加油站，我看到有很多车在排队加油，很多叔叔阿姨都在忙碌着。您看我捂着鼻子很难受的样子，就跟我说："加油站是为车加油的地方，警车有了油就可以快速抓住坏人；消防车有了油就可以第一时间赶到救火现场；救护车有了油，就可以及时接送病人救死扶伤；有了油，马路上来来往往的车流才会把人们送到他们需要去的地方。"

爸爸，从那一天开始，我就爱上了汽油的味道，也是从那一天开始，每当我想您的时候，每当您加班不在家的时候，我就会拿起您的工作服闻一闻那上面熟悉的汽油味儿！

妈妈说，我们一家三口虽不能常常相聚，但是，家里有您的味道，这味道就是汽油味儿。

我们家有这种味道，我感到骄傲！

爱您的儿子

潘红英和她的"小尾巴"

凭祥白云站是国门第一站，对面就是越南。

她是清晨飘进站里的第一朵云，带着"小尾巴"。

潘红英的故事，就从她的"小尾巴"开始讲起——

没办法啊，李老师，其实我也愁。我结婚差不多十年了，才有了这个孩子，是个男孩儿。我不带谁带？我爱人在崇左上班，我们两地分居，周末他才回来。我上班了，孩子咋办？只能把他带到加油站。

我参加工作十八年，把青春献给了加油站。

孩子从小跟着我，把童年献给了加油站。

每天早晨，他睡得正香，就被我拎小鸡一样拎起来，蒙头塞耳，擦把脸，闭着眼睛吃点儿东西，就跟我一起上班了。我到了油站，首先在路口大概看看，然后进油罐厅，巡检每个油罐，看有没有存在安全隐患。巡检过后，来到现场，帮助员工加油，引导车辆到位。我是从加油员一步一步做到经理的，啥活儿都会。早上是加油高峰，车一辆接一辆，排成长龙，好像油是白给的。从八点到十点，手里的油枪就没停。拿起，插上，加油；再拿起，再插上，再加油，忙成机器人。高峰过去了，车少了，我又挨个儿检查加油机，有没有正常运转，有没有设备需要维修。看完加油机，又进便利店，看缺不缺货。高峰时间进来买东西的人多，货架会缺货，缺啥就赶紧去仓库搬。搬完货了，我顶班，让员工去吃饭。顶完班，我再到业务室，看看需要报的进油计划，该报的就报。报完计划，清点营业款，记台账。一上午，里出外进，紧紧张张，恨不得八只胳膊八条腿，哪儿有空儿顾孩子！

孩子呢，好可怜，也好乖，一动不动坐在旁边看我们加油。他看我走来走去，就问，妈妈你干吗走来走去？脚不累吗？衣服都湿完了！我笑了，知道他看见我后背被汗湿透了。我说，妈妈走来走去是在工作啊。他说，哎呀，妈妈你的工作太累了！我说不累。说不累是假，站一天脚都肿了。晚上回到家，一屁股坐沙发上就不想动。孩子说，妈妈，我给你按摩按摩吧。说着，搬来小板凳，把我的脚垫上去，给我按摩。有时候我肩膀痛，那是搬货搬的，他又站到沙发上，给我按摩肩膀。他才三四岁，两只小手使劲儿用力，嘴里还哎呀哎呀。

按着，按着，我的眼泪就下来了。

有一次，我生病了，家里就我跟孩子。我半夜发烧，起不来，就喊，儿子，儿子，快起来！他爬起来，摸摸我的脸，说妈妈你发烧了。我让他拿药给我吃。他拿了药，看我吃下去，又端来一盆水，用毛巾为我敷头。他这是跟我学的。去年他有一次发烧，我就是这样给他敷的。那次他生病，我都崩溃了。爱人没空儿回来，我一个人带他去医院。住院两天，发烧两天，急得我四十八小时没合眼，这要是烧坏了可咋办？看着孩子难受，说实话如果我的手指能当药，我一刀剁下来都不眨眼！

孩子都病成这样了，我在医院还时不时想着站里的事儿，加油咋样，员工咋样，便利店咋样，丢了魂儿似的。

孩子刚一退烧，我就让他出院，大夫拦都拦不住。

我这叫啥当妈的！

可我没有办法，油站的工作太忙，离不开我。

孩子一整天都跟我待在油站，看我们重复着加油的动作。看着看着，他忽然说，妈妈，你们上班虽然很累，但是我看你们很开心，脸上总是笑。他的眼睛真好使，我们的确都是笑着为顾客服务的。新来的员工还不能像老员工一样发自内心地笑，我就教他们对着镜子练笑。咋练？拿一根筷子，让他们横在嘴里咬上。一咬，嘴就咧开了，像笑了一样。练来练去都会笑了。油站搞绿化，我的孩子也来帮忙，拿着一个小锄头，跑东跑西，锄来锄去。

这就是他童年的游戏。

有一回，一个客户来便利店买水，大瓶的百岁山，十三块多一瓶。他打开喝了一口，觉得不错，就说买一件。他以为买得多会便宜。员工就跟他解释，说这个水没有价格差，买一件每瓶也是十三块多。他就骂起来，骂得很难听，说我们是黑店。员工就给我打电话。当时要过春节了，我妹妹从外地回来，我去接她，刚说一起吃个饭，电话响了。我跟孩子说，妈妈要赶紧回油站处理事，你跟姑姑在家吧。他说你处理啥事？硬要跟我来。我只好带他来了。他扒着办公室窗户往外看，想知道到底是啥事。我来了以后，客户又骂我，还咒我全家，说得很恐怖。我没生气，心平气和地跟他说，我们这个水的确没有差价，你要是嫌贵可以不买，就是买走了也可以退货。你喝的这一瓶，算我个人请客，不要钱。你开车辛苦了，口渴了，快喝吧。等以后有优惠活动，我第一个通知你！我这样一说，他也不好意思了，跟我道歉，说骂人不对。事情就这样解决了。他还是买走了一件。客户走后，孩子跟我说，妈妈，我是怕你被人打了，所以就跟你来。我说，好孩子，妈妈没有那么容易让人打的。不管发生啥事，我们都要心平气和。不能看见客户骂起来，我们也跟着骂。他说，妈妈，以后我对小朋友也要心平气和。我笑了，说你没白跟我跑一趟！

后来，孩子长大了，上学了，我就更顾不上了。

每天早晨，把他往学校一放，我就跑到油站，照例手忙脚乱一上午。中午扒拉一口饭，下午交班。交完班，培训员工。我们每天都要对员工进行培训，语言、手势、动作，都要纠正。培训完了，组织大家一起打扫厕所，做到屋里没异味儿，地上没脚印儿，真正的厕所革命！我当初接这个站的时候，别说厕所进不去人，连员工宿舍都脏得一塌糊涂。老鼠到处跑。我带着大家打扫了好几天才出了样儿。现在好了，窗明几净，整齐划一。革完厕所的命，我验收合格了，又转回来打开加油机。就这样，风风火火，来来去去，一直干到晚上八点才喘口气，直直腰。

这时候，我也才想起孩子。

孩子的午饭，我要是能抽出时间，就从油站的饭堂打一点儿，开车给他送去；抽不出时间，他就自己吃泡面。现在想想，还是吃泡面时候多。下午放学了，他要么跑到油站找我，要么回家写作业。晚饭不是等我回来做，就是我买点儿现成的带回去吃。天黑了，孩子还在写作业。现在的作业太多了！写完作业，还要练字。有时候，我晚上要在站里记台账，他就跟我过来。

我记台账，他在旁边写作业。

一盏灯，母子俩，到深夜。

孩子很争气，作业从不用我操心。自己写，不用我教，写完又自己检查。他的成绩很不错，班里有七十个学生，他总在前十名。我这个当妈的很省心。说实在的，每天累得皮塌嘴歪，想操心也没劲儿。每天睡觉前，我只问问他，作业写完了吗？他说，写完了。我说，睡觉。才说完，自己先睡着了。

有时候累透了，我会打呼噜。

第二天早上，孩子说，妈妈，你打呼噜了。

我说，是吗？我咋不知道？

他说，真的打了。

我说，那说明我还没有达到打呼噜的最高境界。

他问，啥是打呼噜的最高境界？

我说，自己打呼噜能把自己吵醒。

他说，那是打雷！

李老师，谁叫我是当妈的呢，看我啰啰唆唆讲了这么多孩子的事，还是讲讲我们的油站吧！

我们油站守着国门，有很多越南人进进出出。他们有的也开车，也要加油。语言不通成了我们之间的障碍。别说两国友谊了，说那个有点儿大，耽误做生意是真的！要加多少油？要买啥东西？要给多少钱？他们说的我们不懂，我们说的他们不懂。咿咿呀呀，呜里哇啦！拿起一罐八宝粥，我一比画，他还以为要五十块，吓得一缩脖子，哎哟妈，真黑！一罐八宝粥咋能要五十块呢，完全是误会。拿笔给他写，手一哆嗦，多写一个零，得，成五百块了；女人往男厕所跑，我一拦，还以为不让上，憋得脸通红，差点儿尿裤子；油枪插进了油箱，怎么比画也不知道他要加多少油，后面的司机直按喇叭，嘀嘀，嘀嘀；要是碰上个问路的，那就更瞎了，好像两个哑巴说话，啊啊，呀呀，能给人家指到非洲去！

我一看，这可不行，哪是他们到了中国啊，是我到了越南！

咋办？下决心学越南话。不但我学，员工们也学。大家互相学习，互相纠正，呜里哇啦，咿咿呀呀，很是热闹。路过的人不明白，咋啦？这个油站转给越南人了？再一看，不对呀，怎么还穿着中石油的衣服？一个个高鼻子大眼的，也不像越南人啊！哈哈！

初懂了越南话，在国门第一站工作起来可就方便多了。就别说加个油，指个厕所，买个八宝粥了，再比这个复杂的都能应付。

有一次，一位阮老板来电话，说他走半路没油了，问我们能不能给送过去？还说问了别家都不愿意，各种理由。我说没问题，您在哪儿呢？他吭哧半天才说在哪儿。我一听，好嘛，离加油站不近，怪不得别人不愿意，送二斤油路上能用一斤多。我半点儿没犹豫，说您等着吧，我这就来！我就开车把油给他送过去。不但送了油，还带了两罐八宝粥，怕他饿。你就说吧，我们俩，你一言我一语，要说多少句呀，不懂越南话行吗？后来，油送到了，阮老板千恩万谢，感动得不行不行的。我说不用谢，这是我们应该做的。事情过去了，想不到，阮老板投桃报李，打这以后陆续给我们介绍了很多客户，开工厂的，做木材的，卖水果的，都到我们这儿来办卡加油。我们不但增加了销量，还认识了这些越南客户。真是喜从天降！有外地车到我们这儿来加油，车主说是来买木材或水果的，我们就把他们介绍给越南客户。一来二去，这些越南客户成了我们的"死党"，绑定"白云"不撒手，一要加油就来。明明油箱里还有油，只要路过我们这儿就加点儿，加多加少是个意思。我们也趁机练几句越南话。

还有一次，一个越南姑娘来到油站，她没开车，当然不是来加油的，也没进便利店买东西，就在站里走来走去的。我上前问她，姑娘，你有啥事？需要我们帮助吗？她说没事，我在这儿等老板。后来，等了好半天不见动静，她就走了。她前脚刚走，越南老板后脚就开车来了。他问我，有没有看见一个越南姑娘？我说看见了。人呢？刚才还在这儿，后来不见了。老板当时就急了，说她头一次来中国，走丢了可咋办？我一听也急了，叫上两个员工，跟老板一起去街上找。老板说，你们咋能认得她？我说，我们认得她穿的衣服。大家就一起上街去找。这真是：张郎找李郎，找到麦子黄。四个人，八只眼，东找西找，急出一头汗，找了差不多两个小时才找到！姑娘说，她等得太久了，怕老板忘了接她，就自己来街上找。老板找到了姑娘，高兴极了，连声感谢我们。后来，这个老板也成了我们的固定客户。他有三台车，都在我们站里办卡加油买东西。这还不算，他还介绍了很多越南客商到我们这里加油买东西。他跟这些客商说，潘经理他们会说越南话，很方便啊！油的质量好，便利店的东西也便宜，还搞优惠活动，你们快去吧，丢了人他们还会帮助找！我笑了，说欢迎来加油买东西，人最好别丢了，找起来很难的。哈哈！

现在，我们交了很多这样的越南朋友，他们的车队都在我们这儿加油。他们说，虽然路上还经过两个油站，但我们就认定白云了！

对越南客户都这样，对自己的同胞那就更没说的。

我们这儿有个景点很出名：友谊关。外地游客赛着来，很多是远道而来，开车很累。我们就准备了茶水，让他们在加油的同时，解渴解乏。如果天太热了，我们就煮绿豆汤给他们喝。他们说，只喝一口，就记住了白云。

有一个成都客户，是在凭祥开出租车的，要赶着回去陪孩子高考。可他手里的电子券还没兑换完。电子券是我们公司的促销项目，相当于钱，可以抵扣买东西。公司规定必须在6月30日前兑换完，过期作废。他有一千多块，担心过期了。我说，你放心去吧，祝你孩子考试成功！到时候把电子券转给我，要换啥，我帮你换，换好给你留着。他就把电子券转给我，我按他的要求及时兑换了日用品。三个月后，他回来了，看到他的东西好好地存在店里，笑成一朵大牡丹。这样的客户，当然就成了我们的好朋友，固定在我们这儿加油买东西。这都不说，他还把开出租的老乡都叫来，都发展成我们的客户。

春节是油站最忙的时候，也是最能体现我们全心全意为同胞服务的时候。自从当了经理，每个春节我都在油站跟值班的员工一起过。回乡的同胞非常多，昼夜不停赶路忙，骑摩托车的占了大多数，来加油的会排到路口去。我们二十四小时为他们服务。每辆车加不了多少油，也挣不了多少钱，提枪率却很高，胳膊都肿得抬不起来，可员工没有一个叫苦的。他们说，每提一次油枪，就能送一个乡亲回家团圆。他们回家团圆了，就当自己回家团圆了。

这就是我们的员工！

这些员工都是我招来的。男的多，女的少。基本都没结婚。个个老大不小的了，他们的婚事就成了我的心事。我琢磨着，除了他们自己找，家里帮着找，我能不能在站里给他们搭个桥呢？我就暗中观察，看谁对谁有点儿意思。

还别说，瞎猫碰上死耗子，还真让我看上了一对儿：男的姓覃，女的姓彭，他俩有戏。只是小覃不够主动。我就出面约，走吧，晚上我请你们喝个小茶，把他俩叫上喝茶聊天儿。我插科打诨逗着玩儿。事后，我问小覃，你对小彭有没有意思？小覃抓着脑壳说，有是有，可我不爱说话，她嘴闲不住，我担心追不上。我说，你一个大男孩儿怎么这样没出息，那还咋找老婆？你要有心就大胆追！我跟他谈了好几次，不达目的不罢休。当然啦，对小彭也没少下功夫，我嘴皮儿都磨薄了。小彭说，跟了他还不把我憋死！我说，他要是能说会道就轮不着你了。你要是看不上，我就把他介绍给别人，到时候你可别后悔啊！小彭说，经理你别像加油那么快行不行，让我好好想想。得，话里话外，两个人都有意思。我让他俩晚上自己约出去，他们想约，又不好意思。我说，这样吧，我把油站的一帮人都约出去，你俩挨着坐！就这样，一来二去，在我的撮合下，他俩速配成功。

可惜的是，后来他们离开了油站，去做水果生意了。为了他们的离开，我还哭了一场。一起时间长了，舍不得。

谁知道，他们没有走远，他们又回来啦！

回来干啥？办卡！加油！

苦了几年，夫妻俩不但有了孩子，生意也做大了。小覃成了老板，有了六台车，都开到我们站来加油！不但来加油，还带来水果请大家吃，山竹啊，榴梿啊，哪样贵带哪样。

我说，啊哈，做老板了还不忘娘家！

小覃说，做梦还想着跟你们一起加油哪！经理，咱们的销量又翻番了吧？

我说，可不嘛，全靠员工努力，全托你们的福！

李老师，我们站的销售，油去年突破七千三百吨，今年打算完成七千八百吨。便利店去年突破一百万，今年打算完成一百六十万！

寒来暑往，光阴带走过去的故事。很多老客户一进站就对我说，小潘，你在这儿都十几年了，一点儿也没变，还是这么年轻。我说，我真的没变吗？头发都白了！他们说，不，你还是这么漂亮！

其实，哪儿能没变呢，我们每个人都在变。

经历了那么多事情，我们变得成熟了很多。

就连我的孩子也是这样。

那天晚上，我要去油站夜查。他刚好放假，问我，你去查啥？我说，查上班的情况。他说，上班不就是加油吗？我说，是啊，那也要看看油加得咋样？他说，我跟你一块儿去！

结果，他跟我在油站一直待到半夜两点。

摸黑回家的路上，我问，你长大了要不要做加油员？

他说，我不做加油员，我要做油站经理！

潘红英的故事就到这儿了。

这位油站经理忙碌的一天，不由得让我想起散文《加油员的一天》。

我是在"最美加油员"微信公众号上读到这篇散文的。

这个公众号是云南临沧销售分公司党群工作部翟刚创办的。

散文作者是浙江金华永康四方站的女加油员黄金。她的一篇动人的感言：《走近你，认识你，赞美你》，我已引入本书的序言。

为加油站的故事写书，由加油员作序，我想这是最美不过的了。

通过翟刚的热心联系，我在微信上认识了黄金。

现在，征得她的同意，让我把这篇散文照录如下。

也可以说，这是潘红英故事的续篇。

油站经理和加油员忙碌的一天，正是油站热烈而辛苦的写照——

加油员的一天
黄　金

谨以此文，献给每天拥有阳光般微笑可爱可敬的加油员们。

6:30

这一天，大风卷着雨水狠劲儿地拍打着玻璃窗。

匆忙起床，洗漱，直接穿上工装，披上雨衣骑上自己的小电动车，在门口买了包子豆浆。

7:40

下雨，路实在不好走。还好早出发了，总算没迟到。把小电动车停好。因为今天下雨，怕麻烦，直接穿着工装来到班上。这会儿，正好还能吃口早餐。

7:45

大家都到齐了，站经理组织开班前会。

7:55

加油机旁，等待交接班的口令。夜班将加油机交给白班，就像士兵换岗一样，突然觉得很有仪式感。

8:00

接过加油枪，现在是我的主场。一站就是两个半小时。除了早高峰，还有一家固定车队来加油，真忙。

这期间，不停歇地重复：您好！欢迎光临。请您关闭发动机，不要吸烟，不要接打电话……请问加什么油品，加满吗……现在办卡有优惠……

保持微笑，礼貌询问，热情推销，送行，奔走在加油机之间。

恨不得有分身术，一个加油，一个开口营销，一个指挥车辆……对了，还有一个能去喝口水。又对了，还要换着去投币。其实大家很希望现场能有个支付设备，这样对于不开发票的顾客直接就能付款，加完就走，节约时间。

"您好，15号油枪，92号280元加好了，您看下油表，油箱盖给您盖好啦！"

"师傅，需要刷卡的话这是12号加油枪，您可以在便利店里等一下，加好后收银员帮您刷卡，小票给我就行。我们便利店有优惠活动，您可以了解一下。"

"您好，请看油表已归零，现在为您加油！"……

11:30

给我们做饭的阿姨喊："开饭啦！"

站经理、核算员、保管员、便利店主管替加油员加油，让累了一上午的加油员先去吃饭，再休息一会儿。如果是"五一""十一"，也只能一个人一个人去吃了。现场车辆实在太多了，一个午饭能拖到下午一点多才吃完。

12:30

站经理赶紧打扫卫生间，上午太忙了还没顾上打扫。

趁着这会儿车不多，前厅主管检查加油机热敏纸还够不够，正忙的时候打印不出小票那就太耽误事儿了，说不定顾客还跟你急。

14:00

站经理和前厅主管对加油站进行安全巡检，然后打扫现场卫生。

更重要的是，还要应对现场各种突发状况：

"你咋回事儿？我要你加200，你咋给我加满了？剩下的我不管，我就给你200！"

"抱歉，老板，我们这里只能开电子发票，麻烦您扫描这个二维码，注册一下。"

"我不要电子发票，你就给我手写个就完了嘛。"

"你干啥呢？为啥油枪一跳一跳的？我告诉你，网上都说了，你们肯定偷油……"

"你这儿为啥不能充值？啥？充值机坏了？坏了你为啥不去修？我用卡有优惠，今天必须给我充钱!"

唉，亲爱的顾客，这不是我们的问题啊，您这不是不讲理吗？（心里想）

可说出来的却是：对不起，是我们的失误，给您添麻烦了，您看这样行吗……

16:30

开始做交接班准备了，提前进行卡对账，核对充值金额，盘点便利店。

17:00

现场和便利店交给夜班。

17:10

一个班的人拿着计算器算自己的账。

"呀，我少了200!"

"是不是刷卡的没减？"

"不不不，我今天的票都在这儿了!"

"大伙儿都算一下，是不是票拉乱了？"

"嘿，我想起来了，有个顾客给了200块钱硬币，我放到抽屉里了。"

"200块钱，硬币?!"

嘀嘀，嘀嘀，验钞机响了。

"小张，你这张钱验钞机过不去呀？"

"我去，不会吧！这次我真是每张都看过的！"

17:20

账务终于处理完了，封包放保险柜。

太完美了，就少了5块钱。回家喽。

等等，还有班后会呢！别急着走。

22:30

冬夜真冷啊，路上的车也少，夜班的员工在打扫便利店。

凌晨2:30

"哎，超超，咱把加油机擦一擦吧，困得很，活动活动。"

"行，那我扫地，正好伸伸腰！"

"你看，小王，现在坐在椅子上都能睡着了。刚来那会儿，上个夜班难受得还掉眼泪呢！"

"师傅，您这车是加柴油吗？"

"姑娘，你都问我三遍了，这款路虎真的是加柴油！"

"呵呵呵，不好意思哈，我是怕给您加错了，您别介意哦！"

夜间加油时，即使常常打哈欠，也要随时提醒自己：千万不要加错油！

拿到100元现金时，更需要对着昏暗的灯光仔细辨别，心里默默念叨：夜间是最容易收假币的时候，

潘红英和她的『小尾巴』

一定得小心再小心！

　　第二天，清晨，6:30

　　天麻麻亮了。周围开始渐渐喧嚣起来，迎接早高峰！加油！

　　"我得去冲把脸，蒙蒙的。"

　　8:00

　　啊啊啊，再见，夜班！终于能交接了，终于能回家睡觉了……

这就是加油员的一天。

一天又一天，一年又一年。

加油员很忙碌，很辛苦。

请少一些责备，多一分理解与包容。

女行千里父担忧

我父亲就是石油人，我是接班来的。父一辈，子一辈，我也干了小三十年，二连的油站都走遍了，不辛苦是不可能的。唉！

孙军就这样开始了他的故事。

他是二连浩特景观路南油站的经理。油站毗邻蒙古国，原想听他说说异国风情，想不到他说起了家事——

我父亲走得早，五十岁就没了，留下老母亲。父亲去世这年，我进了中石油，打那以后就没闲过。忙，忙，还是忙。成了家，有了女儿，没时间照顾她。还好，女儿很要强，小学六年成绩一直靠前。该上初中了，我不甘心让她窝在二连，就带她去了呼和浩特。她一考，就考上了一所好学校。咋办？只能就近租房子。房子租好了，又咋办？孩子太小，让她住校不放心。可是，吃饭，睡觉，谁来照顾？还能有谁？我上班，媳妇也上班，只有老母亲了。

老人二话没说，收拾收拾，去了。

一去就是六年！初中，高中！

我牵挂女儿，更牵挂母亲。

上初二时，女儿青春期逆反，有时候为一句很简单的话，就跟老母亲针尖对麦芒。老人心里有委屈，见了我就哭。我理解母亲，她好强。父亲去世得早，孤儿寡母受人欺负，养成她好强。再说她也是为女儿好。

母亲跟我诉苦。女儿也跟我诉苦。

手心手背都是肉。没办法，我只能在电话里劝。

姑娘，你是爸心中最骄傲的孩子。你都这么大了，连个老人都哄不了吗？

妈，您把我们姊妹五个都拉扯大了，这样一个小孩子您还哄不住？

母亲到底是过来人。女儿再发火的时候，她就不吱声了。悄悄地，一个人坐在黑影里。女儿冷静下来了，她才轻言细语。

这一年，可以说是全家最难过的一年。

但是，终于翻篇儿了。女儿初中毕业了，考上最好的高中。

考上高中，只能说车开到半路，下一站还要考大学。然而，问题又来了，初中青春叛逆，高中恋爱季节。老母亲心很细，女儿的一举一动全掌握。有一天，她跟我说，你姑娘可能搞对象了。我一听，头发都立起来了，是吗？母亲说，我感觉她背着我写啥东西，写写，又撕掉。等她上学了，我想看看她写的什么，她收起来了，没找到。我不死心，到处找，从地上捡起一片儿碎纸，上面有字，啥亲爱的。跟谁亲爱的呀？肯定不是我老太婆。要是我，说出来就行了，还写啥？写完还撕啥？你说她是不是在搞对象？我说，这可不行，会影响她学习，您快跟她说说！母亲说，半夜还不把我掐死？还是你过来说吧。

我必须去，请假就请假。搞对象肯定影响学习，要是把握不住再出点儿别的事，黄花菜就凉了。我憋了一肚子话跑过去，雄心勃勃，可见了她又不知从哪儿说起，男女授受不亲啊，东一句，西一句，扯到吃饭了才扯到唐朝，离大清还远着呢。这时候，我忽然看见她和几个女同学照的照片，其中有一个挺漂亮。哎哟，我一下子抓住了救命稻草。

嘿，这孩子长得挺漂亮，有没有人追啊？

咋没人追？可多了！

姑娘，你觉得搞对象对她学习有没有影响？

不一定，这得分人。

你说她搞对象能不能把握住？

把握住啥啊？

她这么一问，把我噎住了，脸一下子肿成盆，好像我自己没把握住。我支吾起来，就是……

女儿笑了，这个东西很难弄的！

知父莫如女。我不清不楚，她明白了。

懂女莫如父。她含含糊糊，我懂了。

我说，到了这个年纪，人家追她很正常。姑娘小伙，不搞对象不可能。如果搞对象影响了学习，那咱可要动动心思，哪个主要，哪个次要。

女儿又笑了，您想说啥我知道。我们学校搞对象的人多了，他们说两个人还能互相帮助，共同进步。

忽悠！搞起对象哪儿还有心思学习？姑娘，你没搞吧？

您想我会搞吗？

这话又把我噎住了，我都没法回。

听口气，她没搞对象。

那母亲说亲爱的，又是咋回事？

您想我会搞吗？这是一个多么难猜的谜语啊！

我姑娘是聪明人，爸爸知道你啥事都会处理好。

——这是我打道回府前狼狈不堪的赠言。

在呼市两天，我们父女除了谈心，还上了街。她说，您来了，陪我看场电影吧。我说走，老爸也开开洋荤。看的啥片儿我记不住了，是外国的。那音响简直了，把我吵得一张嘴心能跳出来。我说，姑娘，咱们干点儿别的吧，老爸开不了这个洋荤，受不了这东西。她说那就吃莜面吧。吃完了，又说，咱们去买衣服吧。买就买，好不容易来一趟，得让女儿高兴。其实我最怕上街买衣服，母亲的衣服都是姐姐她们给买的，我不管。现在女儿要买，不管不行啊，那就去吧。一开始我还担心，转来转去，再转迷瞪了，想不到人家直奔主题，看来平时没少逛，哪儿有可心的，啥牌子的，早踩好点儿了，带我去就等于直接奔POS机，啪！一刷，完事！她叫奶奶买，奶奶指定不给她买，那衣服老贵了，也就是我！买了衣服，女儿美成个啥，我心里却坠了石头，不是心疼钱，是这孩子有了攀比心，可别影响学习。我光顾学习了，忘记了女孩子天生就臭美。臭美不怕，可别搞对象啊。

我刚回到二连，老母亲就打来电话，跟你姑娘谈得咋样？

我支吾半天，把那个谜语又出给她，您想她会搞吗？

啊？咋不会？你姑娘绝对搞了！

您确定？

确定！她晚上出去频率高了，回来以后像傻子一样，又蹦又跳。这不是搞对象是啥？难道是神经病？实话跟你说，我在家没啥事，整天就琢磨这孩子，除了做饭，就是观察她。那天晚上，我从窗户看见这个男孩子了，他送她回家，到门口就走了。我在这儿陪她几年，要是书读得一塌糊涂，再搞个对象，回去咋跟你们交代？

听母亲这样一说，我又坐不住了，那也不能再跑了，总不能逼孩子吧。我想了想，还是隔空喊话好，省得脸肿。

我打通了电话，没敢直说，姑娘，这阶段学习咋样啊？听奶奶说你挺忙的，有时候晚上回来挺晚的，你是去图书馆了吧？

是啊，我是去图书馆了。

一听，她就是借坡下驴。

我后悔说多了，这坡还不是我给的？

姑娘，说话要高考了，自己的学习自己要把握啊！爸爸不会给你太多压力。但是有一点你要记住，所有的路都是自己走的，考得好不好，最终结果影响不到我们，只会影响到你自己。我们将来退休了，有养老金就够活了，你的路还长着呢，高考很关键啊！

我啰里啰唆，恨不得把心掏出来从电话里递过去。

不知道这堆话里，哪一句金句起了作用，母亲后来给我来电话，说还是你的话管用！

我有点儿小激动，啊，是吗，她不搞了？

不知道，你问她去！

母亲又甩来这么一句，把我扔进冰窖，心瓦凉瓦凉的。

后来我才知道，女儿当时是搞对象了，居然没影响学习。神了！说明她不是一般人。我是在他们班的集体照上看见这个男孩的。我不认识，老母亲认识，那天晚上她在楼上见过，一下子就指出来，就是这个！她记性真好，可见当时看得多仔细。我看了看这个男孩，没啥感想，普普通通的。当然，我看到照片的时候，两人已经分手了。学生谈恋爱，特别是高中生，那叫小孩过家家，泥巴当大虾。我心想，将来女儿真要是找对象了，我得好好端详端详，长啥样，配不配？其实，孩子搞对象是很正常的，大人根本挡不住，只能正面引导。后来，我跟女儿说起这段往事，她笑得跟啥似的，说奶奶真厉害，老侦探，我服她了！我也笑了。母亲真不容易，不是我说了金句，而是她给刹了车。

这些都是后话，还是讲当时吧——

一眨眼儿，要高考了，女儿的压力可想而知。

一模530，二模550，跟她平时成绩差远了！

你快过来吧，母亲火急火燎地说，孩子要崩溃了！她半宿半宿答题，想不到出来这个成绩！

我放下电话就走。我必须去！

一见面我就说，姑娘，不管咋样，你努力了，我们也看见你努力了，最后结果是个啥，我们不会看得太重，你也不要看得太重。爸爸赶过来，就为跟你说一句话，不论什么时候，我们永远是你的坚强后盾！

女儿的眼泪哗地冲出来！

我真心疼她。

连续几个月，夜里没有一点前睡过觉，早上不到六点就起了。

这是学习吗？这是摧残人！

可是，又有啥办法呢？

考大学，千军万马独木桥。

找工作，独木桥千军万马。

这就是国情。无可奈何。无力回天。

高考的煎熬，无法用语言形容。对女儿，对我们全家。

让我绕过这非人的折磨，直接说结果吧——

结果，女儿考了614分，被武汉大学录取。

我直接跳了起来！

寒窗六年，女儿的苦没白吃，母亲的苦也没白吃。

我真是愧对母亲。她把我们五个孩子拉扯大不说，又陪伴了孙女六年。因为隔代，没有多少话说，老人实际孤独了六年，郁闷了六年。我姐她们不论谁去了，哪怕只跟她住一天，唠唠嗑，老人都高兴得不得了。她觉得我们挣钱不易，在呼市的开支能省就省。那么大岁数了，买一样东西要跑好几个地方，踩踩点儿，看哪儿便宜。周边的几家超市，她都有会员卡，就为有优惠。

有一年，她腰疼得厉害，我去呼市陪了她半个月，每天去医院扎针，那种特粗的三棱针，扎完后又抽血，她从没吭过一声。在这期间，我们母子话赶话，想不起哪一句伤了她，但她不表现出来。我临回二连时，她跟我说，你以后跟妈说话注意点儿。我听了一愣，我哪句话伤害您了？她不说。我一直回忆这个事，感到对不起老人家。母亲真是伟大，包容的心像海一样。她很早就守寡了，我们几个孩子给她买了房子，她一直自己住。平时，还是姐姐们去得多，我去得少。有时候我一去，她就问我吃啥，喝啥，还把我当孩子。过去，我们逗她，说给您找个老伴儿，我们也省心了。一说她就恼，还是老思想。现在再说，她也不恼了，找啥？好几十年了，不找了！她喜欢孙女，一听孙女来电话就开心。我家就我一个儿子，老早她就说，二连这个地方小，孩子要是能去呼市上学就好了，那儿是首府，我陪她去。所以，孩子一考上呼市，她二话不说就去了。一去就是六年。

现在，孩子考上大学了。

她说，我没白去。

说着，眼泪就下来了。

母亲孤苦伶仃，提起来我就心寒。

女儿要去武汉读书了，这是她第一次出远门。

我送她。她说，爸，我将来一定好好努力！

我傻傻地问，努力什么？

我一定要把您拖出苦海！

这话让我差点儿掉了泪。

我说，姑娘，你有这份孝心就好。爸干的这份工作，说苦也苦，一天两头儿黑。说不苦也不苦，往大讲是社会责任，往小讲得挣钱供你上学。只要你好，爸就不苦。将来大学毕业了，你一定要考研。你起点高了，不管是找工作，还是找对象，选择的机会就多。你的人生肯定比我们丰富，也应该比我们丰富！

姑娘说不出话了，眼泪流得哗哗的。

我也忍不住泪了。

男儿有泪不轻弹，是因为不到时候。

泪眼送别，我为女儿祈祷，愿她一切都好。一切！

自打女儿上了大学，我觉得她好像变了一个人。

一句话，她长大了！

前年，我跟媳妇去看了她一次。她说，武大的樱花开了，爸爸妈妈，你们来吧，把奶奶也带来。她奶奶说年纪大了，不想动了。我们就随老人了。我跟媳妇是坐火车卧铺去的，临走老人还拿来牛肉干儿，说是她孙女喜欢吃。

来到武大，走进仙境。那樱花开得简直了！赏完樱花，我主动说，带你妈上街给你买两件衣服吧。女儿说不用，我有穿的。这儿的衣服老贵了，穿上一点儿意义也没有。我现在就爱穿便宜的，实用就行。再说，我自己也能挣钱了。啊，我问，你能挣啥钱？我搞代购啊！前几天跟舅舅去了趟韩国，带回来两万多块的东西，挣了三四千呢！我一听都傻了，现在这些孩子多聪明，玩着就把钱挣了。我说爸妈不缺你钱用，你不要耽误了读书考研。她说您就放心吧。她不但不让我们买衣服，还给我们买了护肝片。去年我过生日，她给我买了包，也是好牌子，妈呀，五百多！她妈过生日的时候，也给买了包。我们不图这个，但孩子懂得爱父母，有钱舍得给你花，这就难得。一般的孩子早自己花去了，管你！前段时间，她给奶奶买的电动牙刷也邮来了，可懂事了！

大学可以找对象了。我问，你找没？她说，没。

我就开始关心这件事了。

以前，害怕她找对象。

现在，关心她找对象。

她都二十好几了，剩在家里咋弄？

我使激将法，说你在武大肯定属于长得不漂亮，也没才气的那种。

谁说的？

要不然咋没男孩子追你？你太失败了！

瞧您说的，那我就找了啊！

好啊，你赶快找吧！不过……

不过啥？

你要多找两个，有个选择的余地，可别在一棵树上吊死。

您还懂这个呢，当初您找了几个呀？

嘿，别提了，我就是没见树林子，先在一棵树上吊死了。幸亏你妈还不错！

呵呵，您是想让我传话给妈吧，变相表忠心啊！

表啥忠心，都老得嚼不动了。现在一门心思就是你啦！爸说让你多谈两个，倒不是说滥情。社会太复杂，自己在这方面要学点儿经验。对吧？

爸，我毕业了还准备考研，还要找工作，一切都不稳定，今天这儿，明天那儿，我想等稳定了再说。本宫不会放单的！

女儿的主意超正啊！她读了这么多年书，学历越来越高，知识越来越广，对将来的各方面都有自己的思路，我已经给不了她建议了。

唉，女儿大了，我也老了。她上完大学，考完研，将来去哪儿还不知道，成了家又在哪儿呢？我这当父亲的，整天忙，孩子长这么大，没能陪她好好待几天。就是在一起的时候，又说了多少话呢？

可是，谁能知道，我对女儿的感情有多深？

我参加过几次婚礼，都是嫁姑娘的。那些可怜的父亲，牵着女儿的手，一上台就哭得搂不住！

这时候，我会跟着流泪。

我也会有那一天。

我想都不敢想，真要是到了那一天，我得哭成啥样儿啊！

冬季和大约在冬季

你问我何时归故里

我也轻声地问自己

不是在此时

不知在何时

我想大约会是在冬季……

这是齐秦唱的《大约在冬季》。

前面加了"冬季和",那就不是齐秦的歌了。

那是啥?

西藏双湖。确切说,是那里的气候。

双湖位于藏北高原。东邻班戈,南依文部,西接阿里。因其东有康木如湖,北有惹角湖,遂得美名。

这里一年只有两个季节,冬季和大约在冬季。

春夏脖子短。短到几乎没有。

——名字很美,其他的咋说呢?

讲这话的是双湖油站的经理巴桑次仁,一个酷酷的藏族帅哥。

我们油站是全球海拔最高的,五千二!

珠穆朗玛峰油站在山脚，没有我们高。

这样的海拔，可说是生命禁区。

在这样的生命禁区，流淌着救命的血液。举目十几万平方公里，我们，只有我们，高举中石油标志，让宝石花在离太阳最近的地方尽情绽放！

双湖有双湖的特色：冰川澄澈，白雪皑皑。

油站有油站的特色：三不知道，五没有。

三不知道——

睡没睡着不知道，记没记住不知道，说没说过不知道。

晚上睡觉是飘的。半睡半醒，虽睡犹醒。凌晨三点醒一次，再睡，到五点又醒一次。年纪大的如此，年纪小的也一样。老天很公平。夜里稀里糊涂，白天昏昏沉沉。于是，有事记不住，说过就忘了。以前我记性特好，头天看的好文章，第二天差不多能背出来。现在，别说这个功废了，正说着晚饭有肉吃，来人打个岔，就想不起说啥了。咋想也不行。直到晚上肉端上来才忽然接上了。呵呵，连吃肉这么美的事都失忆，别说其他了。

五没有——

没水，没电，没路，没信号，没取暖。

水要买。吃的，用的，送来后倒进木桶储起，当宝贝。冬天，水冻了。不是冻一层，整个冻成坨，桶都胀开了。没办法，只好用斧头凿。凿成一块块的，放在壶里慢慢化。渴急了，就吃冰。拿一块含在嘴里，凉得哈气。今年，我们打了一口井，一百二十米才见水。水质很差，喝了肚子胀，胀得啥也吃不下。忘了谁发明的，往水里倒点儿白酒，肚子就不胀了。呵呵，喝来喝去，我酒量也没见长。

没电的日子很难过。白天当黑天，黑天借星星。这里离天近，星星多又亮。旅游的来看星星，我们把星星当灯。后来，建了个光伏电站，也不行。靠天给电。天好有电，不好歇菜。自己发电吧，发一会儿，停一会儿。电机热了怕烧坏，心疼。

没路是啥概念？一眼看去全是荒原。辽阔是辽阔了，也太辽阔了！天苍苍，野茫茫，双湖不知在何方？不是常走的，十天也找不到。给我们送油的是老司机，跑了七八年，熟了。其他司机不敢来，一提双湖就说不去。油罐车送油，一周来一次，路上要走六七天。来了，车先大修，再往回跑。现在通路了，方向能找到了，开起来要格外当心。路上长年结着厚厚一层冰，是雪后让车轧的，可瓷实了。开车不仅要慢，还要带防滑链，不然早飞出去了。一旦发生事故，叫天天不应，叫地地不灵。为啥？没信号！

现在谁离得开信号？电话打不了，微信更是梦。城里人是低头族，两眼盯着微信连走路吃饭也不放。我们是抬头族，望苍天连唱带叫。唱也唱不准，叫也没人听。走进双湖，如掉天坑。

双湖的冬天冷成个啥？也许会超出你的想象。屋里的内墙上结了厚厚一层冰，人冻在冰窖里，绝对保鲜。没有取暖设备真遭罪。有太阳还好，太阳底下暖和。但油站离太阳又太近了，出去必须戴帽子。有一次，我忘了戴帽子，跑来跑去，脸皮整个晒伤了，一揭能下来。没太阳可惨了，冷得分不出屋里屋外。晚上不敢烧炉子，怕中毒。就是白天烧，也要小心。我初来乍到不懂，外面太冷了，一进屋子就烤火，炉子挨得太近，脸一下子烤肿了，两眼都封了！晚上没炉子，冻得睡不着。下面垫两个被子，上面盖三个被子。脸必须钻被窝，不然早上醒来耳朵一碰能掉了。打个哈欠说，真好，没冻死！一年到头，我从没脱过保暖衣裤，从没摘过帽子。

还好，人怕冻，油不怕。当然，不是所有的都不怕。我们只进抗冻的 92 号汽油和负 20 号柴油。汽油还好，凝点高。来双湖的大多是汽油车。柴油车就麻烦了，动力倒是大，进双湖就别开了，成了一堆废铁。管子里的油全冻了，打不着火。

双湖一年两季。只有风雪，没有树。草皮最多绿一个月。等不到冬季，旅游的，做生意的，打零工的，全都走了。留下一座空城。几条狗跑来跑去。店铺都关了，只有一个菜站是政府以补贴方式留下的。留下又有啥用？只要来菜，眨眼就没。疯抢！别说菜了，方便面不提前买足，再想买都没了。油站一箱一箱买好放着，生怕断了顿。冬天能吃上方便面简直美透了。

起风了。冬天来了。最冷的时候零下三十多度。风是雪的头，带起沙子满天吼。呼呼呼！呜呜呜！平均六七级，人都能吹跑。车来了，要加油，推门出不去。风和沙子一起打在脸上，鞭子抽似的。帽子，口罩，衣服，里三层外三层，裹成粽子。鞋再厚也没用，冻得脚疼。初到油站的第一个冬天，半夜，风从门缝儿吹进来，那声音好像有人在说话，又好像有人在唱歌。老员工次塔说鬼来了，吓得我浑身发抖。

次塔今年五十三了。一到冬天，他的痛风病就犯，膝关节肿得像萝卜。走不了路，起不来床，上厕所拄着棍子慢慢挪。每到这时候，就要去医院放血、挤积液，看着真可怜。从医院一回来，他又提起了油枪。这位坚强的老党员在油站已经干了十七个年头儿。再劝，都不离开。他说，我走了，谁来干？

的确，没有人愿意到这里来。

油站算上我，一共四个人。他一走，就剩三个了。

另外两个是夫妻。男的叫桑珠，女的叫次旦巴宗。他们的孩子生下来没人照顾，只能带到站里。孩子一饿就哭，负责结算的次旦顾不上喂，桑珠就抱起来哄。直到孩子哭哑，直到次旦忙完。孩子现在一岁多了，来加油的人都喜欢，叫他油站宝宝，都要逗他一下，给他玩具，给他吃的。夫妻俩不易，桑珠加油，次旦就抱孩子；次旦结算，桑珠就抱孩子。这时候来车了，桑珠就抱着孩子加油。汽油枪还行，柴油枪重啊！他一只手抱着孩子，一只手抬着枪，青筋暴跳，大汗直淌。

风再狂，雪再暴，就是下鸡蛋大的冰雹，我们四个人都要坚守。

我们明白，油站不能停。离这儿最近的县都在四百公里以外。没有我们油站，双湖人别说进来，出都出不去。车成废铁，全县瘫痪。

都知道双湖离不开油站，但是没人愿意来。

当年领导找我谈话，想让我来，前面已经谈了四个人，说破嘴皮都不愿意来。领导很为难，见了我没敢直接说，绕来绕去。我说，不就是让我去双湖吗？我去！我这样一说，领导都愣了，说你这样爽快，我还绕来绕去的干吗？

不能怪人家不愿意来。

海拔高，天气冷。艰苦不说，弄不好连命都搭上。有一年冬天，地质队有个队员来双湖，去他们站点工作。他是跟一个藏族小伙子开车来的。半路车坏了，进也进不来，回也回不去。没有信号，没法联系。两人觉得离县城不远，就丢下车往回走。冰天雪地，走了没多远，他一跤跌倒，再也没爬起来。

藏族小伙子毕竟是本地人，一个人走出去了。当他带人再去找的时候，人已成冰，搬都搬不动。

在双湖，狂风暴雪都不怕，最怕的是地震。这里地震是常态，有时候一天震五六次。我赶上好几回。正跟客户在屋里说话，突然地震了，吓得抱头鼠窜。白天还好，有动静就跑。晚上咋办？我们就自制报警器，把灯泡立起来，大头朝上支在陡坡。稍有动静，灯泡一倒就碎了，嘭的一声，我们连滚带爬。办法虽土很实用。不然，梦中一震就啥也不知道了。

双湖的自然条件如此恶劣，因此被称为生命禁区。

可是，在一个风雪的早晨，一头母熊带着两个小崽来油站找吃的，让我泪流满面！

我拿出所有能吃的东西。

它们不敢靠近，远远站着。风吹乱身上的毛。

我说，你们吃吧！别怕！

我把吃的摆在地上，躲进屋里。

从窗户看着熊妈妈带着孩子小心地接近食物，我泪流满面！

冰天雪地，它们实在找不到吃的，才冒险来油站。

风再大，雪再大，熊妈妈带着孩子在坚持。

像熊妈妈一家坚持在双湖的，还有野牦牛、野驴、藏羚羊。

双湖哪有绿色？

它们怎能生存？

但是，它们生存下来了！

风中传来它们的悲鸣。

雪地留下它们的足迹。

听着它们的悲鸣，看着它们的足迹，我想，我们再难，还有它们难吗?

坚守在双湖,日升月落,我经历的太多太多。

在蓝天绽放的宝石花,时刻提醒着责任与担当。

讲两件最近发生的事吧——

前面说了,油罐车为我们送油,一周只来一次。到下周来之前,我不会把库存的油都加完,总要留四千公升用于应急。其他车不管有多大的事,只要不涉及生命危险,坚决不动。旅游进来的,没油就乖乖等着。投诉我也好,骂我也好,就是动手打我,也绝不给加。这天傍晚,我因拒绝一个旅游客户加油险些挨打,凌晨三点多,突然接到电话,说县政府一个职工胃病犯了,疼昏过去几次,人都快断气了,要马上送拉萨。问我有没有油?我说有!话没说完,车已进站。原来,他们边往油站开边打电话。应急油用上了!救命的血液加满油箱!越野车风驰电掣,夜以继日地把病人送到了拉萨。医生说,幸亏来得及时,胃已经穿孔,再晚一步就没救了!

听到消息,我一块石头落地。别说没挨打,就是挨打也值了!

两天后,也是傍晚,又发生了一件想不到的事。一辆丰田陆巡来加油,司机没说加柴油,加油员又认为应该加汽油,阴差阳错加错了油,车动不了了。咋办?不管谁的责任,必须先去修理厂清理油箱。可到了这点儿,修理厂早关门大吉。更要命的是,车里有个人高反严重,说话都没力气了。我只好央求厂里守夜的老师傅,说我们给人家加错了油,车上有人高反严重,都打蔫儿了,能不能帮忙加个班。老师傅一听我是双湖油站的,平时两家常往来,就说把车拖来吧!我赶紧把车拖过去。老师傅拆下油箱一看,说油管太多,天黑怕接不好,万一半路漏油就完蛋了，只能等天亮再接。老师傅话语诚恳，我只好把车放厂里回油站了。这时候，员工已经把两位客户安顿好了，烤着炉子，泡了酸辣牛肉面。高反的人也有缓解。我说实在对不起，清理油箱要明天了。今晚辛苦二位在值班室过一夜，我守着炉子，保证你们睡得安全。当天夜里，我守着炉子一宿没合眼。天刚亮，老师傅就来电话，说油箱清理完了也接好了。我拿上修理费，把车开回来。加错油的员工一定要把修理费还给我，我说我是经理，听我的。重新加了柴油后，我没让客户直接开走，让他们在县城跑了两圈儿，确定没问题了，才让他们上路。我说，实在不好意思，我们加错了油，应该赔偿你们损失。你们说吧，多少钱合适？司机连连摇头，说不能都怪你们，我事先也没讲清。谢谢啦！下回再到双湖，一定先来你们站加油！

挥手告别，陆巡远去。

我眼前不由得模糊了。

被两位客人感动，也被我的油站感动。

坚守双湖油站，我不但时时收获感动，还收获了爱情。

她是一个漂亮的山西姑娘，个子比我高。

次塔说，要想亲个嘴，你还得拉小板凳！

李老师，您问我咋认识的？那就是另外一个故事了。

我只能告诉您，我们已相爱两年，还没结婚。

啥时候结？您听——

不是在此时，

不知在何时，

我想大约会是在冬季……

冬季和大约在冬季

309

我的媳妇总有理由

她有理由问，也有理由答。

不管是问，还是答，她都有理由。

一万个理由！

为啥？她就叫尤丽铀。

名字能造原子弹，我不服行吗？

说完，董军哈哈哈。

引荐我采访的人说，小董不光是油站经理，还是我们当地有名的婚礼主持人！

哎哟，怪不得他笑声爽朗，字正腔圆！

这位油站经理兼主持人的浪漫故事，从一次投诉开始——

李老师，中石油有个受理投诉的热线95504，客户对任何一个网点的投诉，都会及时转回去处理。如果二十四小时内客户不满意处理结果，不撤诉，网点就要被扣分。

再苦再累都不怕，就怕客户打电话。

怕啥来啥，这天，我刚到站里就接到通知，说有一位女士投诉我们服务不好，点名让经理回复。哎哟妈，一个头两个大！

我拨通她的电话，心里特别紧张——

喂，您好！我是光明油站经理董军。实在对不起，我们的服务哪方面让您不满意，您跟我说。

不满意的地方多了！

啊？您能说具体点儿吗？

油卡充值奖品刚过一天，为啥就不给领了？

这是公司规定，请您理解。

我不理解！

好吧，这次的奖品我个人送您，行吗？您满意吗？

不满意！

咋样您才满意呢？

晚上你请我吃饭！

哎哟妈！我抓抓脑壳，遇上碰瓷儿的啦！

行，吃完您可要撤诉啊！

那要看我吃得咋样。

一定让您满意！您说地方吧。

说完一哆嗦，她要点两只澳洲大龙虾，我半年工资够不够还另说。得，豁出去了！

想不到她说，那就去肯德基。

哪儿？

肯德基。

行，到了那儿您随便点！不够打包！

到了肯德基，但见"不满意"亭亭玉立。哎哟妈，是她！

三天前，她开了一辆新车来加油，手潮，一把轮打到柴油机跟前。员工说，开过了，请往后倒！她开门下来，说我不会倒！一抬头看见我，哎，那位小哥，帮我倒一下行吗？我说行！过去帮她把车倒了，把油加上。谢谢哥！不客气！说完我就忙别的去了。想不到投诉的是她，我登时霞光万丈。

嘿，想不到是你！

你认错人了吧？

啊？你那天来加油，我还帮你倒车，你忘了？

套近乎是吧，想不想撤诉？

太想了！

那就点餐！

好，好，你想吃啥？

你想点啥？

……超值包。

不，要情侣套餐！

啊？

三下五除二。套餐吃光，剩下"情侣"。

你满意了吧？

不满意！我还要看电影！

……

为难啦？

到哪儿去看啊？

跟我走就是了。

想不到，肯德基旁边就有电影院。这是啥套路啊！

看完电影，还不满意。

我说，不会再让我陪你K歌吧？

哈哈哈，考试结束。董经理，我知道你没结婚，也没女朋友。

啊?!

啊个啥?你愿意跟我交朋友,我就撤诉,不然我天天打95504!

哎哟妈,饶了我吧,有事打我手机得了。

这可是你说的!

从那以后,我的手机就没消停过。

后来,她成了我媳妇。

她的名字能造原子弹!

我不扶墙就服她。细思极恐,理由都是我给的。

一天,站里来了一辆豪车,开车的女人嫌员工动作慢,就打了投诉电话。我接到通知后,立马跟她联系——

您好,我是油站经理,您在哪儿?我现在就过去给您道歉!

你过来吧!

我俩在她家楼下见了面。

高档的社区。美丽的女人。

姐,员工是新来的,让姐生气了,我给您道歉!

光道歉不行!

姐,我是您的小弟,您把投诉撤了,咋都好说。

我先听听你咋说。

我请您吃饭。

没心情。

我请您看电影。

不看。跟你说心里话,我离婚挺长时间了,你给我个安慰吧。

哎哟妈,听她这样说,我心跳加速,血压升高。

姐,我有媳妇有孩儿,除了吃饭看电影,别的不能做。

我的媳妇总有理由

那行，你要加我微信，跟我聊天，我就撤诉。

好的，好的！

你要随时跟我聊啊，不许拉黑。

不拉黑，不拉黑。

拉了我就打95504！

姐您放心，我都叫您姐啦，小弟不会干过河拆桥的事。

那我就信你一回，反正有95504。

我服您啦，姐！

我的那个天啊，95504咋还有这么个功能啊！

投诉撤了。微信加上。我成了拉磨的驴。

断不了的叮咚，聊不完的天。

这女人叫朱琳。比我大。大多少我没敢问。她知道我白天忙，各种的天都是晚上聊。尤其她喝酒以后，不管多晚，叮咚——

弟我现在特别寂寞。弟我现在特别空虚。弟我瞅你就来气。弟我想跟你发发火。弟我想折磨你。弟我今天心里特别堵得慌。弟我难受极了。弟我今天看见他跟别的女人在一起了。弟他还给那女的买了个包。弟那女的真难看，脑壳都是方的。弟我早就看上你了。弟我的钱花不完。弟我负担你。弟我现在特别想你。弟我知道我说不动你。弟你对媳妇这么好我都嫉妒了。弟我知道咱们没缘分。弟我只想跟你说说话。弟我这么多年没有在男人面前流过泪。弟你是我见过的第一个当面流泪的男人。弟你知道女人多不容易吗……

我说，姐我理解您。姐我同情您。姐您真不容易。姐您没结婚前一定是非常纯真的女孩。姐您是很有品位的人。姐您只是遇到伤了你心的男人才变成这样。姐我听您讲您老公以前很好。姐您没考虑过跟他复婚吗。姐我是有媳妇有孩儿的人。姐我只能在微信里安慰您。姐我希望您能找一个称心的人。姐我也留心看着有没有合适您的。姐到那天我给您做婚礼主持。

聊不完的天，断不了的叮咚。

说起来，朱琳是挺仗义的人。那天跟员工生气，肯定是心情不好。平时对员工可好了，一来就给大家带好吃的，随便发。在油站买东西大方极了，员工介绍啥就买啥。说我多买点儿，你们也多提成点儿。大家对她印象可好了。就凭这个，我也不能拉黑她。她是我们的重要客户，也是值得同情的女人。我应该帮助她。我相信自己能帮助她。我说了是她弟，她也撒诉了，我就应该真的把她当姐，不能用人朝前，不用人朝后。

可是，我还有个造原子弹的媳妇。

有时候，大半夜的，朱琳不光发微信，还来语音。一唠唠很晚。

这是谁呀？

客户。

咋没完没了？

你看看，我没说啥，就是劝她。

我不看！我生气你都不劝，你劝人家。一天到晚地聊，别人家老娘儿们关你啥事？自己家事管好就得了呗，别人家事你咋这么上心？你俩啥关系？

媳妇终于跟我大吵起来了。

导火索是女儿要买手机。

虽然她还小，但同学都有了，她也想要。她先跟她妈说，妈，我想买个手机，别的同学都有了。她妈说，问你爸去。她又来找我，爸，我想买个手机。我说你买它干啥？一来对眼睛不好，二来耽误学习。你现在的任务就是好好学习，别的啥也不要想。她一听我不让买，眼泪巴又嚓个嘴又找她妈去了。妈，我爸不同意。啊？原子弹立刻爆炸了，冲我吼起来，你一天捧个手机聊啊聊，家家不管，孩子孩子不管！孩子要买手机咋不给买？就兴你捧个手机朝死里玩？听她这样说，我当时也沉不住气了。我说我一没玩游戏，二没搞婚外恋，三我纯粹是为工作，手机里都是客户群，我离不开！她看我回嘴，俩眼瞪成大元宵，啊？你还有理了是不？你还急眼了是不？你跟别人的老娘儿们没完没了地姐，那叫啥工作？你不勾搭人家，人家能跟你一聊半宿吗？别整天拿工作当理由！你那叫啥理由？你那不叫理由！

看她当着孩子没鼻子没脸，我立马闭嘴。

一个巴掌拍空气，两个巴掌要拍人。

媳妇有理由跟我吵。她在乎我，在乎这个家，在乎跟我继续后半生，所以跟我生气跟我吵。要是不在乎，就不会吵了，爱咋地咋地。她愿我俩的爱情纯真如水，不许有任何杂质。她跟我吵，说白了，是心疼我，看我睡不好，半夜絮絮叨叨，为我身体担心。

当然啦，她也怕同样的戏码再次上演。

她是我的原子弹，她在保护我。时刻。

风浪过去了。孩子上学了。我赶紧服软。

老婆大人我错了，你别生气了。我累死累活不就为多挣俩钱吗？咱俩不是有个愿望，等退了休开车走遍全中国吗？房车买不起，咱买个吉普，前边只坐咱俩，谁也不让坐。后边改成一张床，困了就睡，醒了就到处开。老伴儿，这地方多美啊，咱俩就停下来，我给你做好吃的。吃饱喝足了，睡一觉，接着再往前开。你别生气了，气坏了身体没人替，还咋出去转悠？我诚心诚意跟你说，我跟那个女人真的啥事也没有。她叫朱琳，离了婚心情不好，就投诉我们。我安慰她也是没办法，不然公司扣分罚钱。再说，咱能安慰安慰她，让她走出阴影，也是做善事。还有呢，我手机里真的有好多客户群，汽油群，柴油群，非油群，润滑油群，IC卡群，每个群都有三百多人，每天都有这样那样的问题要我解答。我一天到晚捧着不放，就这样还答不过来呢。这样吧，干脆，你也加进来，到里边看看我有多忙！

你跟朱琳说话我也能看见吗？

当然能看见，随便你看！

好，那我就加。我也有理由加！

没错，媳妇你永远有理由。

得，往我微信里一加，她后悔都来不及。为啥？叮咚叮咚，响个不停，她不用干别的了，各种来信看得她蒙圈儿。有时候，我忙得顾不上回复，客户就在里边大喊大叫，董经理蒸发啦？董经理潜水啦？董经理干啥去了？董经理你为啥不理我？董经理你熬粥去了吗？

事非经过不知难。媳妇这才理解我为啥整天捧着手机。

她要强。她恨有人在群里跟我急。她收集我对各种问题的回答，复制了发给那些客人。最终，成了我的秘书，一天到晚也捧着手机。

我的媳妇总有理由

我忙着处理其他事情，她把问题都回答了。

油价刚一下调，她就满群里嚷嚷，快来加油啊，便宜啦！

油价要上调了，她也跟着发疯，快来啊，过了这村没这店！

本想看我跟朱琳聊些啥，一忙起来全忘了。

终于，有一天，她跟朱琳见面了。

不是故意。非常巧合。

那天，她把钥匙忘在家里回不去了，来油站跟我要。我把钥匙给她了，她没有马上走，进便利店转去啦。

就在这时，朱琳开着法拉利来加油，跟我打了个照面。

不知道咋地，我忽然感到一阵紧张。

紧张啥？

不知道。

她跟我媳妇，谁也没见过谁。

那我还紧张啥？

哎哟，帅哥，你在这儿呢，你挺好的？想姐没？

哦，姐，我挺好的，您也挺好的吧？找着意中人了吗？

正找呢，你也不跟我好！

我赶紧回头往便利店看。还好，媳妇还在里头。阿弥陀佛！

朱琳加完油，又跟我说，你不要太累了，太累了就跟姐说。

好的，姐我惦着呢，有般配的马上告诉您。

行啊，等到了那天，你一定给我主持啊！

一定的姐。

唉，谁知道那天是哪天，要找一个不为钱跟我好的，太难了。真情真爱无人懂。你也不跟我好。我等你！再见！

再见！

我等你，一语双关。真厉害。

她刚走，媳妇就出来了。

是不是她？

啊？……是。

你紧张啥？

我没紧张。

我从你后脖子都看出来了！

我真没紧张。

鸭子死了嘴壳硬！你为啥不给我介绍？

我……紧张。

你不说不紧张吗？为啥不给我介绍？

……怕你俩吵起来。

嘿，真有你的啊，你媳妇是那么小心眼儿的人吗？

不是，不是。

那你就应该给我介绍！

好，下次一定介绍，一定。

话不说不明，窗纸不捅不破。

媳妇自打见了朱琳，好像变了个人。

她问我，她有我漂亮吗？

没有，你是最漂亮的。

她有我年轻吗？

没有，你是最年轻的。

我手机一响，她就哈哈哈，是不是她呀？

以前，这是她最敏感的。现在她能拿这个开玩笑，说明
她不在乎了。她找到了自信，找到了位置。她是原子弹，她

怕谁?

同样让我想不到的是，朱琳也给我来了微信——

便利店里的是你媳妇吧?

啊，这些女人啊，我服了!

我说是。

那你为啥不给我介绍?

我……

怕我俩打起来吗? 哈哈哈，你想错了。我那天为啥要跟你说那么多话，就是要让她知道，让她放心，我俩大大方方，没有躲躲藏藏。你告诉你媳妇，我羡慕她，也嫉妒她。她年轻漂亮，她有你这样一个好男人!

我把朱琳的微信原封不动地拿给媳妇看了。

她看了。

她哭了。

她说，你还记得新婚之夜吗?

我说，记得，永远记得，那天夜里，咱俩抱头痛哭……

采访戛然而止。

董军的眼圈儿红了。

他说不下去了。

我也不让他说了。

返回驻地的路上，引荐人告诉我，他们夫妻俩都来自单亲家庭，很小父母就离异了。

袁月的恋爱季

都说闺女是妈的小棉袄。

我这个小棉袄呢，不知是小啊，妈穿着勒；还是厚啊，妈穿着烧。

总之，老早就给我张罗对象，生怕我嫁不出去成了剩饭。

可能吗？本宫朱唇皓齿、眉如新月，就是剩下，也是鲍鱼捞饭！

很遗憾，老妈不这么想。我美丽四射，她搭讪八方。

这天，又来电话了，闺女，妈给你介绍个男朋友！

哎哟喂，拜托啦，老妈！撕吧西吧！

Спасибо！是俄语谢谢。发音不准，就成塞吧塞吧。老妈嘴里好像正吃着什么，我音发得倍儿准。撕吧西吧！

你咋说话呢？妈吃着黏豆包，说的可是正事！

得，正打歪着，还是听岔了。

当时，我正在外语学院上大学，俄语专业。毕业后想考研，或者去南方发展，往高层次再走两步。正寒窗苦读，老妈三天两头儿介绍对象，真让我哭笑不得。她的小心机，就想让我回珲春，不让我往南方跑，女孩子家家的，放心不下。拽紧线风筝就飞不了，这线就是找个对象拴住我。把小棉袄留在家，不是让我照顾她，她想照顾我。

我说，老妈呀，人家正上学呢，说话要考试。

考完了不是有个实习期吗？正好过来见个面儿！

你就说说，时间表她手拿把攥。分分钟出炉，秒秒钟新鲜。

老妈，我服你了行吧。他是干啥的？

司机！

啥？

开车的司机！

哎哟喂，给我找了个开车的？咋不找个修车的呢！

嘿，妈知道你想找个医生，几家医院我腿都跑细了，人家都结婚了！只有一个死老伴儿的，能当你爹了！这个司机要是别人找的就算了，是你老叔找的。亲戚里道的，面子得给啊！听妈的，你还是回来见见，应付一下，行不？

老妈可怜的，就差给跪了。我只好说行。

实习期间我回了珲春。半道儿还想，也许瞎猫碰死耗子，万一是我的梦中男神呢？就像孙红雷那样的，小眼睛，单眼皮，茄子脸。最好再有几个壮疙瘩。

可是，一见面，我差点儿背过去！

大眼睛，双眼皮，面瓜脸。一出声，哎妈呀，管妈叫马麻！

别的都不说了，就这双大眼睛、双眼皮我就受不了。上小学时，同桌的男生就这模样儿，大眼睛、双眼皮，每天大鼻涕流过嘴，完了还往回吸！还跟我说是咸的！一出声更吓人，管爸叫巴拔！跟小孩要拉屄屄似的，别提多讨厌了。在我印象里，男的大眼睛、双眼皮，十个有十个是娘炮。

眼前这位，开车不开车的放一边儿，要是长相我喜欢也凑合，还能继续谈。又是开车的，又是大眼睛双眼皮，快歇菜吧！

可是，他非要请我吃饭。不吃吧，太不给面儿；吃吧，难以下咽。我勉强扒了两口完事。他呢，秀色可餐，来了个光盘运动！

回家后，老妈霞光万丈，咋样？

我说，不咋样。

立马晴转多云。

我说，看叔的面子，我还吃了人家一顿饭。

老妈说，不碍事。过两天，咱再把饭请回来。以后愿意咋样，随你！

过了两天，老妈当真请他吃了一顿饭。不光请他，把我老爸和老叔都叫上了。这心机用的！

果然，吃完饭，老妈回家就说，啥开车的呀，人家是油站经理好不好？那天老叔说他开车给人家送油，我还以为是司机呢！闹半天不是，是经理，是帅哥！大眼睛，双眼皮，面瓜脸。我咋看咋喜欢。那一声阿姨把我叫的，心都酥完了！

老爸说，我看这孩子也不错，话少，稳重。老叔说他吃苦耐劳，是过日子的人。丫头，看人不能光看表面。你说孙红雷好看，我就瞧不上。我就小眼巴叉的，他还不如我呢！

老妈老爸一通热闹，跟春晚似的。

热闹完了，齐刷刷地看着我，咋样？

不咋样。

那随你！

随我就好。

之后，老叔问老爸老妈，咋样？还见不见？

老两个又齐刷刷地看着我，跟过了电似的。

我说，见！

太好了！

我的回答令他们意外，两张大嘴咧成瓢。

可怜天下父母心！

我约他在咖啡馆见面，意思想跟他说，这事就拉倒了，往后谁也别找谁了。打死你大娘！

呵呵，打死你大娘，是我们同学拿俄语再见（До свидания，达斯维达尼亚）开玩笑的。

没想到，咖啡馆一见，我更给他差评了，不光是面瓜脸上的"二大"。

既然是我主动"打死你大娘"，这咖啡就应该我请。服务员送来账单，两杯咖啡，四十块。我站起来就去结账。在这一瞬间，我忽然又想看看他的表情。结果，他坐在那儿装木头，根本没有抢单的意思！这家伙，连四十块都不舍得花，还想跟我交朋友？太脑残了！

尽管我顾及面子，没直白地说咱俩就拉倒，可他应该明白。

然而，分手时他还说，我开车送你！

我心想，送就送，送完就断了。

上了他的车，一路无话。

车到家门口，老爸也正好开车回来。

他见了我老爸，忙把车停到一边，让出车位。然后，下车跟我老爸打了个招呼，这才开走。

老爸一进家就喊，这孩子真不错，送咱丫头回来，还下车跟我打招呼！

老妈笑成大菊花，我咋看咋喜欢！

我心说，白喜欢，我都跟他挑明了！

这以后，我俩再也没见。

实习期转眼结束。慌来慌去，也没实习成。

要回长春那天，他突然跑来了，提了满满两大兜儿吃的。一兜儿给我，一兜儿给我老爸老妈。

老妈高兴得手脚没处放。

闺女，瞧这孩子，我咋看咋喜欢！

那你当初咋不找他那样儿的？你瞅我爸，小眼睛，单眼皮，脸上净疙瘩！

嘿，我不是没碰着吗？他又死乞白赖追我！

老爸听见了，说美的你！咱俩谁追谁呀？丫头，你说说？

肯定我老妈追的你！

哈哈哈！

在老爸老妈的笑声中，我回到了学校，继续寒窗苦读。

有一天，手机响了。一看，是他打来的。

我来长春出差，想见见你，行吗？

我没吭声。我犹豫。

他说，不行就算了，不耽误你。我回去啦，祝你一切都好！

我说，那就见吧。

决心下之不易。

他来长春，肯定跟我老爸老妈说了，老两个也肯定我们能见面。如果他回去，说话通了人没见，老爸老妈就得掉魂儿。见就见，反正也不能吃了我。还可以再聊聊，看他到底是啥货。

一见面，他就要请我吃饭，说我念书辛苦了。我说那就吃饺子吧。我意思是饺子简单又便宜。结果，他点了饺子不说，还要了几个硬菜。我心情复杂，没胃口。他呢，再次上演光盘运动！

来而不往非礼也。我说，请你喝咖啡吧。他说好啊。

两杯咖啡，三十块，比上次还便宜。

我去结账，他一动不动。

本来是我请他喝的，结账太应该了。可不知咋地，看他又装木头，瞬间我又生气了，这样小气的男人能要吗？

事后想想，我也够小心眼儿的了。

可当时呢，差点儿说出咱俩快拉倒吧！

就这样，又过了两个月，谁也没理谁。

紧跟着，我大四毕业了。同宿舍的室友，有回家的，有准备考研的，有瞄上考公务员的，还有直接结婚走人的。走人就走人吧，还搂搂抱抱的，气谁呢？我正犹豫，珲春旅游局的来了，欢迎我回去做导游，说又能挣钱，又能出国，还能准备考公务员。局里还有去俄国留学的指标，机会多多，前途无量。这样点名道姓地来，一听就是老妈下的套儿。

想了想，也不错，这套儿我上了！

要回家啦，宿舍里的东西让我愁。

就在这时，他来了。开车来了。

我来接你，他说，把东西放车上吧！

你咋知道我要回家的？

他笑而不语。

是我老妈说的吧？

是你自己说的，你忘了？

我这才想起来，吃饺子的时候，我念叨过一句。

他居然记着。

心可真够细的！

不知咋地，我忽然很高兴。

但是，一看到他那双大眼睛、双眼皮，又想起他两次装木头，高兴劲儿又没了。到了我还是回珲春了。往后咋办呢？抬头不见低头见的，还是把话跟他挑明了吧。

一路上，几次话到嘴边儿，又忍住了。

忍住了吧，还想说。

终于，冒出一句傻话，你感觉我咋样？

一出口马上后悔了。本来想说你感觉我俩咋样，意思是我对你没感觉，咱俩就到这儿吧，没想到冒出这么一句傻话，这不成我追他了吗？

泼出的水收不回，干脆听他咋回。

他要是说我对你没感觉，那正好，我马上回答我对你也没感觉，咱俩到这儿吧；他要是说喜欢我，那咋办？那可有点儿麻烦。他喜欢我，老爸老妈喜欢他，我法网难逃。其实，他这个人哪，除了大眼睛、双眼皮，还有装了两回木头，别的也还行。结婚走人的室友，是她老公来接的。我特意看了看，小眼睛，单眼皮，茄子脸，壮疙瘩，一样儿不少，咋觉得也很一般呢！晃眼看上去，还不如我眼前的这位让人眼亮呢。他要是真说喜欢我，也不妨再看看。

现在回想起来，恋爱季的女人傻到没治。这还用他说吗，明摆着喜欢我、追我。他真要当面说，我喜欢你、爱你，我还嫌他酸呢。

一句傻话出口，惹得我浮想联翩。

他会怎样回答呢？

哎哟喂，他怎样回我都想过来了，万万没想到他竟然回了这么一句，当时就把我气个半死——

我俩适合做知己！

听听，就这么一句！

还能比我再傻点儿吗？

啥叫知己呀？

知己是啥啊？

木头一根，打死你大娘！

我假装睡觉，再也没理他。

一到家，就把他的微信拉黑了。

老妈凑上来，一脸幸福花儿开，这孩子真行，我们谁也没说，他自己就跑长春接你去了。这大眼睛、双眼皮的，我咋看咋喜欢！

接着，又放低声音，闺女，咋样？

我说，不咋样，我把他的微信都拉黑了。

啊？老妈晴转阴，你这孩子做事咋这么欠考虑？人家大老远的帮你把东西拉回来，水都没喝就走了，你连谢都没谢，还把人家拉黑了。他又不是推销保险的，又不是搞传销的！有你这样的吗？回头跟你老爸说说，让他评评理！如果他不喜欢你，那另说。如果你不喜欢他，我们也不强扭瓜！

我喜欢他，他不喜欢我。

啊？他说了吗？

说了。

真说了？

真说了。

这孩子！连我闺女都不喜欢？要模样儿有模样儿，要文化有文化，要外国话有外国话！这样儿的都不喜欢，喜欢啥样的？他不喜欢你，我们还不稀罕他呢！

老妈一顿砖头瓦块，砸完我，又砸他。

我委屈得想哭。

可是，我没哭。

我把他的微信又加回来了。

为啥加回来？

不知道。

加是加回来了，可也没跟他联系。

为啥，说不清。忙是最好的理由。因为干上导游了，忙个贼死。接来送往，风里雨里。起初的高兴劲儿早累飞了。

几个月下来，最扎心的感想是挣钱真苦，最伟大的收获是人生不易，最美丽的中国梦是透透地睡个觉！

老实说，我几乎忘了他。

有一天，我正在宾馆接待客人，突然看见了他！

这样突然！

我们打了招呼——

Здравствый！

哎哟喂，他竟然用俄语说你好！

兹德拉斯特维杰，发音还很准！

他啥时候学的？

以前不会啊！

我马上回了一句：Привет！

也是俄语你好的意思。

只不过，这是亲密的朋友之间的问候，普里为特！

他笑了，也回了一句：Привет！

哎哟喂，他懂！

客人中有他的一个朋友，他俩很快就唠上了。

可是，我远远地看见，他的大眼睛没在客人身上，在我这儿！

不知咋了，我忽然觉得这双大眼睛挺顺眼的。

他的俄语啥时候学的？

是为加油的俄国人，还是……为了我？

是为了我吗？

我远远地看着他。

他远远地看着我。

一支熟悉的歌，瞬间涌上我心头——

你从哪里来，我的朋友

好像一只蝴蝶飞进我的窗口

不知能作几日停留

我们已经分别得太久太久

……

为何你一去便无消息

只把思念积压在我心头……

我在心里哼着这支歌，把窗口改成了心口。

出发的时间到了，我招呼客人们上车。

在夜晚的灯光下，在宾馆的门口前，我们匆匆见面，又匆匆分手。车开出去很远了，他还站在那儿。

看着远去的车。

看着远去的我。

你从哪里来，我的朋友

你好像一只蝴蝶飞进我的窗口

难道你又要匆匆离去

又把聚会当成一次分手……

忧伤的歌又一次涌上心头。

在当导游的日子里，我认识了一位报社老总。他惊讶我的俄语水平，说报社需要我这样的人才，问我愿不愿意去。我想都没想就说愿意。原来以为萍水相逢，他说着玩儿的，没想到很快商调函就来了。

我调工作了，忽然想告诉他。

为啥？不知道。

忍了忍，没说。

来到报社，先当记者。仍然是风风雨雨，却比导游轻松多了。身份也不同，去哪儿都高接远迎，浪里个浪！

这年冬天，报社派我去敬信采访生态旅游。

敬信是珲春的边境小镇，东南与俄罗斯对接，西南与朝鲜相望。"鸡鸣闻三国，犬吠惊三疆。"我只听说过，从来没去过。

接到任务，心里一惊，哎哟喂，他当经理的油站就在敬信！

想起他出差到长春来看我，难道这是天赐良机吗？

我决定去看他。而且，悄悄前往，打枪的不要。

给他一个惊喜！

为啥要给他一个惊喜呢？

不知道。

不如说，给自己一个惊喜吧！

没想到，不但没有惊喜，反而大哭一场——

那是怎样一个孤独而寂寞的小站啊！

远远看去，像漫漫黄沙中一棵无助的胡杨。

当我走进小门，迎接我的不是他，是一位老奶奶。她说她是邻居。而就是邻居，走到这个小站，也要一个钟头。

我来给他送一口热的。这孩子太可怜了，天天方便面。我来的时候，他刚吃了两口，接着个电话就走啦，送油去啦！那人说车没油了，歇半道儿了。他让我照应着，说一会儿就回来。姑娘，你要加油就等等，我可不会。

他不是经理吗？他的员工呢？

嘿，他叫啥经理呀！经理是他，员工也是他，又是头，又是脚！

啊，油站就他一个人？

可不咋地！他要是有个媳妇，也就不天天吃方便面了。你瞅瞅，那碗里，哪儿是粮食啊，全是冰碴儿！

老人话没说完，泪就下来了。

我再也忍不住了，推门跑出去，对着空无一人的荒凉，放声大哭！

为什么？

这是为什么啊？

袁月的恋爱季，在泪水中落幕。

现在——

她是敬信油站的员工。

她的经理叫王学波。

在祖国漫长的边境线上，这样的夫妻油站，不止一个。

黄丽开店

古诗云：两个黄鹂鸣翠柳，一行白鹭上青天。

看眼前：一个黄丽站柜台，两扇店门迎客开。

迎客而开的店，是南宁长福加油站便利店。

站柜台的黄丽，是便利店的主管。

个子小小的，一张娃娃脸。看上去像个高中生。

一问，哎哟，已经工作十一年！

这就是黄丽给我的印象。

李老师，我喜欢便利店的工作，很新鲜，很快乐。每天面对不同的客户推销商品，推销成功了很有成就感。讲别的我也不会，在商言商，举几个例子，跟您说说我是咋卖东西的吧。

开店就是为了卖东西。店门一开，进进出出的人不少。进来的人不见得都买东西。谁买，谁不买，要心里有数。要盯住买的，看他想买啥，想办法卖给他。当然，也不能冷落了不买的。他今天不买，明天也许就买。来的都是客，全凭嘴一张。笑脸相迎，笑脸相送。多说好听的，礼多人不怪。咋判断客人要买东西呢，看他眼神儿。一进来就东张西望，一看到机油眼里就放光，八成他就是来买机油的。我马上迎上去跟他套近乎，不说您要买机油吗，也不说机油多少钱，说看您一进门就奔机油来，您是我们尊贵的老客户，太巧了，我们店正在搞优惠活动，现在买机油特别划算。我这样一说，又是尊贵的，又是老客户，又是优惠活动，他特别高兴。这单生意就成了。

有一位阿姐，五十多岁，开了一部越野别克，有钱，自带气质。她是自助加油，不需要加油员帮忙。每次加完油就开车走了，也不需要进店结账。可是，我没放过她。我走出便利店笑着跟她套近乎，说阿姐您身材真好，咋保养的？您这条裤子真靓！V喇，好时尚啊！是吗？她笑得灿如春花，就跟我唠起嗑儿来。

这个年龄段的女人，最喜欢听人家说她身材好，说她穿得好。

还有，女人的钱最好赚。

一来二去，我俩就熟了。我管她叫阿姐，她管我叫油女。

呵呵，我是够油的。

我说，阿姐，您每次来加完油就走，我扒着窗户眼巴巴盼着您进店里看看呢。

她说，是吗？你们店里有啥好东西？

好东西多着呢，您进来看看吧！

她就跟我来到店里。我说，您今天来得真是太巧了，刚到的泰国山竹，嫩得一碰就咧嘴儿！还有刚到的猕猴桃，红心甜汁儿，咬一口全是维生素，让您的皮肤更漂亮。您看，这苹果多好，产自山西永和，又大又红，每天吃一个，健康又美容。苹果很耐放，放在冰箱里随时吃，又凉又脆又甜！像您这样有气质的美女，这些水果都少不了啊！

我这样一说，她来了情绪，介绍啥就拿啥。她一说拿啥，

黄丽开店

我就给她往车里送。边送边说，阿姐，您家里还有牛奶吗？我们的牛奶保质期很新。我每次进货不多，不压货，流动得很快。外面超市进货量大，日期没有我这儿的新，要不您也带点儿？您的油卡里还有钱吗？现在正好有活动，充值送券，很划算的！

结果，她又买了牛奶又充了值。买的东西装满后备厢。

从这以后，她就成了我们店里的常客。

她一来加油就问，油女，你们店又有啥好东西啦？

我说，好东西多着呢，就等阿姐来照顾生意了！

对有钱的客人如此，对经济条件一般的客人也同样。

我对门的邻居姚阿姨，住的是廉租房，一个月房租二百块。她也五十岁了，一个人。我跟她好得不得了，也叫她阿姐。她不爱出门买东西，我就主动跟她联系，给她发微信，说阿姐，我要下班了，家里需要啥，我给您带回去。她说需要酱油。我就拍图给她，像微商一样。阿姐，您看这款行吗？这款不行，还有另一款。二选一，要哪个？她说要这个。我又说需不需要蚝油？她说啊？你连蚝油也卖？我说是啊，我们店里货全着呢！你要的东西如果没有，我还可以从外面调。面条要不要？我们店里的面条，日期新，口感好。她说行，面条也要。我爱吃，你多带两包吧。

得，这一趟两三样儿。虽然钱不多，都是她需要的。

照顾了她的生活，也做了店里的小生意。

我精心照顾姚阿姨，她从心眼儿里喜欢我，逢人就夸我，顺带也为我们店做了宣传。她出去散步时，对一起的老伙伴说，我对门的小姑娘在加油站上班，她开的便利店东西可全了，要啥有啥，又好又便宜，二十四小时营业，可方便了。你们有啥要买的就去她那儿买！她不但口头宣传，还转发我的微信名片给大家。这都不说，还带着老伙伴到我店里来。走到半道儿，有个阿姨说要上洗手间，她说加油站里有，可干净了，走吧！我一看她带人来了，急忙上前招呼，又指引洗手间，又递面巾纸。姚阿姨说，你们看，这小姑娘就住我对门，人多好啊！去洗手间要经过便利店，人家拿眼一溜就把东西看了。他们想不到加油站里还有这么多东西卖，原来以为就是加油呢。现在一看，牙膏、牙刷、洗面奶、大宝、卫生巾、纸巾、湿巾，连宝宝专用的湿巾也有。泡面就更不用说了，好多种！开门七件事，柴米油盐酱醋茶，需要的店里都有。老伙伴一看就乐了。出了洗手间，你买点儿这个，我买点儿那个。我说你们不是有我的微信吗？要买啥不用跑，微信里告诉我一声就行。我发截图给你们，合心意了我送货上门。

现在，有人说大妈不好，爱占小便宜，不招人待见。我说错，我就待见。别说大妈了，同样的东西，同样的质量，有便宜的谁也不买贵的，对吧？我就敢保证我开的店，质量有保证，价格也便宜。为啥便宜？除了进货渠道不同，还可以通过办油卡打折购买。

姚阿姨虽然不开车不办油卡，但是，当她得知我有推销油卡的任务，就热心帮忙。我跟她说，办油卡很方便，拿上身份证充钱就行。她就领人来办。第一天来办卡的一位大姐，开口就问我充多少钱划算？充一千行吗？我感到这位大姐不缺钱，说话的时候嘴里还有烟味儿。我就说，充一千不划算，如果您充三千，加油每升优惠一毛三，在便利店里买东西还打折。比如烟吧，货真价实还打九五折。我这样一说，她兴奋了，说你们店还卖烟？我说卖啊，烟草公司专供，您想买啥牌子的都有，店里没货我给您订。她就说要啥啥牌子的。我一听，哎哟，这烟我还真没卖过。我说姐，我现在没货，马上给您订，您要多少？她说先要一条吧，看看牌子正不正。我就订了两条，打算卖一条摆一条。结果，这位姐当时就办了三千块的油卡。烟来了，她一抽，说是正牌的，连摆的那条也要了。这都不说，后来她帮着朋友和亲戚一下子办了三张卡，哪张都没少充钱。她说她喜欢抽的这种烟，好多地方卖的都是假货，你这儿是真货，你再给我订十条！我说没问题，订货要押钱，我先给您垫上！我这是真心话，想不到感动了她。她说小姑娘你太好了，哪儿能让你垫钱啊？说完又问我，油卡充值哪个档次最优惠？我说有五个档次，最优惠的充五千送五百。她说，哎哟，够买好几条烟了，我就充五千的！说完，就充了五千。

打这以后，这位姐成了我的固定客户，又充油卡又买烟。

做生意先做人。人做好了，客户就能维持住。

我有个小本，写着所有客户的电话号码、姓名，店里一搞啥活动，一有啥优惠，我就挨个温馨提醒，打个电话或者发个短信，说店有促销活动，是啥产品，活动啥时候开始，啥时候结束。我告诉员工，如果有客户来买东西，万一我不在，你们一定要招待好。送一瓶水，送一包纸，账记在我头上。客户辛辛苦苦跑到油站来买东西，一进店就要给他到家的感觉，跟他打招呼，给他喝口水，给他新鲜水果尝尝，给他刷存在感。让他感到在这里得到尊重，得到认可，他会非常高兴。本来电话里只说买机油，到了店里，存在感一来，我说再带点大米、豆油吧，他不但欣然接受，还给我介绍朋友。小黄，你们店的花生油有团购吗？我说有啊，你有需要吗？他说我有个朋友是开饭店的，如果你有团购活动，我就介绍你们认识，他每次都能拿十件、二十件。我说真的吗？太好了，太感谢了！结果，他真把朋友介绍来了，跟我订了货。从我这儿说，自己出点儿钱，一瓶水，一包纸，一点儿新鲜水果，又能出多少钱呢？但是，客户就能把我记住，念我的好，他身边的朋友有需要，就给我介绍过来：小黄，我的同事要办油卡，你们有优惠吗？我说太有了，您让他来找我吧。他说好，那我让他过来。我说好，我等他。结果等了很久也没来。我不催，也不怨。有一天，他的朋友真来了，是从挺远的一个地方赶来的。我就把他的朋友当成自己的朋友，送上小温馨。他上完洗手间，我马上递给他一包面巾纸。他擦完手就开始跟我聊天儿，聊来聊去，真的聊成了朋友。他又给我介绍他的朋友。后来，他的朋友来了，跟我打听店里的大米。朋友的朋友就是我的朋友，我要真诚对待。当时，店里有几种大米，有九十块一袋的，六十块一袋的，还有三十八块一袋的。我不是为了卖东西，介绍最贵的给他，就介绍三十八块的。我说，这是东北的好大米，经济实惠，做饭煮粥都好吃。十斤一袋，比较适合家庭用，我建议您买这款。他笑着说，你是不是看我穿得不好，就介绍便宜的？我说不是，我家也买这种米吃。因为口感好，我才介绍给您。是朋友就要说真心话，不见得贵的就好。行啊，小黄，我听你的！他买了一袋三十八块的。回去一尝，第二天就打电话来，说这样的米你还有吗？我心想，可能就是一两袋的事，随口回答有。他说行，你准备好，三天后我开车过来拉。我一听口气不对，忙问您要多少？五十袋！啊？我顿时蒙圈儿了，实在太想不到了！谁说天上不会掉馅儿饼？这不就砸在我头上了吗？还肉多葱花少！我说太感谢您了，您来吧，我马上调货！您买这么多，我给您按团购，一袋三十五块！后来我才知道，他是一家公司的老总，买回去准备分给员工过节吃。说老实话，看他的衣着，看他的低调，我真没想到。

李老师，我再跟您说个卖瓜的事，好玩儿！

有一次，公司来了一款西瓜，号召每个店都订点儿。

哎哟，那个西瓜很大。两块钱一斤。因为个儿大，一个就要四五十块。我去提货时都愣了，说我从来没吃过这么大的西瓜。供应商说，吃瓜就要吃大的！你放心拿吧，这瓜真的很好吃。然后，他就介绍瓜是从哪儿来的，还有简介，还有图片，的确很诱人。可是，太贵了！我们油站的消费人群大都是中低端的，我担心卖不动。可公司又有销售任务，咋办？不管了，卖得动卖不动我也得试一下！

供应商说，这就对了，你没卖怎么知道卖不动？先订一个也好！

我说行，那就先订一个，万一卖不动，我自己就奢侈一把！

我抱着大西瓜来到店里，摆在一进门的显眼位置。

商品的摆放很有讲究，啥东西摆在哪儿？咋摆？咋分类？咋搭配？比如，促销产品就放门口，人家进门儿就一目了然，噢，有活动，有优惠，马上就有购买欲望。本来没打算买也买了。机油啥的要靠边摆，买这些的客人都是刚需，摆在哪儿都会买。糖果啊，小玩具啊，口香糖啊，这些就摆在收款机旁。小朋友跟着爸爸妈妈进店来，转一圈儿没可买的，付款的时候看见了，说妈妈我要这个，爸爸我要那个。大人结账的时候顺手就买了。开车的人容易犯困，收款员顺便说一声，买个口香糖呗，提神解乏！得，小生意就成了。生意不怕小，有人买就好。做的是量，不在每一个挣多少。积少成多，集腋成裘。商品的摆放有讲究，店里的装饰也很重要。客人一进来，心情一高兴，不想买也买了。根据季节不同，商品不同，店里的装饰各种倒腾，其乐无穷。店面的颜色、灯饰，这些都是我最上心的。什么季节换什么颜色的灯，让客户赏心悦目。比如，过年肯定要换红色系列的。换这些都要钱啊！当家过日子一分钱掰两半儿，店里的装饰啊、灯饰啊，我就想办法让供应商赞助。因为做久了，供应商都成了朋友。我跟水果供应商说，过年啦，给点儿支持啊，帮油站省点儿钱。他说支持啥？我说你帮我装饰一下店面，弄个红色系列，你的大红苹果也好卖！他说行啊。于是，店里一片红，节日气氛老好了，谁进来谁夸。过完年，春天来了，我又找大米供应商，说春天来了，能不能帮我把店里弄成绿色的，春天点儿。你帮我弄了，我就主推你的绿色产品！大米供应商一听就乐了。于是，店里又成一片绿，谁进来谁惊艳！不光打扮店面，还问他们有没有小赠品、小玩具、小手表啥的，能不能帮店里搞个促销活动，吸引一下客人？就跟他们卖萌，跟他们要，脸皮厚要个够，脸皮薄要不着。要来了，就搞活动。买大米赠小手表，买豆油赠小玩具。店里的气氛上去了，营销上去了，我还没花钱。

话说回来，还说卖这个大西瓜吧。我摆在显眼的地方卖了一天，也没卖出去。看是有人看，问也有人问，一听价钱吓跑了。还有一个人问，这是真瓜假瓜？我赶紧说是真瓜，别动！

害怕他像电视鉴宝节目一样拿锤子给砸了，那可赔死我啦。到了晚上，我一看，瓜还傻傻地摆在那儿，就发愁了。总不能为了这个瓜，让供应商把店里装饰成瓜地吧。卖不出去，老摆着也不行啊。这是活东西，再摆坏了！

咋办？没人买，我自己买，也尝尝到底有多好吃！

但是，这个瓜也实在太大了，买回去也吃不完啊。冰箱里都放不下。哎，能不能跟人家分着买呀？天都黑了，跟谁分呢？

正发愁，收款员说，发啥愁啊，咱俩一人一半不就行了吗？

我一听乐了，真的？

可不真的吗！我看这瓜挺好的，也想买回家吃。

收款员刚说完，另外两个员工也说，算我们一份，都馋一天了！

这真是：众人拾柴火焰高，众人吃瓜快拿刀！

大西瓜上秤上一称，正好四十块钱。

一切四份，每人十块，都消费得起！

大家一合掌，耶！

手起刀落，咔嚓！那声音特脆特好听。瓜一开，齐叫好，红得惊人，瓜汁流得跟图片上一样。还没吃，口水就成河。

我说，这瓜太好了，还平摊什么？我一人全买了，请大家吃！

正在这时，经理来了，说你们干啥呢？吃瓜不叫我？

我说，想着您呢，快来，我请客！

经理拿起一块儿就吃，说，哎哟，甜掉牙啊！隔壁杂货店的刘经理特别爱吃西瓜，我拿两块儿过去帮扶一下行不？

我说，好啊，我也知道刘经理喜欢吃西瓜。他们店里有三个人，两块儿不够分，拿三块儿过去！

结果，我们经理把瓜带过去。没两分钟，刘经理就带着俩员工过来了，说这瓜把馋虫都勾出来了，还有吗？我们买！

我乐坏了，说今天进的瓜眨眼全卖完了，抢手极了。你们要多少？我给你们订，明儿一早就到货。

好啊！刘经理一张口没少要。

他这样一热闹倒提醒了我。我微信里有个水果群，这不正是宣传的好机会吗？我马上把订西瓜的热闹现场发群里，再加上我们个个是捧着西瓜的猪八戒，活鲜鲜做了个广告。这下可好了，群里也热闹开了，你订，我订，他订。我就喊，成交了一个，又成交一个！

这样一来，公司进的那点儿西瓜都不够卖！

当时，我并没有被胜利冲昏头脑，一边订西瓜，一边又发现了新商机。咋回事？我看见刘经理带来的员工，有一个女的，她怀孕了。我马上说，姐，你看我们店里刚进的猕猴桃多新鲜呀，怀孕吃这个最好啦，绿色无污染，营养价值高。还有葡萄，你看，个个饱满，维生素C含量高不说，孕妇吃了孩子眼睛大！我怀孕那会儿，天天吃葡萄，孩子一出生就是明星眼！女员工一听就乐了，说买买买！结果，她又订了西瓜，又买了猕猴桃，又买了葡萄。临出门，我还给她推销了一箱苹果，说吃苹果的好处你懂的，孕妇天天不能少。

呵呵，她一个人买了一大堆，拿都拿不走。本来要坐公交车回去，这下刘经理只能开车送她回家了。

我赶紧夸，说刘经理您真好，真体贴员工，我们经理啥时候能像您这样啊？

人真禁不住夸，刘经理笑得跟大海碗似的。

我夸完了，回头一看，我们经理正站在身后，眼珠子都瞪出来了。

我转脸来个大葵花，刘经理再好也赶不上您呀！今天能订出这么多瓜，多亏了您！下回您不用竞聘了，我们支持您连任！

你有麻辣我有烫

幸福的家庭都是相似的；不幸的家庭各有各的不幸。

刘海霞开口就说起老托的名言。

这位林芝阳光加油站的经理，毕业于西藏大学。

既是油二代，又是藏二代。

她说的名言是《安娜·卡列尼娜》中令人震撼的开篇语。

怎么，你要给我讲安娜·卡列尼娜的故事吗？

哈哈，不是，海霞笑了，我想借老托的话，说说油站的顾客，快乐的顾客都是相似的；麻辣的顾客各有各的麻辣！快乐的就略过，太多，也太快乐，笑多了皱纹凝固，就讲几位麻辣的吧！

有一天，我正吃饭，员工忽然来电话，说经理你快点儿过来，有个人闹得不可开交。我说咋了？他说我们偷他的油。我说不可能！我放下饭碗跑到现场。

来加油的是个小平头，开了辆奔驰Smart。

他说，我这车加满了才能加三十四升，你们说给我加到了三十六升，要我三十六升的钱！我油箱里本来还有油，两项加起来你们得赚多少黑心钱呀？你们的加油机有问题，必须给我把油倒出来，看看到底有多少？不倒出来我就投诉你们！

我说，天这么热，你先消消气。我们的加油机质监局专门鉴定过，上面贴着标，打着铅封，不会有问题。我可以给你看看质监局的鉴定报告。

他一歪脖子，把我当三岁孩子啊还是当傻子？信你们这个就没法儿活了！别上来就拿质监局说话，那还不是跟你们家开的一样吗？

我说，你想多了。你不相信报告，咱们可以拿量杯现量。量杯是一升的，我现在就加一升油，你看少不少？

你这个量杯是国家标准的吗？

你放心，我还不至于自己造一个量杯，这是统一购买的标准计量器具。

那好吧，你加！

我拿起油枪，边加油边说，油枪出油正负千分之三都是合格的，不会出现你说的问题。

很快，一升油加满了。

你看，少吗？

量杯里的油不但没少，还略微多了一点儿。小平头两眼都直了。

本以为他没话了，想不到他说，那你解释解释我的油箱是咋回事？

我笑了，呵呵，这你就给我出难题了。我只能跟你说，我们加的油保证一点儿也不少，你的油箱是咋回事，请你自己去问厂商。

你就这态度啊！

我是实事求是说的，我们每天要给七八百辆车加油，哪辆车的油箱是咋回事我们真的不清楚，也不可能清楚。我们的责任就是把油给你加好、加对！你平时加三十四升能跑多少公里，这次能跑多少公里，你也试试，肯定会比你平时跑得多！

你少说漂亮话！我现在有事，回头再找你，你等着！

小平头说完，一梗脖子开车走了。

我心说，等着就等着。

我打开手机求助百度，翻到奔驰Smart，一查，这款德国梅赛德斯-奔驰与手表巨头瑞士Swatch公司合作的大玩具，其油箱容量的确是三十四升。不过，标明的是安全容量。安全容量不是容量的最大限量，员工油枪一开，别说三十六升，四十升都可能，溢出来算。

呵呵，百度百度，百难不怵。

小平头，不怕你不来。

下午，他真来了。

我脸上堆着笑，一面解释，一面打开百度让他看。

小平头看完了，说，百度又不是神仙，爱信你信去，我不信。你不给倒油，我就投诉！

我说，跟你解释了，又拿量杯量了，你还要投诉，我欢迎！欢迎你投诉，欢迎你监督！

哎哟喂，牛啊你！

我不是牛，是自信！

我明天把工商的叫来，看你还自信不自信！

要不说他麻辣呢，第二天，他当真把人带来了。

我一看，是工商局的张哥，我们的老客户。

我使了个眼色，假装不认识他，省得又麻辣。

你有麻辣我有烫

347

小平头把经过说了一遍，我也把经过说了一遍。

张哥说，刘经理，把你们的监控录像调出来我看看。

监控录像调出来了，七只眼睛围着看。

欸，三个人咋七只眼？

嘿，还有负责监控的小黄。那天他刚好一只眼生病戴着眼罩。

监控录像很清楚，小平头说加满，员工就一口气加满了。

张哥说，从录像上看，员工服务规范，没有问题。质监局有鉴定报告，你们又当面用量杯量过，我认为加油机没有毛病。

小平头说，我听出来了，你向着他们！

张哥说，兄弟，我现在不代表工商局，代表个人跟你说，我天天开车，附近的油站我都加过油，包括这个站。油多油少我还不知道吗？他们这么大的企业，没必要搞这样的事。甭管啥车，安全容量都不是最大限度的容量，加满了都会超过。三十四升的安全容量，加到了三十六升很正常。

张哥也真够耐心，各种解释。

我也跟小平头说，说句实话，你说这个油我们没加到油箱里，你觉得我们能把它拿出来卖了吗？那是个体户干的事，不是我们干的事。

小平头说，那可不一定，现在盗窃国家财产的多了！

张哥说，你也别争论了。你要是还不放心，就请质监局来鉴定。如果他们的加油机真有问题，我们就让这个站停业整顿。如果没问题，你不但要公开道歉，还要承担鉴定费和停业损失。行不？

小平头一听这个，说我服你们了！又梗着脖子开车走了。

后来，质监局给我来过电话，说小平头真去找了他们。质监局直接给了他一句话，说中石油所有的油站我们都会定期鉴定，你是不相信我们吗？我们不会听你一说就去鉴定的，上面贴的标就是我们年检过的证据。别说鉴定费了，油站停业的损失说出来能吓着你！你还是相信我们吧！我们这样一说，他就走了。心里肯定不爽。

不爽也没办法。

不过，如果他下次来加油，我仍然会热情地为他服务，就当啥事也没发生。但这次他要把油箱里的油倒出来肯定不行，他说那里头还有剩油，谁知道是啥油？两下掺和了，倒出来的几十升油就报废了，损失算谁的？

当然，也不是没倒出来过。

有一次，一个毛胡子开了辆雷克萨斯来加油。这车不便宜，市场价一百多万。要加油的时候正好赶上两个员工交接，接手的员工问毛胡子是加95号的吗？毛胡子没认真听，嗯嗯两声。员工就给加了95号的。结账的时候，毛胡子一看加的95号油，突然发火了，说我要加98的，谁让你加95的？你给我倒出来！

加油员是新来的小姑娘，当时就吓哭了。

不管小姑娘哭不哭，毛胡子还两眼瞪成猫头鹰，你给我倒出来！给我清油箱！

我听见现场有人大吼大叫，急忙从办公室出来。一问情况，原来是加错了油。小姑娘交接时没听清，不过也问了毛胡子是不是加95号，毛胡子也嗯嗯了。双方都有毛病。

其实呢，95跟98差不多，不影响开车。

你有麻辣我有烫

349

我对毛胡子说，员工交接有问题，我跟你道歉！现在，一千块钱的油已经加进去了，我跟你说个实话，95的跟98的差不多，都是汽油，只是标号低了点儿，不会影响你开车。你看这样好吗，不管是95的，还是98的，都是用复合剂勾兑的，我送两瓶复合剂作为赔偿，给你添进去行不？

　　他说，不行！混油了！

　　我说，这不叫混油。柴油和汽油加一起了才叫混油，那就会影响开车。现在加的都是汽油，没问题。

　　没问题？你说得轻巧，吃根灯草！不行！

　　那你说咋办？

　　把油给我倒出来！我这个车只要加了95的就打不着！

　　你打一个试试，打不着再说好吗？

　　我不用试，打不着！

　　这时，旁边围了好多顾客，里面也有开好车的，就劝毛胡子，说没事的，我的车也一百多万，加92的都能开。

　　毛胡子说，你的车是你的车，我的车是我的车。我这个车必须加98的，只要加95的就跑不了！

　　我说，我看你这个车跑得不近，你从哪儿开来的？

　　毛胡子说，从四川，咋地？

　　他一说从四川来的，就掉坑里了。

　　我说，好，你是从四川开过来的对吧？过昆明有98的油吗？过昌都有98的油吗？这两个地方都没有98的油，你是咋开过来的？

　　我这样一问，毛胡子傻眼了。

　　可是，傻眼归傻眼，声音没有减——

我咋开过来的不用你管！你们加错了油，就要倒出来！

他得理不饶人，一旁的顾客都看不下去了，说让你打车试试你也不打，跟你讲理你也不听，你非要为难这些孩子，有这个必要吗？

大家这样说，他脖子都没软，我这个车加错了油就是不能打，打坏了算谁的？

这时，有人接上说，是啊，万一打坏了算谁的？你们加错了油就应该给人家放！

我一看，说这话的是坐在他车里的人。这人我认识，是油站对面卖土特产的小老板，门脸都是跟我们公司租的。他平时没少到我们这儿来加油。在这关键的时候，不但不帮我们说话，还火上添柴。这叫啥人啊？这种人今后要少理。

有小老板帮腔，毛胡子更来劲了，说我的车要是打坏了，就停在油站门口，谁也别想进来加油！

我说，你别太夸张了。行，听你的，你说咋办？

毛胡子说，你叫个拖车，把车拖到修理厂，把油放了，再加满98的。不然，一千块油钱我不但不给，还要找你们领导！

听他这样说，一旁围观的顾客又发声了，说放油要卸油箱，你的车这么好，不要随便拧螺丝，那都是原装的，拧不回原样儿了。你把这箱油跑完就完了！

俗话说，听人劝，得一半。可毛胡子偏不听，说今天非放不行！

这不是麻辣，这是搞事情。

我说，行，今天就依你，放就放！

我把警务站的警察喊过来。我说，咱们当着警察的面把油

你有麻辣我有烫

351

放了。但丑话说前头，如果因为卸油箱，你的车出了毛病，这个责任我们不负。放出的油我们带回去，我们认损失。再给你把98号的油加满，你把钱付了。以后你也不要来我们站加油，不欢迎！

这是我第一次拒绝顾客。

对这样的顾客我有理由拒绝，不能让他再来搞事情！

他说，那不行，我就要到你们站加！

你还嫌不够吗？

不是嫌不够，别的油站没98的！

我们有也不给你加！

你不加我就投诉你！

随你便！

说完，我叫了拖车，把车拖到了修理厂。

厂里的师傅都认识我，说干啥？

我说放油！

放油干啥？

他要加98的，我们给加了95的，他非要放出来！

咳，这不是拿自己的胳膊当肘子啃吗？好好的车要卸油箱，可真想得出来！95的开起来没毛病！

毛胡子说，废什么话？让你放就放！

修理厂的师傅不生气反而笑了，哈哈哈，得嘞，你都不心疼，我们咸吃萝卜淡操心哪。来呀，大扳子招呼！

来啦！师傅们举着大扳子就扑上来。

喊里咔嚓！喊里咔嚓！

毛胡子一看，心疼了，嘴嘬得跟鸡似的，轻点儿，轻点儿！

车好哇，轻点儿螺丝下不来呀！

喊里咔嚓！喊里咔嚓！

在毛胡子的龇牙咧嘴中，油箱卸下来了，油放出来了。

厂里刚好有个正在保养车的老顾客，说，得了，刘经理，这点儿油我买了，加我车上，不能让你们损失了！

我激动得泪都出来了，连声说谢谢谢谢谢谢！

我们重新给毛胡子加了98的油，他付完钱走了。

这一走，再也没来过。

别说他了，连卖土特产的小老板都不好意思来了。要加油得跑老远，再也没以前方便了。说老实话，我们油站还真不缺他们这样的，加油的车从早到晚排着队，干都干不完。

远亲不如近邻，小老板没有必要老鼠拉秤砣——自堵后路。当然了，是他自己不好意思来，他来了我们照样给加。生气归生气，买卖归买卖，人民币是一样的。

这样不识好歹的邻居还有一个，说起来能让人笑掉牙。

谁呀？卖陶瓷砖的胡老板。

有一天晚上，我下班回家了，干一天了累得要命，正说伸个懒腰，站里来电话了，说经理你快点儿来！我说咋了？有人加了油不给钱。啊？开店这么长时间，还没听说加霸王油的。

我扑过去一看，就是这个胡老板。

他瘫在椅子上，来了个葛优躺，还把脚搭在桌子上。

我说，你会坐吗？脚抬那么高不怕抻了筋？

他把脚放下来，身子也坐正了。

胡老板，你加完油了吗？

加完了。

加了多少钱？

三百。

你给钱了吗？

我给了，你们不要啊！

这不可能，你咋给的？

我用翼支付，你们的人说不能用。

胡老板，翼支付是中国电信的支付方式，油站的确不能用。

你别说那么多，我给钱你们不要，我就不给了。

嘿，又来一个麻辣的。

我说，不是我们不要，翼支付是电信业务专用的，在市场上不通用。

我不管通不通用，就要用翼支付！

你这样说就不讲理了，人家去你店里买瓷砖，拿古巴钱你要吗？

你别说没用的，哪儿来的古巴钱啊？我连见也没见过。我这个翼支付里头不是古巴钱，是人民币！你不要拉倒，爱咋地咋地！

看他耍赖，我提高了声音，翼支付我们就是不要，但你必须得给油钱，少一分也不行！

说着，我拨通电信公司的电话并打开免提，请公司给出解释。

对方说，翼支付是我们电信的业务，在加油站不能用。

我说，胡老板，你听清了吧，这可不是我说的，是电信说的，翼支付在加油站不能用。

他犯起浑来，我这里头有钱为啥不能用？不能用我就不给！

我说，你不给我就把警察叫来。

他一听叫警察，突然从椅子上站起来，把鞋一脱，就地十八滚，边滚边发疯，我给你们钱你们不要，你们还叫警察，你们叫吧，你们叫吧！

他这一滚一叫可热闹了，夜里加油的司机都跑进来，说咋回事？咋回事？哪儿来了个耍武术的？会翻跟头吗？

一听我讲实情，大家纷纷摇头，没听说加油用翼支付的，快起来吧，别在这儿丢人现眼了！

胡老板不起来，还在地上滚。脚臭各种地散。

我说，胡老板，你做生意，我也做生意。做生意讲和气生财，你这样在我们店里搞事情，搅和我们的生意好吗？我在店里是经理，跟你好言好语，出了店我就不是经理了，我就是老百姓。我也要买房子，我也要装修。我就去你店里搞事情，跟你吵，跟你闹，就要拿古巴钱买你的瓷砖！你能把我咋地？你非要这样，咱们就走着瞧！

这时，员工打电话把警察喊来了。

警察进门就说，你快起来，太丢脸了！还做生意呢，你就没有别的支付方式吗？现金没有吗，银行卡没有吗？支付宝没有吗？微信没有吗？

胡老板说，我没有，就有翼支付。

警察说，那好，走，跟我们到派出所去！

别去啊，别去啊！他老婆连喊带叫跑来了，我拿钱来了！我拿钱来了！

警察来之前就通知了他家，他老婆赶紧拿着现金跑来了。

胡老板被老婆揪着耳朵带走了。

你有麻辣我有烫

哎哟，轻点儿！哎哟，轻点儿！疼啊！

黑暗中传来他的惨叫声。

这是麻辣顾客中最奇葩的了。

不过，他尽管丑态百出，还是要给钱的，比那些故意逃单的好。

前两天，我刚抓住一个故意逃单的鸭舌帽。他加完油后，假装进店交钱，晃了一圈儿出来了。加油的员工问他要小票，他说收款机没纸了，收银员没打出来。员工信以为真，说那你走吧。他钻进车里就开走了。他刚走，收银员就追出来，鸭舌帽没给钱！员工说他给了，你没给他打小票。收银员说没有的事。员工这下子急了，少了钱他要赔。

我得知情况后，马上调出监控，一看，鸭舌帽就是没给钱。

逃单的车牌号在监控里清清楚楚。我马上打电话给交警支队，很快查到了鸭舌帽的手机号。

您好！我是阳光加油站经理刘海霞。

我打通鸭舌帽的电话后，自报家门。

啊，杨经理你好！鸭舌帽很客气。

哦，您好！您是我们的老客户了，有个事跟您说一下。

啥事？

您今天在我们站加了三百块钱的油，员工说您没给钱，我不相信，就调监控看。我看得很仔细，您确实没给。

这不可能，我不可能没给！

是啊，我也觉得这不可能。这样吧，您来看一下监控好不好？您方不方便来？要不我开车去接您？

不用接，我一会儿就过来。

谢谢您啦，我等您！

结果，他不是一会儿。我左等不来，右等也不来。再打电话催吧，也没必要。已经告诉他了，他也说要来了，再催就没意思了。

这时，我正好要出去办事，就嘱咐前厅主管盯住。

我前脚刚走，他后脚就来了。前厅主管回放监控给他，说您看看，您在店里转了一圈儿就出去了，没交钱。

鸭舌帽说，哎嘿，这个转圈儿的不是我。

咋不是您呀？帽子都一样。

一样的帽子多啦，他也没转过脸来呀，咋能说是我呢？

前厅主管一看他要赖，马上给我发了个微信。

我一看，放下手里的事，急忙往回赶。一进门，正好碰上他要走。我上前堵住，您来啦，麻烦您啦，他们还说要报警呢，让我给拦住了，我说用不着报警，您不是那样的人，准是您当时有啥事，一着急忘交了。对吧？

我这样说，本意让他借坡下驴，想不到给坡他不下，两眼一瞪，我可能忘给钱了，但你们加了油不收钱，这怪谁呢？你们这叫啥加油站？这叫啥服务水平？

我一听就火了，这是啥人啊，故意不交钱，还猪八戒倒打一耙！

我忍住火，脸上挂着笑，我们加油没及时收钱，工作是有问题。现在咱们也不扯谁对谁错了，您把钱给了，谢谢您！

这可是你说的，你们工作有问题，那我凭啥给钱？

您这样说话就不讲理了，不管我们的工作有没有问题，您加了三百块的油，就得给钱！

你有麻辣我有烫

你们有问题，我就不给!

我心说，你要混，我也不能当好人。

我说，你今天不给钱试试!把我惹急了，我就挂个大屏幕，把你故意逃单的事滚动播放;再把监控交给公安，公安找你可就不是三百块的事了。

他一听，马上改口了，说员工要像你这样好好说，我就不生气了，我来这儿就是要给钱的。

我心里好笑，我说话哪儿好了?厉害了是真的。不过，他既然服软了，就别计较了，那显得我情商也低了。

我说，我们员工年龄都小，您岁数这么大了，一个大老爷们，犯不着跟小孩子计较，我就知道您是来交钱的。

他说，我也就是看见你了，要是别人说啥我也不给。

我说，谢谢您，欢迎您常来加油，我们一定给您服务好。

鸭舌帽把钱给了。临走说，这事就这么结了，别到处说了。

我笑了，啥事啊?本来啥事也没有，对吧?

他说，对对，啥事也没有。

就这样，连打带揉，把这麻辣给烫了。

为了逃单，他编了好几套词，到了也没逃成。

李老师，说真的，我这人本来脾气挺好的，就是让这些人给折磨的。对付麻辣，不烫不行!这些人动不动就拿两句话威胁我，第一句，找你们领导。第二句，你等着。刚开始的时候，说要找领导，我好害怕，担心领导跟我拉脸;说让我等着，我也好害怕，会不会人身不安全?后来，我听惯了，心也硬了。怕啥?领导要是找我，我就据理力争，大不了经理不干了。可至今也没有领导找我，说明领导懂我;你说让我等着，我今天就等着。你不来，是你没本事没出息。我明天出门摔了，就是你放的砖！我知道你是谁，你跑不了！这些人不讲理，你跟他讲理也没用，他不听你说。遇到这种人，第一，不理；第二，他不讲理，我就更不讲理。虽然说我们是服务行业，但也不能毫无底线满足一些人的无理要求。站里还有这么多员工看着我呢，我这么尿，往后还咋干？今天我心情好，对付得了，那我就对付，合情合理怼你几句，他也没脾气，说不定事情还向好的方面转化。如果我发现今天不应该怼，会怼出问题，我就跟大家说，都不要说话啦，他是对的。我说您说啥都是对的，我们啥都不说，干活，赶紧加油，完了您把钱付一下。再见，欢迎下次再来！

麻辣烫，麻辣烫！

你有麻辣我有烫。

麻辣不烫吃不上！

你有麻辣我有烫

在北极村遇见你

为写加油站的故事，2018年夏、秋、冬三季，我从南到北跑了边疆九个省，采访了一百六十三位加油员。其间，作家好友李培禹陪我一起走了新疆、辽宁。

遗憾的是，因为时间紧张，此行我没能去北极村加油站采访。

好在，培禹兄之前去那里采访过，写了散文《在北极村遇见你》，刊登在《人民日报》上。经他同意，全文照录如下，弥补遗珠之憾——

到过漠河北极村的人不是很多，数九隆冬在这片极寒的冰雪天地中行走着，颇有点了不起！我在手机被"冻死"前的瞬间发了一条微信："艰苦的采访还看新闻老兵出马，在祖国的最北端——北纬53度的冰雪中，我们来啦！"

飞机从首都机场起飞，经停哈尔滨后再飞漠河。漠河机场没有连接通道，乘客走下旋梯便置身于冰天雪地之中了。天气预报当天的气温：零下39摄氏度！什么叫"极寒"天气，我的体验是：鼻子、耳朵快冻掉了！接站的同志想得周到，他们把石油工人野外作业戴的皮毡帽子分别扣在我们头上。瞬间，我们一行一个个都成了电影《林海雪原》里的"小炉匠"栾平的样子，好滑稽。顾不得那么多了，我们几个都算是资深的"老记"，懂得保重身体、完成采访任务是第一要义，至于啥形象，再说吧。

从漠河机场到达中俄原油管道进入我国的第一站——大兴安岭漠河首站，还有三个多小时的车程。上车时，天已暗了。我看看手表，才下午四点半。车况很好的中巴，开了好一会儿了，车内还是不暖。司机说，等你们的时候车子就没熄火，温度上不来就是外面太冷啦。外面，夜幕已经罩了下来，黑漆漆一片。我们的中巴车在飞雪的夜色中前行，远光灯打探着前方的道路……

第二天一早，我把自己包裹得更严实，能穿的都穿在身上，因为天气预报说，今天漠河地区有雪，气温将达零下41摄氏度。第一个不好的消息来了：陪同我们采访的中石油宣传部的任江伟感冒发烧了。小伙子跑前跑后，总是第一个下车，最后一个上车。有人说，看来，挨冻的时间与患上感冒成正比啊。玩笑归玩笑，大家还是心有点沉，纷纷拿出各自带来的"特效药"支援他。

接着，第一个感动来了。我们的车需要加油，有加油站吗？有！在这北纬53度，极端气温可达零下53摄氏度的祖国最北端，即"雄鸡鸡冠顶"的地方，有一座中国石油大兴安岭北极村加油站。看上去它与城市里常见的加油站没什么不一样，是中国石油黑龙江销售公司遍布全省的一千零七十九座加油站之一。由于地理位置特殊，相邻四公里处就是我国最北的138号界碑，黑龙江对面就是俄罗斯的土地。加油站经理王海军是竞聘上岗的，站里唯一的员工是他的妻子宋连辉。小两口2011年从千里之外的加格达奇市来到这里时，加油站还没通电，供水、供暖都是问题。省公司的蒋平经理介绍说，国家投资建了这个站，它能不能存在，就看他们夫妻能不能坚持下来。他们熬过了最艰苦的阶段，如今相依执守七年了，真了不起！

我看着王海军给车辆加油，好抽空和他聊两句。一辆车加完，我感觉冰冷刺骨，赶紧跑进屋里暖一暖。我再出来回到他身边时，他已在为第三辆大卡车加柴油了。司机说油盖可能冻住了，海军说不碍的。只见他戴上厚厚的手套攥紧盖子，用力一拧，油箱盖打开了。加完油，我们一起回到加油站室内，他说："这地方下雪的时候不是太冷，雪停了才降温，更冷。"整洁的加油站墙壁上张贴着各项规章制度、进度表格，还有两张员工照片，那是微笑着的王海军和宋连辉。王海军的手机号码后注明：本站二十四小时为您服务。我问，这么偏僻的地方，夜里也有车来加油吗？王师傅说有啊，而且都是急茬茬儿的。他讲了去年发生的一件事：一天夜里，雪下得正急，他的手机响了。接通的一刻，那边传来求救声，江苏来旅游的一家四口驾驶的越野车没油了，孩子在车里已经喊冷了。他们查到了这个方圆百里唯一加油站的电话。一打，真的通了！王海军问清他们被困的位置后，拎上一桶92号汽油就出发了。路上遇到滑坡，他就把棉大衣垫在车轮下，车才得以爬过去。雪夜中开了二十多公里，终于找到了那辆越野车。他把汽油加进油箱，然后又带着那辆车开回加油站，以把油箱加满。江苏一家人拿出一沓人民币往王海军手里塞，海军坚决不多收一分钱。江苏游客中女人先哭了，接着一家人抱头痛哭起来。海军安慰了好一会儿，他们才怀着感动开车离去。今年春天，这一家人重返漠河，带着礼物专程来感谢王师傅。王海军说，我救助的是一家好人啊，真高兴。

那边，围着女主人小宋采访的几位也欢呼起来，原来，宋连辉透露，她已有身孕四个月了，她说，中国最北的宝宝，就要诞生在咱这个加油站了。她带我们去看她的住处，不大的卧室刚刚放下一张双人床、一个不大的衣柜，窗台上几株绿色植物鲜嫩地生长着，枝叶上盛开着几朵粉色的小花儿，与窗玻璃上仍挂着的冰霜形成反差。小宋说："这是一年前我网购的栀子花，它们真的活下来了，还开了花。"一位女作家说这是她见到的最美的栀子花。小宋天真地问："真的呀？"好可爱！

由于行程紧张，我们依依不舍地告别这个中国最北的加油站。小宋提醒丈夫："你给他们表演一个。"

在北极村遇见你

王海军连忙接了一杯热开水，说了声："看啊！"只见他把一杯热开水划弧般地洒向空中，刹那间水已成冰雾，在他头顶形成半圈白色的冰霜，煞是奇观亦壮观！我用手机抢拍下这一精彩画面后，手机又黑屏了，唉，又被"冻死"了呗。回到车上，我按照当地人的经验，把手机贴在胸口"暖暖"，不禁想到小宋讲到的一个情景：王海军为了给怀孕的妻子补充点新鲜蔬菜，他去几里地外的村子里买菜，然后把大白菜贴着胸口裹在棉大衣里。回到加油站一看，大白菜还是结了一层冰碴儿。

加油站，多么平凡的岗位。今天，在我国最高的纬线——北纬53度的大兴安岭北极村，在数九极寒的冰雪中，我遇见了你，怎不被你感动！我还要告诉朋友们的是，由于有了这座中国石油"国字号"加油站，国家电网随即覆盖到这里，使即将消失的历史重镇兴安镇重获生机；漠河北极村的旅游事业发生质的飞跃，机动车的成倍增加带动了全区域旅游业的大跨步发展。这个只有两名员工的北极村加油站，刚开业时一年的销量仅有三百吨，今年即将突破一千吨，七年的坚守换来了销量三倍的增长。

车窗外雪下大了，飞舞的雪花容易引人联想。我想到我到过的最热的加油站，那是新疆轮台县境内的新疆沙海加油站，一年中有五个月以上地表温度达到72摄氏度。还有我虽未去过却大体知道的，如我国最南端的加油站是三亚东海加油站；最东端的加油站是黑龙江佳木斯东方第一加油站；最西端的加油站是新疆红旗拉普加油站。我还想到离我家最近的北京丰台区刘家窑中国石油加油站，那个生活中我们真的离不开的地方。我愿意由衷地向他们表达敬意！

我们的中巴车在北纬53度的极寒冰雪中继续行进着……

我怀中的手机响起"嘟嘟"声，啊，手机缓过来了。我打开微信，一张照片映入眼帘，王海军泼水塑成半个圆弧冰凌花的彩照，清晰地传了过来。那是美丽的小宋拍下的瞬间，她用丈夫的手机发给了我们。车上，我们几个"老记"约定，明年一定争取再到漠河。那时，这个中国最北端的夫妻加油站就"有后"了，不管是男娃还是女娃，一定是咱最可爱的石油宝宝呗！

我爹我妈我公婆

李晓艳了得！

一人管弥勒、泸西两县十四个加油站。

福达、石锁、菜花、庆来、白水、金马……

这经营部主任当的！

她爱说爱笑不藏话。语速快。嗒嗒嗒。

晓艳是泸西人。跟我爱人是老乡。听她说话，像听乡音。味儿浓，幽默。

我2005年就来中石油了，一干十四年。领导问我，你觉得油站经理是咋样个岗位？我说，管家婆！大事小事，吃喝拉撒。顾客满意不满意都得接受，都得摆平，就是这么个岗位。时间干长了，就知道啥人啥事咋应对。

李老师，您跑了一路，总听人家讲加油站，烦不烦？

这样吧，我讲讲我家的几口人，也许您听着耳朵不累。

先说我爹我妈。哈哈，没有他们哪儿来的我？

我爹今年七十二了，身子还硬得像棵树。端起就吃，躺下就着。我五六岁记事，就知道我家住在泸西李家村。村里都是姓李的。当时家里很穷，爹在四十里开外的圭山煤矿搞副业，那时候不叫打工，叫搞副业。有一次，煤矿塌方，恰巧爹出来撒尿就躲过了，里边儿的人全死了。后来他又到水泥厂干活儿，一次，水泥喷窑，一窑人都被烫沙子焗死了，我爹只烫了一条腿。

爹除了搞副业，家里还有十来亩地，照顾庄稼也是他的活儿。

再有，就是拉扯我们姐妹仨。当时称李家村三枝花。

一晃，我四十多了，大半辈子过去了，花瓣儿都打蔫儿了。

我是大女儿。家里没男孩，我要对爹妈多操心。

爹做过手术，割了阑尾。医生说穿孔就没命了。爹从小就得了阑尾炎，发作很多回都没要命。有一回疼得打滚儿，汗淌了一地，人都不知道事了，被我妈瞎按一阵，又踢了一脚，活过来了。那时候不懂啥叫阑尾炎，以为是肚子疼。命真大！前两年疼得不行，去医院才知道是阑尾炎，动了手术。

妈也做过手术。生我的时候，胸上有个瘤子，割了。我就没奶吃了。家里买不起奶粉。妈把米磨成粉，把鸡蛋打在米粉里，搅匀晒干，做成糊糊把我喂大。从小妈就说，李家村三枝花，桃花开了杏花谢，谁管梨花叫姐姐。妈说我是杏花，命苦。两个妹妹，一个桃花，一个梨花。她们有奶吃，我没奶吃，身子骨从小就没她们结实。

两个老人过惯穷日子，舍不得花，舍不得吃。看人家有电褥子，就想买铁丝来自己做。卖铁丝的问干啥用？妈说做电褥子。卖铁丝的吓个半死，哎呀妈，可不敢，会电死的！

我家的地以前种庄稼，现在种高原梨，都是爹伺候。这两天他上火，梨不好卖，一公斤人家才给六七毛，不够辛苦。地里还堆了几座山，我们也帮着卖，很难，成了我的心病。卖不出去掉地上多可惜。我想明年不让爹种了，不让他再苦了，包给人家。老人没事就上山看看。可是，爹舍不得，说干惯了。又说买卖自己做，庄稼不托人。

他一辈子只知道苦。

苦一辈子也就这样。

爹不识字，只知道自己的名字。照着写还会错。

这时候，妈就说，你起开，我来。

人家说这是领选民证，不能代写，要珍惜自己的民主权利。

爹不明白，啥利？

他只知道梨卖六七毛，没利。

其实，妈也不识字。可是她认为自己的智商超高，家里大事小事必须她管，不让管不行。我爹是她管的，猪啊鸡啊是她管的，做菜做饭也是她管的。她不爱收家。家里乱七八糟，来个人都坐不下，锅瓢都堆到门槛脚了。我说妈，我花钱给您装修这么好个家，您能不能收收？她说我没时间，还要出去卖梨。她在街上摆个小摊卖梨，或者跟隔壁邻居吹吹牛，一天就过去了。她不听我的，还有道理，说一收就找不到东西了。她管做菜做饭，一个青蒜炒肉，再来个豆腐花、小葱拌豆腐，就算三个菜了，就上桌了。云南人讲究饭菜，一做就是一大桌，七碟八碗。我家不会整。妈不讲究，爹老往地里跑。跑个啥？又跑不出效益，不如在家跟妈钻研饭菜。我说你们都这把年纪了，该好好吃点儿喝点儿。他们不听。他们有他们的生活习惯，改不了。有时候我想，改不了就由着他们，他们想咋过就咋过，开心就好。我自己的家在弥勒，离泸西还有四十多公里。我也把他们接来过，他们不习惯，待不了两天又回去了。

他们在沪西住两层小楼，有院子，邻居很熟，一吹牛就一天。来到弥勒，鸡对鸭，搭不上话，回去也好。

我爹妈爱喝两口小酒。没菜也喝。我每次来泸西办公，总要抽半小时回家看看。赶上饭，就陪他们喝两口。爹是顿顿一小杯苞谷酒，有时候是自己泡的药酒。妈也跟着喝。早先她身子会冷，喝了酒热乎乎的就上瘾了。我从弥勒带红酒给她，她说红酒更好，喝了舒服，肠胃也好。她身体好了，就开始管我爹。我爹太可怜了，有时候被我妈管得气都出不得。我记得小时候，家里猪病了，要请兽医来打针，他俩都不愿意去求人。可猪要打针啊。妈就用小鞭子打爹，说你去不去？那小鞭子是打猪用的，她拿起来就往爹脸上打。当然，不使劲儿，也不疼。我说妈你别打我爹了，我去！现在，爹老了，反而厉害了，妈倒有点儿软了。出去买苹果，爹要买青的，妈说你咋买青的？青的酸红的甜。爹说我就要买青的，又不用你的钱。妈说行，买青的就买青的。结果，太酸，吃不成。妈啥也没说，就拿去喂猪了。猪不怕酸。妈现在对爹百依百顺，整饭给他吃，还要洗碗，服侍他。过去妈说啥，爹都说听不见。其实，他是不愿意听妈唠叨，就说听不见。得，现在老了，当真听不见了。我给他配了个助听器，高端的，一万七，花了三四个月的工资。爹知道了，心疼得要老命，问能退不？我说退啥，您快戴上吧！一戴上，笑眯了，说好用好用。别的老人听不见的，他能听见，高兴得返老还童。我让他戴助听器行，让他照相不行。他就不爱照相。我带他们上昆明，去北京，他们玩得可高兴了。就是不能提照相。妈说丑死了，爹就把眼睛闭着。照了N多张，都是闭眼的。

我爹是个可怜的人，现在听小放羊的歌都会哭。小放羊讲的是一个孩子遭遇了晚妈，就是后妈，寒冬腊月让他去放羊，说放丢一只要他小命扒他皮。他天天挨打。把油灯顶在头上不让动，让跪着。我爹跟歌里唱的孩子一样，也遭遇了晚妈。很小的时候，他爹妈就死了。村里人把他送给三娘。三娘虽说是亲的，但做不得主，三姨爹做主。三娘后来又生了两个女孩，对我爹就不好了，不让他读书，让他去放牛。那时候，李家村山上还有狼。我爹把牛丢了，不敢回家，在山上睡。夜里到处是狼叫，大人都能吓死，他才七岁啊！村里人给他起了个绰号，叫狼得饱。意思是狼来了把他吃了，能得一顿饱。

　　这绰号一直叫到爹老，他从不在意。

　　他说，我都七十多了，也没叫狼吃了。

　　乡亲们说，你爹是好人，好人有好命。

　　说完我爹妈，再说说我公婆吧。

　　说公婆之前，得先说我老公。

　　没有老公，哪儿来的公婆呀？

　　老公跟我是大学同学，同班同桌，最终成了对象。

　　那时候的大学不像现在，谈对象恨不得开大灯照着。那时候，学校明令禁止谈对象。天一黑，教导主任就打个小电筒，往树林里乱照。吓得人到处跑，鞋掉了都不敢捡。但这也挡不住春心萌动。"黑板上老师的粉笔还在拼命叽叽喳喳写个不停，等待着下课，等待着放学，等待游戏的童年"，罗大佑的歌被同学改成了"等待着下课，等待着放学，等待在小河边"。

树林有电筒，转移小河边！

可是，热闹归热闹，用我们班班长的话说，班里 N 多对儿，都没成，就你俩成了！

咋成的？

在学校迎新生的晚会上抽贺卡，他抽到了我，我抽到了他。游戏规则是：全校一千多学生，每人填写一张贺卡，写上祝福的话，万事如意啦，学业有成啦，恭喜发财啦，落上自己的名字，打乱了混在一起抽。你抽一张，我抽一张。结果，他抽到了我，我抽到了他。他说，哎哟，咱俩同班同桌，真有缘分！我心说，啥缘分啊，不就是同学嘛。

读大二的时候，有一天，他递给我一封信。

我挺高兴，哎哟，我家来信了？

我离家求学，爹妈常请人写信给我。

可我一看这封信，不对！信封上只有我的名字，没有从哪儿寄的，也没邮票。一打开，吓得我抖了一遭！

这是一封情书！

现在回想起来，有点儿搞笑。

说是情书，其实就是一句傻话：我们能不能做朋友？

就是这句傻话，也把我吓得不行。

我觉得不正常，天天一起上课，难道还不是朋友吗？还要咋样？

闺蜜说，比你脑残的有木（没）有？这是要跟你搞对象！

啊？我一个头三个大。

我果断认为，他不是我喜欢的类型。首先，我是超过五十公斤的肥女，他干瘦干瘦打枣棍儿一根，够不够我分量一半还要称称。再有，我琴棋书画样样能，外带跳舞唱歌，他一样不会。就是现在，让他讲个故事都不会。我就逼他，说你啥时候能讲个故事给我听？哪儿捡来的都行。他不会讲，逼疯了也不会。更别说情人节买花啥的。我过生日，他就煮个老鸡蛋，生日就过了。蛋糕呢？没有。人家求婚，单膝跪下捧个花，又送戒指，他啥都没表示，就知道给我写信。前后写了一百多封，我藏都没地方藏！

我从没给他回过信。

他从没断了给我写信。

我被他的真诚打动，也被他的老实打动。

毕业后，我们各自都有了工作。他去了司法局，我来到中石油。

他第一次到我家来，吃着吃着饭就说，咱俩结婚吧！

我们一家人都听傻了。

我妈坚决不同意。嫌他家远，嫌他戴眼镜。

你读了那么多年书，不回家，跟他跑那么远干吗？

老公的家的确很远，又在大山里。那时候没车，全靠走。第一次去他家，他给我背上干粮，那种五块钱一斤的饼干；带上水，拿军用水壶装着，就领我去了。走了一整天才到。走得我屁股疼。

他高度近视，戴个眼镜。第一次到我家帮着收苞谷，地上有个小南瓜，他踢来踢去都不知道捡。我妈说，你看他那眼，跟瞎子没两样儿，你不能嫁给他！我就问他，你咋不把瓜捡起来？他说这要分步骤，先把苞谷收了，下一步再收瓜。哦，原来他是分步骤，我妈是见啥收啥，两人思维不一样。

我妈不同意，他妈也不同意。嫌我胖，嫌我做饭不好吃。那当然了，他妈他爹都是大厨，我哪儿是对手啊？至于胖嘛，还有救，多干少吃就行。急了不吃。看我现在，成天东跑西颠，想胖都胖不起来。

爹妈的阻力没有难倒我们，我还是嫁给了他。

老公家里穷，没有彩礼。我们那地方，讲究送彩礼，有多多给，有少少给。没多要有少，一千块也行。提亲那天，他一分钱都没拿，拿了一块猪腿肉，放在我家就要讨媳妇。我妈说，是不是我家姑娘不好，你连彩礼都不给？我们家不同意，你回去吧！

我老公当时就傻眼了。

我不能看他一个人来，又一个人回去。

我跪下来，给爹妈磕了一个头，哭了一场，还是跟他走了。

我妈急得把醋当酱油放了。

婚礼当天，老公把他们村最有排场的一辆大巴车开来，接我和家里的亲戚。我妈没去。我二娘去了，舅舅去了，算是娘家的人。

尽管老公家没钱，但婚礼办得还是很风光。公公婆婆按当地风俗，大摆筵席请全村人吃了三天三夜。过了一年，我们有了儿子，公公婆婆又大摆了一场。过后，一家人勒紧裤腰带。从那以后我就瘦了。

光阴荏苒，苦日子终于熬过去了。

老公在司法局当了干部，我在中石油当了主任。我们买了房子买了车，生了大胖儿子。小日子过得芝麻开花节节高。

老公是属牛的，比我大两岁，他永远依着我。

有人为了谈恋爱，说你不从这儿跳下去我就死。我们不需要那个，太愚蠢了。我们的爱情是从平淡的又是小确幸的生活中一路走来的。我觉得不出轨、不始乱终弃就是爱情。我相信爱情。能找到一个爱自己的人，我觉得很幸运。结婚二十年了，不敢说很幸福，但敢说很幸运。当年坚持对了。不少跟我同龄的女人，包括我的同学，所找到的另一半都不是很幸福的样子。分手的不在少数。所以我觉得自己是幸运的。

有时候，我跟老公开玩笑，说你因为穷才不乱，钱多了就不是一个了。他说我连你一个都应付不了。呵呵！

偶尔，我拿起大学时的照片，我不但胖，还满脸青春痘。

我问老公，你当年看上我哪儿了？

嘿嘿，他只是傻笑。俩眼眯成一根线。

我俩的小窝安在弥勒，跟公公婆婆一个小区。

我公公婆婆都是好人。他们勤俭过日子，家里家外收拾得倍儿清爽。夫妻俩都是大厨，方圆几十里红白喜事都少不了他们。煎炒烹炸，清炖红烧。老两口儿的吃饭，就不用我像对爹妈那样操心了。

婆婆不但爱收家，还爱养生。她养生全听医生的。医生说青菜不能吃，她就一丁点儿不吃。医生说西瓜不能吃，她十多年没沾过。我说蔬菜水果多好啊，她说医生不让吃就不能吃。得，两个多月家里没沾青菜末，更别说西瓜了。作为儿媳妇，我特明白，凡事顺着婆婆，没有搞不好关系的。她说做菜不能放味精，我就不放。她说晚上你要早回来家里有客，我一下班就拼命往家赶。该拖地了就赶紧拖，该洗碗了就赶紧洗，用不着她指使，眼里随时有活儿。这样当儿媳妇，婆婆就心情舒畅。她不叫我名字，我儿子叫子恒，她就叫我子恒他妈。子恒他妈，走，上街去！我赶紧跟她上街。她看上啥我就给买啥。平时也是，她想买啥，我赶紧打开手机淘。婆婆一出门，就跟人夸我是好媳妇，说打手电都难找。人家说是打灯笼，她说现在哪有灯笼啊？打手电！

婆婆除了爱卫生，爱养生，还有两大爱好，一个是做鞋，一个是腌咸菜。我叫她四爱婆婆。她说还有一爱，我问爱啥？她说爱你呀！婆婆做的那种鞋很费劲，一针一针纳底子，纳完了又缝帮儿，有点儿像老北京布鞋。做完了，这个给一双，那个给一双。人家穿着合脚说太好了，她像吃了红烧肉，一脸的香！她腌的咸菜特好吃，又干净又逗口水。朋友们老到我家来蹭吃，一来，婆婆就把各种咸菜都摆出来，等着大家说好吃。朋友蹭完了跟我说，有你婆婆在，是我们上辈子修来的福。要是你婆婆有个啥，那可恼火了，我们就吃不上咸菜了。我说，掌嘴！我婆婆长命百岁！

公公今年六十八，属虎的。我们家有三只虎。我属虎，婆婆属虎，公公也属虎。我跟婆婆开玩笑，说人家讲一山难容二虎，咱俩可别打架啊。婆婆说不怕的，还有一只老公虎在这儿！公公就笑了，对，有我老公虎坐镇，你们俩都老实点儿！

自打我过门儿，没跟婆婆红过脸，兴许就因为有老公虎吧！

我总听人家说婆媳不和，我家没这事。婆婆虽说不是亲妈，比亲妈还疼我。特别是我生了儿子以后，服侍我尽力尽心。她说女人生孩子是过鬼门关，哪一关没弄好，以后就腰疼、眼睛疼。我听了很害怕，她说不怕，有我呢！她一个人冒着雨到山里去采药，回来熬一大锅水让我洗。我连洗七天，到现在胳膊腿儿都杠杠的。

　　李老师，一晃，我四十多了。可说起我爹我妈我公婆，觉
得自己还是个孩子。
　　我多希望自己还是个孩子！
　　多希望回到家，他们还摸着我的头说，你回来啦！
　　我想要那种感觉。
　　那是在外面找不到的。

捅破天花板

捅破天花板?

好吓人!

是拆房吗?

是装修吗?

还是意外事故?

都不是。

汇源加油站地处青藏咽喉。2016年销售业绩：油品四百七十七万元，非油四百六十二万元。大家认为，这个历史新高像天花板一样无法捅破了。但是，2017年，油与非油的销售双双突破五百万元!

我们创造了奇迹，捅破了天花板。

哈哈! 刘萍的天花板，原来如此!

这个油站经理，这个漂亮的陕西姑娘，心直口快，脆声朗朗。

"樱桃好吃树难栽，不下苦功花不开。"这是电影《我们村里的年轻人》插曲中的歌词，用在刘萍身上，用在油站员工身上，太贴切了!

因为，他们都是年轻人。

因为，他们都下了苦功。

让我悄悄把片名改为《我们站里的年轻人》。

捅破天花板，双双突破五百万元，怎么来的？

不用分析原因，不用总结经验，不用苦思冥想一二三。

只要跟我一起倾听刘萍。

我是陕西蒲城人，家在农村。三个孩子就我一人来了青海。每次回老家，乡亲们都问，你现在在哪儿上班？我说还在加油站。他们说，村里人都北上广了，你咋还在烂油站？都干十几年了，有甚好的？我说，我喜欢！他们不理解，不就给车加个油嘛！

我在当地找了老公，成了青海媳妇。

我家在大通，加油站在湟源县，相隔一百多公里，形同两地分居。

可想而知，这么多年，我是咋过的！

当初，我在大通上班。老公是同事给介绍的。去见面时，我还穿着工作服。把他上下一打量，第一句话就问，你有房吗？他说有。是真的吗？是真的。你改天带我去看看行吗？行！他就带我去看了。我一看，他真有房。我说，那咱俩就处处吧。

结婚多年后，回想起我的第一句话，很现实，也很悲催。我在大通没有住房，每天睡在表哥家客厅的沙发上。住的时间太长了，又不是亲哥。一个女人，背井离乡，寄人篱下，我多希望有个自己的家。像我喜欢唱的那支歌："我想有个家，一个不需要多大的地方，在我受惊吓的时候，我才不会害怕。"

我当时的想法非常强烈，哪怕四五十个平方。

老公的房子不止四五十！

于是，我们结婚了。有了孩子。

婚后，我调到一百多公里以外的汇源加油站。

老公这才发现，我根本不属于这个家。

一个中秋节的前夜，我正要换鞋出门，很少跟我说话的公公突然问，你要出去吗？我说是啊，我要去上班。明天就过节了，你现在还走，明天能回来吗？不能，中秋节我要值班。

公公直接晴转阴，你哪个节不值班？啥时候在家过过？

我不怪公公。自打结婚，我从来就没在家过过节，不管啥节！别说过节了，平常家里又有多少时间能见到我的身影？一家人摆好了菜饭，桌上啥时候有过我？

有一次，我去幼儿园接孩子。老师说你是谁？我们不许外人接。我说我是孩子的妈妈。老师瞪大了眼睛，我咋不认识你？你赶快走开，不然我叫警察。

我不怪老师。接送孩子，参加亲子活动，不是孩子他爸，就是孩子的爷爷奶奶。

孩子才五个月，我就狠心断了奶。谁不知道吃母乳对孩子好？可是，加油站需要我。我顾不得了。我要去上班。我每周末跑回来看孩子一眼，其余时间都是婆婆带。每回离开的时候，孩子都说妈妈你又要去上班了？嗯。你是不是上五天班就回来？对，妈妈上五天班就回来。每回这样回答孩子，我都忍着，直到上车。

路有多长，泪有多长。

最要命的是，孩子生病了，我顾不过来，只能让老公请假。有时候他忙起来也请不了假，只能让公公婆婆带孩子去医院。过了两天，孩子的病更重了，高烧不退，公公婆婆心里起急，又见不到我，把所有的怨气发到我老公身上。我老公急了，说你们逼我，刘萍逼我，孩子难受也逼我，你们迟早把我逼疯！说完，就摔东西，砸东西。他不会骂我，更不会动我一指头。有一回，他把自己关在衣柜里哭，我看见了，心酸得要命，也跟着哭。我真是太对不起他了！

　　我不是一个好妻子。

　　不是一个好儿媳妇。

　　更不是一个好母亲。

　　我的心没在家里，全在油站。

　　为了开发一个做工程的客户，我一次次跑，每次都怀着不一样的心情，又说好话，又送礼物。那个四十多岁的老板，可不耐烦了，说他有固定的油站，没必要再多一个。我受尽委屈，看够脸色。几次都想放弃了，但脚不听使唤，又去了。前后跑了五次，也没有把他说动。

　　有一天，突然接到他的电话。那是个星期天，我好不容易在家陪陪孩子。他在电话中说，那个油站的车坏了，不能给他送油。他急用油，问我能不能送？我连想都没想，问都没问，都不知道给他往哪儿送，就说行，没问题！说完，把孩子放下，开上车就走。婆婆叫着，你干吗去？你上哪儿去？我连头都没回。

　　开起车来才发现，脚上穿着高跟鞋。

　　我赶到站里，打好油，坐上油罐车就去找他。

他一看我来了，笑成大菊花，说你还亲自送啊，叫员工来就行了。

我说，这是第一次给你送油，我必须亲自押车亲自送！

直到这时，我才知道，要送的不止一个点儿，挖机，装载机，破碎机，好几个点儿都需要油。

他说，幸亏你来了，我这么多机器，停一天要损失多少钱啊！

我说，你放心，今天全给你送到，保证不耽误你。

一路送油，走的都是石子路。我穿着高跟鞋，高一脚，低一脚。当时不觉得，晚上一脱鞋，脚上全是泡，疼得钻心。

但是，值了！

当天，我就送了一万五千块的油。

更重要的是，客户的大门从此为我而开！

他说，我着急用油，他们说车坏了。我说你们能不能借一辆？他们说借车跑一趟，挣的钱还不够车租。我说车租我出。他们说大星期天的，我们都有事，对不起！说完就把电话撂了。我急得没招儿，就试着打你电话，还怕你生我的气不来，想不到你说来就来了！就凭这个，往后我用油就找你们啦！

我高兴得哭了。

为了增加销售量，不光我玩命，站里员工个个都玩命。

正干得热火朝天，想不到的事发生了——

油站旁边有个村子，一到旅游旺季，老乡们就拿着小商品跑到油站来卖，丝巾啦，披肩啦，手串儿啦，土特产啦。旅游车停车加油，他们蜂拥而上，比员工跑得还快。这非常危险！油站最怕明火，人多手杂，难以管住明火。一旦发生事故，后

捅破天花板

381

果将不堪设想。况且，这样争着抢着，还容易引起吵架打架，隐患可想而知。为了油站的安全，也为老乡们的安全，我在油站出口处划了一块地方，把他们集中起来做买卖，不让他们去站里串。这样一来，油站消停了。老乡们把要卖的东西也摆整齐了。一个摊位一个摊位的，像个小市场。说实在的，老百姓为了苦生活，卖点儿小东小西，风里雨里，真可怜。

然而，好景不长。有一天，市安监的人来检查，看到油站出口有摆摊的，就让县安监来查封油站，说隐患明显，必须关停。关停油站哪儿行啊？员工丢了饭碗不说，那么多客户到哪儿去加油？我赶紧报告公司。公司出面协调，好说歹说，县安监的人说，这样吧，砌一堵墙，把卖东西的跟油站隔开。我们想想这个建议也对，就砌了一堵墙。这边出车，那边卖东西，有效隔离了。

卖东西的老乡微微一笑，隔开就隔开吧，让卖就行。

他们把丝巾、披肩挂在围墙上，赤橙黄绿青蓝紫。

想不到，过了几天，县安监的人又来了，说接到市安监电话，还是要关停油站。我说不是砌墙了吗？他们说砌墙也不行，人员聚集太多。你们要是不想关停，就把卖东西的人赶走，在墙上抹上机油，不让他们再挂！

没有办法。油站不能关停，只能赶人。

这样一来，我们跟老乡就发生了正面冲突。愤怒的乡亲，把我们骂了个狗血淋头，祖宗三辈儿都操过来，还动手打了员工。我们不能还手，只能闪，只能躲。我们赶他们，他们跟我们打游击，一赶，走了；一撤，他们又回来了。油站人手有限，总不能天天派人守着。我去找村委会，村委会的人说，我们也管不了。

终于，有一天，县安监带着人来了，要强行关停油站。

当时我就哭了。哭得稀里哗啦。

我说，今天你们把我带走都行，关停的字我坚决不签！油站关停了，员工们到哪儿去工作？油站关停了，客户们到哪儿去加油！你们让砌墙，我们砌了！你们让抹油，我们抹了！你们让赶人，我们赶了！你们还要让我们怎么样？我们挨了多少骂，你们知道吗？我们挨了多少打，你们知道吗？我们是人，他们也是人！我们要吃饭，他们也要吃饭！我们没工作就没饭吃，他们不卖东西也饿肚子！这些你们知道吗？这些你们管得了吗？你们什么也不管，上来就要关停，你们还是人吗？你们今天把我带到哪儿去都行，要想关停油站万万不行！你们真敢关，我就跟你们拼了，我刘萍豁出这条命了！

县安监的人硬着心肠说，我们是吃公家饭的，让我们干啥就干啥。你跟我们说这些没用，有本事你找县长说去，不信你能捅破天花板！

我说，找县长就找县长，怕啥？我今天就要捅破天花板！

县安监的人撤了。临走撂下话，我们倒要看看你有多大本事！

我擦干眼泪，给县长写了一封信。

我怕真的见了县长，会哭得一塌糊涂，说不清话。

县长：

　　提起这支沉重的笔不知从何说起，怕见到你激动得说不出话，所以还是以这种笨拙的方式，写出想说

捅破天花板

的话。

　　作为一名中石油的基层员工，我来到汇源加油站时间不长。加油站内卖小商品的老乡给油站带来了隐患，为安全起见，县安监要求我们砌隔离墙，我们砌了；要求我们在墙上抹油，我们抹了；要求我们赶他们，我们赶了。为此，我们挨打受骂，员工安全得不到保障。无奈之下，我找过村委会，找过城管，也报过警。村委会来了，城管来了，警察也来了。最终问题还是未得到有效处理。

　　现在，县安监要求我们关停，我不得不给您写这封信。是我们没有管吗？关停后油站员工如何生活？他们上有老下有小，本来养家糊口就不易！作为一名女同志，我有什么能力跟卖东西的老乡抗衡？他们辱骂恐吓，员工还怎么上班？县安监要求我们，只要来摆摊的就驱赶，就报警。这能解决问题吗？事实证明没有解决。我们每次不顾个人安危去驱赶，他们就动手。我们受企业制度约束，只能忍着，难道非要伤亡几个人来解决吗？这是您县长大人愿意看到的结果吗？

　　满大街贴的标语都是心系百姓、改善民生。摆摊的人都是本县本村的农民，就是县政府应该关心的老百姓。我去村里了解过，他们生活困难才出去摆摊。有一位老乡，家里有脑梗阻病人，还要供养两个孩子上大学。她家没有土地，也没有劳力，唯一的生计来源就靠摆摊维持。不让她摆摊，难道让她去偷、去抢？现在，她出来摆摊，自己养活自己，不给政府增加负担，难道要让这些老百姓失去微薄的生活来源，集中到县政府去讨说法吗？这是您县长大人愿意看到的结果吗？

县长，请您听听油站基层员工的心声，也请您心系百姓的疾苦，您能不能拿出一个既能解决百姓疾苦又能让油站营业，而且符合安监要求的良策？

这几天，我常常泪流满面，止都止不住。我无力抗衡老乡，无力拒绝执法，无力保护员工。

请问县长大人，我到底该怎么办?!

中石油汇源加油站：刘萍

2018年9月13日

信写完了。

信送出了。

我没等到回音。

但是，县安监没有再来人。

旅游旺季过了，摆摊的老乡也走了。

我不知道，这是阵雨骤停，还是永远风平浪静。

捅破天花板

一直在飞

一直在飞
一直在找
我知道我要的那种幸福
就在那片更高的天空……

《飞得更高》，这激情四射的歌，被歌手汪峰演绎得灿烂
辉煌。

在激昂的歌声中，我也飞得更高，走得更远。

从广西开始，走过云南，走过青海，走过西藏，走过内蒙
古，走过新疆，走过吉林，走过黑龙江，走到本次采访终
点——辽宁。

南至北。夏秋冬。昼夜行。雨雪风。

来到终点，也没停飞。

为啥？

遇到了大连星海湾油站的女经理马晓飞！

李老师，我也许会让您失望。

我是一个没有故事的人。就是有，也不会讲。

首先，没有爱情故事。我今年三十四岁，还是单身。严格

说，也没谈过恋爱。机会当然有，都错过了。

那就说说工作吧。

一说工作就来电，丘比特如何眷顾我？

2006年初冬，我大学毕业来到中石油，到今年瑞雪纷飞，正好十二年。一个轮回。

一个轮回，三个油站。

走过的路，没有脚印，只有记忆。

初到泉华站，正好是本命年，二十四岁。都说要穿红袜子，我就穿了。一进站，我发现，所有的员工都比我大。我站在那儿像个高中生，心里直发怵。几双眼睛齐刷刷看着我的红袜子。

有人问，你今年多大啦？

我说，二十八！

往上多说了四岁，生怕他们嫌我小。

后来，时间长了，大家都了解了。

哎哟喂，来了个小站长！

泉华是大连最小的油站。连自来水都没有，在旁边打了个井。

我接手的时候，第一年销售四千吨，第二年六千，转过年八千。两年翻一番，成为全市柴油销量 Number One，评上先进加油站。

数字很枯燥，得来不容易。

靠啥？靠人！

其间经历的人太多。乱线头儿里抽一根，说说厉姐吧。

对，是厉害的厉。厉维娜。

我初到小站，领教了名如其人。这姐真是厉害，一天不跟客户对骂，准是轮休了。骂起人来少儿不宜。抽烟，酗酒。就是上班，一会儿就看不见人了。哪儿去啦？穿越到卫生间玩手机去了，要不就抽去了。站里员工把她当成另类，叫她傻娜。轮到她打扫卫生了，我说你弄点儿水把地拖拖，她扭脸就把一整袋洗衣粉倒地上。

她是咋回事？心里有啥不痛快？

一了解，噢，因为受不了丈夫的拳头，她离婚了。

我下辈子变牛变马也不会再找你！

你要是变牛，我就变成宰牛的！

这是两人分手时最后的话。

怪不得！

她才三十岁，正是好年纪，被家暴扭曲了。有人说她以前不这样，胖胖的。离婚后变了个人，瘦成一把骨头。

我应该让她再变回来。

她需要同情，需要尊重，需要温暖，不能再雪上加霜。

我说姐，听说你以前胖胖的，是不是有啥病？我给你假，你去检查检查，千万别耽误了。

她说，我没病，就是有时候胃不舒服。

我说，胃不舒服就是病啊，明天你就去医院看看。我告诉做饭的阿姨，轮到你上班不要做辣菜，还要保证你能喝上热水。今天下午咱俩一起打扫卫生吧。

下午，我跟她打扫卫生。我说，洗手间太脏，我来打扫，你在外面刷刷油枪吧。她觉得过意不去，就跟我一起打扫。我倒洗衣粉的时候说，你看，省着点儿，太费了站里还得买。大家节约点儿，工资就能多发点儿。她点点头，听进去了。做完卫生后，我说姐，晚上我请你吃饭，咱姐妹俩好好聊聊。

来到小饭馆，我说，姐，你爱喝啥酒自己要。但我也劝你，酒这东西喝多了对身体不好，烟抽多了对身体更不好。我知道姐心里难受。谁都有难受的时候，说出来就好了，别憋在心里。我才说完，她眼圈儿就红了，边喝边诉苦。丈夫不但打她，还把她挣的钱都花光了。我说姐，你受老罪了。你现在离婚了，还受不受他控制？她说还好，只不过活着也没啥意思。说着就哭起来。她哭，我也掉泪。我说姐，我不会喝酒，你这么难过，我也陪你喝！我喝了一口，呛得直咳嗽。点菜的时候，她要了一份烤茧蛹。我从没吃过这东西，为了陪她，也吃了两个。想不到我对这东西过敏，当时就蹲地上起不来了。她吓坏了，赶紧带我上医院。医生说是高蛋白过敏。她说都怪我。我说没事，死不了。我在医院待了一晚上，她一直在旁边照顾。我拉着她的手说，姐，我心疼你，但是过去那篇儿已经翻过去了，你现在从头开始。我刚来，也是从头开始。你是老员工，各方面都有经验，我需要你的帮助。咱们既然相遇了，今后就是好姐妹。你是我姐，我是你妹。我做得不对你就指出来，我指定改。你做得不好，我也小声跟你说。咱们先从不跟客户吵架做起，行吗？

行，吵架是我不对！

我相信我姐不会了。咱姐俩拉起手来往前奔，好日子还在后头呢！

出院后，我来到站里，把大家召集在一起。

我问，谁比厉姐年龄大举手？

没人举手。

一直在飞

我又问，谁比厉姐工龄长举手？

有一个举了，又放下。

为啥？说一起来的。

我说，好了，站里的人都没她年龄大，也没她工龄长，她就是大家的姐！你们听到我叫厉姐了吗？以后大家都要这样叫，也应该这样叫。谁要是再叫傻娜，对不起，你可以写辞职报告，我送公司批准！

从这以后，站里人对她的称呼改变了，态度也改变了，厉姐长，厉姐短。厉姐找到存在感，变了一个人。不管是工作还是生活，都像个大姐的样儿。

厉姐的转变，到这儿并没有结束，好事还在后头呢。

啥好事？

在我的撮合下，她跟一个客户喜结良缘！

可见，她给南来北往的客户留下多好的印象啊！有这样的老员工带头，我这经理能当不好吗？我们的销售能不上去吗？

这个客户真心喜欢厉姐，不但为她买了车，还在油站附近买了房，就为她上班方便。

还有比这更好的男人吗？

为啥我就没碰到？

后来，我离开了小站，离开了朝夕相处的兄弟姐妹。

我想念这个吃井水的小站，想念厉姐。

我常收到她的微信——

妹呀，我想你了！

姐，我也想你！

妹呀，你结婚了吗？

没有，我还是一个人。

是啊，我还是一个人。

从那个时候，一直到现在。

离开泉华，我来到杨树沟油站。

站名虽土，位置不土。大连有名的东财、海事、理工三个大学都在附近。

我在这儿一干就是几年。

其间经历的事太多。乱线头儿里抽一根，说说三百块吧。

三百块啥？当然是钱。加油的钱。

这天，来了个小平头，开了辆福特车，说加油。

员工问，加满吗？

加满。

油加满了。员工说，正好三百块。

多少？

三百！

他俩眼一瞪，不可能！我的车加满了顶多二百！

员工说，你看看表，是三百。

三百个屁！你们机器有问题！

我听见现场高门大嗓，急忙跑出办公室。

小平头说，我的车加满顶多二百，她要我三百！

我扭脸看看加油机，金额显示的是三百。

我说，哥，你别急，有话咱们屋里说。

我这一声哥，把他的脖子叫软了。

哥，我们的机器每个月都检测。你看，这是检测证书。我敢保证没问题。你要有疑问，咱们现在就请省计量局来鉴定。

我不管那么多，只给二百，行不？行了，我就走。

哥，这我可不能答应！这不是钱的事。如果答应了，就等于承认我们有问题。

不行是吧？

不行。

不行我就不走了！把车停在这儿，你们也别营业了！

哥，你这样做就不讲理了。

谁不讲理啦？我现在就叫电视台来！

欢迎电视台来，欢迎媒体监督！电视台来了，你说了不算，我说了也不算，肯定还要请计量局。

那我就把他们都叫来！

好啊好，欢迎他们来！

他拿起电话，没拨，斜眼瞅我，给二百行不？行我就不打了。

我说，哥，真的不行！

说完，倒了一杯水，又搬来一把椅子。

哥，你打完电话，坐下来，喝点儿水。

他哼了一声，打起电话。

电话打完了，两家都答应来。

我说，来也不可能坐火箭。哥你坐这儿，我陪你等！

等啊等，等啊等。

一个钟头过去了。

又一个钟头过去。

到了中午，电视台的来了。一问情况，说等计量局鉴定了再说。我还有事，计量局的来了告诉我。说完，留下手机号走了。

我们继续等。

等到吃午饭了，计量局的还没来。

哥，到饭点儿啦，在我们这儿随便吃点儿吧！

我不吃。

别呀，你是我的客户，等了一上午挺辛苦，一块儿吃点儿吧。站里自己做的员工餐，你别嫌弃！猪肉炖粉条儿，排骨烧豆角，馒头米饭外带白菜豆腐汤！

好家伙，一报菜名，他口水咽得咕咚咚。

走吧，哥！我上去拉他一把。

哎哟，不好意思！他说着，跟我走了。

来到食堂，我拿碗给他盛，结结实实盛了一大碗菜。

一顿饭吃下来，应了老话：吃人家嘴软。

小平头顺溜多了。

我说，哥，我们中石油是国有企业，油的质量不说了，要不你也不会来这儿加，数量肯定也有保证。再说，多收你的钱也装不到自个儿腰包，为啥要多收呢？我陪你等了一上午，心里一点儿不慌，就是对我们的油托底，绝对保质保量！上午陪你等的时候，我在手机上查了你这个车，按眼下油价，确实能加到三百。可能你以前没加过这么多，小看了你的豪车。哥，你是大客户，我们有义务为你服务，也有义务让你相信我们。跟你说实话，幸亏两家没一起来，要是来了，一检测，量不少，你跟人道歉不说，还得交费。那可不是小钱啊！不信，吃了饭咱俩再等，计量局的来了先不忙检测，先问问费用是多少？

一直在飞

哎哟，我打个电话回了，不检测了。这是我的油钱，不好意思！

说着，他把三百块放在桌子上。

我说，哥，谢谢你理解，欢迎你随时来！就是不加油，路过了有时间也进来坐坐。站里有优惠活动，我保证第一时间打电话告诉你！

不打不相识。从这以后，他成了我们的固定客户。

不但自己来，还介绍朋友来。

后来，我离开了杨树沟，还收到他的微信——

小妹，我今天去站里，咋没见到你？

哦，真对不起！我忙晕了忘了告诉你，我调工作了。

啊？调哪儿去了？没出大连吧？

我没出大连，来到了星海湾油站。

其间经历的人和事太多。乱线头儿里抽一根，说说卖茅台吧。

茅台是站里主打的非油商品。

元旦前，便利店主管说，公司进了一批茅台，领导问我们要多少？我心里打起小九九：元旦到春节，前后两个月正是卖酒的好时机，进少了不够卖。便利店保管能力如何，员工卖货会不会疏忽，良心不好的客人会不会调包，所有的问题我都想到了。也巧，当晚看新闻，说茅台出厂价还要上调。哎哟喂，我们的价格有优势，不怕压货。

我当即拍板，要五十箱！

领导说，有魄力，公司一共就进了二百箱！

货一到，大家就忙开了。吆喝的吆喝，卖的卖。

打电话，发微信，联系客户朋友圈——

数量有限赶紧淘，酒香怕您买不着！

过了这村没好酒，星海湾里走一走！

茅台虽好怕假货，油站保真把年过！

卖一件来少一件，卖完只能明年见！

好家伙，这么一闹腾，顾客蜂拥而至。你一箱，我两箱。

有个老客户，开了一辆奥迪 A6 来，正遇上新员工小王。小王虽说是新来的，开口营销却很棒。老客户本来买两瓶，被他一忽悠，得，我来一箱！小王回头跟我说，经理，他要一箱！我帮着搬出一箱，送上了车。小王在前台扫货收了钱。老客户道声多谢，A6 一冒烟儿。

当天卖出好几箱，大家乐得直蹦高。

晚上一盘点，哎哟喂，少两瓶的钱！

一瓶一千七百八，两瓶三千多！

这不赔本赚吆喝吗？

我当时就蒙了。

这两瓶的钱哪儿去了？

员工装了不可能，我信我的员工。

只能是酒卖了，忙得忘收钱了。

赶紧查，赶紧对。

一查一对，零卖的收支平衡。

急！再查整卖的。一查，出问题了，小王卖的那箱只收了四瓶的钱。妈呀，一箱是六瓶啊！小王说，哎哟，我晕了，还以为是一箱四瓶呢。有人说，得，谁少了谁赔。小王当时就哭

一直在飞

了。我说，你先别哭，咱们再想想办法。

我把监控录像调出来看了一遍，的确是小王卖的这箱少收了钱。他在前台扫货收完钱，把卡退给人家，人家连看都没看，就在回执上签了字。这可咋办？烧脑啊！

有人说，录像上有车牌，咱们报警就能找到人！

我摇摇头，不能报警。不是人家少给了，是我们少收了。卡是咱们刷的，错不在人家。他签字时连看都没看，没注意刷了多少钱。这个客户是咱们的高端客户，如果报警找人家，人家肯定不舒服。这些人看名誉比钱重，我们不能伤害人家，也不能丢掉客户。这样吧，先把监控保存起来，等客户下次来加油的时候，给他提个醒。

有人说，他要是不来了呢？

我说，那也没关系，这个钱我赔。酒是我搬上车的，搬完了也没去前台核对。错在我，不在小王。

小王说，钱是我少收的，我赔。

我说，不争了，我工资比你高，就这么定了。再卖的时候记着，每箱是六瓶。

打死也忘不了啦！

没想到，第二天一早我刚到油站，奥迪A6就开了过来。老客户摇下车窗，笑着对我说，这样卖酒你不赔钱吗？你一个月挣多少？

我的脸当时就发烧了，又惭愧又感动，话都没了。

昨天我买完了也没看，今天早上一起来，收到银行短信，啊？咋才八千多？不对呀，你们少收了两瓶的钱！

太谢谢您了，太谢谢您了！

话到用时方恨少，我笨得只会这一句。

嘿，谢啥！你们起早摸黑风吹日晒，不易！

老客户交了钱，开车要走，我追上去硬塞给他一箱矿泉水。

这是中石油自己产的武夷山，算我们一点儿小心意。

好说歹说，老客户才收下。

呵呵，这是小王的事，再说我的吧。

我卖出茅台，收获了感动。

当时，这个客人进来的时候，我跟他说，前两天我去商场看了，茅台卖得比我们贵多了，您要不要来两瓶？马上过年了，自己喝喜庆，送朋友体面，收藏保准增值。我还没忽悠完，他就说好，给我拿一箱！

我当时就蒙圈儿了。

一箱不是小钱哪，咋说买就买了？这是啥人呢？

晚上，我上床了。

单身一人，寂寞孤独。打开微信看一圈，成了我睡前的习惯。

我看到他发了一个朋友圈，哎哟喂，就是这箱茅台！

他把茅台拍了照片，又在旁边写了一行字。

我看着这行字，眼泪顿时涌出来——

壮壮，你今年十二岁了。爸爸送你这箱茅台，你在结婚时打开。爸爸爱你！2017年12月6日。

多么深情的父爱！

如山，如海，如天！

就算他的儿子二十二岁结婚，这箱酒也要保存十年。

如果再晚，保存的日子就更长。

亲情恒久远，醇酒琥珀光。

静夜。孤灯。

由这父子的深情，想到我未知的爱情。

爱河对面看不见人。荒原空旷。

船家说，我怎么拉你过去，还怎么送你回来。

我说，我不坐船了，我要飞！

像我喜欢的那首歌——

　　我要的一种生命更灿烂

　　我要的一片天空更蔚蓝

　　我知道我要的那种幸福

　　就在那片更高的天空

　　我要飞得更高，飞得更高

　　一直在飞

　　一直在找……

晓飞的故事在她喜欢的歌中结束了。

我意犹未尽，想起了散文诗《娶个在加油站工作的女生吧》。

我是在"最美加油员"微信公众号上读到这篇文章的。

公众号是云南临沧销售分公司党群工作部翟刚创办的。

散文诗作者是福建销售分公司党群工作处的吴光菁。

在这篇作品中，光菁反复吟诵，娶个在加油站工作的女生吧，其声可闻，其情动人。

通过翟刚的热情介绍，我在微信上认识了这位名字很女生的帅哥。征得他同意，将这篇作品编入本书，了却我的意犹未尽。

娶个在加油站工作的女生吧

吴光菁

娶个在加油站工作的女生吧——

首先，在加油站工作的女生，颜值都不会太差。因为她们天天笑对客户，迎来送往微笑如春。你难道没听说过？微笑可以增加颜值。她们的声音还很好听，暖心问候，如沐春风，一听倾心。

在这个看脸的年代里，带一个有颜值的老婆出去，是多么有意思的事。

娶个在加油站工作的女生吧——

加油站的工作千头万绪。一面要服务车主，注意仪容仪表，一面还要保持站容站貌，实时保洁卫生。每到午晚时分，下厨开伙，满桌可口工作餐，也大都出自她们之手。

上得厅堂，下得厨房，就问问谁家不想要个这样的媳妇？

娶个在加油站工作的女生吧——

她们脾气好。别看加油站小小的地方，在这里能感受到人间百态。面对一些车主的不理解和刁难，她们妥善应对，不卑不亢，吞下了委屈，伟大了格局。

所以，把她们娶回家，根本不用担心婆媳关系紧张这类事。家庭小摩擦，分分钟搞定，绝不会让你出现两难的境地。家和万事兴，小日子红红火火。

一直在飞

娶个在加油站工作的女生吧——

她们还是数据达人。对商品价格有天生的敏感，了解加油站每一个优惠活动，随便一种商品，她们都能在短时间内为客户算出最优解，让客户获得最优惠。

你不用担心她们花钱大手大脚，因为她们擅长精打细算、省钱持家，每一分钱都用在刀刃上。"任性想买个包包？我建个数学模型算算先。"

娶个在加油站工作的女生吧——

你根本不用担心她会缠着你，因为她可能比你还忙。加油站的工作全年无休，节假日也要坚守，别人的淡季就是她的旺季。遇到高峰，她们一个班下来要做4000多次加油，各步骤标准动作，提放加油枪500多次，日夜倒班，每班要上近12个小时，每天平均要走3万多步……

你会发现，原来认真工作的女人，真美。

娶个在加油站工作的女生吧——

在加油站工作，她们对火、电超级敏感，一点隐患都不能留，对破坏安全行为零容忍。她们还训练有素，一旦发生火情，能迅速采取应急措施，灭火于顷刻之间。

家里虽然不像加油站谈火色变，但是因操作不当导致火灾的情况时有发生。家里有女加油员坐镇，时刻紧绷安全弦，天下再没有比家更安全的地方了。

看啊，娶个在加油站工作的女生是多么划算的一件事。如果真能娶到她们，你定是上辈子拯救了银河系，或是在佛祖座下苦苦修了几千年。

最最最重要的一点，你为啥要娶个加油站的女生？

那是因为，你再不来娶，她们就要嫁给工作了啊……

一直在飞

孙传奇的传奇故事

孙传奇的大名叫孙科技。

我在青海格尔木销售分公司见到他的时候，他已经是党委副书记兼副总经理。他说，咱也没干啥惊天动地的事，对得起自己的工资。

我说，你的名字科技含量很高啊，咋起的？

嘿，他笑了，我出生那年，北京正好开科学大会，提出科技是第一生产力。大夫问给我起啥名？我爸抓抓脑壳，说要不请村里算命的给起个？我大伯说，请啥算命的？这不都开会了吗？科技是生产力，这娃以后也是生产力，就叫个孙科技吧！

哈哈哈！孙传奇又是咋来的？

别提了，那是我第一次领工资落下的雅号……

李老师，那不叫传奇，活生生一吃货的现实版。

那是2001年，我刚来中石油的时候，单位初建，一切还没走向正轨，干了两个月没发工资。人事处说，先借给你们每人六百块，发了工资再扣。那时候，工资定的每月五百块，扣光一个月还不够。

管他呢，钱拿到手了是真的！

我从农村出来，哪儿见过这么多钱？脑袋一下子就肿了。

跟我一块儿工作的金乃仓，之前开过录像厅、小书店，见过世面见过钱。我俩臭味相投，一见面就蛤蟆绿豆对上眼。

他说，这回有钱啦，走，我带你去开荤！

我俩来到西宁樱花广场，溜达了一圈儿，就钻进了刚开张的大超市。好家伙，花花绿绿，铺天盖地，让人神经错乱。以前我知道这地方，从没进来过。没钱来干吗？我是刘姥姥进大观园，俩眼不够使，不知道买啥好。

乃仓说，你别瞎看了，跟上我，今天我主导。

来到卖康师傅绿茶的摊位前——

这个喝过没？

没。

买两箱！

好家伙，一箱二十四瓶。卖主当时就乐傻了。

来到卖果冻的摊位前——

这个吃过没？

没。

大碗的来两斤，小碗的来两斤！

得，又乐傻一位卖主。

来到卖玉米软糖的摊位前——

这个吃过没？

没。

来两斤！

我俩提着这些东西，来到樱花广场，往地上一坐。

乃仓说，吃起来！你没吃过的今天管饱，直接脱贫！

我俩一口气，把四十八瓶康师傅绿茶当啤酒喝了，四斤大小果冻吃了，两斤玉米软糖吃了，扔了一地糖纸。路人看见了，吓得绕着走。

从此，我再也不沾这三样东西了。别说沾，一提起来就犯迷糊。

但当时吃美了，觉得没白来世上一遭。

乃仓问，还能吃不？

能。

跟我走！

又来到卖水煎包的摊位前——

这个吃过没？

没。

吃！

水煎包是牛肉粉条馅儿的，香味儿直冲脑壳。一屉二十多个，一般人撑死了吃一屉，要不两三个人吃一屉。我俩大马金刀一坐，连吃了七屉！卖主没乐傻，吓傻了。这才是序曲，吃了干的，还有稀的呢。摊儿上有胡辣汤、小米粥。乃仓说，喝！我俩就喝开了。又是胡辣汤，又是小米粥。我们去得早，排在了前边。端出一锅是我俩的，再端出一锅，还是我俩的。端出第三锅时，排队的人想总该是他们的了吧？没想到卖主说，还是这二位爷的！哥儿几个再等等！

哪想到，第四锅，第五锅，第六锅，第七锅，全是我俩的。

排队的直接就走了。实在等不住了。

我俩咋那么能吃？没别的毛病，就是饿的。肚子里没油水，干瘦干瘦的。一上秤，我八十多市斤，他九十多市斤。我腰围一尺五，他腰围一尺七，我俩出去买裤子都买不上。当地男人没这么细的腰，我俩买了现场就得改，不改一提溜就到脖子根儿。

我第一个月工资就这么造的。还是借的。

单位的人一吐大舌头，哎哟喂，传奇呀！

说起来，我能进中石油，功劳全在奶奶。

咋呢？进这么高大上的单位，没文化想都别想，认识谁都不好使。

我的文化是被奶奶从小逼出来的。

还记得那是夏天的晚上，我跟奶奶坐在场院里，数天上的星星。

星星呀星星真美丽，星星呀星星数不完。

奶奶说，科技，你啥时候给咱们村考出个大学生！

那时候，我还不知道啥叫大学生。

奶奶说，你读完小学，又读初中、高中，完了再读就是大学生。

我掐指头一算，哎哟，那要十几年，太长了！

奶奶说，不读书就成不了人，成也是个废人。你必须去给我上学！没有书包，奶奶给你缝个袋子；没有馒头，奶奶给你蒸。你走着、爬着也得去上学。咱们孙家谁都可以要饭，只有你不能！你是我的长孙，你必须给我学出去，必须给我考大学！

奶奶这些话，够我用一辈子。

我也用了一辈子。

老人去年才走的，活了九十多。

她六十岁的时候，还一个字不识。到了八十岁，电视上所有的字都能认。她用实际行动给我做了榜样。

我童年的印象，一个是奶奶跟我说的这些话，一个是村口的老井。

那是方圆数十里唯一一口甜水井。每天一大早，挑水的男人们就在井边排起队，蜿蜒而坐。坐的姿势都一样，扁担横在水桶上，屁股坐在扁担上。在袅袅升起的旱烟中，寒暄家常，间或开怀大笑。打水靠辘轳，古老又质朴。放辘轳是个把式活儿，呼啸的空桶牵着井绳奔向深藏的甘露，桶底碰到水面的那一声脆响，在幽幽的井壁回荡，算是对早起辛劳的一份回报。地里缺水，十年九旱，人们眼看着庄稼活生生干死。老井里的水太少了，哪儿能浇地啊，连吃都不够。挑水的男人们鸡叫头遍准起，起晚的只有对着淘上来的泥叹气。偶尔，也会有女人来挑。村里有一个比我大三岁的女孩，上四年级，漂亮又活泼，村里的孩子不管男的女的，都爱跟她玩。她家离老井近，她就承担起家里的吃水。一天早上，她死了，死在了井里。她用辘轳放桶下井时，辘轳转得太快，井绳把她卷进了井里。村里的人都去救，会水的只有两个，一个是她爸，一个是外来户。外来户当时正在地里干活，听到消息，跟大家一起奔向老井。她爸连衣服都没脱就下去了。起初女孩还活着，大家围在井口，听见她喊爸爸救我！她爸下去后，用裤带把她绑在自己身上，双手抓住井绳，喊了一声拉！井上的人们就拼命摇辘轳，眼看人快到井口，裤带断了，她爸撕心裂肺地号。那悲声在我耳边响了一辈子，那惨景在我眼前过了很多遍。下去的是她爸一人，上来还是她爸一人。后来，外来户赶来，又下了井。捞上来人已经凉了。

她死了。死在甘甜的井水里。

女孩的死，奶奶数星星时说的话，成为我永远抹不去的记忆。

奶奶看我的每个眼神里，都是你要好好学，你要考大学！

我上小学的日子非常苦。学校在一座古庙里，没电，没灯，都是自己提着煤油灯去。那个灯是我自己做的。我家是离学校最远的，每天早早起来，背上馒头就走。为了抄近路，我在玉米地里钻了三天，到底钻出一条路。肚子饿了，一路吃生玉米。没有喝水缸子，在垃圾里捡了个破碗，上面还有个豁口。不是淘沟里的水喝，就是路过人家的门前讨一口。上初中时，学校更远了，爸给我弄了一辆自行车，28加重的。我又瘦又小，才一米二，骑不上去，只能从大梁底下掏着脚蹬，整个车都是歪的。有一天，我从一个大坡往下冲，迎面来了车，心里一慌，连人带车掉进沟里。车闸从嘴里戳进去，戳断了三颗门牙，流了一脖子血。吃不了饭，喝不了水，一吃一喝就疼。整整疼了四年。

但是，想起奶奶的话，我忍住了。我坚持了。我不服输。

像一只小蚂蚁在无边的树上爬，我在上学的路上蹒跚前行，好不容易熬到了高考。

班主任对我说，科技，你有潜力，相信你能考好。现在还有八个月，你排个时间表好好温习，尽最大努力展现一把！

我说，您放心，就是为了奶奶，我也要努力。

那八个月的时间，不知啥叫吃饭，啥叫睡觉。

高考的时候，第一门考英语，第二门考化学。英语马马虎虎，化学是我最拿手的。一打开卷子，哇，都是我会做的。甚至有一道题我还给同学们演示过。老天太照顾我了！一激动，血上头，我一屁股从板凳上摔下来。眼前一黑，啥也不知道了。监考的老师不知从啥地方弄了一杯红糖水，两人合力把我架起来，夹住了，把红糖水给我灌下去。我没死。我睁眼了。这时候，离收卷只有三十分钟了。我答得飞起来，两个小时的卷子，我只答了三十分钟，有几道选择题都没来得及做。最拿手的化学考砸了！

我觉得自己废了，连高考志愿都没填。

公布成绩那天，爸让我去学校看分。我不想去，丢死人了！一直在家里磨蹭，天黑了还没走。

爸就骂我，你还是不是男人？你是男人就去看！就是考个零分，你也是孙家的人。这回考砸了，咱也死心了，往后你也别学了。

奶奶听见了，大声呵斥，你说啥呢！

老爸不吭声了。

学校离家有四十多里。我说，爸，我骑你的摩托车去。

爸说，不行！那个破车，再把你摔了。

妈心疼我，知道我车技好，就把备用钥匙偷偷塞给了我。说你要慢骑啊，对妈要负责！

我说，放心吧，天黑我开着灯。

摩托车一响，爸就追出来。哪儿还追得上？气得回家把锅都砸了。他怕我路上出事。爸是好人。

我骑到学校的时候，天已经黑透了。校长、老师，还有我们这届的同学，都聚集在大门口，黑压压的。忽听人群里喊，那不是孙科技吗？他来啦！人们一下子乱起来。

我一个头三个大！

坏了，这是等着批斗我啊！

班主任第一个冲上来，科技，你考了全校第二名！

啊？

你考了651分！

多少？

651！

我惊叫一声，从车上掉下来。

我连高考志愿都没填！

我连看分都不敢来！

我考了651分！

物理老师和化学老师一起拽住我，像拽住一头驴。

物理老师说，走，到我家喝酒去！

化学老师说，走，到我家吃肉去！

我物理考了全校最高分。

化学虽然没考好，分数也高出老师的预料。

两个老师，一左一右，我分身乏术。

最后，还是物理老师占了上风。

他说，我家开了小卖部，你回家刚好从我家过，走！

我用摩托车带上他。呜！

我俩一直喝到凌晨两点，把他家小卖部里的啤酒全喝光了。

那时候没电话，跟谁都没法儿联系。我去学校看成绩，四十里山路一去不回，村里开了锅！全村人把所有进村的路口都站满了。提着马灯，打着手电，吵吵嚷嚷，望眼欲穿。

奶奶蒙准了我要从村东的路口回来。她和我妈、我妹站在村东头等。

天再黑，我也能看见她们大睁的眼睛！

科技回来啦！科技回来啦！乡亲们喜大普奔。

奶奶第一句话就问，考得咋样？

我说，奶奶，我先不能跟您说，我不敢跟您说！

奶奶两眼死盯着我，好像分数在我脸上。

我拉着奶奶往家走。远远地，看见爸站在房顶上。

我家盖的房子，房顶是平的，庄稼下来能铺在上面晒。

我连跑带跳上了房顶。

爸问，考了多少分？

651！

啥？

651！

爸听清楚了。

可是，没有笑容，一脸惊恐。

科技，你千万别跟村里人说！万一判分的弄错了，让人家笑话！

就这样，全家闷着声，谁问都不说。

奶奶嘀咕，错不了，那分就是我孙子的。

爸说，又不是您判。

直到有一天，军医大通知录取我了，全家人才松了一口气。

我不是没填志愿吗？为啥被军医大录取了呢？

原来，爸跟学校说，我家科技没填志愿，干脆让他参军去吧。我考了这么高的分，一听说要参军，军医大就录取了。

很快，体检通过了，政审通过了。

军医大高高兴兴来提档，想不到——

我档案没了！

哎哟，哪儿去了？

西北农大捷足先登了！

奶奶说，我的好孙子，我到底盼来这一天，奶奶闭眼也满足了！

我说，奶奶，您睁着眼，看我把大学好好读完，回来再跟您一起数星星！

大学的生活终生难忘，就像歌里唱的，"春天的花开秋天的风以及冬天的落阳，风花雪月的诗句里我在年年地成长"。

这期间，发生了一件事，我的同学崔天被车撞了。他跟我不是一个班的，但他是我的发小。一块儿读的初中、高中，又一块儿考上了西北农大。那时候，西安的黑市上有卖旧自行车的，很便宜。崔天约了个同班同学，跟他一起去买。到了地方，同学没看上，他自己买了一辆。在回来的路上，他骑车带着同学，被一辆逆行的汽车撞了。两人都受了伤。送医院一查，同学只是外伤，崔天不光是外伤，还有内伤。脾脏破裂，肺叶受损。

崔天家很穷，住的是草房，根本拿不起医疗费。那个同学家有钱。两家人一起去找肇事司机刘老三。想不到他是个小流氓，张嘴就说你们想找死啊！有钱那家人一看惹不起，就跟崔天他爸妈说，咱惹不起躲得起。这样吧，一事两办，你家办你家的，我家办我家的。各治各的病，各花各的钱。说完就带孩子去医院了。崔天家惨了，不抢救只能死。学校出面掏了抢救费，随后就不想管了，说崔天违反校规，出远门不请假，应该自己负责。

崔天躺在ICU，他爸妈给刘老三下跪磕头，说求求你，救救我儿子。刘老三说，不关我的事，凭啥让我出钱？

看到这样的情景，我非常生气，明明他逆行撞人，咋不关他的事？后来我才知道，刘老三在事故管理科有人，他串通交警把肇事现场改了，逆行改成同行。这样一来，崔天反而占了机动车主道，成了主要责任，刘老三只是附带责任，轻多了。

这也太欺负人了！

不行，这事我要管！

我当时留着胡子，又黑又瘦，不像学生，像在社会上混的。

我站在刘老三跟前，盯着他看。

刘老三嘴里叼着烟，对崔天的爸妈吼，事故科都说了，你们家儿子主责，没我的事，我拿啥钱？

我突然冲上去，出手一指刘老三——

这是医院，你把烟给我拿出去抽，要么就在这儿给我掐掉！

刘老三吓了一跳。

谁敢跟他这样说话？这是从哪儿冒出来的程咬金？

他两眼唬着我，我第二句话跟着爆发——

刘老三，你逆行撞人还要横！我知道你家！我给你十五分钟，你赶快把救人的钱拿来，不然我让你活不过今天！快滚！

这一嗓子，彻底把刘老三镇住了。

当时，老师、同学都在场，他们也被吓得不轻。但谁都没吭声。

没吭声倒好了，形成肃杀的氛围。

软的怕硬的，硬的怕横的，横的怕不要命的。

刘老三乖乖回家拿了四千块，说家里就这么多，再想办法凑。

我知道你家，我让你活不过今天，都是我现编的。

想没想后果？想了。无非是玩命，脑袋掉了碗大疤，豁出去了！

初战告捷，给了我信心。第二天一早，我又冲到事故管理科去了。老师们不放心，紧跟在我后面。乌泱泱一队人马。

我买了一包九块钱的烟，进屋先发了一圈儿。

交警们嘻嘻哈哈抽着烟，我突然一拍桌子，啪！

前天你们出现场的时候，我们也出现场了！你们拍了照，我们也拍了照。刘老三已经认罪掏钱了！你们要是懂得规矩，把事故恢复原状，我今天就啥也不说了。要不然，我让你们吃不了兜着走！

说完，我扭头就走。

一屋子交警全傻了。

大眼瞪小眼，谁也不知道我是干啥的。

后来，事故科重新鉴定了交通事故，刘老三负全责。

刘老三一分不少交了医疗费，还掏了营养费、误工费。

那个同学他爸找到我，说我家孩子花了几万，你也帮我们去要吧。我说老爷子，我今天不叫你叔了，你说一事两办，你家办你家的，他家办他家的，泼出去的水能收回来吗？

他爸蔫了。

一件事把人心看透。

孙科技正跟我说得来劲儿，手机响了。

是媳妇来的，说家里炖了鸡，让他晚上回家吃饭。

我说，嘿哟，够心疼你的。你俩咋认识的？

嗨，孙科技笑了，过程太简单了！我打个提前量，先说说。

说起这事，也算我的罗曼蒂克史吧。

没有史，就一次。

像人家说的，没看见林子，先在一个树上吊死了。

好在老天看我可怜，给了我个优秀媳妇。

前奏非常简单，哆咪咪发嗦啦西，七个音就用了三个。

我一直单身，公司领导就惦记。有一天，领导给我打电话，说孙科技，你到我办公室来！我就去了。一进屋，就看见我未来媳妇坐在那儿。领导说，我给你介绍这个姑娘，人家是大学生，没谈过恋爱，人不错。我观察好几年了。你看没看上？领导这么直白，我连看都没敢看，就说看上了。很好。领导又问我未来媳妇，你看科技咋样？我未来媳妇说，我不喜欢戴眼镜的，他不戴眼镜。领导说那你就是喜欢呗。未来媳妇说，我喜欢不行，还得看我爸妈呢。领导说，那就领他见去，丑媳妇早晚见婆婆，丑男人早晚见岳丈！

于是，未来媳妇就安排去见她爸妈。

很关键。很重要。千钧一发。机不可失。

见面之前，未来丈母娘问闺女，小孙爱吃啥？咱们在家请他吃个饭。未来媳妇就问我，我妈问你爱吃啥？我说好吃不过饺子！她就跟她妈说，小孙爱吃饺子。啊，行，饺子好，又是主食，又是副食。你看老太太这词儿用得多精准，主食就是面，副食就是馅儿。

家宴的食谱有了。包啥馅儿呢?

她妈又问,小孙爱吃啥馅儿?

我转而回答,茴香的。

结果,买不上茴香。又问,香菜吃吗?吃!

未来丈母娘一拍大腿,就包牛肉香菜馅儿!

见面那天,是星期六,刚好未来小舅子也在家,全家包饺子迎接我。未来丈母娘说,包一回不容易,咱们多包点儿,包一个星期的,冻上,留着日后吃!

一家四口干开了,拌馅儿,擀皮儿,包。

包了一整天,打算冻上吃一个星期!

我大老远赶来了。一进门,未来丈母娘就说,你走累了,你先吃! 说完,就下了一碗饺子,端上来让我吃。我不懂得让,确实也走累了,拿起筷子就吃。嘿呀,薄皮大馅儿,猪肉香菜,那叫一个好吃! 猪八戒吃人参果,眨眼一碗没了。我把筷子放在碗上。我们陕西人吃好了饭,筷子要往碗上放,不能放桌子上。放桌子上没礼貌。未来丈母娘说,哎哟,吃完了?再上! 又下了一碗端上来。风卷残云,眨眼又没了,筷子又放碗上了。他们也不说话,又上。他们上,我就吃,稀里糊涂,一直吃,吃出一头汗。

只见未来老丈人端了一碗饺子汤,从厨房出来,吸溜着喝。

我说,叔,咋不吃饺子先喝汤呢?

未来老丈人扭头走了,啥也没说。

然后,未来小舅子也出来了,也端了一碗汤,说哥,你挺逮啊!

逮,是当地土话,意思是:美好。

我说，我咋逮了？

这时，未来媳妇过来了，说你就这么能吃？我们一家四口，一个星期的饺子，都叫你一个人给吃光了！我们全家人只好喝汤了！

啊?!

我吓出一个大饱嗝儿。

我说，你们一劲儿下，我不敢说，怕不吃不礼貌。

那你吃饱没？

我都撑得回不去了。

你吃撑了，为啥还把筷子放碗上？

这，这有啥讲究？

在我们这儿，筷子放碗上就是没吃饱，还要吃。吃饱了筷子就放桌子上了。懂吗？

哎哟妈呀，你咋不早跟我说？看把我撑的！

第一次见面，以我吃饺子他们喝汤胜利结束了。

我走后，未来丈母娘说，闺女啊，这姓孙的你别谈了，饭量太大，咱家养不起！你说他这饺子咋吃的？一顿能吃三四斤。就算一斤十四块，他吃三四斤，一顿就干掉四五十块！你一个月工资才多少？够他吃吗？

未来媳妇没说话，心里还琢磨，咋不早告诉他筷子放哪儿！

未来老丈人来了一句，我看这孩子挺好，实在！能吃还能干呢！成不成的，老人别吱声，让闺女自己决定！

得，未来老丈人一锤定音，我俩就算成了。

为啥？媳妇知道我冤枉。另外，我也不戴眼镜。

老丈人也没白夸我，后来我救了他一命。

咋回事儿？听我慢慢说——

结婚以后，我就不叫老丈人了，叫不好成了老脏人。

我改叫岳父了，这多有品位。

岳父以前在藏区工作。他老乡多，爱喝酒，喝的都是人家自己酿的酒，结果落了病，胆囊里全是沙子。那天，他吃了一块油大的羊肉，胆管给堵了。发烧，疼。我小舅子刚开始有点儿大意了，想着往常也疼。可是，到半夜就不行了。赶紧打120送康乐医院。小舅子悄悄给我打了电话，我恨不得坐火箭赶到了医院。没敢给媳妇说，也没敢跟丈母娘说。医院一看，人不行了，说只有找李院长了。现在人家都睡了，又是七十的老人了，咋整？我一听要找李院长，心里咯噔一下，跟他有一面之交。那年石油公司体检，我路过他办公室，打了个招呼，说久仰您大名！本来是个尊重的话，想不到老人就让我进去了，还给我留了名片。现在，为了救岳父，我也顾不得是半夜了，就给他打了个电话。想不到老人刚睡，说我想起来了，你是那个小伙子，你叫孙科技。你放心，我十分钟就到。说完，老人披上睡衣，开车冲到医院，来了就进手术室。

手术动了三个多小时。

凌晨四点，他出来了，问我，你是他什么人？

我说是女婿。

我还以为是儿子！你岳父情况很危险，全力抢救也只有一成希望，而且家里资金要雄厚。你现在拿个主意。

我说，没问题，全力抢救，这个板我拍定了！

小伙子，我不能保证把人救过来，这么多年，我见这个病是第二例。第一例花了一百多万也没救过来。

我说，就是把我卖了，也要全力抢救！

好吧！

一直抢救到凌晨，我丈母娘知道了。一跑到医院就瘫地上了。岳父昏迷了，心脏已经休克过一次。

黄鼠狼专咬病鸭子。就在这要命的时候，传来坏消息，老家地震，我爸摔进坑里不省人事了。家里人赶紧送县医院。大夫说，颅内出血了，估计没多大希望，救过来也瘫痪。咋整？我妈说瘫痪了也救，只要人活着，我养他。不幸中的万幸，脑外科主任是我爸的老同学，把我爸认出来，啥费也没交，直接动手术。来不及开颅，在头上打个眼儿，把血抽了出来。

两件事搅在一块儿了！

我跟丈母娘说，我得回去。

她说你快走吧！

从西宁赶回县里，已经是下午三点多，爸从手术室推出来，麻药还没过，不认识我。大夫说，手术成功，但还有三天危险期。

就在这时，岳母给我来电话，说我岳父肺衰竭了，医院要上呼吸机，全家人都不同意，不签字。家里开了家庭会，不想救了，要放弃。呼吸机一上，是按分钟收费的，怕钱白花了。他们把后事都安排了。在这生命垂危的关头，李院长让我丈母娘拿主意，丈母娘没招儿，拿不出主意，就想起给我打电话。

我说，人只要活着，坚决不放弃！不管能不能救，救了以后咋样，都不管，先救人！

丈母娘说，我听你的。

我问，字谁签？

她说，不管谁签都行。

我说，签我的！

后来，医院里所有的单子，化验单，抢救单，病危通知，都是我签字。

不就是钱吗？我不信我这一辈子还不清！

我这边守着爸，那边每天给丈母娘打电话问岳父。

三天后，爸危险期过了。大夫说没问题了，救过来了。

岳父那边还很严重，我还得赶过去。我妈不高兴，我爸说你去吧，都是老人，我这边没事了。

我赶回西宁，媳妇就问了我一句话，科技，你觉着咋办？

我说，你啥也不用管，你告诉你家所有亲戚，说我孙科技救岳父救定了，不管是卖房子也罢，砸锅卖铁也罢，我救定了！他们谁也不用出钱，谁也不用找医生找药。我来了，有我就行。他们愿意来就来，不愿意来就去忙！

媳妇说，有你这句话就行。

我说，你回去把妈照看好，把儿子照顾好，医院你就不用管了。

说老实话，我当时也没多大信心。

但是，我有这个勇气！

我要尽最大的努力，一定要尽最大的努力！

岳父的治疗，据说创了青海的纪录，呼吸机上了整整五十六天。其间，所有重大医疗方案都是我签的字，我出的钱。我到处借钱。幸亏有中石油这样的好单位、好同事，单位给了钱不说，同事你两万，他三万，说拿去吧，不用还了。更有的说这是我的工资卡，里头有多少钱不知道，密码我给你写上，你随用随取！

拿着这张工资卡，我哭了三天。

医院一看，女婿能对岳父这样也感动了。我都没张口，医院就主动减免了大部分费用。

一百多万的治疗费，我总共才干花了四十来万！

要搁现在，哪儿会有这样的事？

你想借钱都借不到。不兴借钱！

岳父的病终于好了，我头上的天开了！

到现在，他已经活了十多年。家住四楼能自己走下来，还能打一块钱的小麻将。他的碗不让别人洗，他自己洗。

李老师，你看，我打个提前量说罗曼蒂克，一说就说了这么多。还是把话收回来，接着说我上大学吧。

前面说了，大学的日子很难忘。就像那首歌唱的，"遥远的路程昨日的梦以及远去的笑声，流水它带走光阴的故事改变了一个人"。

天下没有不散的筵席。大学一毕业，就面临找工作，各奔东西。

猫有猫道，狗有狗道。同学们纷纷找到心仪的工作，我还"待字闺中"，不免有几分着急。

一天夜里，我从实验室出来，迎面刮来一阵风，只听咔嚓一声，路边宣传栏里的布告被风刮下来，整个糊在我的头上。

我吓了一跳，一把扯下来。

想不到，这么一扯，扯出了名堂。

咋回事？

布告是扯下来了，可上面粘的一小张 A4 纸，还贴在我脸上。我抓住刚要扔，哎哟，慢着，好像是招聘启事！

凑到路灯下一看，可不是招聘启事嘛！

哪儿的啊？

中国石油的！

这正是我想去的单位啊！

我一阵小激动。

再一看，坏了，招聘时间都过一个月了！

不行，管它过不过，上边有电话，有联系人，这个机会我得争取。神州大地，没有好办的事，也没有办不到的事，就看你是不是真想办。

回到宿舍，打开灯，我两眼盯着联系人的名字，刘贵洲。

我心里念着，贵洲啊，贵洲啊，你不是贵粥，你是我的贵人哪，我要给你打电话，我要让你过了期还把我招走。我给你打电话，你会说啥呢？我又咋回答呢？

嗯，不能急着打，成败在此一话！

想来想去，我决定先列一个提纲，把他可能要说的话都列出来，把我如何回答也写出来，然后演练几遍，烂熟于心，对答如流。

就这样，心机满满，准备了一晚上。

第二天，拨通了电话。果不其然，他进了我的套儿——

我去学校招聘你为什么不来？

刘老师，真的很抱歉，这些日子我一直把自己关在实验室里，想着将来离开学校了，再做啥实验也没这么好的条件了。所以发现您的招聘晚了，真是后悔莫及呀！

你学的什么专业？

土壤化学。

那跟我们石油有什么关系？我们想招财会、机电、建工、环保。

刘老师，刘老师，土壤化学就属于环保啊！

嗯，也对。

刘老师，您让我到中石油干啥都行，倒贴都行！

哈哈！中石油哪有倒贴的？

刘老师，只要能去，我真的倒贴都行！

那为啥？

因为我爱中石油！我爸就是中石油的老人！我是油二代呀！

啊？你是油二代？

是啊，我是油二代。刘老师，还有比油二代更爱中石油的吗？

对对，你说得对。可是，名额都满啦，对不起你啦，小伙子！

说完，把电话撂了。

他把电话撂了，我可不撂，换着电话天天给他打。怕电话号熟了他不接。每打之前，我都列提纲，设计好围追堵截。

就这样，纠缠了差不多一个月。

有一天，他忍不住说，小伙子，我看你挺有韧劲，像你这样死缠烂打的，我还真没见过。那天你说是油二代，我还真动了心，挨着省给你查。现在，只有西藏销售还有一个名额，其他板块你别想了。炼化，炼油，油田，都满了。只能去西藏销售，你去不去？

我说，去！

好，那你把就业协议书给我寄来，我把章给你盖了。

太感谢您了，刘老师！

感谢过后，第二天我就反悔了。

为啥？我刚做了肠息肉手术，大夫说，西藏你不能去，海拔太高，去西宁还差不多。

大夫说西藏不行西宁还差不多，本来是一句开玩笑的话，我倒走心了。西宁的海拔就是比西藏低。

我打电话给刘老师，把做手术的事说了。

他说，哎哟，人命关天，不能掉以轻心。不过，西宁我没把握人家还要不要人。你得自己跑一趟。我给你一个电话，你去找个人。

谢谢您啦，我跑！

我生平第一次坐飞机，自费飞到西宁，找到了刘老师介绍的人，当时的人事处副处长向俊玲。处长孙永超也在。他们一听我的来意，就现场出题，考我数学、作文。我当场答完后，三天没理我。

我心里二十五只耗子百爪挠。

第四天，我忍不住了，就上门去找。

孙处接待了我，说你答题还不错，就是招聘时间过了。

我说，如果你们还有指标，你们认为不违反大原则，我请求收下我，我愿意为中石油尽一份力，愿意扎根青海高原。

谁让你跑来的？

刘贵洲刘老师。要不你们给他打个电话？

孙处当时就拨通了电话。

恩人刘老师说，对，是我叫他去的。咱们家的油二代呀，听听他这名字就错不了，孙科技！

　　孙处放下电话，恭喜你，小伙子，签协议吧！

　　就这样，我来到了中石油。

　　老爸说，到了你还是接了我的班，有出息！

图书在版编目（CIP）数据

加油站的故事 / 李迪著 . -- 北京：作家出版社，2019. 11
ISBN 978-7-5212-0617-3

Ⅰ. ①加… Ⅱ. ①李… Ⅲ. ①纪实文学 - 中国 - 当代
Ⅳ. ①I25

中国版本图书馆CIP数据核字（2019）第126607号

加油站的故事

作　　者：李　迪
责任编辑：宋辰辰
装帧设计：意匠文化·丁奔亮
封面摄影：崔晓燕
出版发行：作家出版社有限公司
社　　址：北京农展馆南里10号　　　邮　　编：100125
电话传真：86-10-65067186（发行中心及邮购部）
　　　　　86-10-65004079（总编室）
E-mail:zuojia@zuojia.net.cn
http://www.zuojiachubanshe.com
印　　刷：中煤（北京）印务有限公司
成品尺寸：152×230
字　　数：291千
印　　张：27.25
版　　次：2019年11月第1版
印　　次：2019年11月第1次印刷
ISBN　978-7-5212-0617-3
定　　价：45.00元